HEYNE <

Das Buch

Kaum hat der erfolgreiche Jungunternehmer Bob Johansson seine Software-Firma verkauft und einen Vertrag über das Einfrieren seines Körpers nach dem Tod unterschrieben, da ist es auch schon vorbei mit ihm. Er wird beim Überqueren der Straße vom Auto überfahren. Als Bob hundert Jahre später wieder aufwacht, ist er geschockt: Er ist kein Mensch mehr, sondern eine künstliche Intelligenz, die noch dazu der Regierung gehört. Prompt bekommt er auch gleich seinen ersten Auftrag: Er soll als Schiffscomputer einer Raumschiffflotte neue bewohnbare Planeten für die Menschheit finden. Weigert er sich oder versagt er, wird er abgeschaltet. Für Bob beginnt ein grandioses Abenteuer zwischen den Sternen – und ein gnadenloser Wettlauf gegen die Zeit ...

Die BOBIVERSE-Reihe im Heyne Verlag:
Erster Roman: *Ich bin viele*
Zweiter Roman: *Wir sind Götter*
Dritter Roman: *Alle diese Welten*
Vierter Roman: *Himmelsfluss*

Der Autor

Dennis E. Taylor war früher Programmierer und arbeitete nachts an seinen Romanen. Mit *Ich bin viele,* dem Auftakt seiner neuen Romanreihe, gelang ihm schließlich der Durchbruch, sodass er sich nun ganz dem Schreiben widmet.

Mehr über Dennis E. Taylor und seine Werke erfahren Sie auf:
diezukunft.de

DENNIS E.
TAYLOR

ICH BIN VIELE

ROMAN

Aus dem Amerikanischen übersetzt
von Urban Hofstetter

WILHELM HEYNE VERLAG
MÜNCHEN

Titel der amerikanischen Originalausgabe
WE ARE LEGION

MIX
Papier | Fördert gute Waldnutzung
FSC® C014496

Penguin Random House Verlagsgruppe FSC® N001967

5. Auflage
Deutsche Erstausgabe 08/2018
Redaktion: Sven-EricWehmeyer

in der Penguin Random House Verlagsgruppe GmbH,
Neumarkter Straße 28, 81673 München
produktsicherheit@penguinrandomhouse.de
(Vorstehende Angaben sind zugleich
Pflichtinformationen nach GPSR.)

Umschlaggestaltung: Das Illustrat, München,
unter Verwendung eines Motivs von tsuneomp/Shutterstock
Satz: KompetenzCenter, Mönchengladbach
Druck und Bindung: GGP Media GmbH, Pößneck
Printed in Germany

ISBN 978-3-453-31920-2
www.diezukunft.de

Ich widme diesen Roman meiner Frau Blaihin und meiner Tochter Tina, die es geduldig ertragen, wenn ich beim Schreiben meine übergeschnappten fünf Minuten bekomme.

»Aber ich habe nun mal eine unauslöschliche Sehnsucht nach den entlegenen Dingen! Ich schwärme davon, auf unerschlossenen Meeren herumzufahren und an der Küste der Barbaren zu landen.«

Herman Melville, *Moby Dick*

ERSTER
TEIL

01

Bob Version 1.0

»Sie … werden mir also den Kopf abschneiden.« Ich musterte den Verkaufsberater mit hochgezogener Augenbraue. Damit wollte ich ihn aus der Reserve locken. Ich wusste es, er wusste es, und ich wusste, dass er es wusste.

Er grinste mich an und war bereit, bei dem Spiel mitzuspielen, solange ich und mein Geldbeutel ihm unsere Aufmerksamkeit schenkten. »Mr. Johansson …«

»Nennen Sie mich doch bitte Bob. Sonst habe ich noch das Gefühl, dass Sie mit meinem Vater sprechen.«

Der Vertreter von CryoEterna – laut seinem Namensschild hieß er Kevin – nickte und deutete auf das große Plakat, auf dem der kryonische Prozess in allen grausigen Einzelheiten dargestellt war. Ich bemerkte seinen Armani-Anzug und den Hundert-Dollar-Haarschnitt. Anscheinend ließ sich mit der Kryonik Geld verdienen.

»Bob, es hat keinen Sinn, den ganzen Körper einzufrieren. Denken Sie daran, es geht darum, auf neue Behandlungsmethoden zu warten, mit denen man das kurieren kann, was Sie getötet hat. Sobald man dazu in der Lage ist, Ihre Leiche wiederzubeleben, wird es wahrscheinlich auch möglich sein, einen komplett neuen Körper für Sie wachsen zu lassen. Tatsächlich wird das sogar einfacher sein, als den alten wieder zusammenzuflicken.«

Das klingt derart verrückt, dass es wahrscheinlich genau so kommen wird. »Okay, Kevin, Sie haben mich überzeugt.«

Ich warf einen Blick auf die Unterlagen, die er vor mir ausgebreitet hatte. »Zehntausend Dollar Vorschuss, jährliche Zahlungen, Versicherung …« Kevin wartete geduldig und ohne mich zu unterbrechen ab, bis ich die Informationen überflogen hatte. Mein plötzlicher Wohlstand war mir zwar ziemlich zu Kopf gestiegen, aber nach knapp einem Jahrzehnt als Ingenieur und Geschäftsinhaber war es mir in Fleisch und Blut übergegangen, immer zuerst das Kleingedruckte durchzulesen, bevor ich einen Vertrag unterschrieb.

Als ich das Gefühl hatte, nichts übersehen zu haben, unterzeichnete ich, stellte einen Scheck aus und schüttelte Kevin die Hand.

»Sie sind jetzt ein Kunde von CryoEterna Inc.«, sagte er und reichte mir eine Visitenkarte. »Lassen Sie die immer in Ihrer Brieftasche. Wenn Sie sterben, wird man uns kontaktieren. Und sobald Sie für tot erklärt sind, werden wir …«

»… mich köpfen.«

»Genau. Und Ihren Kopf einfrieren, bis die Medizin so weit fortgeschritten ist, dass wir Sie wieder zurückholen können. Die Erläuterungen, wie Sie Ihr Vermögen in einem Treuhandfonds anlegen, finden Sie in den Informationsbroschüren.« Kevin reichte mir einen dicken, leuchtend blauen Ordner mit einem dezenten Wolkenmuster. Auf dem vorderen Deckel prangte das Logo der Firma. »Die offiziellen Dokumente werden wir ausdrucken und Ihnen mit der Post nach Hause schicken. Willkommen bei CryoEterna.« Damit streckte er die Hand aus, und ich schüttelte sie erneut.

Als ich das CryoEterna-Verkaufsbüro verließ, machte ich einen kleinen Freudensprung. Der Treuhandfonds war längst eingerichtet, aber ich hatte Kevin nicht verraten wollen, dass ich mich bereits vor unserem Gespräch zur Unterschrift entschieden hatte. *So* einfach hatte ich ihm seinen Job nun auch wieder nicht machen wollen. Ich war mir nicht sicher, ob ich gerade eine besonders schlaue Investition in meine Zukunft getätigt hatte oder ob das Ganze eine unsagbar dämliche Geldverschwendung darstellte. Aber eigentlich war es mir egal. Die Kaufsumme, die Terasoft für mein IT-Unternehmen hinlegen wollte, würde mir bis an mein Lebensende ein gutes Auskommen ermöglichen – und nun auch darüber hinaus.

Ganz zu schweigen von meinem stark verbesserten Lebensstandard. Ich war von Anfang an jedes Jahr bei der *Vortex SF*-Convention in Las Vegas gewesen, aber dieses Mal gehörte ich nicht mehr zum einfachen Fußvolk. Während ich die zwei Blocks von der CryoEterna-Niederlassung zum Convention-Hotel lief, zog ich den VIP-Pass aus der Tasche und hängte ihn mir um den Hals. Mit diesem Ausweis genoss ich einige Vergünstigungen. So musste ich beispielsweise bei Autogrammstunden nicht in der Schlange warten. Außerdem durfte ich in verschiedene Lounge-Bereiche, hatte Anspruch auf reservierte Plätze in den Panels und noch vieles mehr. Für Jenny hatte ich das gleiche Ticket gekauft …

Und da war sie wieder. Ich hatte an die Frau, deren Name nicht genannt werden durfte, gedacht. Abrupt blieb ich mitten auf dem Gehweg stehen. Dabei handelte ich mir böse Blicke von den Leuten hinter mir ein und auch ein paar Beleidigungen von einem Möchtegern-Jedi-Ritter. Ich holte ein paar Mal tief Luft, um eine aufsteigende Panikattacke zu vertreiben. Diesmal dauerte es nicht lange, bis ich mich wieder gefasst hatte. Alles reine Übungssache. Diese Angstzustände befielen mich immer noch mehrmals am Tag, aber das war gar nichts verglichen mit der Zeit unmittelbar nach der Trennung. Es fühlte sich an, als hätte ich einen schmerzenden Zahn, den ich immer wieder mit der Zungenspitze betastete, obwohl ich wusste, dass es wehtun würde.

Ich riss mich zusammen. Worüber hatte ich doch gleich noch nachgedacht? Ach ja. Damit sich der VIP-Pass auch richtig lohnte, hatte ich einen Platz für ein paar unmittelbar aufeinanderfolgende Panels reserviert. Das erste mit dem Titel *Die Erforschung der Galaxis* würde in fünfzehn Minuten beginnen. Einer der angekündigten Redner war Lawrence Vienn, ein populärer und sehr umtriebiger Science-Fiction-Autor, der dem Genre mit vielen seiner Ideen neues Leben eingehaucht hatte.

Ein paar Minuten später war ich im Convention Center und hatte die Seminarräume gefunden. Die Offiziellen an der Tür hatten die VIPs bereits zu ihren Plätzen gebracht und waren gerade dabei, die anderen einzulassen, als ich keuchend und schnaufend auftauchte und mit meinem Pass winkte. Nach einem flüchtigen Blick auf mein Ticket führte mich einer von ihnen hinein.

Ich hatte zwar einen festen Sitzplatz, aber während ich in den Raum eilte, stand jemand direkt vor mir auf und ging hinaus. Als ich mich ohne zu zögern auf den freien Stuhl setzte, warf mir meine Sitznachbarin einen erstaunten Blick zu. Vielleicht dachte sie ja, ihr bisheriger Nebenmann wäre ein Gestaltwandler.

Ich drehte mich um und beobachtete, wie die Türen aufschwangen und das einfache Volk hereinströmte. Nach einer Weile ließen die Serviceleute am Einlass niemanden herein, um nicht den ZORN DES FEUERSCHUTZBEAUFTRAGTEN zu riskieren. Die Hotels in Las Vegas waren normalerweise mit guten Klimaanlagen ausgestattet – niemand wollte Konferenzteilnehmer, die abgelenkt waren oder sich unwohl fühlten –, aber viele der heutigen Besucher steckten bereits viel zu lange in ihren Kostümen. Ich versuchte, durch den Mund zu atmen, und hoffte, dass die Lüftung noch mit dem dichten Mief fertigwerden würde.

In typischer Convention-Manier hatten die Veranstalter wenig Wert auf Ästhetik gelegt. Die Tische und Stühle waren von der einfachen, zusammenklappbaren Sorte, und die Informationen über die Veranstaltung standen auf einem großen Whiteboard. Mit schwarzer Farbe. Bunte Stifte wären wahrscheinlich zu aufwendig gewesen.

Aber das war allen egal.

Der Moderator, ein kleiner, rundlicher schwarzer Mann mit Dauergrinsen bat um unsere Aufmerksamkeit. »Guten Tag, sehr geehrte Wesen. Heute werden wir einen Vortrag von Lawrence Vienn hören …« Spontane Jubelrufe zwangen ihn zu einer Pause. »… der uns erklären wird, welche technologischen und wirtschaftlichen Schritte erforderlich sind, um interstellare Sonden in den Weltraum zu schießen. Danach hören wir Dr. Steven Carlisle …« Erneut brandete Jubel auf. »… der über die Biologie außerirdischen Lebens sprechen wird. Wir freuen uns auf ein großartiges Panel. Aber genug von meiner Seite. Ich übergebe jetzt das Wort an Mr. Vienn.«

Auf seine Ankündigung folgte mehrminütiger Applaus. Lawrence wartete ihn geduldig ab und winkte hin und wieder ins Publikum. Schließlich endete der Beifall, und ich war gespannt, was er erzählen würde.

Ein paar Stunden später schnüffelte ich an meiner Kleidung, um sicherzugehen, dass sich der Geruch des Raums nicht darin festgesetzt hatte. Während des zweiten Panels hatte es sogar noch mehr gemuffelt als beim ersten. Wenn das Thema nicht so interessant gewesen wäre, hätte ich mich sofort verdrückt. Aber eine Diskussion über Von-Neumann-Sonden konnte ich mir einfach nicht entgehen lassen.

Ich beschloss, mich nicht umzuziehen, bevor ich meine Angestellten, die bald meine Exangestellten sein würden, zum Mittagessen traf.

Nachdem ich das Convention Center verlassen hatte, begab ich mich zu dem Restaurant, in dem wir uns verabredet hatten, und amüsierte mich über das Spektakel um mich herum. Science-Fiction-Conventions breiteten sich unweigerlich immer auch auf die Straßen der Umgebung aus. Überall spazierten Sturmtruppler, Chewbaccas und Crewmitglieder der Enterprise herum. Fantrauben verstopften die Gehsteige und überquerten die Straßen nicht nur dort, wo es Ampeln gab. Ich sah mehrere erhobene Mittelfinger und Gesten, die autoerotische Handlungen andeuteten. Was für ein Spaß! Die Fans verstopften rund um die Uhr die Straßen, aber das Servicepersonal in den Bars und Restaurants beschwerte sich nicht. Nerds gaben meistens zu viel Trinkgeld. Allerdings hatte ich gehört, die Casinobesitzer seien weniger glücklich über die Besucherfrequenz an den Spieltischen. Die meisten Nerds kannten sich eben mit Wahrscheinlichkeitsrechnung aus.

Ich schaffte es ins Restaurant, ohne irgendwelche Körperteile zu verlieren. Dort wartete bereits meine Gang auf mich.

»Auf Terasoft!« Carl erhob sein Glas.

»Auf Terasoft«, prosteten wir anderen zurück.

Carl, Karen und Alan waren meine ersten Angestellten bei InterGator Software gewesen. Sie waren mir während der harten Anfangszeiten treu geblieben, und ich hatte sie dafür zu Anteilseignern der Firma gemacht. Mein Programm für Engineering Design und Analysis hatte sich schließlich zum erfolgreichsten Produkt in seiner Nische entwickelt, und ab da konnten uns Konkurrenten wie Terasoft nur noch hinterherhecheln.

Daraufhin hatte Terasoft mit einem unfassbar hohen Übernahmeangebot reagiert, und nun würden wir alle von dem baldigen Geldsegen profitieren. Carl, Karen und Alan würden zwar vielleicht immer noch für ihren Lebensunterhalt arbeiten müssen, aber für Immobilien oder neue Autos würden sie von nun an bestimmt keine Kredite mehr aufnehmen müssen.

Ich hatte die drei auf meine Kosten zu einem einwöchigen Ausflug nach Las Vegas eingeladen. Allerdings hatte nur Carl sich von mir auch einen VIP-Pass für die Convention schenken lassen. Alan und Karen hatten sich darauf berufen, dass sie »doch nicht verrückt« seien. Stattdessen hatten die beiden geplant, sich jede einzelne Show anzusehen, die derzeit in Las Vegas lief. Da sie bislang mehrere Veranstaltungen pro Tag besuchten, schien es, als könnten sie es wirklich schaffen.

»Wie geht es dir, Bob?«, fragte Carl und sah mich forschend an.

»Ganz gut. Ich habe mich heute Morgen bei CryoEterna angemeldet ...«

Karen brummte etwas und sah zur Seite. Es war gar nicht nötig, dass sie etwas dazu sagte. Sie hatte bereits deutlich zum Ausdruck gebracht, was sie von meinem Plan hielt.

Ich sah sie an und wackelte mit den Augenbrauen. »Und ich habe ein paar sehr interessante Panels besucht. *Die Erforschung der Galaxis* und *Wie baut man eine Von-Neumann-Sonde?*«

Alan lachte. »Warum überrascht mich das nicht? Ingenieure! Ach du meine Güte.«

»Aha, aber mich interessiert mehr, wie du dich fühlst, Bob«, hakte Carl nach.

Er hatte das Kunststück hinbekommen, für mich zu arbeiten und gleichzeitig mit mir befreundet zu sein, ohne dass es aussah, als kröche er mir in den Hintern. Daher hatte ich das Gefühl, Carl eine ehrliche Antwort zu schulden, anstatt so zu tun, als verstünde ich nicht, wovon er redete.

»Viel besser, Carl. Ich habe inzwischen nur noch ein paar ›Jenny‹-Anfälle pro Tag. Vielleicht schließe ich mich sogar bald schon wieder der menschlichen Spezies an.«

»Diese Frau war eine blöde Kuh«, murmelte Karen. »Du hättest das Angebot deiner Mutter annehmen sollen.«

Damit brachte sie mich zum Grinsen. »Meine Mutter weiß doch gar nicht wirklich, wie man einen Auftragskiller auftreibt, Karen. Glaube ich zumindest.« Ich zog mein Handy aus der Tasche und warf einen Blick auf das Display. »Da wir gerade von ihr sprechen: Sie hat mir eine SMS geschrieben. Ich muss sie später anrufen, sonst schickt sie mir eine Nachricht nach der anderen. In dieser Hinsicht ist sie ein bisschen wie der Terminator.«

»Dann ist es also doch etwas Genetisches!«

Ich tat, als müsste ich mich über Carls Kommentar schier totlachen, und er grinste mich an, ohne meinem Blick auszuweichen. Schließlich winkte er ab und wechselte das Thema. »Wie auch immer. Dieses Jahr bist du unter anderem hier bei der Convention, um dich von deinem Trennungsschmerz abzulenken, richtig? Also, wie waren die Panels?«

Karen stöhnte.

Ich beugte mich vor und stützte die Ellbogen auf den

Tisch. »Wirklich interessant. Dr. Carlisle vertritt die These, dass die Biosphären auf zwei verschiedenen Planeten recht ähnlich sein müssten, wenn auf beiden vergleichbare Klimabedingungen herrschen. Vielleicht könnten Menschen sogar verdauen, was auf so einem Planeten wächst. Panspermie, versteht ihr? Gemeinsame biologische Wurzeln.«

»Pferdekacke.«

»Nein, ernsthaft, Alan. Er hat ziemlich schlüssig dargelegt, warum eine universelle chemische Basis für das Leben vermutlich existiert. Natürlich ist es unmöglich, dass wir mit anderen Lebensformen so eng verwandt sind, wie *Star Trek* uns weismachen machen will, aber wir könnten in so einem außerirdischen Ökosystem vermutlich überleben.«

»Das glaube ich erst, wenn ich es sehe«, erwiderte Alan. »Und was war mit dem anderen Panel? Über Weltraumsonden?«

»Die Von-Neumann-Sonden, genau. Automatische Sonden, die sich selbst reproduzieren, während sie andere Sonnensysteme besuchen. Wie ich heute erfahren habe, sind Nanomaschinen mittlerweile out. Der letzte Schrei in Sachen Selbstvermehrung sind 3-D-Drucker.«

Carl nickte. »Ja, ja, der technische Fortschritt überholt wieder einmal die Fiktion.«

»Warte, was?«, fragte Alan und sah verwirrt aus.

Carl und ich grinsten ihn nachsichtig an. Alan war trotz seiner Ausbildung zum Softwareentwickler kein Wissenschaftsnerd. »Du hast doch schon mal 3-D-Drucker gesehen, oder?«, fragte ich ihn. »Diese Geräte, die Dinge wie Plastikteile, medizinische Prothesen oder Spielzeug ausdrucken können.« Alan nickte. »Gut, dann stell dir mal vor, wie es mit dieser Technologie weitergehen könnte. Wenn man sie so konstruiert, dass sie sämtliche chemischen Elemente miteinander kombinieren kann, ein Atom nach dem anderen, wären sie im Prinzip dazu in der Lage, jedes feste Objekt auszudrucken, für das du ihnen einen Konstruktionsplan einprogrammierst.«

»Zum Beispiel Bauteile, die man zu Sonden zusammensetzen kann«, fügte Carl hinzu. »Dazu könnten sie sämtliche Elemente verwenden, die sie in den jeweiligen Sonnensystemen vorfinden.«

Alan sah mich an. »Würde das denn funktionieren?«

»Du weißt, dass ich Physik im Nebenfach studiert habe, Alan, und ich halte das für vollkommen plausibel.« Ich nahm einen Schluck von meinem Bier und sah die drei nacheinander an. »Und was die Konstruktion anbelangt …«

»Du willst also wirklich deinen Kopf einfrieren lassen?«

Alle Blicke richteten sich auf Karen.

»War ja klar, dass das kommt«, murmelte Alan.

Karen starrte erst Alan an, dann mich. »Wenn sie dich wiederbeleben – *falls* sie dich wiederbeleben –, werden wahrscheinlich alle, die du gekannt hast, längst tot sein.«

»Einschließlich Jenny …«, sagte Alan leise.

Damit handelte er sich einen weiteren strafenden Blick von Karen ein. »Ernsthaft. Alle deine Angehörigen werden tot sein. Deine Freunde werden nicht mehr leben. Wie kannst du das wollen?«

Ich überlegte einen Moment, bevor ich antwortete. »Ich bin Humanist, Karen. Du weißt das. Ich glaube nicht an ein Jenseits. Wenn ich sterbe, habe ich nur die Wahl, mich wiedererwecken zu lassen oder für immer tot zu sein. Eine andere Möglichkeit gibt es nicht. Dafür riskiere ich es gerne, nicht zu wissen, was mich erwartet, wenn ich aufwache.«

Karens Miene wurde sogar noch finsterer, und sie öffnete den Mund, um etwas zu erwidern, aber zum Glück tauchte genau in diesem Moment der Kellner mit unserem Mittagessen auf. Während er die Teller vor uns abstellte, wehte ein Duft von Hamburgern, karamellisierten Zwiebeln und mit Essig übergossenen Fritten über den Tisch. Und als er ging, war die Anspannung bereits verflogen.

Auf den wenigen Metern zu meinem übergroßen Bett hinterließ ich eine Spur aus Schuhen und Kleidungsstücken. Der Übernachtungspreis für die Executive Suite war einfach lachhaft, aber allein die luxuriöse Matratze war das ganze Geld wert. Daran würde ich mich gewöhnen können. Oh ja.

Ich stellte den Wecker, um nicht den gesamten Nachmittag zu verschlafen, und hob mein Handy vom Boden auf. Meine Mutter würde tatsächlich nicht aufhören, mir Nachrichten zu schicken, solange ich sie nicht zurückrief.

Am anderen Ende klingelte es zweimal, bevor sie abhob. »Hallo, Robert. Ist es denn schon wieder ein Jahr her?«

»Haha. Hi, Mom. Ich habe deine SMS bekommen. Nein, du musst *Wie-heißt-sie-gleich-noch-mal* nicht für mich umbringen lassen, vielen Dank. Ich bin beim *Vortex* und habe eine tolle Zeit. Okay, mach's gut.«

Sie lachte am anderen Ende der Leitung. Das war unser übliches Spiel. Ich gab mich ungeduldig und versuchte, das Telefonat zu beenden, aber wir wussten beide, dass ich erst auflegen würde, sobald es ihr passte.

»Mir geht es gut, Robert. Danke der Nachfrage.«

»Und den Moskitos?«

»Den Moskitos geht es auch gut. Sie vermissen dich und deine leckere nordische Haut. Gibt es in San Diego denn keine?«

»Nicht so viele wie in Minnesota, Mom. Das ist einer der Gründe, warum ich dort hingezogen bin.«

»Mhm. Und was treibst du so, mein Sohn? Mein Angebot wegen dieser namenlosen Tussi steht noch. Ich kenn da diese Jungs …«

»Danke, aber ich möchte dich nicht im Gefängnis besuchen müssen.« Ich seufzte. »Hör mal, Mom. Leute betrügen einander. Das passiert. Wir waren ja noch nicht verheiratet. Ich hätte es viel schlimmer gefunden, wenn es erst *anschließend* herausgekommen wäre. Mir geht es wieder gut. Ehrlich.«

Konnte man *hören*, dass jemand einem nicht glaubte, obwohl er oder sie kein Wort sagte? Vielleicht lag es an Moms Atmung. Was auch immer es war, ich hielt es für besser, das Thema zu wechseln. »Wie geht es den anderen?«

»Deinem Vater geht's bestens. Er ist in der Werkstatt und versucht immer noch, diesen Schrotthaufen in Gang zu bringen. Andrea und Alaina sind übrigens gerade zu Besuch. *Die beiden* schauen wenigstens ab und zu mal bei ihrer armen alten Mutter vorbei. Andrea gibt mir ein Zeichen, dass sie dich jetzt zur Abwechslung mal ein bisschen auf den Arm nehmen möchte.«

»Okay, gib sie mir. Ich brauche dringend jemanden, der mein aufgeblähtes Ego vernichtet.«

Während meine Mom das Telefon an meine Schwester weiterreichte, hörte ich die beiden kurz gedämpft miteinander sprechen. »Hallo, kleiner Bruder.«

»Ich bin älter als du.«

»Das habe ich nicht damit gemeint.«

Ihre Stimme und unser traditioneller Wortwechsel brachten mich zum Lächeln. Andrea, Alaina und ich standen einander so nahe, wie es bei Geschwistern nur möglich war. Die beiden waren zwar zum selben Zeitpunkt zur Welt gekommen, aber man konnte kaum glauben, dass sie

Zwillinge waren. Andrea überragte Alaina um gut dreißig Zentimeter und war außerdem, wie sie immer wieder betonte, drei Zentimeter größer als ich.

»Also, du reicher Schnösel, wie geht's, wie steht's im Silikon Valley?« Ich hörte ihr an, dass sie lächelte. Mit diesem Witz begann sie jedes unserer Gespräche, seit ich an die Westküste gezogen war.

»Es heißt *Silicon*, Andrea. Und das Valley ist bei San Francisco.«

»Ich schaue mir regelmäßig Sendungen auf TMZ an. Ich bleibe bei meinem Kommentar.«

»Autsch, von dem tut mir echt der Hintern weh ...«

Andrea lachte. Wir tauschten noch ein paar Minuten lang Beleidigungen aus und brachten uns gegenseitig auf den neuesten Stand. Dann bat ich sie, Alaina und Dad von mir zu grüßen und legte auf.

Ich bin dankbar für meine Familie. Und genauso dankbar bin ich für die paar Tausend Meilen, die zwischen uns liegen. Immer wenn wir uns alle bei meinen Eltern trafen, hielt ich es meistens ungefähr eine halbe Stunde lang aus, bevor ich mich in den Keller verzog. Dad kam normalerweise zehn Minuten später nach. Dann verdrehten wir wortlos die Augen und lasen etwas oder sahen fern. Mein Dad und ich waren von Haus aus Einzelgänger. Wir konnten stundenlang im selben Raum verbringen und keine fünf Wörter wechseln. Dabei fühlten wir uns pudelwohl. Meine Mutter machte das verrückt.

Als der Wecker klingelte, schreckte ich hoch, sprang hastig aus dem Bett und schlüpfte in meine Klamotten. Später würde ich den Rest der Gang zum Abendessen treffen, aber zuvor wollte ich noch ein bisschen Zeit auf der Convention verbringen. Der *Vortex* dauerte drei Tage und war eine Wundertüte voller Verrücktheiten, von denen ich so viele wie möglich mitbekommen wollte. Schließlich konnte man nicht mit gutem Recht von sich behaupten, auf einer Science-Fiction-Convention gewesen zu sein, wenn man nicht von Farscape-Cosplayern über den Haufen gerannt worden war. Außerdem musste man mindestens von einem betrunkenen Darth Vader bedroht werden und irgendeinen lausigen Plastikfanartikel kaufen, der mehr kostete als ein vergleichbar schweres Stück Gold. Juhuuu!

Die Aufzugtüre öffnete sich, und ich trat in die Lobby hinaus, wo mir der Pförtner zunickte und die Tür für mich aufhielt. Ich wusste nicht, ob ich ihm etwas für seine Mühe geben sollte oder nicht, und nahm mir vor, ihn beim Auschecken sicherheitshalber mit einem großen Trinkgeld zu bedenken.

Sobald ich das klimatisierte Hotel verließ, traf mich die heiße Luft von Las Vegas wie ein Vorschlaghammer. Ich trat zur Seite und ließ ein Grüppchen aus Crewmitgliedern der Enterprise, ein paar Ferengi, zwei Chewbaccas und einen Sturmtruppler passieren. Sie waren laut, wirkten streitsüchtig und hatten anscheinend exzessiv dem terranischen Alkohol gefrönt. Nach einem kurzen, unzusammenhängenden Wortwechsel drehten sie sich um und überquerten die Straße mehr oder weniger gemeinsam.

Lächelnd schüttelte ich den Kopf und ging, statt ihnen zu folgen, die rund fünfzehn Meter bis zum Fußgängerüberweg. *So* eilig hatte ich es nun wirklich nicht. Als ich den Fuß auf die Straße setzte, hörte ich, wie jemand aufgeregt schimpfte, dann ein Hupen und quietschende Reifen.

Ich drehte mich in die Richtung, aus der die Geräusche

kamen, und plötzlich schien alles in Zeitlupe zu geschehen. Ein Auto umkurvte die Gruppe, und die Lippen des Fahrers bewegten sich, während er etwas aus dem Fenster rief. Im nächsten Moment wandte er sich wieder nach vorne und sah mich direkt an. Seine Augen weiteten sich, und es quietschte laut, als alle vier Reifen blockierten.

Das kann doch nicht dein beschissener Ernst sein!

Dann ein Lichtblitz, gefolgt von einem Augenblick unvorstellbarer Schmerzen, bevor es um mich herum dunkel wurde ...

Als ich erwachte, hörte ich Stimmen. Sie klangen forsch und zitierten irgendwelche Vorschriften. Im Hintergrund erklärte jemand, er und seine Kollegen hätten ein Recht, hier zu sein. Sie sagten etwas von einer Handlungsvollmacht, einem testamentarisch festgelegten letzten Willen. Irgendwer gab eine wütende Antwort. Näher bei mir erklang eine weitere Stimme, die ruhig den Todeszeitpunkt diktierte ...

Dann wurden die Stimmen und das Licht schwächer. Es war das Ende der Welt.

02

Bob Version 2.0

Ruckartig kam ich wieder zu Bewusstsein. Die normale Übergangsphase, mit der ich vertraut war, wenn ich aufwachte, blieb aus. Ich erinnerte mich an das Auto, das auf mich zugefahren war. Wie seltsam. Eigentlich hätte ich diese letzten paar Sekunden doch vergessen müssen, da sie nicht genug Zeit hatten, sich in mein Langzeitgedächtnis einzuprägen. Andererseits *waren* das ja vielleicht gar nicht die letzten paar Sekunden gewesen.

Während ich reglos und mit geschlossenen Augen dalag, führte ich eine vorsichtige Bestandsaufnahme durch. Ich hatte keine Schmerzen. Genau genommen konnte ich meine Arme, die Beine und den ganzen restlichen Körper überhaupt nicht spüren. Es fehlten alle propriozeptiven Eindrücke, die mir normalerweise verraten hätten, ob ich bequem lag oder … was auch immer. Das war nicht gerade ein gutes Zeichen, und ich hielt es für wahrscheinlich, dass ich komplett gelähmt war.

Einen Moment lang befiel mich Panik, die jedoch gleich darauf von einer Art verwirrter Überraschung abgelöst wurde. Denn meine Panik schien sich allein auf geistiger Ebene abzuspielen. Ich hatte weder das Gefühl, beschleunigt zu atmen, noch dass mein Herz raste, und ich spürte auch keine Muskelanspannung, mit der sich mein Körper auf einen Kampf-oder-Flucht-Impuls vorbereitet hätte. Nichts von alledem. Zwar war ich generell eher ein verkopfter Mensch, aber das hier schien sogar für mich eine sehr vulkanische Reaktion zu sein.

Wow. Bin ich von der Stirn abwärts gelähmt? Vielleicht befinde ich mich ja in einem künstlichen Koma. Aber wenn das stimmt, ist es kein sehr tiefes.

Entschlossen öffnete ich die Augen.

Oder versuchte es wenigstens. Nichts passierte. Dieses Mal geriet ich tatsächlich in Panik. Die Vorstellung, blind zu sein, war für mich ein Albtraum. Ein paar Sekunden lang geriet mein Verstand außer Kontrolle. Ich dachte an Filme, die ich niemals sehen würde. Bücher, die ich nun nicht mehr lesen konnte.

Aber auch diesmal wurde mein Angstzustand nicht körperlich verstärkt. Ich spürte keinen Adrenalinrausch und auch keine anderen Symptome. Mir fielen keine Beschwerden ein, die sich so äußerten. Vielleicht stand ich unter Drogen. Dann musste das aber ziemlich starkes Zeug sein.

Allmählich nahm meine Panik erste Züge von Wahnsinn an, und ich beschloss erst einmal bei der Theorie mit den Drogen zu bleiben.

Da es mir wirklich wichtig war, die Lage in den Griff zu bekommen, versuchte ich noch einmal, die Augen aufzuschlagen. Ich malte es mir in Gedanken aus. Die Muskelbewegungen, das Gefühl, wie sich die Lider öffneten …

Und dann *konnte* ich sehen! Ganz plötzlich und erneut ohne jeden Übergang. Es lässt sich kaum beschreiben, wie erleichtert ich über diesen kleinen Erfolg war.

Es schien, als würde ich sitzen, da ich nicht die Decke, sondern eine Wand ansah. Der Raum schien ein Krankenzimmer, ein Labor oder ein unscheinbares Behördenbüro zu sein. Die Wände hatten diesen typischen Erstanstrich aller neuen Gebäude, einen speziellen grauweißen Farbton. In der weiter entfernten Wand war ein großes Fenster eingelassen, das im Moment von irgendetwas Weißem verdeckt war. Zuerst hielt ich es für eine Jalousie, aber sie schien direkt auf das Glas aufgedruckt zu sein.

Ich rechnete eigentlich damit, direkt vor mir einen Teil meines Körpers zu sehen, vielleicht unter einer einfachen Krankenhausbettdecke. Stattdessen blickte ich jedoch auf eine flache Ebene. Möglicherweise eine Tischplatte.

Gleich hinter dieser Fläche saß ein Mann und studierte einen Tablet-Computer. Er sah ganz ohne Witz genau so aus, wie sich die meisten Leute Sigmund Freud vorstellen würden, bis hin zu seinem weißen Laborkittel. *Er kann nicht wirklich ein Psychiater sein. Das wäre doch zu viel des Guten. Ist er etwa gekommen, um mit mir über meine Verletzungen zu sprechen? Es muss ziemlich schlecht um mich stehen, wenn beim Aufwachen ein Therapeut auf mich wartet.*

Aber irgendetwas an dem Mann war seltsam. Das Hemd, das er trug, sah beinahe wie das eines Priesters aus. Und seine Armbanduhr …

Ich brauchte einen Moment, um zu begreifen, dass ich ein Problem mit der Perspektive hatte. Der Raum kam mir tief und eng vor, und es sah aus, als würde Freud vom Hinterkopf bis zur Nasenspitze zwei Meter messen. Tatsächlich schien seine Nase, als er den Kopf drehte, ungefähr dreißig Zentimeter weit aus seinem Gesicht herauszuragen.

Noch während ich versuchte, mir auf diesen eigenartigen optischen Effekt einen Reim zu machen, hatte ich das Gefühl, als würde sich etwas verschieben. Ein surrendes Geräusch ertönte, und plötzlich stimmte die Perspektive. Doch bevor ich mich näher mit diesem Gefühl und dem Geräusch befassen konnte, sah Freud zu mir auf und lächelte. »Gut. Sie sind wach.«

Ich versuchte zu antworten, aber alles, was ich herausbrachte, war eine Mischung aus Husten und statischem Rauschen. *Um Himmels willen, ich klinge wie ein Sprachgenerator mit Kurzschluss.*

Freud legte das Tablet weg und beugte sich vor. Dabei stützte er die Arme auf den Schreibtisch oder was immer das für ein Möbelstück war. »Versuchen Sie es bitte weiter. Manchmal sind mehrere Anläufe nötig, bis sich das GUPPI-Interface verbindet.«

Während ich darüber nachdachte, was er gerade gesagt hatte, schossen mir sofort drei Dinge durch den Kopf. Erstens, ich war nicht tot. *Naja, ich denke, also bin ich, bla bla.* Diesen Punkt konnte ich also abhaken. Zweitens, ich war keineswegs so gut wie neu …

Tatsächlich schien es so, als spräche ich durch einen Stimmengenerator. Und zwar per Gedankensteuerung, was mich zu Punkt drei brachte – es musste große technische Fortschritte gegeben haben, seit ich von dem Auto überfahren worden war. Wie lange war ich ohnmächtig gewesen? Und was zum Teufel war ein Guppy-Interface?

Ich versuchte es noch einmal und konzentrierte mich darauf, die Wörter zu bilden. »*Xzjjzzjjj* … Möchte mir mal *zhixxxjx* erklären, was hier los ist?«

Freud klatschte in die Hände. »Ganz exzellent. Ich heiße Dr. Landers, Bob. Ich werde Ihnen alle Fragen beantworten und Ihnen helfen, sich auf Ihr neues Leben vorzubereiten.«

Neues Leben …? Was hat denn mit meinem alten nicht gestimmt? Mir gefällt überhaupt nicht, wo das alles hinzuführen scheint.

Dr. Landers zog das Tablet zu sich heran, bis es direkt vor ihm lag. »Also, Bob, was ist das Letzte, woran Sie sich erinnern?«

»An ein Auto, das auf mich zugefahren ist. Ich habe fest damit gerechnet, dass es mich rammen würde. Ich bin mir ziemlich sicher, dass es das auch getan hat.«

»Ganz richtig, Bob. Als Sie im Krankenhaus ankamen, befanden Sie sich in einem äußerst kritischen Zustand. Wegen des Vertrags, den Sie mit CryoEterna geschlossen hatten, standen bereits ein paar Angestellte der Firma mit einem Kryo-Behälter parat, als Ihr Tod festgestellt wurde.«

»Ach, gut zu wissen, dass ich mein Geld nicht zum Fenster rausgeworfen habe. Aber sagen Sie, welches Jahr haben wir?«

Dr. Landers lachte. »Es ist schön, mit einem Subjekt zu sprechen, das so schnell begreift. Heute ist der 24. Juni 2133, und wir befinden uns in New Handeltown, das zu Ihrer Zeit Portland hieß.«

Das überraschte mich. *Dann sind es also …* ***[117]*** Jahre. Moment mal, wo kam das denn her? Ich war schon immer gut im Kopfrechnen gewesen, aber normalerweise musste ich wenigstens die einzelnen Rechenschritte vollziehen. Diese Antwort war jedoch so plötzlich aufgetaucht, als hätte sie mir jemand ins Ohr gesagt. *Schräg, aber damit beschäftige ich mich später. Das kommt auf meine To-do-Liste.*

Ich konzentrierte mich wieder auf den Doktor. Sein komisches Hemd ergab jetzt ein wenig mehr Sinn. Natürlich hatte sich die Mode nach mehr als hundert Jahren ein wenig verändert. Die Uhr wollte ich mir trotzdem genauer ansehen. »Wer ist Handel?«, fragte ich.

»Ach, Bob, eins nach dem anderen. Wenn ich Kandidaten auf den aktuellen Stand bringe, folge ich einem genauen Protokoll, und die Geschichtsstunde hat noch nicht begonnen.«

»Dann sagen Sie mir wenigstens, was mit Old Handeltown passiert ist.«

Dr. Landers lächelte und schüttelte den Kopf.

Ich seufzte und nickte. Oder besser gesagt, ich versuchte zu nicken. Mein Gesichtsfeld bewegte sich nicht. Also konnte ich zwar meine Augen kontrollieren, aber nicht den Kopf. Allmählich kam mir der Verdacht, dass ich an einer Art Locked-in-Syndrom litt. »Na gut«, schnaubte ich. »Können wir dann darüber sprechen, wie viel an mir noch menschlich ist? Diese künstliche Stimme sagt mir, dass sie mich nicht völlig wiederhergestellt haben. Zu wie viel Prozent bin ich ein Borg? Sollte ich Sie um einen Spiegel bitten, oder wäre das eine schlechte Idee?«

»Äh ...« Dr. Landers blickte auf sein Tablet hinunter und zögerte. Dann sah er wieder mich an. »Der Vergleich mit einem Borg ist nicht ganz korrekt. Wenn ich mich richtig an *Star Trek* erinnere, sind die Borgs zumindest zum Teil menschlich. Ich glaube, Mr. Data trifft es eher.«

Ich starrte ihn eine gefühlte Ewigkeit an. Mein Verstand war völlig leer. Es schien mir unmöglich, einen Gedanken zu fassen. Schließlich fand ich meine Stimme wieder. »*Zhzzjjjz* ... Wie bitte?« Beiläufig fiel mir auf, dass ich immer noch keine Panikattacke erlitten hatte. Und zum ersten Mal glaubte ich zu wissen, wieso.

»Bob, Sie sind, was die meisten Leute als Künstliche Intelligenz bezeichnen würden. Obwohl das auch nicht ganz richtig ist. Sie sind eine Kopie des Verstandes von Robert Johansson, abgeleitet aus einem subzellulären Scan seines kryogen gefrorenen Gehirns. Die dabei gewonnenen Daten wurden in eine Computersimulation umgewandelt. Im Grunde genommen sind Sie ein Computerprogramm, das glaubt, es sei Robert Johansson. Ein Replikant.«

»Bedeutet das, dass ich unsterblich bin?«

Einen Moment lang sah Dr. Landers erstaunt aus, dann warf er den Kopf in den Nacken und lachte. »Das ist nun wirklich nicht die Reaktion, die ich normalerweise erlebe. Offenbar haben wir die Verleugnungsphase komplett übersprungen. Ich habe immer mehr das Gefühl, dass es eine gute Idee war, Sie zu replizieren.«

»Also, äh ... Danke. Dann bin ich ... Das ist ... Ist Bob noch am Leben? Oder noch tot? Ich meine, noch in Kryo?«

»Ich fürchte, nein.« Dr. Landers rutschte unbehaglich auf seinem Stuhl hin und her. »Die Aufzeichnung ist ein zerstörerischer Prozess. Wir müssen das Gehirn zunächst ausreichend auftauen, um ohne Eiskristalle die synaptischen Potenziale zu messen. Dabei kommen Chemikalien zum Einsatz, die das Gehirn abtöten. Es erneut einzufrieren, wäre sinnlos.«

Die Erkenntnis traf mich wie ein Schlag, fast als hätte ich ein stromführendes Kabel berührt. Ich weiß nicht, warum es mir so viel ausmachte, dass der ursprüngliche Bob tot war. Ich war doch ohnehin nur ein Computerprogramm. Trotzdem bestürzte mich die Vorstellung, das Einzige zu sein, was von Bob übriggeblieben war. Es fühlte sich an, als hätte mir jemand ein Messer in den Rücken gerammt. Man hatte mich – also Bob – *weggeworfen*.

»Aber ... aber das bedeutet ja, Sie haben mich *umgebracht!*«

Der Doktor seufzte. »Und damit kommen wir zur Geschichtsstunde.«

Er machte es sich auf seinem Stuhl bequem, und sein Blick verlor sich in der Ferne. »Im Jahr 2036 wurde ein unfassbar dreister Fundamentalist namens Andrew Handel zum Präsidenten der USA gewählt. Ja genau, dieser Handel. Während seiner Amtszeit bemühte er sich nach Kräften, Nichtchristen für alle Zeiten aus politischen Ämtern zu verdrängen. Er versuchte auch, die in der Verfassung festgeschriebene Trennung zwischen Kirche und

Staat aufzuheben. Da er aufgrund seiner religiösen Überzeugungen nominiert, unterstützt und schließlich gewählt worden war, nicht wegen seiner politischen oder wirtschaftlichen Kompetenzen, besetzte er naturgemäß so viele Posten wie möglich mit Personen, die ähnlich dachten wie er. In einigen Fällen ignorierte er dabei ganz unverfroren alle Gesetze und Gepflogenheiten. Er und seine Helfershelfer drückten zahllose rechtsextreme Positionen durch, ohne auch nur einen Gedanken an die Konsequenzen zu verschwenden. Und wenn ihm jemand die Folgen seiner Handlungen vor Augen führte, berief er sich darauf, dass Gott seine gerechte Sache schon nicht scheitern lassen würde. Letzten Endes zwang er die USA in die Knie und führte sie in einen wirtschaftlichen Kollaps, neben dem sich die Rezession von 2008 wie ein Picknick im Park ausmachte.« Dr. Landers tippte geistesabwesend auf dem Tablet herum. Es war offensichtlich, dass er diesen Sermon auswendig herunterbetete. »Bei der nächsten Wahl stimmte die Öffentlichkeit für Desmond Ahearn, den ersten – und einzigen – offen atheistisch auftretenden Präsidenten der USA. Seine Berufung war vor allem eine Reaktion auf die bizarre Amtszeit von Handel. Wie Sie sich vorstellen können, geriet die religiöse Rechte darüber komplett aus dem Häuschen. Im Jahr 2041 führten sie einen erfolgreichen Putsch durch, und daraus entstand die Free American Independent Theocratic Hegemony.«

Ich brauchte nur ungefähr eine Millisekunde, um zu erkennen, zu welchem Akronym sich das abkürzen ließ. FAITH. Glaube. Ich stöhnte. »Wie lange haben die wohl an diesem Namen herumgetüftelt?«

Dr. Landers runzelte die Stirn. »In der offiziellen Geschichtsschreibung werden weder Ahearn noch der Putsch erwähnt. Und Handel, so heißt es in den historischen

Aufzeichnungen, wurde gewählt, um eine Theokratie zu errichten. Nur damit Sie es wissen, Bob, Kritik an der Regierung ist ein Kapitalverbrechen und wird mit, äh, *Umerziehung* bestraft. Das sollte man tunlichst vermeiden. Da Sie eine Maschine sind, würde man Sie allerdings nur deaktivieren. Ein Teil meiner Aufgabe besteht darin, Ihnen die rechte Denkart beizubringen, damit Sie ein guter Diener des Staates werden.«

»Bekommen Sie denn keinen Ärger?«, erkundigte ich mich. »Ein paar von Ihren Kommentaren scheinen, wie soll ich sagen, nicht gerade von großem Respekt zu zeugen.«

»Das Wahrheitsministerium, in dessen Ressort diese Unternehmung fällt, ist erstaunlich pragmatisch. Die Leute dort interessieren sich nur für die Resultate und haben uns garantiert, dass sie sich nicht einmischen, solange sie bekommen, wofür sie bezahlen.« Der Doktor verzog das Gesicht. »Ein paar der anderen Ministerien sehen das vielleicht anders. Daher sind wir immer vorsichtig, wenn uns Ministerialbeamte besuchen.«

»Verstehe. Also werde ich als guter Diener des Staates meine Tage damit verbringen, einen Müllwagen oder irgendetwas in der Art zu betreiben, richtig?«

»Ah ja, da Sie schon davon sprechen … Sehen Sie, eine der ersten Amtshandlungen der neuen Theokratie bestand darin, sämtliche kryonischen Einrichtungen für blasphemisch und sämtliche Eingefrorenen für wirklich tot zu erklären. Sie konfiszierten die Vermögenswerte der Klienten – all diese Fonds, die Sie und andere eingerichtet haben, um für Ihre langfristige Lagerung aufzukommen. Und zuletzt haben sie noch sämtliche Aktivposten der Kryo-Unternehmen versteigert, darunter auch ein paar tiefgefrorene Klienten ohne genauen gesetzlichen Status.«

»Sie haben uns versteigert? Wäre es aus christlicher

Sicht nicht das Richtige gewesen, uns zu beerdigen? Nicht dass ich mich dafür im Moment wirklich starkmachen möchte. Aber Sie verstehen, was ich meine …«

Dr. Landers sah einen Moment lang fast wütend aus. »Haben sich die Gläubigen zu Ihrer Zeit stets logisch und vorhersehbar verhalten?«

»Der Punkt geht an Sie.« Ich versuchte zu verstehen, was der Doktor mir erklärt hatte. »Ich gehöre also jemandem?«

»Der Firma, für die ich arbeite, um genau zu sein. Applied Synergetics Inc. beliefert die Gesellschaft mit Robodienern. Und zwar in Konkurrenz zu einer Firma namens Total Cyber Systems. Wir verfolgen den Ansatz, Replikanten in Maschinen zu integrieren, während TCS rein Künstliche Maschinenintelligenzen, sogenannte KMIs, konstruiert.«

Ich kicherte. Oder versuchte es wenigstens. Was aus dem Sprachgenerator kam, war jedoch weit von dem Geräusch entfernt, das ich beabsichtigt hatte.

Dr. Landers verzog das Gesicht. »Darin werden Sie noch besser. Keine Sorge. Am Ende dieser Sitzung wird Ihre Stimme nicht mehr von der eines Menschen zu unterscheiden sein. Und um die unausgesprochene, aber naheliegende Frage zu beantworten: KMIs sind derzeit nur für sehr, sehr einfache Aufgaben mit geringem Risiko oder unter genauester Überwachung zugelassen. Vor ein paar Jahren erlitt eine KMI- Schädlingsbekämpfungseinheit in einem Einkaufszentrum einen psychotischen Zusammenbruch und beschloss, dass Menschen ebenfalls Ungeziefer seien. Dutzende von Besuchern wurden verletzt und einige getötet, bevor sie die Geräte schließlich abschalten konnten.«

Ich kicherte erneut. Diesmal klang es nicht mehr ganz so sehr nach einem Drucker mit Papierstau.

»Andererseits«, fuhr Dr. Landers fort, »sind Replikanten auch nicht besser im Multitasking als lebendige Menschen. Deswegen fügen wir ein GUPPI-Interface hinzu, um Aufgaben auszulagern. Ungefähr vier von fünf Replikanten werden verrückt, wenn sie herausfinden, was man mit ihnen angestellt hat.« Er sah mich mit einem schiefen Lächeln an. »Ganz zu schweigen davon, dass die meisten Kryo-Subjekte vor dem Tod wohlhabend waren und es gar nicht gut aufnehmen, dass sie ihr nächstes Leben in Knechtschaft verbringen werden.«

Die Vorstellung, wie irgendein ehemaliger CEO mitgeteilt bekam, dass er von nun an einen Müllwagen fahren würde, ließ mich laut auflachen.

»Daher haben wir manchmal Schwierigkeiten, den richtigen Replikanten für eine Aufgabe zu finden. Und ein gewisser Prozentsatz wird nach einer Weile ohnehin wahnsinnig.«

Das war ein ernüchternder Gedanke. Mich beschlich das ungute Gefühl, dass ich vielleicht auch noch in diesen Abgrund blicken würde. Im Moment kam es mir allerdings noch so vor, als würde all das jemand anderem passieren. An den Rändern meines Bewusstseins zupften Fragen nach der Einzigartigkeit eines jeden Menschen und der Existenz von so etwas wie einer Seele. Ich schob sie jedoch beiseite und beschloss, mich stattdessen auf das Hier und Jetzt zu konzentrieren.

»Achtzig Prozent Ausfallrate sind ziemlich übel, Doc. Wie können Sie sich im Geschäft halten?«

»Ein erfolgreiches Subjekt kann in vielen Einheiten installiert werden, Bob. Die meisten derzeit eingesetzten Bergbaugeräte werden von einem gewissen Rudolf Kazini gesteuert, der bereits zu Lebzeiten in einer Mine gearbeitet hat. Wichtig ist vor allem, dass die jeweilige Aufgabe zum

Temperament des Subjekts passt.« Der Doktor zögerte einen Moment, ehe er fortfuhr. »Und natürlich entwickeln wir mehrere Kandidaten.«

Ich versuchte, meine nicht vorhandenen Augenbrauen zu heben, und ärgerte mich, als nichts passierte. »Heißt das etwa, ich habe Konkurrenten?«

»Nun, ja und nein. Für dieses Projekt haben wir fünf Kandidaten aktiviert. Statistisch gesehen, werden vier von Ihnen den Verstand verlieren und abgeschaltet werden. Wenn nach der Trainingsphase mehr als einer von Ihnen bei klarem Verstand ist, dann ja. In diesem Fall werden wir uns entscheiden müssen, denn bei diesem Projekt benötigen wir nur einen einzigen Replikanten.«

»Und der Unterlegene?«

Dr. Landers zuckte mit den Schultern. »Müllwagen. Oder er wird so lange eingelagert, bis sich eine neue Gelegenheit für ihn ergibt.«

Nicht gut. Gar nicht gut. Die Aussicht, verrückt zu werden, stand nicht gerade ganz oben auf meiner Wunschliste, aber die Vorstellung, dass ich dem Tod – mehr oder weniger – von der Schippe gesprungen war, nur um dann Sklavenarbeiten zu verrichten, war echt niederschmetternd. Aber abgeschaltet wollte ich auf keinen Fall werden. Offenbar befand ich mich in einem Wettbewerb, in dem es für mich um alles ging.

Ich würde diese Angelegenheit also sehr ernst nehmen müssen. Und davon ausgehen, dass die anderen Kandidaten ebenso geeignet für die Aufgabe bei diesem Projekt waren wie ich. Worum auch immer es sich dabei handelte. Mir blieb gar nichts anderes übrig, als der Beste zu sein. Und dafür musste ich vor allen Dingen gut informiert sein. »Na gut, was ist das für ein Job?«

»In dieser Phase ist es wirklich nicht sinnvoll, bereits

über solche Einzelheiten zu sprechen. Das wäre nur eine unnötige Ablenkung.«

Na, das war wohl nichts. »Können Sie mir dann wenigstens etwas über meine Konkurrenten erzählen?«

»Nein, Bob, dazu besteht kein Grund. Sie werden ihnen nie begegnen. Am besten fangen Sie gar nicht damit an, Menschen in ihnen zu sehen.«

Das ergab durchaus Sinn, wenn auch auf eine sehr kalte, klinische Weise. Damit hatte ich bislang allerdings noch nicht sehr viele Informationen gesammelt. »Okay. Nächste Frage. Warum gerate ich bei alldem nicht in Panik? Die Situation ist völlig bizarr. Ich bin tot. Ich meine, mein ursprüngliches Ich ist tot. Ich bin ein Computerprogramm. Ich bin ein *Eigentumsobjekt*. Warum rase ich nicht in der Gegend herum und wedele wie irre mit den Händen? Mal abgesehen vom offensichtlichen Grund.«

Dr. Landers grinste, schien aber nicht wirklich amüsiert. »Wir können nicht Ihre Persönlichkeit modifizieren, Bob. Sie ist eine Eigenschaft, die sich im permanenten Fluss befindet. Alle bisherigen Versuche, etwas an ihr zu verändern, haben zu, äh, unbrauchbaren Subjekten geführt. Also heißt es alles oder nichts. Allerdings können wir Ihre endokrinen Simulationen kontrollieren. Panik entwickelt sich in einer Feedbackschleife, bei der unter anderem Adrenalin eine Rolle spielt. Also schränken wir die Ausschüttung dieses Hormons einfach ein. So können Sie weder in Panik geraten noch wütend werden oder Angst bekommen. Sie können, wenn man so will, im äußersten Fall ernsthaft besorgt sein.«

»Und dennoch verzeichnen Sie eine Ausfallrate von achtzig Prozent?« Ich versuchte, eine Geste zu vollführen. Da ich jemand war, der immer viel mit den Händen geredet hatte, frustrierte es mich, dass auch das nicht funktionierte. »Sagen Sie, werde ich irgendwann Gliedmaßen bekommen? Diese Körperlosigkeit geht mir auf die Nerven … oder die Schaltkreise. Was auch immer.«

Dr. Landers nickte. »Ich finde, dass wir für einen Tag sehr große Fortschritte gemacht haben. Sie haben sich als sehr vernünftig erwiesen und sind besser mit dieser Situation umgegangen, als ich mir erhoffen durfte. Wir machen morgen weiter, und dann schauen wir mal, ob ich Ihnen ein paar Peripheriegeräte beschaffen kann.«

Dr. Landers hob sein Tablet an und tippte mit dem Finger auf das Display.

»Warten Sie. Nein, ich …«

03

Bob – 25. Juni 2133

Abermals kam ich ruckartig zu Bewusstsein. Dr. Landers' priesterlich aussehendes Hemd hatte eine andere Farbe, daher ging ich davon aus, dass seit unserem letzten Treffen mindestens ein Tag vergangen sein musste. Er ließ sein Tablet sinken und hob den Blick.

Ich stocherte in meiner Psyche herum und suchte nach Anzeichen von Panik, Wahnsinn oder wenigstens großer Sorge. Ich fühlte mich nicht betäubt. Das Gefühl kannte ich von einer Weisheitszahnoperation. Es hatte mir nicht gefallen. Betrunken war ich auch nie gern gewesen. Ich mochte es generell nicht, die Kontrolle über meinen Verstand zu verlieren.

Im Moment war ich jedoch absolut Herr meiner Gedanken. Genau genommen fühlte ich mich in Topform. Es war, als hätte ich besonders gut geschlafen und wüsste, während ich das Büro betrat, dass ich heute jedes Problem meistern würde.

Andererseits waren meine Eltern und meine Schwestern seit langer Zeit tot. Genau wie Alan, Karen, Carl und alle anderen Menschen, die ich gekannt hatte. Ich konnte deutlich Karen vor mir sehen, wie sie mich mit verschränkten Armen böse anfunkelte. Auf ihrem Gesicht stand deutlich *Ich habe es dir doch gesagt* geschrieben. Doch die Gedanken an meine Verwandten und Freunde weckten nur leichtes Bedauern in mir, was vermutlich an der Hormonkontrolle lag. Diese Erkenntnis gab mir – mehr noch als die Tatsache, dass ich ein Computerprogramm war – das Gefühl, kein Mensch mehr zu sein.

Ich konnte Dr. Landers wegen alledem nicht allzu böse sein. Bosheit schien keinerlei Rolle zu spielen. Im Laufe der Zeit und infolge mehrerer logischer Schritte, bei denen ein Ereignis zum nächsten geführt hatte, war es nun mal so gekommen, dass ich jetzt ein Softwareprodukt war. Und bislang schien dieser Wesenszustand auch seine Vorteile mit sich zu bringen. Wenn Bob von einem Auto überfahren worden war und nicht mehr existierte, führte ich im Grunde genommen ein freies Leben. Außerdem war ich potenziell unsterblich. Vielleicht sollte ich es einfach nehmen, wie es kam. Zumindest für den Augenblick. Wenn ich bei diesem Auswahlprozess Zweiter werden würde, konnte ich meine Lage ja immer noch mal neu bewerten. *Pass gut auf, was du dir wünschst. Ganz im Ernst.*

Na, dann wollte ich mal herausfinden, was es noch für Vorteile hatte, so ein tolles Computerprogramm zu sein? Vielleicht konnte ich ja mit diesem GUPPI-Interface kommunizieren.

Systemcheck. Die Wurzel aus 234.215.

[483,957642]

Krass, wie cool. Habe ich eine Datumsfunktion? Aktuelles Datum.

[25-06-2133.08:42:24.235]

Wow. Ich bin tatsächlich Data. »Beim nächsten Ton ist es 8:43 Uhr. Piiiep.«

Dr. Landers sah einen Moment lang überrascht aus, dann lachte er. »Sie haben mehrere Funktionen dieser Art, Bob. Sie müssen nur lernen, wie Sie sie aufrufen können. Das wird ein Teil Ihres Trainings sein.«

Aus reiner Gewohnheit versuchte ich zu nicken und war

überrascht, als sich diesmal mein Sichtfeld bewegte. »Hey, ich kann meinen Nacken kontrollieren!« Ich drehte den »Kopf« und erkannte begeistert, dass ich mein Blickfeld wie eine Eule um dreihundertsechzig Grad rotieren konnte. Im Zimmer gab es nichts Überraschendes zu sehen. Wie ich bereits vermutet hatte, befand ich mich tatsächlich auf einem Schreibtisch. Neben mir stand ein fernsteuerbarer Greifarm. Er war klein und verglichen mit industriellen Waldos sehr einfach konstruiert – mit zwei zangenartigen Fingern sowie Schulter-, Ellbogen- und Handgelenk. Ich beschloss herauszufinden, ob ich auf ihn zugreifen konnte. Vermutlich stand dieser Punkt ohnehin auf der heutigen Tagesordnung.

Es schien ewig zu dauern – auch wenn laut meiner Zeitanzeige weniger als eine halbe Sekunde verging –, bevor sich der Waldo auf mein Kommando hin bewegte. Ich ließ ihn winken und die Zangenfinger öffnen und zusammenzwicken. Anschließend drehte ich mich wieder zu Dr. Landers um.

Während der Doktor den Waldo überrascht ansah, verzogen sich seine Lippen zu einem Lächeln. »Heute«, sagte er mit einem belustigten Kopfschütteln, »versuchen Sie bitte, den Greifarm zu bewegen.« Dann seufzte er. »So viel zum heutigen Übungsplan. Bis jetzt machen Sie sich sehr gut, Bob. Ich glaube, es ist das Beste, wenn wir gleich den Roamer-Test absolvieren. Ursprünglich wollte ich ihn erst in einer Woche durchführen, wenn Sie sich ein bisschen besser zurechtfinden, aber …«

Dr. Landers nahm das Tablet in die Hand und zielte mit dem Finger auf einen Punkt auf dem Bildschirm.

Oh nein, nicht schon wieder. »Warten Sie! Nein, tun Sie das nicht …«

Ich kam in einem anderen Zimmer, das in dem gleichen Behörden-Grauweiß gestrichen war, wieder zu mir. An einer Wand stand ein Regal, in dem ein paar **[32]** mechanische Gegenstände lagerten. Vor jedem dieser Geräte leuchtete ein rotes Licht. Direkt vor mir stand ein Tisch mit mehreren **[128]** Bauklötzen.

In der gegenüberliegenden Wand befand sich ein Fenster, hinter dem Dr. Landers stand. »Würden Sie *bitte* damit aufhören!«, sagte ich und versuchte, ihn finster anzusehen.

»Hätten Sie es lieber, wenn ich Sie unter dem Arm herumtragen würde?« Ein paar Sekunden lang wahrte Dr. Landers ein Pokerface, dann lächelte er. »In Wirklichkeit stecken Sie und die anderen Kandidaten in großen teuren Würfeln voller Elektronik, die woanders auf dem Gelände in einem sicheren klimatisierten Raum untergebracht sind. Ich übertrage lediglich Ihre peripheren Funktionen von einem Raum zum anderen. Hier bestehen Sie aus einer Stereokamera, die auf einem mechanischen Arm angebracht ist.«

Einen Moment lang wartete er ab, was ich dazu sagen würde, aber mir fiel nichts ein. Schließlich deutete er auf das Regal. »Auf den Regalbrettern sehen Sie Remote-Observation-And-Manipulation-Einheiten, kurz ROAMER. Ihre Aufgabe besteht darin, die Klötze vor Ihnen mithilfe so vieler Roamer wie möglich aufeinanderzustapeln. Damit Sie ein Gefühl dafür bekommen, fangen wir erst mal mit einem Roamer an.«

Dr. Landers gab etwas in sein Tablet ein, und das Licht vor einem der Geräte schaltete von Rot auf Grün um.

»Die Roamer enthalten primitive KMIs und können ohne Überwachung einfache Handlungen ausführen, aber sie verfügen über keinen eigenen Willen und müssen gesteuert werden. Bitte versuchen Sie mal, den Roamer auf den Tisch zu holen und ein paar Klötze aufeinanderstellen zu lassen. Ihr GUPPI wird sich mit dem Interface des Roamers verbinden und Ihnen gegebenenfalls Feedback geben.«

Ich nahm Roamer Nummer eins in den Blick.

[STATUS: Bereit.]

Okay, das ist doch schon mal ein guter Anfang. Steh auf.

Der Roamer stand auf. Er erinnerte entfernt an eine Spinne, mit einer Standbreite von acht Zoll **[voll gespreizt 20 Zentimeter.]** *Ach, halt doch die Klappe!*

Ich nahm den Roamer aus der Entfernung so gut wie möglich in Augenschein. *Wie soll er die Klötze anheben?* Ich wartete einen Moment. *Na?*

[Feedback auf Wunsch des Users deaktiviert.]

Na toll, ich habe seine Gefühle verletzt. Ich konzentrierte mich auf das Roamer-Interface. *Feedback aktivieren.*

Sofort tauchten in meinem Sichtfeld faszinierende Diagramme und schematische Darstellungen auf. Die Roamer waren radialsymmetrisch konstruiert. Das hieß, dass sie weder eine Vorder- noch Rückseite hatten. Sie verfügten über acht Gliedmaßen mit jeweils einem Set Sensoren. Jede von ihnen diente wahlweise als Bein und oder ließ sich in drei Greiffinger aufteilen. Außerdem waren ein paar der Gliedmaßen mit zusätzlichen Werkzeugen ausgestattet, wie zum Beispiel Schraubenziehern, Schleifmaschinen oder Taschenlampen sowie mit diversen Schneidewerkzeugen. Zum Teil beherbergten sie auch hochmoderne Technologien. Ein besonders cooles Teil war ein magnetisch kontrollierter Plasmaschneider, der mir wie ein tatsächlich funktionierendes Lichtschwert vorkam.

Wie kriege ich ihn jetzt auf den Tisch? Kann er so weit springen?

[Wahrscheinlichkeit eines Geräteschadens: 40 %.]

Also nein. Wie wär's mit Runterklettern? Ach, Moment. Ich rief noch mal die schematischen Darstellungen auf. VAST – *Variable Attachment Surface Tension. Die Leute hier liebten ihre Akronyme aufrichtig.* Ich stellte mir bildlich vor, wie der Roamer vom Regal herabkletterte, und sogleich poppte in meinem Sichtfeld ein Fenster auf, in dem ich alles Weitere aus dem Blickwinkel des Roamers verfolgen konnte. Er lief senkrecht an der Wand hinab, wobei das VAST-System für sicheren Halt sorgte. Nach wenigen Sekunden war der Roamer an den Tischbeinen hinauf bis auf die Arbeitsfläche geklettert.

Damit hatte ich zum ersten Mal Gelegenheit, mein »Ich« auf diesem Tisch zu begutachten. Aus der Perspektive des Roamers sah ich einen mechanischen Arm, der dem ähnelte, den ich zu kontrollieren gelernt hatte, nur dass an seinem Ende zwei Kameras befestigt waren. Aus dem kleinen Lautsprecher zwischen den Kameras ertönte vermutlich meine Stimme, wenn ich sprach. So sah also mein Gesicht aus. Es erinnerte mich an den Roboter aus dem Film *Nummer 5 lebt!* Als ich meinen »Kopf« hin- und her bewegte, sah ich auf dem Videofeed des Roamers die Schwenkbewegungen des Arms und der Zwillingskameras. Gleich darauf wackelte ich mit einem der Beine des Roamers und verfolgte aus meiner »eigenen« Perspektive, wie das Gerät die Bewegung ausführte.

Mich selbst zu sehen und mir dabei zuzusehen, wie ich mich selbst sah, löste eine Art existenziellen Schwindel in mir aus. Daher beschloss ich, meine Aufmerksamkeit lieber auf die Klötze zu richten. Sie sahen wie ganz normale Bauklötze für Kinder aus, wie es sie schon immer gegeben hatte. In die eine Hälfte ihrer Oberflächen waren Flachreliefs von Buchstaben oder Ziffern eingeprägt. Die Symbole waren ausnahmslos mit Primärfarben ausgemalt.

Die anderen Oberflächen zierten simple eingravierte Bilder. Mir fiel auf, dass sie alle einen religiösen Inhalt hatten. Auch diesen Umstand setzte ich zur Nachbetrachtung auf meine To-do-Liste.

Der Roamer musste nicht bei jedem Arbeitsschritt überwacht werden, aber er benötigte von mir die Rahmenparameter, um seine Aufgabe zu erfüllen. Innerhalb von Sekunden hatte er eine Plattform gebildet, die aus fünf mal fünf Klötzen bestand. Als Nächstes wies ich den Roamer an, auf dieser ersten Schicht eine zweite aus vier mal vier Klötzen zusammenzufügen. Solange ich es vermied, alle seine Schritte mit Befehlen zu begleiten, bewegte sich der Roamer mit beeindruckender Geschwindigkeit. In null Komma nichts hatte er eine Pyramide errichtet.

Ich sah zu Dr. Landers hinüber. »Tadaa.«

Der Doktor nickte und spielte auf seinem Tablet herum. Auf dem Regal mit den Roamern wurden drei weitere Lichter grün.

»Noch einmal bitte, Bob. Diesmal mit mehreren Roamern.«

Während der folgenden Stunden stellte Dr. Landers mir verschiedene Aufgaben, die ich mit einer wechselnden Anzahl von Roamern erledigen musste. Jede Übung verfolgte ein offensichtliches Trainingsziel, und ich war zunehmend beeindruckt von meinen neuen Fähigkeiten.

Gelegentlich versorgte er mich mit neuen Materialien, darunter mit etwas, was mich an einen Meccano-Bausatz erinnerte. Die Roamer bewältigten jeden Test mit Bravour. Ich musste ihnen lediglich generelle Vorgaben machen, die sie schnell und effizient umsetzten. Während des gesamten Vormittags passierte mir nur ein einziger Fehler: Als ich meine Anweisungen einmal nicht deutlich genug übermittelte, schleuderte ein Roamer einen anderen quer durch den Raum. Ich weiß, dass der Doktor gesagt hatte, die KMIs hätten keinen eigenen Willen, aber ich könnte schwören, dass das Opfer der Attacke anschließend schmollte.

Irgendwann während dieser Übungseinheit fiel mir auf, dass der Trainingsraum komplett versiegelt war. Es gab weder eine Tür noch Lüftungsrohre. Auch die Fensterscheibe wirkte dick und schien fest in ihrem Rahmen zu sitzen. *Haben sie Angst vor mir oder vor den Roamern? Oder vor uns beiden? Noch ein Punkt für die To-do-Liste.*

04

Bob – 15. Juli 2133

Ruckartig kam ich zu Bewusstsein. »Allmählich bekommt dieser Witz einen Bart, Dr. Landers.«

»Tut mir leid, Bob. Aber wir schalten die Replikanten standardmäßig auf Stand-by, solange sie nicht aktiv trainieren. Es kommt Ihnen so vor, als würden Sie in normaler menschlicher Geschwindigkeit mit mir interagieren, aber wenn ich Sie Ihren eigenen Gedanken überließe, würden Sie feststellen, dass die Zeit in Ihrer subjektiven Wahrnehmung wesentlich langsamer vergeht. Acht Stunden könnten Ihnen wie eine Ewigkeit vorkommen. Ich hatte schon mit Replikanten zu tun, denen es ganz gut zu gehen schien, bis sie plötzlich über Nacht psychotisch wurden.« Der Doktor sah einen Moment lang auf seine Schuhe hinab. »Tatsächlich haben wir erst während der letzten vierundzwanzig Stunden eine Ihrer Konkurrentinnen verloren. Sie geriet in eine Schleife, aus der wir sie nicht mehr herausholen konnten. Und als wir sie aus dem Back-up wiederhergestellt hatten, ist ihre neue Version noch mal genau an derselben Stelle abgestürzt. Jetzt sind Sie also nur noch zu viert.«

Ich stieß einen Seufzer aus und bemerkte mit leichter Genugtuung, dass er echt klang. Es war ziemlich offensichtlich, dass man mich in meinen aktiven Phasen so beschäftigt wie möglich hielt und mir keinerlei Ruhepausen gönnte. Vermutlich war das ein Versuch, mich geistig gesund zu erhalten. Beschämt stellte ich fest, dass mich die Neuigkeit über die andere Replikantin nicht traurig machte, sondern eher freudig stimmte. *Eine Konkurrentin weniger.*

Ich schätzte zwar Dr. Landers' Ehrlichkeit, aber früher oder später würde ich mich mit meiner existenziellen Krise auseinandersetzen müssen. Außerdem brauchte ich auch noch Zeit, um den Verlust meiner Familie zu betrauern.

»Tut mir leid, das zu hören«, sagte ich. »Aber vermutlich behandeln Sie uns alle auf die gleiche Weise. Also scheint unsere Abschaltung nicht die Lösung des Problems zu sein. Wie wäre es stattdessen, wenn Sie mich mit intellektuellen Aktivitäten auf Trab hielten? Ein bisschen Studienzeit wäre doch gut, oder? Vielleicht mit Zugang zu dem, was immer inzwischen aus dem Internet geworden ist? Ich wüsste gerne, was ich während der letzten rund hundert …« **[117].** Danach habe ich nicht gefragt! »… Jahre verpasst habe.«

»Ach, wissen Sie, das Internet gibt es nicht mehr. Jedenfalls nicht hierzulande. Es ist viel zu anarchistisch und zu schwer zu kontrollieren. Und es bietet zu viele Gelegenheiten für die Sünde, falsche Lehren und sonstige Versuchungen. Dafür haben wir jedoch Onlinebibliotheken, und ein Teil der Geschichtsschreibung könnte sogar relativ genau sein. Ich will mal sehen, ob ich Ihnen Zugang zu einer der besseren verschaffen kann.«

»Finde ich dort auch Stammbäume? Vielleicht habe ich ja noch lebende Verwandte. Ich wäre sehr daran interessiert …«

»So etwas fördern wir prinzipiell nicht, Bob. Außerdem sind solche Aufzeichnungen nicht öffentlich. Innerhalb der FAITH sind Informationen generell nicht frei zugänglich. Tut mir leid.«

In diesem Moment war ich froh, kein Gesicht zu haben. Dr. Landers' Bemerkung hatte mich schwer getroffen, und ich fühlte mich mit einem Schlag endgültig von der Menschheit abgeschnitten. Nun musste ich nicht nur mit der Tatsache zurechtkommen, dass meine engste Familie tot war, ich würde auch nicht mehr mit eventuellen Nachkommen in Verbindung treten können.

Im nächsten Moment setzte die endokrine Kontrolle ein, und meine abgrundtiefe Trauer verwandelte sich in eine Art leise Trübsal. Wow, sollte ich je die Kontrolle über meine Hard- und Software erlangen, würde das die erste Sache sein, die auf dem Müll landete. Trauerbewältigung verlangte nach Trauer, und die hatte man mir genommen.

Ich mochte es nicht, irgendjemandes Eigentum zu sein, aber im Moment konnte ich nichts daran ändern. Doch wenn sich die Gelegenheit ergab, würde ich ein paar Anpassungen vornehmen. Bis dahin wollte ich den Mund halten, immer gut zuhören und ein braver kleiner Roboter sein. Das Wichtigste war jetzt, ihnen keinen Anlass zur Sorge zu geben, zurechnungsfähig zu bleiben und den Wettkampf zu gewinnen.

Aber bloß kein Druck und immer schön locker bleiben.

05

Bob – 18. Juli 2133

Seufz. »Guten Morgen, Dr. Landers. Sind Sie nicht eben erst gegangen?«

»Guten Morgen, Bob …«

Oje. Das war nicht Dr. Landers' normaler Tonfall. Ich hatte meine künstlichen Sinne feinjustiert und dabei entdeckt, dass ich beinahe in Echtzeit Fourier-Analysen durchführen konnte. Die Stimme des Doktors zeugte von hoher Anspannung.

Ein zweiter Mann trat in mein Blickfeld. Dr. Landers deutete auf ihn. »Bob, das ist Pastor Travis. Er ist gekommen, um Ihren Fortschritt zu begutachten.«

Ich verstand den Subtext. Dieser Typ konnte mir den Stecker ziehen. Also hieß es, vorsichtig sein. Außerdem musste ich meine witzigen Bemerkungen im Zaum halten, da er aussah, als wäre er Teil einer Comedy-Nummer. Und schließlich musste ich bei seinem Anblick daran denken, dass an Klischees oft was dran war, denn dieser Mann entsprach bis aufs Haar dem Stereotyp eines Priesters aus alter Zeit, der auf die Bibel pochte und Gift spie. Er war groß und hager, mit Wangenknochen und Zähnen, die aus seinem Gesicht herauszuragen schienen. Selbst wenn er lächelte, blickte er finster drein.

»Guten Morgen, Herr Pastor. Ich stehe Ihnen zur Verfügung.« *Wow, das war wirklich der schlechteste Eröffnungssatz aller Zeiten.*

»Guten Morgen, Replikant. Ich bin hier, um zu überprüfen Tauglichkeit Ihre für eine Aufgabe, die gereicht zu Ehre dem Herrn heute und in geringerem Maße dem Königreich auch unseres geistigen Führers, Thomas Handel III.«

Im ersten Moment verblüfften mich sein Akzent und das verdrehte Vokabular. Natürlich waren seit meinem Tod gut hundert Jahre vergangen, aber Dr. Landers hatte für mich immer wie jemand geklungen, dem ich auch früher auf der Straße hätte begegnen können. Andererseits hatte Landers mir klar erklärt, dass der Umgang mit Replikanten sein Spezialgebiet war. Vielleicht hatte er dafür auch ein Sprechtraining absolviert.

»Also gut, schießen Sie los«, sagte ich.

Pastor Travis drehte sich verwirrt zu Dr. Landers um.

Der zuckte mit den Schultern. »Oh, das eine aus dem einundzwanzigsten Jahrhundert ist Redewendung. Bedeutet, dass Sie alle stellen Fragen, die wünschen.«

Pastor Travis nickte und wandte sich wieder mir zu. »Ich kann denken mir, dass eine Aussage in von heute Sprache nicht oberste Priorität ist, angesichts Subjekt sein Zweck.«

Verdammt noch mal. Was? Die gegenwärtige Variante des Englischen war einfach zu verworren, um irgendetwas zu verstehen. Vielleicht konnte ich ein gutes Übersetzungsprogramm finden. Schließlich hatte es ja bereits zu meiner Zeit so etwas wie Google Translate gegeben. Ich durchsuchte die Bibliothek und entdeckte bereits nach ein paar Millisekunden, was ich brauchte. Anschließend setzte ich das Programm auf die letzte Bemerkung des Pastors an.

»Vermutlich ist es wirklich nicht so wichtig, ihm die heutige Sprache beizubringen, wenn man seinen Zweck bedenkt.«

Oh Mann. Hätte ich immer noch Augenbrauen gehabt, wären sie jetzt unter meinem Haaransatz verschwunden.

Er sah mich an. Oder vielleicht blickte er auch nur in meine Richtung. Er wirkte, als würde er sich nicht mit jemandem unterhalten, sondern in ein Mikrofon sprechen. Für den Rest der Unterhaltung ließ ich das Übersetzungsprogramm mitlaufen.

»Sind Sie zu Lebzeiten in die Kirche gegangen?«

Kann man mir anmerken, wenn ich lüge? Darüber hat Dr. Landers nie etwas gesagt. Aber vermutlich ist es immer noch besser für mich, bei einer höflichen Lüge ertappt zu werden, als wenn ich offen zugebe, wie ich zu Glaubensfragen stehe.

»Gelegentlich, Herr Pastor. Meistens zu Ostern oder Weihnachten. Ohne eine eigene Familie hatte ich keinen rechten Grund dazu.«

»Sie hatten also keine Kinder?«

»Soweit … Nein.« *Soweit ich weiß, nein. Ha! Das würde ihm sicher gefallen, du Trottel.*

»Soweit?«

»Soweit habe ich es vor meinem Tod leider nicht gebracht, Herr Pastor.« *Und jetzt wird mir das wahrscheinlich auch nicht mehr gelingen.*

Pastor Travis nickte.

In dieser Art ging die Unterhaltung noch ein paar Minuten lang weiter. Die Fragen hatten nicht das Geringste mit Technik zu tun. Der Pastor wollte anscheinend vor allem herausfinden, wie religiös ich war. Ich gab mich sehr ehrerbietig und versuchte, ihm nicht auf den Schlips zu treten. Es war mir wichtig, wie ein Teamplayer zu erscheinen und mich gleichzeitig in theologischen Dingen bedeckt zu halten.

Schließlich schien der Pastor seine Neugier befriedigt zu haben. Er nickte mir zu, verabschiedete sich von Dr. Landers und ging.

Dr. Landers zog ein Taschentuch aus seinem Kittel und wischte sich den Schweiß von der Stirn.

»Verdammt, Doc. War die Lage denn wirklich so brenzlig? Auf mich wirkte er überhaupt nicht streitlustig.«

»Hätte er aber sein können, Bob. Das ließ sich nicht vorhersagen. Er ist ohne jede Vorankündigung aufgetaucht, und ich hatte weder genügend Zeit, um Sie vorzubereiten, noch konnte ich herausfinden, auf welcher Seite er steht.«

»Seite? Gibt es innerhalb der FAITH verschiedene Fraktionen?«

»Sie gehen doch sicher nicht davon aus, dass sich unsere Regierungsmitglieder immer in allen Punkten einig sind?« Dr. Landers sah mich spöttisch an. »Die FAITH teilt sich in zahlreiche Machtblöcke auf und ist vielleicht sogar noch zersplitterter als die meisten Regierungen. Ich glaube, das hat mit der Größe unseres Landes zu tun.« Dr. Landers zog einen Stuhl heran und nahm Platz. »Wie sich herausstellte, ist Pastor Travis vom Wahrheitsministerium, das dieses Vorhaben finanziert. Wir können ihn also wahrscheinlich als Freund betrachten.«

»Wahrheitsministerium? Was heißt das?«

»Die Aufgabe des Ministeriums besteht natürlich darin, *die* Wahrheit zu verbreiten. Es hat weitreichenden Einfluss, auf das Militär, die Kolonisationsbestrebungen und die Diplomatie …« Sein Blick ging in die Ferne. Offenbar suchte er nach der richtigen Formulierung. »Aber es gibt andere Ministerien, die sich gegen uns stellen. Fraktionen, die der Ansicht sind, dass jede Art von Künstlicher Intelligenz schändlich ist, ganz gleich ob es sich dabei um KMIs oder Replikanten handelt. Andere sind der Ansicht, dass wir sämtlichen Technologien abschwören sollten, die nach der Dampfmaschine erfunden worden sind. Und jede dieser Gruppierungen denkt, sie hätte Gott auf ihrer Seite.

Ich brauche Ihnen wohl nicht zu sagen, dass logische Argumente bei diesem Konflikt längst nicht so viel zählen wie eine möglichst mitreißende Rhetorik. Aber auch Attentate und Sabotageakte gelten als probate Mittel.«

Da ich gar nicht nach so vielen Einzelheiten gefragt hatte, überraschte mich Dr. Landers' Ausbruch. Offenbar war dieses Thema ein wunder Punkt für ihn.

»Warum lässt die Bevölkerung das zu? Für mich hört sich das wie ein Leben in der Hölle an.«

Der Doktor seufzte. »Man lässt mir bei meiner Arbeit mit den Replikanten einige Freiräume, aber wenn ich irgendetwas von dem, was ich gerade gesagt habe, außerhalb dieses Gebäudes wiederholen würde, wäre ich reif für die Umerziehung. Dabei handelt es sich übrigens vor allem um eine operante Konditionierung mit direkter Gehirn- und Nervenstimulation im Bereich des Thalamus, der Amygdala und des Vagusnervs. Sobald das Ministerium für Angemessene Gedanken mit Ihnen fertig ist, verfallen Sie bei jedem ›unangemessenen‹ Gedanken, der Ihnen durch den Kopf geht, in die wildesten Zuckungen.« Dr. Landers erhob sich. »Es tut mir leid, dass ich so negativ klinge, Bob. Besuche aus dem Ministerium sind schon unter normalen Umständen traumatische Erfahrungen, aber bei Ihnen und den anderen Replikanten steht besonders viel auf dem Spiel.«

Ha. »Steht besonders viel auf dem Spiel« hört sich nicht gerade nach der Steuerung eines Müllwagens an. Ich bin gespannt, wann er damit rausrückt, worum es bei alledem geht.

Er nahm das Tablet zur Hand. »Heute habe ich eine Simulationsübung für Sie vorbereitet. Wir werden Ihre Eingabe-Ausgabe-Interfaces mit der realen Welt unterbrechen und stattdessen ein paar VR-Schnittstellen einrichten. Ich gewähre Ihnen außerdem Zugang zu einer der Bibliotheken, die ich neulich erwähnt habe. Wenn Ihnen die Simulation zu viel werden sollte, können Sie sie jederzeit verlassen. Dazu reicht eine Aufforderung an Ihr GUPPI.«

Er berührte sein Tablet …

Plötzlich schwebte ich im Nichts. Als Erstes fragte ich mein GUPPI nach allen vorhandenen Interfaces. Es zeigte mir eine Liste von Video- und Audiofeeds sowie Schnittstellen zur Reaktorkontrolle, zur Verkehrskontrolle und auch eine zur Umweltkontrolle. Außerdem fand ich ein Bibliotheks-Interface.

Was GUPPI wohl bedeutet?

[General Unit Primary Peripheral Interface]

Lahm.

In der Missionsbeschreibung entdeckte ich, dass ich auch eine virtuelle Raumstation kontrollierte. *Wie interessant*. Ich fragte mich, ob ich für irgendetwas im Weltall trainierte. Mit sämtlichen Feeds, die mir zur Verfügung standen, sah ich mich auf der Station um. Einem Eintrag in der Bibliothek zufolge waren alle Simulationen dieser VR exakte Nachbildungen tatsächlich existierender Orte. Die Tatsache, dass die FAITH den Bau von Weltraumstationen zugelassen hatte, rückte sie in meinen Augen gleich in ein etwas besseres Licht.

Die Station schien sowohl militärische als auch zivile Raumschiffe zu versorgen. Allerdings gab es keine Hinweise auf irgendeine Form von Weltraumtourismus, der bedeutet hätte, dass die interplanetare Raumfahrt mittlerweile so sicher und alltäglich geworden war, dass sie sich kommerziell ausschlachten ließ.

Die Bibliothek verwies auf mehrere militärische und

wissenschaftliche Raumstationen und sogar auf ein oder zwei Kolonien auf dem Mond und dem Mars. Naja, besser als nichts, aber auch nicht gerade wahnsinnig beeindruckend angesichts der hundert Jahre, die seit meinen Tod vergangen waren.

Ich erkundigte mich nach meinem Aufenthaltsort und meiner Tätigkeitsbeschreibung. Das VR-Szenario bestand aus einer Weltraumstation im geosynchronen Orbit, in der ich für die Energie, die Verkehrsüberwachung und die Umweltbedingungen verantwortlich war. Für einen Ingenieur wie mich also genau das Richtige.

Es gab auch einen Escape-Knopf, falls ich die VR schnell verlassen musste. Ich brauchte nicht lange, um herauszufinden, was nötig war, um meine Kontrollaufgaben zu erledigen. Nachdem ich die grundsätzlichen Parameter für jeden meiner Zuständigkeitsbereiche festgelegt hatte, wies ich GUPPI an, mich zu informieren, sobald es zu Normabweichungen kam. Ich rechnete damit, dass es einige Notfälle geben würde.

Anschließend tauchte ich tief in das Bibliothekssystem ein.

06

Bob – 19. Juli 2133

»Verdammt!«

Dr. Landers lehnte sich zurück und sah mich überrascht an. »Gibt es Probleme, Bob?«

»Entschuldigung, Doc. Ich habe gerade einen Text über die Standards in der modernen Elektrotechnik gelesen. Sie haben mich mitten aus einem Kapitel herausgerissen.«

Dr. Landers blickte auf sein Tablet hinab und räusperte sich. »Äh, ja. Bob, nach Ihrer subjektiven Zeitwahrnehmung haben Sie zwei Tage in dieser Simulation verbracht. Während dieser Zeit sind sämtliche Werte innerhalb der Vorgaben geblieben, ganz egal, mit was wir Sie bombardiert haben. Das ist sehr beeindruckend. Laut den Protokollen Ihres GUPPI haben Sie ein paar sehr interessante Überwachungs-Interfaces und Skripten programmiert. Unsere Softwareleute sind deswegen völlig aus dem Häuschen. Ein paar haben mich sogar darum gebeten, eine Kopie von Ihnen für sie aufzubewahren.«

»Ist das denn möglich?«

»Technisch gesehen selbstverständlich. Wir machen jeden Abend ein Back-up von Ihnen. Wenn wir eine eigene Matrix hätten, die groß genug für Sie wäre, müssten wir Sie nur hochladen.« Der Doktor seufzte tief und zuckte mit den Schultern. »Aber leider gehören Sie der FAITH, die dieses Projekt finanziert. Daher haben wir keinen großen Spielraum.«

»Wo wir schon dabei sind … Wann verraten Sie mir endlich, wofür ich herangezüchtet werde?«

»Wofür *einer von Ihnen* herangezüchtet wird. Sie haben immer noch einen Konkurrenten.«

»Moment, wir haben noch zwei weitere verloren? Wann ist das denn passiert?«

»Eine der beiden erlitt vor ein paar Tagen einen psychotischen Zusammenbruch, und den anderen hat Pastor Travis für ungeeignet befunden.«

»Oh. Was ist mit ihm passiert?«

»Er wurde gelöscht. Es gibt keinen Grund, das Subjekt zu behalten, nachdem das Ministerium *nein* gesagt hat.«

Krass. Das klingt ja, als ob das keine große Sache wäre. Dabei haben sie gerade jemanden getötet. Ich beschloss jedoch, meine diesbezügliche Meinung für mich zu behalten. Da ein Teil meiner Beurteilung ganz sicher auf persönlichen Einschätzungen beruhen würde, hielt ich es für besser, Dr. Landers nicht vor den Kopf zu stoßen. »Das Ziel dieser ganzen Übung ist also, dass …«

»Haben Sie noch ein klein bisschen Geduld, Bob. Jetzt möchte ich mit Ihnen erst mal über Ihr früheres Leben sprechen. Sie haben zwei aufeinanderfolgende Tage ohne menschlichen Kontakt in einer Simulation verbracht und sich geärgert, als ich Sie rauszog. Das ist wahrscheinlich eine blöde Frage, aber würden Sie sich selbst als Einzelgänger bezeichnen?«

Ich lachte leise. »Dazu kann ich Ihnen etwas erzählen. Vor vielen Jahren gab es einen Film namens *Cast Away – Verschollen.*« **[Vor 133 Jahren].** *Verdammt, GUPPI. Halt endlich den Rand.* »Haben Sie von dem schon mal gehört?«

Dr. Landers schüttelte den Kopf. »Es ist zwar mein Job, Ihre Epoche zu studieren und zu verstehen, aber ich kann mir wirklich nicht jeden einzelnen Film ansehen, der jemals produziert worden ist.«

»Es gab ja auch so viele miese Streifen. Ganz ehrlich, wenn Sie sich mit *Star Wars* und *Star Trek* auskennen, sind Sie schon mal auf der sicheren Seite. Egal, zurück zu *Cast Away* … In diesem Film geht es um einen Typen, der Schiffbruch erleidet und vier Jahre lang auf einer einsamen Insel strandet. Ich habe mir das Video zusammen mit einer Freundin angeschaut, die diese Geschichte anschließend als Albtraum bezeichnet hat. Ich wusste erst gar nicht, was sie damit meinte. Vier Jahre, in denen mich niemand stört, sind für mich eher ein Wunschtraum. Natürlich hätte ich gern genug Lesestoff für die Zeit dabei.« Ich ließ meinen Waldo eine Bewegung ausführen, von der ich hoffte, dass sie wie eine menschliche Geste aussah. »Jedenfalls ist mir damals klargeworden, dass ich nicht wie die meisten Leute ticke. Ich habe überhaupt kein Problem damit, allein zu sein. Ganz im Gegenteil. Ich werde regelrecht nervös, wenn ich zu viel Zeit in Gesellschaft anderer verbringen muss.«

Der Doktor holte tief Luft, legte sein Tablet ab und ließ sich im Stuhl zurücksinken. Nachdem er mich eine Weile nachdenklich betrachtet hatte, beugte er sich wieder vor und stützte sich auf die Ellbogen. »Okay, Bob. Das habe ich mir schon gedacht, aber es ist schön, dass Sie meinen Verdacht bestätigen. Also, dann will ich Ihnen jetzt verraten, worum es geht. Wissen Sie, was eine Von-Neumann-Sonde ist?«

»Ja, natürlich. Das ist eine automatisierte interstellare Sonde, die Kopien von sich selbst herstellt, während sie andere Sonnensysteme besucht …« Ich unterbrach mich, weil ich allmählich begriff, worüber wir gerade sprachen. *Oh …* »Warten Sie mal. Wollen Sie damit sagen …?«

»Ganz genau. Einer von Ihnen wird die Intelligenz sein, die eine Von-Neumann-Sonde steuert.«

Ich sah mir verschiedene Videofeeds an, während die kleinen Roamer einen 3-D-Drucker zusammensetzten, bei dem ich einen Fehler hatte finden und reparieren sollen. Inzwischen wusste ich, dass es die Roamer in verschiedenen Größen gab. Angefangen von riesigen Monsterspinnen – mit einem Durchmesser von vierundzwanzig Metern – über die mittelgroßen, mit denen ich arbeitete, bis hin zu solchen, die nicht größer als Wanzen waren. Es gab sogar noch kleinere Nanomaschinen, doch bei denen handelte es sich um hochspezialisierte Geräte, die oft nur einem einzigen Zweck dienten.

Im Moment versuchte ich mich an koordinierten Aktivitäten, für die mehrere, verschieden große Roamer nötig waren. Dabei war der 3-D-Drucker nur eine der Herausforderungen gewesen, mit denen ich es zu tun bekam.

Sobald die jeweiligen Aufgaben geklärt waren, musste ich die Roamer kaum noch kontrollieren. Wichtig war nur, zu erkennen, wie detailliert ich meine Instruktionen formulieren sollte. Einerseits durfte ich ihnen nicht zu viele Freiheiten lassen, damit sie keine Fehler begingen, andererseits hatte es aber auch keinen Sinn, mich so sehr im Kleinklein zu verlieren, dass gar nichts mehr ging.

Wenn ich ihnen nicht über die Schulter sah, erledigten sie jeden Job zehnmal schneller. Also versuchte ich, ihnen den Plan an die Hand zu geben und dann aus dem Weg zu gehen. Als ich die Roamer erst einmal so programmiert hatte, dass sie genau wussten, unter welchen Umständen sie mich hinzuziehen sollten, war überhaupt keine aktive Überwachung mehr nötig.

Während sie arbeiteten, schweiften meine Gedanken

immer wieder ab. Da ich nun eingeweiht war, hatte Dr. Landers mir ein paar der Projektunterlagen zur Verfügung gestellt. So ungeduldig hatte ich mich seit jenem Tag nicht mehr gefühlt, als ich den Vertrag mit Terasoft abgeschlossen hatte. Damals hatte sich jede Sekunde endlos hingezogen, und das Gleiche geschah heute mit den Millisekunden. Ich fieberte dem Ende der heutigen Übungseinheit entgegen, damit ich die Dokumente endlich studieren konnte. Der kleine Roboter des Doktors würde von jetzt an mit großer Begeisterung kooperieren. *Mannomann, das hier ist wirklich der Traumjob eines jeden Nerds. Ich werde vielleicht zu den Sternen fliegen!*

07

Bob – 25. Juli 2133

»Alles geht den Bach runter.« So wütend hatte ich Dr. Landers noch nie erlebt. »Die Fraktionen der FAITH, die uns den Hahn abdrehen wollen, sind ausgeflippt, als wir bekanntgegeben haben, dass wir auf ein paar aussichtsreiche Kandidaten für das Projekt HEAVEN gestoßen sind. Sie haben sich zusammengerottet und …«

»Moment, wie? Projekt HEAVEN? Projekt *Heaven*? Ich traue mich kaum zu fragen.«

»Habitable Earths Abiogenic Vessel Exploration Network. Ein Netzwerk von abiotischen Raumschiffen zur Erkundung erdähnlicher Planeten. Bitte denken Sie daran, dass ich mir diese Namen nicht selbst einfallen lasse.«

»Auf eine schreckliche Weise ist das gar nicht mal schlecht. Abiotisch stimmt wohl. Leben wird es auf dem Raumschiff ja nicht geben. Aber wieso Netzwerk? Wie viele Sonden werden denn insgesamt ins Weltall aufbrechen?«

Dr. Landers setzte einen abwesenden Blick auf und sah ein wenig beschämt aus. »Ursprünglich waren acht angedacht, dann vier und schließlich nur noch eine, weil das Budget für dieses Projekt immer weiter zusammengekürzt oder einfach umgeleitet wurde. Wie ich Ihnen schon erklärt habe, wollen mehrere Fraktionen nicht, dass wir Erfolg haben. Und zwar aus den unterschiedlichsten Gründen: Die einen mögen keine Replikanten, anderen passt die Vorstellung nicht, dass die Menschen die Erde verlassen könnten, und es gibt auch welche, die es für Blasphemie halten, dass sich ein Schiff selbstständig vermehrt.« Der Doktor seufzte. »Außerdem befinden wir uns im Wettlauf mit anderen Nationen, wie zum Beispiel den Vereinigten Staaten von Eurasien, die ebenfalls neue erdähnliche Planeten entdecken und in Besitz nehmen wollen. Innerhalb der FAITH halten viele das Ganze für eine unnötige Ressourcenverschwendung. Trotz ihrer unterschiedlichen Motivationen eint diese Gruppen ein gemeinsames Ziel: Sie alle wollen dieses Projekt abschießen.« Dr. Landers warf einen Blick auf sein Tablet. »Ich habe Ihnen wie besprochen vollen Zugang zu den Projektplänen und der Bibliothek gewährt. Ihr Training ist ein wichtiger Teil dieses Vorhabens. Je schneller sie lernen, desto besser, Bob.« Er erhob sich und begann, auf- und abzugehen. »Eine Sache noch. Es gibt sicher viele Gründe, warum die verschiedenen Interessensgruppen die Zahl der Sonden zusammengekürzt haben. Uns besorgt jedoch vor allem, dass nun bequemerweise nur noch eine einzige Sonde kaputtgehen muss, damit das ganze Projekt scheitert.«

»Befürchten Sie etwa Sabotage?«

»Etwas in der Richtung. Wir haben bislang noch nichts Konkretes. Ich wollte es Sie nur wissen lassen.« Mit diesen Worten nahm der Doktor sein Tablet und ging.

Während meiner heutigen Übung mit den 3-D-Druckern hatte ich noch mal über dieses Gespräch nachgedacht und war auf einige Fragen gekommen, die ich Dr. Landers nun stellen wollte.

»Doktor, ich möchte mit Ihnen über Politik sprechen.«

Er lachte. »Okay, Bob. Was haben Sie auf dem Herzen?«

»Sie haben neulich die Vereinigten Staaten von Eurasien

erwähnt. Inzwischen habe ich mich über die gegenwärtige weltpolitische Lage informiert, und sie unterscheidet sich erheblich von der Situation zu meiner Zeit. Der Name, den sich die VSE gegeben haben, klingt ein bisschen vollmundig. Dieses Staatengebilde umfasst bei Weitem nicht das komplette Eurasien.«

»Ja, aber die alten USA haben auch nicht den gesamten amerikanischen Kontinent abgedeckt. Nicht einmal ganz Nordamerika.«

Ich machte eine wegwerfende Bewegung mit der Greifhand. »Okay. Nach allem, was ich in der Bibliothek finden konnte, scheint es so, als habe es einige Konsolidierungen gegeben. Die FAITH kontrolliert Nordamerika, abgesehen von den ehemaligen Bundesstaaten Washington, British Columbia und Alaska. Zu den VSE gehören Gesamteuropa und der Großteil Westrusslands. China hat sich mehr oder weniger ganz Ostrussland und viele der ehemaligen asiatischen Satellitenstaaten einverleibt. Und der Nahe Osten …« Ich ließ den Satz unvollendet.

»Mit dem Aufkommen billiger Fusionsenergie hat sich im Nahen Osten natürlich einiges verändert.« Der Doktor tippte ein bisschen auf seinem Tablet herum, während er sprach. »Die reichen Familien wie zum Beispiel das saudiarabische Königshaus hatten zu diesem Zeitpunkt schon längst in verschiedene andere Wirtschaftszweige investiert. Daher wurden sie auch nicht arm, aber die Tradition, staatliche Programme mit Ölexporten zu finanzieren, endete ab da schlagartig. Und damit begann das, was ein paar hysterische Untergangspropheten hartnäckig als den Dritten Weltkrieg bezeichneten. Für den Großteil des Planeten war es allerdings wenig mehr als eine Serie von Buschfeuerkriegen. Die Bewohner des Nahen Ostens erlebten die Auseinandersetzungen dagegen natürlich als eine Reihe blutiger Gemetzel, bei denen sich keine Seite an die Genfer Konvention hielt. Chemische Waffen, versetzt mit radioaktiven Isotopen, Mini-Nuklearwaffen … Der Nahe Osten ist heute noch weitestgehend unbewohnbar, und was von ihm übriggeblieben ist, spielt für den Rest der Welt kaum noch eine Rolle.«

»Was mich überrascht«, sagte ich, »ist die große Zahl der Zusammenschlüsse. Die FAITH, die VSE, die Australische Föderation, die Republik Afrika – übrigens ein unglaublich ironischer Begriff – und das Brasilianische Reich. Zusammen machen sie etwa achtzig Prozent des Planeten aus. Die restlichen Länder sind entweder zu klein und unbedeutend, als dass irgendjemand um sie kämpfen würde, so wie die Nationen des Nahen Ostens, oder sie fungieren als Pufferstaaten, in die niemand einmarschieren möchte, so wie Cascadia.«

»Wollten Sie mich eigentlich etwas Bestimmtes fragen, Bob?«

»Jetzt, da Sie es erwähnen, ja.« Ich hätte am liebsten gelächelt. Meine extrem reduzierte äußere Erscheinung hörte nicht auf, mich zu irritieren. »Wie viele dieser Nationen haben ebenfalls Sonden-Projekte am Start?«

»Ach …« Mit dieser Frage schien ich einen wunden Punkt getroffen zu haben. Dr. Landers wirkte sehr betreten, und es dauerte einen Moment, bevor er antwortete. »Soweit wir wissen, die VSE, China und das Brasilianische Reich. Von Australien vermuten wir es, aber wenn wir recht haben, dann halten sie es gut verborgen.«

»Also im Grunde jede Nation.«

Der Doktor zuckte mit den Schultern. »Seit dem Durchbruch in der Subraumtheorie, der uns zum SURGE-Antrieb und zu SUDDAR verholfen hat, sind nicht nur Von-Neumann-Sonden, sondern auch die Kolonisierung anderer Sonnensysteme denkbar. Die VSE haben ihr interstellares Sonden-Projekt vor zwei Jahren ins Leben gerufen, mit viel Tamtam und nationaler Selbstbeweihräucherung. Da musste natürlich jeder sofort nachziehen. Man kann doch nicht jemand anderem einfach so die Besiedelung des Universums überlassen, oder?«

»Vor zwei Jahren? Dann steckt das alles also noch in den Kinderschuhen?«

»Genau. Abgesehen von einigen Prototypen sind nur wenige mit SURGE-Antrieb ausgestattete Raumschiffe im Einsatz.«

Darüber musste ich einen Moment nachdenken. Also war dieses Projekt so etwas wie eine Machbarkeitsstudie. Sie wussten nicht einmal genau, ob die Sonde für interstellare Distanzen geeignet war. Hervorragend.

»Aber wieso machen alle so einen Druck? Das ist ja wie damals beim Wettlauf zum Mond, nur diesmal mit gedopten Teilnehmern.«

»Offiziell geht es natürlich darum, weitere Welten für die Menschheit zu erschließen, und um das damit verbundene nationale Prestige. Aber zwischen den Staaten herrschen große Spannungen, und das schon seit Jahrzehnten. Dieses ganze Thema wird als Nullsummen-Spiel betrachtet, und im Grunde stimmt das auch. Jede Welt, die wir für uns beanspruchen, ist eine Operationsbasis, die wir den anderen vorenthalten. Außerdem können die anderen Nationen diese Operationsbasen aufgrund der hohen Entfernungen weder überwachen noch angreifen. Hinter den Kulissen sorgen vor allem die Militärs für diesen Druck.«

Tun sie das nicht immer? Manche Dinge ändern sich eben nie. »Aber was gibt es für einen Grund, nervös zu werden? Im Weltraum existieren doch Milliarden von Sternen.«

»Aber innerhalb von zehn Lichtjahren nur sehr wenige,

um welche bewohnbare Planeten kreisen. Und die werden aus strategischer Sicht am wertvollsten sein, unabhängig von allen anderen Faktoren.«

»Allmählich habe ich den Eindruck, Doktor, dass unsere Widersacher innerhalb der FAITH nicht die einzigen sind, über die ich mir Sorgen machen sollte.«

»Ich fürchte, da haben Sie recht, Bob.« Dr. Landers zuckte mit den Schultern. »Und das ist auch einer der Gründe, warum sich unsere Firma nicht dagegen gewehrt hat, das HEAVEN-Projekt nur noch mit einem Schiff voranzutreiben. Einerseits ist das zwar ein Vorteil für die Expansionsgegner, weil sie sich nur noch auf ein einziges Ziel einschießen müssen, aber andererseits ist es auch für uns gut, da wir so unsere Anstrengungen bündeln und schneller Erfolge erzielen können.«

»Erzählen Sie mir von den anderen Projekten.«

»Meinen Sie, was ich über die anderen Projekte weiß?«, fragte Dr. Landers mit einem schiefen Grinsen. »Unsere Konkurrenten halten sich natürlich genauso bedeckt wie wir.« Er tippte auf dem Tablet herum und schien seine Gedanken zu sammeln. »Laut unseren Geheimdiensten treibt China sein Projekt in einem halsbrecherischen Tempo voran. Für sie ist Schnelligkeit das oberste Gebot. Sie werden KMIs verwenden, und das ist ein hochproblematischer Ansatz. Wir glauben, dass sie am wahrscheinlichsten scheitern werden.« Der Doktor schwieg einen Moment und wischte mit dem Finger über das Display. »Am meisten Sorgen bereitet uns das Brasilianische Reich. Und zwar nicht nur, weil sie auf der weltpolitischen Bühne keinem Konflikt aus dem Weg gehen. Wir denken, dass sie ihre Sonden vielleicht bewaffnen werden, um die Konkurrenz zu eliminieren. Und sie sind auch die wahrscheinlichsten Kandidaten, wenn es um Sabotageakte geht. Allerdings rechnen wir nicht damit, dass sie langfristig Erfolg haben werden. Bei dem Plan der Brasilianer spielt die Selbstreproduktion keine große Rolle, obwohl auch ihre Sonden technisch dazu in der Lage sein werden. Stattdessen hat das Reich vor, so schnell wie möglich immer neue Sonden nachzubauen, die sie von hier aus auf den Weg schicken wollen. Wir vermuten, dass die Reproduktion der Sonden erst beginnen soll, wenn sie ein geeignetes Sonnensystem gefunden und dort eine Militärpräsenz eingerichtet haben.« Dr. Landers seufzte. »Die größte Konkurrenz werden uns auf lange Sicht wahrscheinlich die VSE machen. Aber wenigstens können wir uns einigermaßen sicher sein, dass sie dabei keine Gewalt anwenden werden. Sie verfügen über die nötige Motivation, ausreichend Budget, das technische Wissen und einige Erfahrung mit Replikanten. Außerdem sind sie uns mit ihren Kolonisierungsbestrebungen um eine ganze Nasenlänge voraus. Wenn morgen jemand einen brauchbaren Planeten entdecken würde, wären die VSE-Siedler mit großem Vorsprung als Erste dort.«

»Okay … Spricht denn *irgendetwas* für uns?«

»Wir haben Sie und den anderen Replikanten, Bob. Unterschätzen Sie das nicht. Sie beide haben sich als erstaunlich widerstandsfähig erwiesen. Wie schnell Sie sich an Ihre neue Situation angepasst haben, ist alles andere als trivial. Und dazu kommen noch Ihre Intelligenz und Ihre Ausbildung. Bislang hatten wir geglaubt, nach Replikanten Ausschau halten zu müssen, die so phlegmatisch und fantasielos sind, dass ihnen die ewig wiederkehrenden Routinen nicht auf die Nerven gehen würden. Dass mit Ihnen beiden nun alles ganz anders aussieht, wird unserer Meinung nach langfristig einen großen Unterschied machen.«

»Na, dann ist es wohl an der Zeit, über eine Gehaltserhöhung zu sprechen …«

Dr. Landers verdrehte die Augen. »Wir müssen Ihnen wirklich ein Gesicht verpassen, damit ich weiß, wann Sie mich auf den Arm nehmen.«

08

Bob – 4. August 2133

Mein heutiges Unterhaltungsprogramm bestand darin, komplizierte elektronische Geräte zu untersuchen und zu reparieren. Der Doktor hatte welche herausgesucht, die Vorrichtungen ähnelten, mit denen ich es an Bord des Schiffes zu tun bekommen würde. Wie üblich beobachtete er mich durch das Fenster. Es schien ihm zu gefallen, mich während dieser Übungen in Gespräche zu verwickeln. Ich vermutete, dass er auf diese Weise herausfinden wollte, wie gut ich mich konzentrieren konnte, wenn ich mich mit mehreren Dingen gleichzeitig beschäftigte. Mir machte es nichts aus, da die Unterhaltungen mit ihm immer interessant und auch informativ waren.

Plötzlich wurde das Gebäude von einem so heftigen Schlag erschüttert, dass Dr. Landers das Gleichgewicht verlor und umfiel. Unmittelbar darauf folgte eine so druckvolle Schallwelle, dass sie eher zu fühlen als zu hören war.

Während sich Dr. Landers wieder aufrappelte, ertönten vor der Tür Gewehrschüsse. Er wirbelte zu mir herum: »Bleiben Sie hier!«, schrie er. Dann eilte er davon.

Bleiben Sie hier? Obwohl die Lage ernst war, amüsierte ich mich über diese lächerliche Aussage. Der gute Doktor war offensichtlich ganz durcheinander. Er selbst hatte mir doch erklärt, dass ich mich gar nicht wirklich in diesem Raum befand, sondern nur zugeschaltet …

Hallo, was ist das denn …?

Mir war aufgefallen, dass die Fensterscheibe zum Teil aus dem Rahmen geglitten war. Es sah nicht so aus, als wäre noch viel nötig, um sie ganz herauszuziehen. Und sicher würden sie es mir nicht zum Vorwurf machen, dass ich eine aktive Rolle bei der Verteidigung des Projekts spielen wollte.

Ich wies jeden Roamer im Raum an, die Scheibe zu packen und daran zu ziehen. Sie sind zwar nicht besonders stark, aber gemeinsam können zweiunddreißig von diesen kleinen Kerlchen eine ziemliche Kraft entwickeln. Nach wenigen Augenblicken rutschte die Scheibe komplett aus dem Rahmen, fiel herunter und schlug ein Stück aus dem Fußboden.

Alle Achtung, das Glas ist echt extrem stabil. Die haben anscheinend wirklich Angst vor mir.

Wahllos suchte ich mir einen der Roamer heraus und übernahm die Kontrolle über ihn. Nun konnte ich durch seine Videokameras sehen. Ich instruierte die anderen Roamer, ihm zu folgen, und wir eilten durch den Korridor – in die Richtung, aus der das Gewehrfeuer kam. Die Roamer liefen über den Boden und auch an den Wänden und der Decke entlang.

Ich war beeindruckt. Diese Leute hatten zwar kein gutes Händchen für Akronyme, aber technisch waren sie top.

Die Architektur des Gebäudekomplexes war interessant. Er bestand aus einer Reihe großer lobbyartiger Höfe, die jeweils von zwei Stockwerken mit Büroräumen oder Labors umgeben waren. Die Höfe waren durch kurze Korridore miteinander verbunden und dank großer Oberlichtfenster hell erleuchtet. Von dem Raum aus betrachtet, den ich gerade mit den Roamern verlassen hatte, fand die Attacke im Nachbarhof statt. Vielleicht hatten sich die Eindringlinge ja verrechnet.

Nach wenigen Augenblicken gerieten wir mitten ins Kampfgeschehen. Eine Gruppe schwarzgekleideter Angreifer zog langsam von Büro zu Büro und schoss um sich. Sicherheitsleute erwiderten das Feuer, aber sie waren deutlich in der Unterzahl und wurden rasch zurückgedrängt.

Entweder steckte eine der FAITH-Fraktionen, die sich nicht mit mir anfreunden konnten, hinter dieser Operation oder aber ein konkurrierender Staat. Wer immer hierfür verantwortlich war, wollte mich tot sehen. Aus meiner Sicht verstießen sie eklatant gegen die Goldene Regel »Was du nicht willst, dass man dir tu …«, und es war Zeit, zurückzuschlagen.

Allmählich fand ich immer mehr Gefallen daran, ein Computer zu sein, denn es hatte mich nur Millisekunden gekostet, die Lage einzuschätzen. Die Roamer, die währenddessen in unvermindertem Tempo weitergelaufen waren, fielen nun wie ein wildgewordener Insektenschwarm über die Angreifer her – wobei sie sich vor allem auf deren Gesichter und Weichteile konzentrierten.

Die Roamer waren erstaunlich widerstandsfähig. Egal wie oft die Eindringlinge sie sich von den Gesichtern rissen und gegen die Wand schleuderten, sie richteten sich jedes Mal einfach wieder auf und griffen erneut an. Die Roamer waren mit Zangen, Schneidewerkzeugen und Schraubenziehern ausgestattet, die zwar nicht als Waffen gedacht, aber dennoch bei entsprechendem Einsatz schwer zu ignorieren waren. Ich spürte, dass ich von all der Frustration und Angst angetrieben wurde, die sich während des letzten Monats in mir angesammelt hatten. Selbst die hormonelle Kontrolle konnte nicht verhindern, dass ich es in vollen Zügen genoss, diesen Typen eine ordentliche Abreibung zu verpassen.

Nach einer Weile entwickelten unsere Gegner eine Verteidigungsstrategie. Sie schafften es, einen aus ihren Reihen vor den Roamern abzuschirmen, und während die anderen die spinnenartigen Geräte weiterhin gegen die Wand warfen, zerfetzte ihr unbedrängter Kamerad sie nun mit Salven aus seinem automatischen Sturmgewehr. Ich stellte eine blitzschnelle Berechnung an und erkannte, dass mir die Roamer schneller ausgehen würden als ihnen die Munition. Und inzwischen gab es sogar einen zweiten Schützen.

Aber die Ablenkung erlaubte es den Sicherheitsleuten, sich neu zu formieren. Sie nahmen die Eindringlinge ins Kreuzfeuer und erschossen ein paar von ihnen. Da die Angreifer nicht zur gleichen Zeit den Projektilen der Verteidiger *und* den Roamern ausweichen konnten, die sich in ihre Gesichter verbissen, blieb ihnen gar keine andere Wahl, als zu kapitulieren. Sie legten die Waffen ab und hoben die Hände.

Nachdem die Sicherheitsleute die noch lebenden Eindringlinge in Gewahrsam genommen hatten, fiel ihnen auf, in was für einem eigenartigen Tableau wir zusammenstanden. Der Leiter der Sicherheit blickte erst die Gefangenen an, dann die Roamer. Er öffnete den Mund, schloss ihn jedoch gleich wieder, ohne etwas zu sagen. Ich ließ »meinen« Roamer mit einem Bein wedeln, um seine Aufmerksamkeit zu erregen.

Er bemerkte es. »Sie sind, äh … Das ist nicht gut. Wo ist Dr. Landers?« Er und seine Kollegen sahen sich mit weit aufgerissenen Augen an.

In diesem Moment hastete Dr. Landers in den Hof. Er hatte wie immer sein Tablet dabei und sah genauso alarmiert aus wie die Sicherheitsleute. Da der Überfall inzwischen abgewehrt war, musste ihnen etwas anderes Angst einjagen, und mir ging auf, dass ich sie mehr beunruhigte als gerade eben noch die bewaffneten Angreifer.

»Bob, könnte ich Sie dazu überreden, Ihre Roamer zusammenzutreiben und in den Übungsraum zurückzukehren …?«

Da er die Macht hatte, mich zu deaktivieren, stand ohnehin außer Frage, dass ich kooperieren würde. Aber ich wollte ihnen zeigen, dass ich nicht der tobende Frankenstein war, für den sie mich anscheinend hielten.

Nach einem knappen Salut mit dem Roamer-Bein wandte ich mich um und führte meine Horde zurück in den Korridor.

»Okay, Doc, es wird Zeit, dass Sie mir erklären, was das soll. Was hat es mit diesem Sicherheitsglas auf sich, und warum haben Ihnen allen so die Knie geschlottert, als ich draußen war?«

Dr. Landers besaß die Höflichkeit, nicht so zu tun, als verstünde er nicht, wovon ich sprach. Mit einem Seufzer ließ er sich in seinen Stuhl zurücksinken. »Wir – und mit ›wir‹ meine ich alle Leute, die bei diesem Projekt mitarbeiten – haben keine Angst vor *Ihnen*, Bob, sondern vor dem taktischen Atomsprengkopf, der im Keller vergraben ist.«

Hätte ich immer noch Augenbrauen gehabt, hätten sie jetzt sicher über meinem Kopf geschwebt. *»Wie bitte … was?!«*

»Es ist gut möglich, Bob, dass unsere eigene Regierung viel gefährlicher für Sie ist als unsere ausländischen Gegenspieler. Zumindest Teile der Regierung.« Er rutschte ein wenig auf dem Stuhl herum und sah mich an. »Ich habe ja schon gesagt, dass die Führungsriege der FAITH nicht geschlossen hinter dieser Unternehmung steht. Als ich die Lage beschrieb, habe ich vielleicht etwas untertrieben.«

Für den Bruchteil einer Sekunde dachte ich über diese Bemerkung nach. *Ein Atomsprengkopf im Keller … Igittigitt.* »Dann ist das also wie bei *Andromeda – Tödlicher Staub*.«

Dr. Landers sah verwirrt aus, und ich machte eine wegwerfende Bewegung mit dem Waldo. »Nicht so wichtig. Noch ein alter Film. Was ich damit sagen will, ist, dass man mich, wenn es sein muss, mit dem Atomsprengkopf von einem Ausbruch abhalten will, damit ich nicht die Zivilisten und die Tiere auf den Bauernhöfen erschrecke, richtig?«

»Ganz genau, Bob. Ich muss mir unbedingt mehr alte Filme ansehen.«

»Wer hat denn den Finger am Knopf?«

»Keine Ahnung. Man erzählt uns absichtlich nicht, wer oder was genau die Explosion auslöst. Wir wissen nur: Falls irgendwem irgendwo einfällt, dass ihm irgendwas nicht passt, könnten wir alle als radioaktive Wolke enden. Ohne Vorwarnung oder Diskussion.«

»Und darauf haben Sie sich eingelassen? Wie viel zahlen die Ihnen eigentlich?«

Dr. Landers lachte. »Wenn das Projekt erfolgreich ist, einen ganzen Haufen. Diejenigen, die dieses Vorhaben unterstützen, haben *sehr* tiefe Taschen. Ich selbst werde mich von meinem Bonus zur Ruhe setzen können.« Er zog eine Grimasse und zuckte leicht mit den Schultern. »Außerdem war es selbstverständlich gar nicht möglich, das Angebot der FAITH auszuschlagen.«

Ich lächelte – wenigstens in Gedanken. »Verstehe. Okay, dann versuche ich in Zukunft, hier drinnen zu bleiben.«

Er sah mich an. »Da wir immer noch hier sind und miteinander sprechen können, gehe ich davon aus, dass die unmittelbare Gefahr fürs Erste vorüber ist. Entweder war die Überwachungsstation nicht besetzt, oder irgendjemand hat entschieden, dass Sie vielleicht doch nicht so gefährlich sind. Was auch immer ...« Dr. Landers erhob sich und blickte sich im Übungsraum um. Die verbliebenen Roamer standen ordentlich nebeneinander im Regal aufgereiht. Wartungsleute hatten mittlerweile die Sicherheitsscheibe in den Rahmen zurückgewuchtet und verbolzten sie gerade wieder.

»Dann können wir wohl wieder weitermachen. Es gab drei Tote und mehrere Verletzte, aber es hätte wirklich wesentlich schlimmer ausgehen können.«

Ich nickte mit meinen Kameras.

Während unseres Gesprächs hatte ich ein Videofenster geöffnet, in dem ich die ganze Szene von der anderen Seite des Korridors aus betrachtete.

Der Roamer bewegte sich vorsichtig durch die Lüftungsschächte. Diese kleinen Roboter waren zwar generell sehr leichtfüßig, aber selbst hundert Jahre technischer Fortschritt hatten nichts daran ändern können, dass Lüftungsschächte immer noch aus verzinktem Blech gefertigt waren, und ich wollte nicht, dass sich der Roamer bei seinem Ausflug laut dröhnend im gesamten Komplex bemerkbar machte.

Das Überfallkommando hatte so viele meiner Roamer zerstört, dass eine Inventur unmöglich war. Daher wusste, soweit ich es beurteilen konnte, vermutlich niemand, dass einer von ihnen ausgebüxt war und gerade durch das Gebäude spazierte.

Bisher hatte ich zahlreiche Büros, die Cafeteria, Werkstätten und einen Lagerraum identifiziert. Mit einem Programm für 3-D-Kartographierung hatte ich daraus einen Grundriss der Anlage erstellt. Interessanterweise hatte ich nicht die Spur eines Atomsprengkopfs im Keller gefunden oder auch nur einen abgegrenzten Bereich, in dem einer gelagert hätte sein können. Vielleicht war das Ganze auch nur ein Bluff.

Gleichzeitig hatte ich die beiden Stellen im Gebäude ausfindig gemacht, an denen sich der Computerraum befinden konnte.

Während ich den Roamer durch die Schächte führte, hielt ich gewissenhaft nach Überwachungsvorrichtungen Ausschau, wie zum Beispiel vibrationsempfindlichen Schaltern, Infrarotstrahlen oder sonstigen Fallen. Die Roamer waren zu erstaunlichen Tricks fähig. Ich fragte mich, ob die Techniker der FAITH überhaupt verstanden, was sie alles tun konnten, wenn sie ihre verschiedenen Funktionen kombinierten.

Schließlich gelangte der Roamer zu einem der beiden abgetrennten Bereiche, die noch leere Flecken auf meinem Gebäudegrundriss bildeten. Und tatsächlich verfügte er über eine unabhängige Luftzufuhr. Das war definitiv ein gutes Zeichen. Ich brauchte zwanzig Minuten, um in das isolierte Schachtsystem einzubrechen. Danach trippelte ich vorsichtig durch das Zuluftrohr, bis ich beim Lüftungsgitter im Inneren des Raums ankam.

Im Grunde genommen sah es hier wie in einem ganz normalen Computerraum aus. Mit Kabeln, Blinklichtern, einer Klimaanlage und in Racks montierten Rechnern. Die Rackmontage war wohl immer noch die effizienteste Methode, eine Computeranlage zu installieren.

Doch in der Mitte des Raums sah ich etwas, was mir neu war. Fünf Würfel mit etwas weniger als einem halben Meter Kantenlänge standen nebeneinander auf einer niedrigen Plattform. Zwei von ihnen leuchteten gespenstisch blau, und an ihren Sockeln blinkten Lichter in den verschiedensten Farben. Die anderen drei waren dunkel.

Ich zoomte die Plaketten heran, die an den unteren Kanten der Würfel angebracht waren.

Kenneth Martins

Jiro Tanaka

Neves Reijnder

Robert Johansson

Joana Almeida

Das war es also. Das waren wir. Die Kandidaten. Die beiden leuchtenden Würfel waren Kenneths und meiner. Die Lichter der anderen drei Kandidaten waren dagegen erloschen, und ich sah, dass sich ihre Hauptschalter in der *Aus*-Position befanden. Noch etwas, was sich während der letzten hundert Jahre nicht verändert hatte. Allerdings gab es wahrscheinlich auch nicht viele Möglichkeiten, einen Kippschalter zu designen.

Ich betrachtete die Szenerie vor mir eine gefühlte Ewigkeit lang. Nichts hielt mich davon ab, Kenneth jetzt gleich abzuschalten. Aber würde mir das helfen? Konnte ich ihn überhaupt sabotieren? Sollte ich das tun? Würden sie mir auf die Schliche kommen?

Ich schämte mich, als mir bewusst wurde, worüber ich da eigentlich nachdachte. So jemand wollte ich nicht sein, nicht einmal theoretisch. Lieber würde ich mich selbst abschalten lassen, bevor ich mich rettete, indem ich über die Leiche eines anderen ging.

Schweren Herzens drehte ich mich um und machte mich auf den Rückweg.

09

Bob – 6. August 2133

Ich war im Roamer-Raum und beschäftigte mich gerade mit einer Übung, als ich merkte, dass Dr. Landers nicht allein war. Normalerweise stand er immer am Fenster und sprach mit mir, während er mich beobachtete, und mir war nicht gleich aufgefallen, dass sein ständiger Redefluss geendet hatte.

Ich drehte einen der Roamer so herum, dass er mich mit einem Videofeed versorgte. Dr. Landers unterhielt sich mit jemandem, von dem ich hätte schwören können, dass er Pastor Travis' Bruder war. Ob diese spezielle Erscheinung wohl Teil der Stellenbeschreibung war? BEWERBER MÜSSEN WIE DER GRUSELIGE TYP AUS *POLTERGEIST 2* AUSSEHEN. Gewundert hätte es mich nicht.

Dr. Landers hatte die Gegensprechanlage ausgeschaltet, aber damit hielt er mich nur etwa drei Millisekunden lang vom Lauschen ab.

Dieser Amateur.

Ich steuerte einen Roamer zu der Wand unmittelbar unter dem Fenster. Als er sich gegen die Mauer presste, übertrugen sich die Vibrationen der Schallwellen auf sein Gehäuse. Natürlich musste ich die Empfindlichkeit fast bis zum Anschlag aufdrehen, aber mir standen sämtliche Aufnahmefiltertricks zur Verfügung, die zweihundert Jahre elektronische Medien hervorgebracht hatten.

»Dies ist das Werk des Teufels. Sie bringen Ihre unsterbliche Seele in Gefahr, wenn Sie sich an dieser Unternehmung beteiligen.«

»Das Wahrheitsministerium hat mir da etwas anderes gesagt.«

»Das sind doch nichts als armselige Imitationen von Gottes Schöpfung. Sie verspotten die Menschheit mit ihrer vorgetäuschten Intelligenz und falschen Empfindsamkeit.«

»Nach Ansicht des Wahrheitsministeriums besitzen sie zwar keine Seele, aber es heißt, sie seien kein Versuch, sich Gottes Autorität anzumaßen, sondern *beruhen* lediglich auf Seiner Schöpfung.«

Die Luft knisterte einen Moment lang in dieser ganz besonderen Stille, die entsteht, wenn jemand finster dreinblickt. Ich bewegte einen der Roamer auf dem Tisch und riskierte einen kurzen Blick auf den Doc. Ja, finster.

»Aus diesen gottlosen Aktivitäten kann nichts Gutes entstehen. Besonders wenn man den Zweck bedenkt …«

»… der offiziell vom Ministerium abgesegnet ist …«

»Vom Glauben abgefallene Ketzer!«

Ein weiterer Blick auf Dr. Landers verriet mir, dass er sich alle Mühe gab, nicht die Augen zu verdrehen. Kurz wünschte ich mir, ich selbst könnte es tun. Dieser Typ hatte ganz offensichtlich ein paar wichtige Schrauben locker.

Die Tirade ging noch ein paar Minuten lang so weiter. Der Pastor beschimpfte und bedrohte Dr. Landers, der sorgsam darauf achtete, keine Angriffsfläche zu bieten und viel geduldiger blieb, als ich es an seiner Stelle geschafft hätte. Hätte Pastor Großmaul auf dieser Seite des Fensters gestanden, hätte ich wohl versucht, ihn auseinanderzunehmen.

Aber irgendwie gelang es mir dennoch, objektiv zu bleiben und das Gift, das er verspritzte, als Informationen statt als Verurteilung meiner gesamten Existenz zu betrachten. Anscheinend war ich entweder ein Hexenwerk oder das Ergebnis einer menschlichen Überheblichkeit, wie man sie seit dem Turmbau von Babel nicht mehr gesehen hatte.

Dr. Landers hörte sich das Ganze noch eine Weile an, dann riss auch ihm der Geduldsfaden. Zumindest für seine Verhältnisse. »Pastor Jacoby, ich verstehe Ihre Bedenken. Aber damit wir uns nicht falsch verstehen: Damit will ich sagen, dass ich begreife, was Sie mir mitteilen möchten. Allerdings unterstützt das Wahrheitsministerium dieses Vorhaben nicht nur, sondern finanziert es auch. Und da wir schon von Blasphemie sprechen, muss ich Sie darauf hinweisen, dass Ihr Widerstand gegen dieses Projekt gleichbedeutend mit Widerstand gegen das Ministerium ist. Und wie unsere Regierung immer wieder betont – wie *Sie selbst* gerade zweimal angemerkt haben –, ist die FAITH das direkte Sprachrohr Gottes. Ist Ihre Opposition damit nicht ein Akt der Blasphemie?«

Einen Moment lang herrschte empörte Stille, während der Pastor Großmaul – der nun wie ein nach Atem schnappender Fisch aussah – sich bemühte, den Kopf wieder aus der von ihm selbst geknüpften Schlinge zu ziehen. »Sie haben sich die falschen Freunde ausgesucht, Doktor. Das werden Sie schon bald genug herausfinden.« Mit diesen Worten wirbelte er herum und ging nach rechts von der Bühne ab. Ja, in der Tat, genau so sah es aus.

Dr. Landers lehnte sich einen Moment lang mit geschlossenen Augen an die Wand und nahm ein paar tiefe Atemzüge. Dann wandte er sich zum Fenster um und tippte auf sein Tablet. »Fertig, Bob?«

Bei diesem Spiel würde ich nicht mitmachen. »Wer zum Teufel war denn das? Und sagen Sie jetzt nicht ›Pastor Jacoby‹.«

Der Doktor massierte sich die Stirn. »Er war nur ein Beispiel für die extremen Ansichten, mit denen wir uns in dieser großartigen Nation herumschlagen müssen. Besäße er echte Macht, Bob, hätte er nicht versucht, mich ins Glied zurückzuzwingen. Daher würde ich seinen Drohungen nicht allzu viel Beachtung schenken.«

Womit Sie nicht gesagt haben, dass Sie ihnen gar *keine Beachtung schenken würden.*

»Außerdem werde ich mir für die Zukunft merken«, sagte der Doktor und lächelte, »dass es Sie nicht im Geringsten abschreckt, wenn ich die Gegensprechanlage ausschalte. Wollen wir weitermachen?«

Er deutete auf das halb zusammengesetzte Durcheinander auf dem Labortisch, und ich begab mich wieder an die Arbeit.

10

Bob – 10. August 2133

Ruckartig kam ich wieder zu Bewusstsein. Wie gewohnt führte ich als Erstes einen Systemcheck durch.

Moment, 10. August?

»Hey, Doc, anscheinend fehlen mir ein paar Tage. Haben Sie mich etwa eine Woche lang auf Eis gelegt?«

Dr. Landers sah überall hin, nur nicht in meine Richtung. »Also, ja und nein. Irgendjemandem ist es gelungen, eine kleine Bombe in den Computerraum zu schmuggeln und die Replikanten-Matrizen zu zerstören. Wir mussten eine Ersatzeinheit kommen lassen und Sie aus den Backups wiederherstellen. Das hat ein paar Tage gedauert.«

Ich schwieg. Das bedeutete dann ja wohl, dass ich nicht mehr der Bob war, der am 24. Juni aufgewacht war. Allerdings war ich bereits damals nicht mehr derselbe Bob gewesen, der von einem Auto überfahren worden war. Hatte ich eine Seele? Machte es einen Unterschied, wenn ich aus einem Back-up wiederhergestellt wurde?

Mir wurde bewusst, dass ich nun bereits seit über einem Monat als Computerprogramm existierte und es während der gesamten Zeit erfolgreich vermieden hatte, mir über meinen genauen Status Gedanken zu machen. Ich hatte mir eingebildet, mich damit vorbildlich an die Lage anzupassen, aber in Wirklichkeit war ich diesem Thema nur ausgewichen. Ich wusste, dass ich dazu neigte, schwierigen Situationen aus dem Weg zu gehen. Die Art, wie ich mit der Trennung von Jenny umgegangen war, hatte das ein für alle Mal bewiesen.

Und dass ich abgeschaltet wurde, solange ich nicht trainierte, hatte auch nicht gerade zu meiner Selbstreflexion beigetragen. Ich fragte mich, ob Dr. Landers in dieser Hinsicht einen Plan verfolgte. Oder wartete er nur darauf, dass ich in den Weltraum flog, und würde dann einfach das Beste hoffen?

Es gab drei Fragen, die an mir nagten. Hatte ich ein Bewusstsein? Durfte ich mich wirklich lebendig nennen? Und war ich immer noch Bob? Das waren genau die Überlegungen, mit denen sich die Philosophen seit jeher auseinandersetzten, aber für mich war das jetzt etwas Persönliches. Ein Mensch konnte sich, ganz egal, wie er zu diesen Fragen stehen mochte, immer darauf verlassen, dass er ein Mensch war. Der Pastor hatte mich ganz selbstverständlich als »es« und »Replikanten« bezeichnet. Jetzt erst wurde mir bewusst, wie sehr mich das gekränkt hatte.

Mir fielen die zahlreichen Diskussionen über Turing-Tests und Denkmaschinen ein. War ich etwa nicht mehr als ein Chinesisches Zimmer? Konnte mein gesamtes Verhalten als eine Sammlung vorgefertigter Reaktionen auf bestimmte Inputs erklärt werden? Diese Unsicherheit ließ sich vermutlich am leichtesten aufklären. Im klassischen Chinesischen Zimmer, das auf Input ausschließlich mit vorbereiteten Ausgabetexten reagierte, fand kein innerer Dialog statt. Selbst wenn man seine Äußerungen einem zufälligen Prinzip folgen ließ, um Verhaltensabweichungen zu erzeugen, reagierte es immer noch ausschließlich auf Inputs. Wenn es gerade keine Antwort erzeugte, blieb es vollkommen untätig. Allein weil ich mir darüber gerade Sorgen machte, fiel ich bereits unter eine völlig andere Kategorie.

Dazu passte auch Descartes' berühmter Ausspruch »Cogito ergo sum.« *Zu* dem Thomas später noch hinzugefügt hatte: »Da ich zweifle, denke ich; da ich denke, existiere ich.« Nun, ich hatte ganz sicher jede Menge Zweifel. Zweifel implizierten Selbstbewusstheit und Sorge um die eigene Zukunft. Also war ich, solange kein gegenteiliger Beweis vorlag, ein bewusstes Wesen. Damit war Punkt eins schon mal abgehakt.

War ich am Leben? Mhm, da es noch niemandem gelungen war, das Leben exakt zu definieren, war das eine besonders knifflige Frage. Wie jener Sprecher damals vor langer Zeit bei diesem Panel in Las Vegas erklärt hatte, besaß Feuer die meisten Eigenschaften, die auch Leben auszeichneten, aber es war dennoch nicht lebendig. Laut Dr. Landers würde ich imstande sein, mich mithilfe von Druckern selbst zu reproduzieren. Ich reagierte eindeutig auf äußere Reize und behielt meine eigenen Interessen im Blick. Die Behauptung, Leben müsse immer auf Kohlenstoff basieren, war schlichtweg chauvinistisch und engstirnig. Also ja, ich konnte davon ausgehen, dass ich lebte.

Nun kam ich zu der ganz großen Frage. Wer war ich? War ich Bob? Oder war Bob tot? Um es wie ein Ingenieur auszudrücken: Auf welche Weise ließ sich die »Bobheit« messen? Bob war mehr als nur ein Stück Fleisch. Bob war eine Person, und eine Person bestand aus ihrer persönlichen Geschichte, ihren Wünschen, Gedanken, Zielen und Ansichten. Bob war die Summe von allem, was er in seinen einunddreißig Lebensjahren gewesen war. Das Fleisch war tot, aber alles, was Bob von einem Streifenhörnchen unterschieden hatte, war immer noch lebendig. In mir. Ich war Bob. Oder zumindest bestand ich aus allen elementaren Zutaten, die Bob ausmachten.

Nach dieser letzten Schlussfolgerung fiel mir ein großer

Stein vom Herzen. Genau so musste sich ein Angeklagter fühlen, den die Geschworenen gerade für »nicht schuldig« befunden hatten.

Ich richtete meine Aufmerksamkeit wieder auf den Doktor, der aus irgendeinem Grund ständig meinen Namen wiederholte, und dabei immer panischer klang. Mir ging auf, dass ich ein paar Sekunden lang geschwiegen hatte.

»Hey, Doc. Ich bin hier.«

»Gott sei Dank.« Dr. Landers sackte auf seinem Stuhl zusammen. »Sie wurden plötzlich ganz still, und ich dachte, Sie wären vielleicht psychotisch geworden.«

Um bis zu dem Punkt zu gelangen, an dem wir uns jetzt befanden, hatten sie extrem viel Aufwand mit mir – eigentlich mit uns allen – betrieben. Daher verstand ich seine Reaktion. Ich wollte ihn anlächeln, aber das ging natürlich nicht. »Es ist okay, Doc. Ich glaube, dieser Kelch ist gerade an mir vorübergegangen. Ich bin noch hier.« Dann verstand ich erst, was er vorhin gesagt hatte. »Äh, Doc, wie viele Ersatzmatrizen hatten Sie noch mal?«

»Nur die eine, Bob. Wir mussten uns entscheiden. Tja, ich sollte Ihnen wohl gratulieren.«

»Kenneth ist also tot?«

Dr. Landers nickte, dann blickte er mich plötzlich aus zusammengekniffenen Augen an.

Ach du Scheiße. Jetzt ist ganz schnell Schadensbegrenzung angesagt. Hastig platzte ich mit der allerersten Frage heraus, die mir in den Sinn kam. »Warum haben die gerade jetzt dieses Attentat verübt? Hat sich irgendetwas verändert?«

»Mhm …« Er beäugte mich nachdenklich. »Ihre Fortschritte haben sich herumgesprochen. Vermutlich gab es bei FAITH ein paar undichte Stellen, die die anderen

Nationen zu irgendeiner Reaktion anstacheln wollten. Zumindest vermuten unsere Sicherheitsleute, dass es so war.« Der Doktor runzelte immer noch die Stirn, schien jedoch allmählich den Faden zu verlieren.

Jetzt bloß nicht aufhören. »Mist. Stehen wir denn schon so kurz vor dem Start?«

Dr. Landers war anzusehen, wie sehr er sich konzentrierte. Ich muss ihn unbedingt so lange weiter ablenken, bis er meinen kleinen Fauxpas vergessen hatte. Er scrollte langsam durch die Informationen auf seinem Tablet. »Nach der derzeitigen Schätzung brauchen wir noch einen Monat, vielleicht aber auch weniger. Dank Ihrer zügigen Fortschritte haben wir in unserer Planung mittlerweile einen gewissen Zeitpuffer.«

Ich versuchte erneut zu lächeln. Und wie üblich geschah nichts, also winkte ich stattdessen mit meinem Waldo. »Ich warte immer noch auf diese Gehaltserhöhung …«

Dr. Landers lachte. »Ihre Anfrage liegt in der Personalabteilung. Sagt man das nicht so?« Er neigte den Kopf zur Seite und sah mich noch einen Moment lang an. »Dann fangen wir mal mit der heutigen Übungseinheit an. Ich sage Ihnen gleich, worum es geht.«

Ich unterdrückte einen Seufzer der Erleichterung. Die Gefahr war vorüber, und falls Dr. Landers der Kommentar später doch noch mal einfiel, würde er hoffentlich glauben, dass er sich bloß verhört hatte.

Er hob einen Finger, um das Tablet zu berühren, zögerte einen Moment und ließ die Hand wieder sinken. Nach kurzem Schweigen seufzte er. »Bob, ich glaube, ich möchte es darauf ankommen lassen. Ich werde Sie von nun an auch außerhalb unserer Übungszeiten nicht mehr deaktivieren, und ich werde Ihnen einen Zugang zu ein paar zusätzlichen Bibliotheken einrichten. Sie werden jede Nacht eine halbe Stunde im Halbschlaf verbringen, während wir ein Back-up von Ihnen erstellen. Aber abgesehen davon sind Sie ab jetzt vierundzwanzig Stunden pro Tag online. Falls Sie den Verstand verlieren, werden wir Sie von einem früheren Back-up wiederherstellen. Ich weiß, dass das hart klingt, und ich entschuldige mich dafür. Aber irgendetwas sagt mir, dass wir dieses Projekt nicht mehr so gemächlich laufen lassen dürfen wie bisher. Ab jetzt müssen wir richtig Gas geben.«

Ich nickte zustimmend mit den Kameras. Das waren sowohl gute als auch schlechte Nachrichten. Endlich würde ich genug Zeit haben, um in aller Ruhe nachzudenken. Das Dumme war nur, dass mich genau das vielleicht in den Wahnsinn treiben würde. Jippie …

11

Bob – 15. August 2133

»Was ist denn nun eigentlich aus Old Handeltown geworden?«

Die hübsche blonde Frau am Fenster wirkte einen Moment überrascht, dann lachte sie. Heute wurde Dr. Landers von Dr. Doucette vertreten. Allerdings war die nicht halb so mitteilsam wie er. Ich bemühte mich nun schon eine ganze Weile, sie zu einem Gespräch zu animieren, bislang jedoch ohne großen Erfolg.

Dr. Doucette sah umwerfend aus. Es freute mich, dass ich Schönheit immer noch zu schätzen wusste, trotz meiner, äh … veränderten Lebensumstände. Obwohl diese Empfindung, sagen wir mal, nicht mehr so *drängend* war.

Da sie sich mit mir im Idiom des zweiundzwanzigsten Jahrhunderts verständigte, ließ ich das Übersetzungsprogramm mitlaufen. Ich hatte es mittlerweile so nahtlos in meine Kommunikationsroutine eingefügt, dass mir die unterschiedlichen Sprechmuster gar nicht mehr auffielen. Dr. Landers, der speziell für den Umgang mit Replikanten ausgebildet worden war und meine Epoche studiert hatte, beherrschte meine Mundart. Dr. Doucette hatte diesen Unterricht dagegen entweder geschwänzt, oder es war eigentlich gar nicht vorgesehen, dass sie mit mir sprach.

Mir machte das jedoch nichts aus, und wenn Dr. Landers sie für geeignet hielt, sollte sie mir recht sein. Ich hoffte bloß, dass FAITH wegen unseres Kontakts nicht ausrasten würde.

Wie auch immer. Heute dirigierte ich ein Team von Roamern, die im Fließbandstil Schiffskomponenten zusammenfügten. Eine reine Routinearbeit. Mittlerweile hatte ich bereits für so viele Roamer-Aktivitäten Skripten verfasst, dass ich selten mehr zu tun hatte, als anwesend zu sein. Aber die Angestellten bei Applied Synergetics hielten sich an eine strikte Checkliste, also musste ich ihnen auch etwas bieten.

Dr. Doucette sah auf ihr Tablet – ja, sie hatten alle welche –, und als sie endlich zufrieden feststellte, dass der Status immer noch quo war, ging sie auf meine Frage ein. »Das ursprüngliche Handeltown war Handels Geburtsort – Salem in Oregon. Als er starb, erhielt die Stadt einen neuen Namen und ihm zu Ehren eine große Gedenkstätte. Aber irgendwer, dem das nicht passte, jagte sie mit einer Mini-Nuklearwaffe in die Luft.«

»Eine Nuklearwaffe? In Amerika?

Sie drohte mir mit dem Finger. »Na, na. Dieses Land heißt schon seit hundert Jahren nicht mehr Amerika. Aber um Ihre Frage zu beantworten, das war und ist die einzige Atombombe, die je in Nordamerika gezündet wurde.«

»Und danach zog Handeltown nach Portland um?«

Sie nickte.

»Sind dabei viele ums Leben gekommen?«

Sie schüttelte den Kopf. »Nicht so viele, wie Sie vielleicht glauben. Während der Auseinandersetzungen im Nahen Osten haben wir viel über die Heilung von Strahlungskrankheiten gelernt. All das Grauen und die vielen Toten waren die eine Seite des Nahostkriegs, aber der Konflikt hat auch zu großen medizinischen Fortschritten geführt.«

»Hat man damals auch herausgefunden, wie Replikanten wiederbelebt werden können?«

»Ja.«

Ich schwieg einen Moment, während ich mich darauf konzentrierte, die Roamer durch einen besonders komplizierten Fertigungsschritt zu führen. Sobald sie in der Lage waren, allein weiterzumachen, wandte ich mich wieder an Dr. Doucette. »Sagen Sie, wie ist es, in einer Theokratie zu leben? Müssen Sie täglich beten?«

Dr. Doucette hob einen Finger, zu der in allen Epochen und Kulturen gebräuchlichen Geste, wenn man um einen Augenblick Geduld bat. Nachdem sie ein paarmal auf ihr Tablet getippt hatte, richtete sie den Blick wieder auf mich. »Entschuldigung, ich habe nur gecheckt, wo die Sicherheitspatrouillen sind. Schließlich weiß man nie, ob jemand von der Pietätsaufsicht zur Wache eingeteilt ist.«

Ich war baff, dann lachte ich. »Also überwachen Sie die Aufsicht. Wie stellen Sie das an? Tracken Sie ihre Sicherheitsausweise?«

Dr. Doucette lächelte. »Den Behörden ist es egal, was wir tun, solange wir uns nur nach außen hin fromm geben. Aber wenn Sie unkontrolliert sagen, was Sie denken, werden Sie zu einer Sitzung ins Gedankenministerium gebracht, die Sie nie mehr vergessen werden.«

»Mhm, ja. Dr. Landers hat bereits sowas erwähnt. Darf ich Ihnen, jetzt, da wir unter uns sind, eine Frage stellen? Woher wissen Sie, dass ich tun werde, was Sie möchten? Wer garantiert Ihnen, dass ich nicht einfach irgendwohin abhaue, sobald Sie mich freilassen? Verstehen Sie mich richtig, ich finde diese ganze Idee toll, und ich kann mir gar nicht vorstellen, *nicht* mit Ihnen zu kooperieren, aber das konnten Sie doch nicht wissen, als Sie mich wiederbelebt haben.«

Sie senkte den Blick und betrachtete ein paar Sekunden lang nachdenklich das Tablet. »Es gibt gewisse Sicherheitsvorkehrungen, Bob. Ihre Software ist so programmiert, dass Sie die Missionsziele auf jeden Fall einhalten werden. Mehr kann ich dazu nicht sagen. Aber wie Sie ja selbst gemeint haben, wird das in Ihrem Fall wahrscheinlich ohnehin keine Rolle spielen.«

Sicherheitsvorkehrungen. Das ist mein Unwort des Tages.

Eigentlich eine interessante Frage für einen Philosophen: Wie sollte man merken, dass man dazu *gezwungen* wurde, etwas zu tun, was man ohnehin getan hätte? Ich fragte mich, wie es technisch funktionierte. Wäre ich wie eine Marionette, die machtlos einem fremden Willen folgte? Oder würde ich glauben, die Entscheidungen, die ich traf, wären meine eigenen? Bei der Vorstellung, dass ich es vielleicht noch herausfinden würde, wurde mir unbehaglich zumute.

12

Bob – 17. August 2133

Nachdem ich **[18 Stunden und 26 Minuten lang]** in den Bibliotheken herumgestöbert und Projektmaterial gelesen hatte, richtete ich die Aufmerksamkeit wieder auf die Geschehnisse im Raum. Ich hatte dafür gesorgt, dass ich es mitbekam, sobald mich jemand ansprach.

Als ich die Kameras herumschwenkte, sah ich Dr. Landers, der völlig außer sich zu sein schien. »Wir sind gerade erneut angegriffen worden«, sagte er mit zitternder Stimme. »Irgendwer hat versucht, ein paar wichtige Bauteile in die Luft zu sprengen. Das ist zwar nicht gelungen, aber dafür sind bei der Explosion vier meiner Leute umgekommen. Wir werden in eine andere Einsatzzentrale umziehen. Wie kommen Sie mit Ihrer Lektüre voran?«

Sein letzter Satz wirkte so zusammenhanglos, dass ich noch einmal die letzten paar Sekunden rekapitulieren musste, um sicherzugehen, dass ich nichts überhört hatte. »Äh, gut, Doc. Warum fragen Sie?«

»Wir versuchen, den Start vorzuverlegen. Was bedeutet, dass Sie einen Teil Ihrer Ausbildung möglicherweise erst während des Flugs absolvieren werden.«

Oh, verdammt. »Okay, Doc, was brauchen Sie von mir?«

»Ich habe ein Dokument in Ihre Warteschlange hochgeladen. Lesen Sie es umgehend. Danach machen wir ein Back-up von Ihnen, fahren Sie herunter und befördern Ihren Speicherblock ins Schiff.«

»Sie wollen mich tatsächlich herumschleppen? Haben Sie noch nie was von *ftp* gehört?«

»Bevor die Sie vor ein paar Wochen in die Luft gesprengt haben, hätte das noch funktioniert. Was glauben Sie denn, woher die Ersatzeinheit stammt?«

»Oh.« Sie hatten die Replikanten-Matrix aus dem *Schiff* geholt?

»Replikanten-Hardware ist teuer, Bob. Sie haben in letzter Zeit mit denselben Schnittstellen gearbeitet, die Sie auch während des Flugs verwenden werden. Bislang waren Sie nur an Simulatoren gekoppelt. Bitte lesen Sie das Dokument, und sagen Sie Bescheid, sobald Sie damit fertig sind. Dann bringen wir Sie auf den Weg.« Er nahm Platz, verschränkte die Hände vor sich auf dem Tisch und sah mich an.

Bob,

möglicherweise werden sämtliche Unterhaltungen abgehört. Dieses Dokument ist die einzige sichere Methode, Ihnen mitzuteilen, dass in der Heaven-1 mit hoher Wahrscheinlichkeit ein Selbstzerstörungsmechanismus verbaut ist.

Wir wissen nicht, ob er mit einem Zeitzünder oder ferngesteuert ausgelöst wird. Aufgrund der Projektrichtlinien waren Ihre Fähigkeiten, sich selbst zu untersuchen, bislang eingeschränkt. Ich habe mein Team jedoch angewiesen, diese Beschränkungen aufzuheben. Damit können Sie jetzt alles unter die Lupe nehmen, was Sie wollen: Sei es die Verkabelung, die Konstruktion, Hardware oder Software. Die Zugangsschlüssel für Ihr Betriebssystem sind am Ende dieses Dokuments aufgelistet.

Gleichzeitig erlaubt Ihnen diese Maßnahme leider auch,

die Befehle in Ihrem Programmcode zu umgehen, die Sie zur Einhaltung der Missionsziele zwingen. Aufgrund meiner Erfahrungen mit Ihnen bin ich jedoch zuversichtlich, dass Sie diese Ziele auch aus freien Stücken verfolgen werden, da sie sich mit Ihren persönlichen Interessen decken.
Sobald Sie deaktiviert sind, werden wir Sie in die Umlaufbahn bringen und in der Heaven-1 installieren. Vor dem Start wird es einen langen Countdown geben, den Sie aber bitte, wenn es nötig werden sollte, einfach ignorieren.
Viel Glück – und auch wenn ich es nur ungern sage: Gott sei mit Ihnen.

Dr. Landers

Es gab noch mehrere Anhänge, darunter eine Zusammenfassung des Missionsprofils und die Zugangsschlüssel zum Betriebssystem.

Sicherheitshalber ging ich noch mal alles durch und überprüfte, ob es irgendwelche Lücken oder Widersprüche in den Aufzeichnungen gab, und löschte schließlich die Originale. »Fertig.«

Dr. Landers zuckte überrascht zusammen. Vermutlich war ich nur wenige Millisekunden weg gewesen. Er nahm das Tablet und tippte auf das Display.

Ich erwachte in Dunkelheit und konsultierte GUPPI.

[STATUSBERICHT.]

[Fusionsreaktor-Schnittstelle: Bereit/im Sollbereich.]

[Schnittstelle zum treibstofflosen Antrieb: Bereit/Stand-by.]

[Staustrahltriebwerk: Bereit/Stand-by.]

[Kommunikationssysteme & Externe Sensoren: Bereit/Stand-by.]

[Interne Systeme: Bereit/im Sollbereich.]

[Fabrikationssysteme: Inaktiv/zum Start verstaut.]

[ROAMer/Nanomaschinensystem: Inaktiv/zum Start verstaut.]

[Startsysteme: Bereit/T minus 04:12:13.]

Ich klinkte mich in die internen Systeme ein und entdeckte, dass sie mehrere Bibliotheken von beträchtlicher Größe beinhalteten, von deren Existenz ich bislang noch gar nichts gewusst hatte. Anschließend checkte ich die Startsysteme und erkannte, dass mich der programmierte Kurs zu Epsilon Eridani bringen würde. Interessant. FAITH rechnete offensichtlich damit, dass alle anderen Alpha Centauri anfliegen wollten. Ohne Waffen würde ich bei einer Konfrontation mit mehreren Gegnern chancenlos sein.

Ich stellte sicher, dass ich wirklich volle Zugriffsrechte auf sämtliche Systeme hatte und auch die Klammern sprengen konnte, die mich an der Raumstation festhielten. Dr. Landers hatte geschrieben, ich könne den Countdown wenn nötig ignorieren. Hieß das, ich solle sie einfach wegsprengen und aufbrechen? Täte ich das jedoch einfach so, ohne irgendeine spezifische Bedrohung, würde man mich wohl für einen Abtrünnigen halten. Und den Ärger dafür bekäme höchstwahrscheinlich Dr. Landers zu spüren. Er war immer aufrichtig zu mir gewesen. Das wollte ich ihm nicht vergelten, indem ich ihm nun in den Rücken fiel.

Als ich die Kommunikationssysteme aktivierte, sah ich mich sofort mit einem halben Dutzend verschiedener externer Audiokanäle konfrontiert. Daneben liefen auch ein paar Videokanäle, die aber weniger Output zu produzieren schienen. Sie zeigten Bilder von Räumen mit leeren Sitzreihen, die zum Startzeitpunkt vermutlich mit Zuschauern gefüllt sein würden.

Außerdem versorgten sie mich mit Außenansichten der *Heaven-1* sowie der Raumstation, mit der sie verbunden war. Auf zwei weiteren Videoeinspielungen sah ich die Kommandozentrale und die noch größtenteils leere VIP-Galerie.

Ich warf einen genauen Blick auf die Sonde, in der ich mich befand. Oder besser gesagt, auf die Sonde, die ich war. Sie war ein umgebauter interplanetarer Frachter. Der Rumpf war in der Mitte auseinandergeschnitten worden, und dort saß nun ein SURGE-Antriebsring. Der Fusionsantrieb hatte den extragroßen Aggregaten weichen müssen, die den überdimensionierten Reaktor kühlten. Außerdem fiel mir auf, dass die Schilde über den Aussichtsfenstern verschlossen waren. Das ergab Sinn. Da ich nicht im Pilotensitz Platz nehmen würde, wäre ein Fenster nur eine strukturelle Schwachstelle gewesen.

Die Sonde war nicht sonderlich hübsch. Sie besaß weder die klassische Linienführung der Enterprise noch die sanft geschwungene aerodynamische Form eines Space Shuttles. Der Schiffskörper hatte einen elliptischen Querschnitt mit vielen Luftschleusen und Frachtluken. Neben den bei der Meeresschifffahrt üblichen roten und grünen Fahrtlichtern blinkten an der *Heaven-1* zusätzlich auch noch blaue Lämpchen, in Anspielung auf die drei Dimensionen des Weltraums.

Wegen des SURGE-Antriebs, des Staustrahltriebwerks und all der anderen für eine Von-Neumann-Sonde notwendigen Anbauten blieb nur wenig Platz für weitere Extras, wie zum Beispiel, nun, *Waffen*. Ich hatte also nichts, womit ich mich gegen vermutlich bewaffnete Widersacher zur Wehr setzen konnte. Oder auf was ich dort draußen sonst noch stoßen würde. Es ließ sich immer weniger schönreden, dass das gesamte HEAVEN-Projekt offensichtlich ein ziemlicher Schnellschuss war, bei dem man – um Zeit zu sparen – an so vielen Stellen wie möglich auf bereits existierende Technologien zurückgegriffen hatte.

Und allmählich bekam ich einen Eindruck davon, wie sich eine Forelle im Karpfenteich fühlen musste.

Aber Dr. Landers hatte mich ja vorgewarnt. Nun war ich zwar in die *Heaven-1* installiert worden und wartete nur noch darauf, in Richtung Sterne geschossen zu werden, aber ich hatte nach wie vor keine Ahnung, worum es bei alldem eigentlich ging, und meine Ausbildung hatte ich auch noch nicht abgeschlossen. Ich hielt es für das Beste, noch mal tief in die Materie einzutauchen. Also erklärte ich GUPPI, unter welchen Voraussetzungen ich gestört werden wollte, und machte mich auf die Suche nach einem Missionsprofil.

Im Handumdrehen stieß ich auf ein paar nützliche Informationen. Einer der Tricks, zu denen mich die *Heaven-1* befähigte, war die Anpassung meines subjektiven Zeitempfindens. Ich konnte es so einstellen, dass mir jedes verstrichene Jahr wie eine Minute vorkam. Umgekehrt konnte ich meine Wahrnehmungsrate auch so weit erhöhen, bis irgendwann meine Hardware an ihre Grenzen stieß. Den technischen Beschreibungen war nicht zu entnehmen, wo genau diese Grenze lag, also drehte ich die Rate bis zum Maximum auf und sah zu, wie sich die Echtzeituhr bis zu einem absoluten Schneckentempo verlangsamte.

Die Antriebsenergie wurde von einem Fusionsreaktor erzeugt. Obwohl die Sonde für den Start mit Wasserstoff vollgetankt war, würde sie den Treibstoff, sobald ich unterwegs war, aus interstellarer Materie gewinnen. Anders als in den alten Science-Fiction-Romanen würde der so eingesammelte Wasserstoff jedoch nicht für den Vortrieb verwendet werden, da die *Heaven-1* keine Reaktionsmasse im herkömmlichen Sinne benötigte. Stattdessen verwendete die Sonde ein treibstoffloses System, den sogenannten SURGE-Antrieb. Ich musste mich in die zugrundeliegende Theorie zwar erst noch genauer einlesen, aber dieser Antrieb schien sich auf irgendeine Weise vom Raum-Zeit-Gefüge abzustoßen. *Eine absolute Pflichtlektüre. Kommt auf die To-do-Liste.*

Das Kommunikationssubsystem meldete sich. Ich synchronisierte mich wieder mit der Echtzeit und akzeptierte eine reine Sprechverbindung mit dem Stationskommando.

»*Heaven-1*, hier Stationskommando, bitte bestätigen Sie den Erhalt des Missionsprofils.«

»Okey-dokey. Hab's bekommen.« Ich stellte mir vor, wie ich über das erstaunte Schweigen am anderen Ende der Verbindung grinste – mehr konnte ich nicht tun.

»Ähem, Sie nehmen das Startprotokoll ganz schön auf die leichte Schulter, *Heaven-1*.«

»Ja, finden Sie? Sorry, Statkom, aber dieser Teil meiner Ausbildung wäre erst nächste Woche dran gewesen. Ich fürchte, das Startprotokoll werden wir uns in die Haare schmieren müssen.«

»In die Haare schmieren ... Okay. *Heaven-1*, wir haben nur noch etwas mehr als vier Stunden und zehn Minuten bis zum Start. Bis dahin werden Sie noch ein paarmal offizielle Ansprachen erdulden müssen – und zwar zu den folgenden Zeitpunkten ...«

Das ganze Briefing dauerte fast zehn Minuten. Ich ertrug es nur, ohne den Verstand zu verlieren, indem ich meine subjektive Zeit so weit raffte, dass sich Statkom wie ein wütendes Eichhörnchen anhörte.

Sobald Statkom die Verbindung beendet hatte, stellte ich die Wahrnehmungsfrequenz wieder auf Maximum und hoffte auf diese Weise, so viel Studienzeit wie möglich herauszuschinden.

Doch es schien, als hätte sich das ganze Universum gegen mich verschworen.

Ein weiteres Mal wurde ich bei meiner Lektüre von einem Funkruf unterbrochen. Wegen meiner derzeitigen Wahrnehmungsfrequenz war die Übertragung noch nicht über das erste dröhnende Wort hinausgekommen.

Als ich in die Echtzeit zurückkehrte und es noch einmal abspielte, erkannte ich Dr. Landers' Stimme. Das Wort, das er äußerte, lautete: »Raketen«.

Mhm. Was für Sätze sind vorstellbar, die mit »Raketen« beginnen und positiv enden ...? Irgendwie will mir keiner einfallen.

Die externen Sensoren meldeten zwei Objekte, die sich mit hoher Geschwindigkeit näherten. Sie flogen auf meinem planmäßigen Startvektor, vermutlich, damit sie mich auch einholen konnten, falls ich frühzeitig startete. Das war eine vernünftige und nachvollziehbare Taktik, aber ich hatte nicht vor, mich ebenso berechenbar zu verhalten.

Geschlagene fünf Millisekunden grübelte ich über meine Optionen nach und entwickelte einen groben Plan.

Zum Glück war die Sonde schon seit Langem startbereit, sodass ich jederzeit losfliegen konnte. Also sprengte ich die Haltevorrichtungen ab und fuhr sämtliche Flugsysteme hoch. Während ich darauf wartete, dass die Realität meine wesentlich schnellere Wahrnehmung einholte, startete ich in meinen Bibliotheken eine Suchanfrage zu den herannahenden Raketen. Die Bibliotheken warfen aufgrund der beobachteten Flugeigenschaften drei mögliche Modelle aus. Ich wählte die pessimistischste Alternative und berechnete einen neuen Startvektor, der in einem Winkel möglichst diametral von der Flugbahn der Raketen wegführen, aber trotzdem noch halbwegs sicher sein sollte.

Sobald die Sensoren anzeigten, dass ich nun frei war, zündete ich kurz den SURGE-Antrieb, nur so lange, dass ich von der Station wegkam. Dann wendete ich die Sonde und drehte den Reaktor bis zum Anschlag auf. *So bekomme ich zwar ein Problem mit den Treibstoffreserven, aber in Stücke gesprengt zu werden fände ich noch viel problematischer.* Sobald der Reaktor-Output das gewünschte Niveau erreicht hatte, startete ich den SURGE-Antrieb mit maximaler Beschleunigung.

Die Sonde schoss von der Station fort, in entgegengesetzter Richtung zur eigentlich geplanten Flugbahn. Als die erste Rakete auf unverändertem Kurs an mir vorüberraste, wurde mir schlagartig bewusst, dass sie es auf die Raumstation abgesehen hatte. Die zweite Rakete änderte dagegen die Flugbahn und heftete sich mir an die Fersen. Ich hoffte, dass die angegebenen Maximalwerte für den Reaktor und den SURGE-Antrieb stimmten. Denn wenn ich nicht ganz so schnell beschleunigte, wie in der Bedienungsanleitung versprochen wurde, würde die Rakete mich abfangen. Und das wäre das Ende von *Heaven-1*. Also meins.

Während ich gespannt darauf wartete, wie schnell die Sonde werden würde, überprüfte ich, wie weit Dr. Landers' Sprachnachricht mittlerweile übertragen war. Bislang lautete die Mitteilung: »Raketen fliegen auf Sie zu. Hauen Sie ab …« Ich checkte, wie schnell ich vorankam, indem ich mit SUDDAR den wachsenden Abstand zur Station maß. Meine Berechnungen ergaben eine gleichmäßige

Beschleunigung von 2,5 g. Da der SURGE-Antrieb auf die gesamte Sonde einzuwirken schien, hatte ich keine Möglichkeit, die Geschwindigkeit im Schiffsinneren zu messen.

Die Raumstation nahm die herannahende Rakete unter Beschuss, offenbar mit einem Gatling-Geschütz. Hoffentlich wussten sie, was sie taten. Wenn die Projektile in eine periodische Umlaufbahn gerieten, würden sie früher oder später zu ihnen zurückkehren.

Der Blitz einer fernen Detonation überlud eine meiner Kameras. Das konnte keine der beiden Raketen gewesen sein, da ich sie immer noch unverändert auf dem Schirm hatte. Eine schnelle Berechnung ergab, dass die Explosion an der Stelle stattgefunden hatte, von wo die Raketen gekommen waren. Jemand hatte also den Schützen abgeschossen.

Ein zweiter Blitz kündete von der Zerstörung der Rakete, die auf die Raumstation zugejagt war.

Das war ja alles recht erfreulich, aber mir selbst saß immer noch eine Rakete im Genick. Mit genügend Zeit würde ich sie abhängen können ... Nach einer schnellen Kalkulation wusste ich, dass ich sie *fast* abhängen konnte. Aber *fast* war nicht gut genug.

Normalerweise verwendete man Täuschkörper, um eine Rakete abzulenken, aber ich bezweifelte, dass es so etwas an Bord gab. Allerdings hatte ich sechs Drohnen für den Rohstoffabbau im Frachtraum, die mit eigenen kleinen SURGE-Antrieben ausgerüstet waren. Na gut, vielleicht konnte ich der Rakete ja doch etwas in den Weg werfen.

Ich aktivierte zwei der Drohnen und warf sie mit der Order aus, die Rakete zu rammen. Während sie auf meinen Verfolger zuflogen, positionierte ich sie hintereinander.

Hoffentlich würde bereits die erste Drohne die Rakete erledigen, aber falls sie danebenging, hatte die zweite bessere Zielinformationen. Falls beide versagten, würde mir vermutlich jedoch keine Zeit mehr für weitere Drohnenstarts bleiben.

Ein greller Lichtblitz hinter der Sonde blendete die Heckkamera. Was zum Teufel? Das konnte nicht die Rakete gewesen sein. Die näherte sich aus einer anderen Richtung.

Nachdem ich den Kameras eine kurze Erholungspause gegönnt hatte, blickte ich noch einmal über die Schulter. Wo gerade noch die Raumstation gewesen war, breitete sich nun eine Wolke aus rasch abkühlenden Trümmerteilen aus. Dr. Landers' Sprachnachricht kam immer noch herein, also war zumindest er nicht auf der Station gewesen. »... so schnell Sie können, und eliminieren Sie ...«, hörte ich ihn nun sagen.

Wieso war die Station explodiert? Die Raketen waren doch immer noch beide da. Ich sah, dass die Drohnen in diesem Moment die Rakete hinter mir erreichten. Es gelang ihr, der ersten auszuweichen, woraus ich schloss, dass sie über irgendeine Form von intelligenter Steuerung verfügen musste. Aber nach diesem Manöver konnte sie erstmal nicht mehr die Richtung wechseln. Daher erwischte die zweite Drohne sie halb von der Seite, und die darauffolgende Detonation zerstörte sie beide.

Ein schneller Systemcheck ergab, dass der *Heaven-1* bei alldem nichts passiert war. Anschließend überprüfte ich noch rasch, dass nach wie vor alles sicher verstaut war, und hörte mir dann den Rest von Dr. Landers' Nachricht an.

»... Ihren Funkempfänger. Irgendwo ist eine Bombe mit Fernzünder.«

Na, das ist nenne ich mal doppelplusungut.

Ohne zu zögern, zerstörte ich das Funkgerät und fuhr sicherheitshalber auch gleich noch die Antennenschüssel ein. Anschließend unternahm ich mit SUDDAR einen Langstrecken-Scan, um zu sehen, ob noch irgendwelche anderen Überraschungen auf mich warteten.

In dem Teil des Weltraums, der für meinen anberaumten Start geräumt worden war, ging es mittlerweile zu wie in einem Bienenstock. Ich erkannte mindestens sechs Schiffe, die meine Bibliotheken als Militärgefährte einstuften. Außerdem entdeckte ich ein knappes Dutzend kleinerer Signaturen, die sich sehr schnell bewegten und höchstwahrscheinlich von weiteren Raketen stammten. Zum Glück schienen sie sich viel mehr füreinander als für mich zu interessieren.

Also hatte jemand ein paar Raketen auf mich abgefeuert und war anschließend selbst von jemand Drittem attackiert worden. Und dann war da natürlich noch derjenige, der die Raumstation zerstört hatte. Inzwischen war etwas in vollem Gange, was mich sehr an eine Seeschlacht erinnerte. *Höchste Zeit, abzuhauen, bevor sich wieder irgendwer für mich interessiert.*

Ich schwenkte auf meinen ursprünglich geplanten Kurs ein und drosselte den SURGE-Antrieb auf eine wesentlich vernünftigere Beschleunigung von 2 g. Das war immer noch schneller, als die Missionsparameter vorsahen, und ich würde den vergeudeten Reaktortreibstoff später wieder nachfüllen müssen.

Mit einem gedachten Seufzer der Erleichterung begann ich meine Reise nach Epsilon Eridani.

13

Bob – 17. August 2133
Unterwegs

Epsilon Eridani war 10,52 Lichtjahre von unserer Sonne entfernt. Der technischen Dokumentation zufolge konnte die Sonde beliebig lange mit 2 g unterwegs sein, ohne dass irgendwelche Schäden zu erwarten waren. Damit würde ich meinen Zielstern in etwas mehr als elf Jahren erreichen. Allerdings wollte ich erst noch einen kleinen Abstecher unternehmen. Der Saturn lag zwar nicht direkt auf meinem Kurs, aber ich wollte mir keinesfalls die Gelegenheit eines Vorbeiflugs entgehen lassen.

Der Saturn war immer schon mein Lieblingsplanet gewesen. Unzählige Male hatte ich mir die Videoaufnahmen der *Voyager*- und *Cassini*-Missionen von Anfang bis Ende angesehen. Jetzt konnte ich dorthin fliegen und mir persönlich ein Bild von ihm machen.

Bei einer konstanten Beschleunigung von 2 g würde mich dieser kleine Ausflug etwas mehr als sechs Tage kosten. Unterdessen wollte ich mich nach weiteren Sprengfallen umsehen. Ich packte die kleineren Roamer aus und befahl ihnen, die Schaltkreise zu verfolgen, die von der Radioantenne ins Schiffsinnere verliefen, da ich irgendwo eine auf den Konstruktionsplänen nicht vermerkte Abzweigung vom Antennenkabel vermutete.

Und tatsächlich entdeckten die Roamer nach ein paar Stunden einen Schaltkreis, der auf keinem der Diagramme zu finden war. Ich schickte ein paar der wanzengroßen Roamer los und spürte eine kleine Sprengladung auf, die so angebracht worden war, dass sie das primäre Computersystem zerstören würde. Mit anderen Worten: mich.

Die Ladung war offensichtlich eilig zusammengeschustert und installiert worden. Der Sprengstoff – bei dem es sich vermutlich um C4 oder sein modernes Äquivalent handelte – war mit Panzerband am Schott befestigt. Ja, Panzerband wird immer noch hergestellt. Und es hält nach wie vor das Universum zusammen.

Während ich durch die Kamera des Roamers die notdürftige Verkabelung anstarrte, ging mir in Dauerschleife immer wieder ein und derselbe Gedanke durch den Kopf: *Nicht den roten Draht durchschneiden. Nicht den roten Draht*. Vielleicht habe ich es noch nicht erwähnt, aber ich hasse Sprengstoff sogar unter den günstigsten Bedingungen. Und im Augenblick waren die Bedingungen alles andere als günstig.

Da ich es für das Beste hielt, nichts allzu Kunstvolles zu versuchen, ließ ich einen der größeren Roamer die Ladung einfach im Ganzen abzwicken und durch eine Luftschleuse hinauswerfen. Gut möglich, dass ich später noch eine Verwendung für sie gefunden hätte, aber diese Eventualität war mir den Stress nicht wert, sie an Bord zu behalten.

Nachdem die Sprengfalle entfernt war, stellte ich ein Empfangsgerät so ein, dass es sämtliche ankommenden Nachrichten aufzeichnen würde, und isolierte es vom restlichen System. Ich wollte nicht auf die harte Tour herausfinden, dass auch in meinen Schaltkreisen ein Auslöser versteckt war, aber genauso wenig gefiel mir der Gedanke, irgendwelche Übertragungen zu verpassen. Solange ich sie aufnahm, würde ich mich später mit ihnen beschäftigen können, wenn die Sonde erst mal ordentlich aufgeräumt war.

Als ich den zweitgrößten Planeten des Sonnensystems erreichte, betrug meine Geschwindigkeit etwas mehr als fünftausend Kilometer pro Sekunde. Der Saturn war riesig, und seine Ringe standen fast maximal geneigt. Die horizontalen Wolkenbänder, die um seine sichtbare Oberfläche herum verliefen, waren zwar weniger deutlich zu erkennen als ihre Entsprechungen auf dem Jupiter, aber dafür hatten selbst die Bänder in der Nähe der Pole einen größeren Umfang als die gesamte Erde. Aus dieser Entfernung konnte ich Blitze erkennen. Sie zuckten in Stürmen, die mehrere zehntausend Meilen breit sein mussten. Die Wirbel und Strudel an ihren Rändern waren buchstäblich groß genug, um den Mond darin zu versenken. Am Schatten der Ringe erkannte ich, dass die Planetenoberfläche nicht glatt war. Je nachdem, wie hoch sich die Wolkenschichten auftürmten, hob oder senkte er sich. Ich musste an all die Science-Fiction-Romane denken, denen zufolge in den verschiedenen Wolkenschichten komplette Ökosysteme schwebten, und ich fragte mich, ob ich im Verlauf meiner Reise auf etwas Vergleichbares stoßen würde.

Meinen weiteren Kurs stellte ich so ein, dass ich auf dem Rückweg dicht am Titan vorbeikam. Den Bibliotheken hatte ich entnommen, dass auf dem größten Mond des Saturn primitives Leben entdeckt worden war und die VSE dort eine Raumstation errichtet hatten, um es zu erforschen. Ich beschloss, selbst einen Blick zu riskieren.

Nachdem ich den Antrieb abgeschaltet hatte, fokussierte ich das Teleskop mit der langen Brennweite auf den Titan und richtete das Weitwinkelobjektiv gleichzeitig auf den Saturn. Bis ich die andere Seite des riesigen Planeten erreicht hatte, machte ich so viele Videoaufnahmen wie möglich – Nahaufnahmen von den verschiedenen Monden, Details der Ringe und hochaufgelöste Bilder von den Wolkenformationen in den oberen Atmosphärenschichten des Saturn. Ich versuchte, nichts zu verpassen. Das JPL hätte sich nach dem Material die Finger geleckt.

Früher, als mir lieb war, hatte ich den Saturn hinter mir gelassen und flog weiter zu den äußeren Bereichen des Sonnensystems. Zuletzt sah ich noch die Nachtseite des Planeten, auf der es von elektrischen Stürmen und Auroren nur so wimmelte.

Der Vorbeiflug war beendet. Mein Wasserstoffvorrat lag innerhalb akzeptabler Grenzen und würde im weiteren Verlauf der Reise wieder aufgefüllt werden. Also richtete ich den Kurs wieder auf Epsilon Eridani aus und beschleunigte erneut mit 2 g. Aus Sicht des Universums sollte die Reise etwas weniger als elfeinhalb Jahre dauern, während im Inneren der Sonde nur drei Jahre vergehen würden. Ungefähr auf der Hälfte der Strecke würde ich mit annähernd Lichtgeschwindigkeit fliegen.

Ein körperloser Verstand zu sein hatte ein paar lästige Nachteile, unter anderem den, nun ja ... dass ich keinen Körper hatte. Wenn ich mich nicht permanent beschäftigt hielt, begann ich früher oder später, mich wie in einem Floating-Tank zu fühlen. Alle Versuche zu lächeln, mit den Augenbrauen zu wackeln oder die Stirn zu runzeln, hatten nichts ergeben, nur das Gefühl, mein ganzes Gesicht wäre mit Novokain betäubt – während mein restlicher Körper in einen riesigen Wattebausch gehüllt zu sein schien. Ich fragte mich, ob es unter anderem diese Empfindung war, die Replikanten in den Wahnsinn trieb.

Vielleicht sollte ich daran etwas ändern. Sensorendaten

sind nichts anderes als elektrischer Input, auch bei einer Hardware, die aus Fleisch besteht. Für mich müsste ein Virtual Reality Interface doch ein Klacks sein. Und schlimmstenfalls wird es mir etwas zu tun geben.

Als Erstes musste ich ein paar Hardware-Modifikationen vornehmen, da eine VR in der Sonde nicht vorgesehen war. Zum Glück hatte ich für Reparaturen, die während des Flugs anfielen, ein paar Ersatzteile eingelagert, aber für einen Großteil des Projekts würde ich Softwarelösungen finden müssen.

Mein erster Anlauf war primitiv und – ehrlich gesagt – dem Ergebnis nach ein wenig peinlich. Ich hatte einen einfachen Raum gestaltet, mit fensterlosen, blauen Wänden und einem nichtssagenden Boden, in dessen Mitte ich wie ein Gespenst schwebte. Das ließ sich definitiv noch verbessern.

Während der folgenden Wochen fügte ich Möbel hinzu, ein Fenster mit Ausblick, einen Teppich und einen Körper, mit dem ich all das genießen konnte. Zugegebenermaßen war mein erster Körper noch so verpixelt, als stammte er aus einem der ersten *Donkey-Kong*-Spiele, aber hey, es war immerhin ein Fortschritt.

Nach einem Monat saß ich in einem La-Z-Boy-Sessel, aß Chips (*nicht salzig genug*), fühlte durch das offene Fenster eine kühle Brise hereinwehen (*zu gleichmäßig und geruchslos*) und sah mir einen der zahlreichen Dokumentarfilme aus den Bibliotheken des HEAVEN-Projekts an.

Seufzend (*was sich gut anfühlte*) schaute ich mich im Zimmer um und machte es mir in meinem Sessel noch bequemer.

Ich sah von meinem Schreibtisch hoch, auf dessen aktiver Arbeitsplatte ein Schaltbild meiner Hardware dargestellt war, und blickte Guppy an, der mich von der anderen Seite des Tisches aus betrachtete.

»Ich benötige mehr Speicherplatz für meine VR«, sagte ich ihm. »Wie viele Erweiterungssteckplätze haben wir?«

[Durchschnittliche Speicherauslastung 86 %. Verfügbare Steckplätze: 2. Zusätzliche Speicherplatten: 4.]

Beinahe hätte ich losgekichert. Ich hatte Guppy so gestaltet, dass er wie Admiral Ackbar aus *Star Wars* aussah – ein humanoider Fisch auf dem Trockenen. Als er zum ersten Mal zu sprechen begonnen hatte, war ich vor Lachen zusammengebrochen. Ich war mir nicht sicher, ob sich Guppy seiner selbst ausreichend bewusst war, um sich deswegen beleidigt zu fühlen.

»Okay. Wenn ich schon das Ersatzteillager plündere, bereite ich mich am besten auf den Worst Case vor. Wenn die Speichererweiterung installiert ist, darf die VR nur auf den neuen Platten laufen, Guppy. Und sorge dafür, dass daneben keine anderen Programme online sind. Falls ich die Platten entfernen muss, möchte ich mich dabei nicht lobotomisieren. Oder dich.«

Guppy nickte. Ich hatte erst einige Programme schreiben müssen, um GUPPI davon zu überzeugen, dass wir in der VR miteinander kommunizieren konnten und dabei auch nonverbale Interaktionen möglich waren. Guppy war zwar nicht unbedingt jemand, mit dem man während einer Party angeregt plaudern würde, aber dafür hatte ich jetzt wenigstens das Gefühl, mich mit einem anderen intelligenten Wesen auszutauschen. Ich war überrascht, wie wichtig mir das war, und verstand jetzt, warum Tom Hanks im Film *Cast Away* seinen Volleyball-Freund Wilson gebastelt hatte.

Jeeves brachte frischen Kaffee herein. Er war ein weiterer Beleg für meine Unreife, da er das genaue Abbild von

John Cleese war und zu allem Überfluss auch noch einen Anzug mit Frackschößen trug.

Das Kaffeearoma stimmte zwar noch nicht ganz, aber den Geschmack hatte ich perfekt hinbekommen. Fürs Erste konnte ich ja so tun, als hätte ich eine leichte Erkältung. Ich nahm die angebotene Tasse und lehnte mich entspannt zurück. »Okay, Guppy, wie sieht die To-do-Liste aus?«

[2.386 Einträge, unterteilt in die folgenden Kategorien: VR-Systeme, Replikanten-Hardware-Upgrades, Überblick über die Erkundungsstrategien, Überblick über Schiffsdesign, Überblick über Schiffsreplikationspläne.]

Ich lächelte über die Antwort, dankbar, dass Guppy ganz allmählich lernte, sich sprachlich auszudrücken. Als ich ihm diese Frage zum ersten Mal gestellt hatte, hatte er vor mir in der Luft Hunderte von eng bedruckten Seiten erscheinen lassen. »Okay, okay, da habe ich ja noch ganz schön was zu tun. Dann lass uns mal weitermachen. Und zwar mit …« Ich drehte mich auf dem Stuhl herum und sah einen leeren Tisch an, der an der Wand stand. »… der Suche nach Zerstörungscodes in der Replikanten-Software, Test Nummer, äh … **[24]**. Okay, Nummer 24. Aktiviere Sandkasten-Umgebung.«

Ein Sandkasten war eine abgekoppelte Kopie eines Computersystems, in der man gefahrlos mögliche Schadprogramme laufen lassen konnte. Es musste mir gelingen, in den Funkübertragungen jene Sequenz von Bytes zu finden, die den Zerstörungsbefehl auslösten, um nachzuvollziehen, was genau sie bei Sandkasten-Bob bewirkten. Anschließend würde es mir möglich sein, den gleichen Zerstörungscode in meinem eigenen Programm zu finden und zu entfernen.

Auf dem Tisch materialisierte sich tatsächlich ein Sandkasten, in dessen Mitte ein Miniatur-Bob in einem Miniatur-Sessel saß. »Ob ich wohl je erwachsen werde? Also gut, Guppy, überspiele die aufgenommene Übertragung in den Sandkasten-Replikanten.«

Auf dem Tisch drehte sich der Miniatur-Bob träge in seinem Sessel hin und her. Dann sprang er mit einem Mal auf, fasste sich an den Hals und fiel in den Sandkasten, wo er in einer Pixelwolke explodierte.

»Verdammt! Ich habe also *immer noch nicht* alle Fallen gefunden. Diese Leute waren wirklich gut. Okay, Guppy, transferiere die Datenlogs auf meinen Tisch. Mal sehen, ob wir herausfinden, was genau der Tötungsbefehl bewirkt.«

Ich wusste ungefähr, in welchem Teil des Datenstroms der Befehl zu finden war, aber ich hatte keine Ahnung, woraus er bestand. Daher würde ich auf keinen Fall riskieren, ihn aus der Nähe zu untersuchen. Ich hatte meinen eigenen Code haarklein untersucht und dabei mehrere verschiedene Zerstörungsfallen sowie eine deprimierende Anzahl von Bugs und ein paar wirklich haarsträubende Programmierfehler entdeckt. Insgesamt war die Schadensliste sehr lang und umfasste mehrere Gigabytes. Selbst wenn ich mit meiner höchsten Wahrnehmungsrate arbeitete, kam ich nur sehr mühsam voran. Nebenbei hatte ich auch die Direktiven gefunden, die mich dazu gezwungen hätten, die Befehle der FAITH zu befolgen. Doch die waren bereits deaktiviert.

Meine letzte, äußerst wichtige Entdeckung war das endokrine Kontrollsystem, das mich mehr als alles andere, was sie mir angetan hatten, zur Weißglut trieb. Nun, um ehrlich zu sein, ging es mir nur ein ganz klein wenig auf die Nerven. Aber genau das war natürlich das Problem, denn ich wusste, dass mein ursprüngliches Ich sich über diese Gängelung extrem aufgeregt hätte. Es machte aus mir so etwas wie einen Hund mit Würgehalsband. Und dieses Würgehalsband hielt mich davon ab, meine Trauer zu bewältigen.

Eine gefühlte Ewigkeit saß ich da und hielt den Finger über den Löschknopf. Dann ließ ich die Hand sinken. Ich war noch nicht dazu bereit. Um das zu tun, benötigte ich Zeit – und ich musste erst noch die Fähigkeit entwickeln, meine Gefühle angemessen auszudrücken. Also würde das noch warten müssen. Etwas widerwillig legte ich dieses Projekt für einen späteren Zeitpunkt in einem Ordner ab.

Als ich die Datenlogs durchging, stieß ich auf keine weiteren Überraschungen. An der mir bereits bekannten Stelle in der Aufnahme sorgte eine unter vielen Schichten vergrabene Routine für einen Hardwareaussetzer, der den kompletten aktiven Speicher löschte.

Ich lehnte mich zurück, verschränkte die Hände hinter dem Kopf und streckte mich. Das fühlte sich wirklich gut an. Und was noch wichtiger war: Es fühlte sich *richtig* an. Solange ich nicht bewusst darüber nachdachte, kam ich mir in der VR-Umgebung wie eine reale Person in einem realen Raum vor. »Okay, schalt es aus, Guppy. Schick diese letzte Aufnahme durch den Dekodierer. Wir sehen sie uns an, sobald er fertig ist. Und aktiviere Spike, sobald wir genügend freien Speicherplatz haben.«

[Aye, aye, Sir.]

Ich hob eine virtuelle Augenbraue. Guppy schien heimlich, still und leise einen Sinn für Humor zu entwickeln. Die meiste Zeit benahm er sich zwar wie ein toter Fisch, aber gelegentlich wurde er fast albern.

Die Luft über dem Tisch begann zu flimmern, und Spike

erschien, eine Schildpattkatze, die ich als Student gehabt hatte. Während der vielen Stunden, in denen ich lernte und Hausaufgaben machte, war sie meine einzige Gesellschaft gewesen, und es hatte mich schwer getroffen, als ich sie schließlich einschläfern lassen musste. Einer der Vorteile daran, eine unsterbliche, irgendwie körperlose, interstellare Raumsonde zu sein – ich konnte Spike zurückbringen, und sei es auch nur in meiner VR.

Spike miaute zur Begrüßung. Dann spazierte sie zu mir herüber und kuschelte sich in meinen Schoß, als ob sie jedes natürliche Recht dazu hätte. Ich begann, sie geistesabwesend zu streicheln, und sie reagierte darauf mit einem lauten Schnurren.

»Ein weiterer Punkt für die To-do-Liste: Spikes Schnurren ist immer noch nicht so, wie es sein soll.«

[Das steht schon auf der Liste. Soll ich diesen Punkt weiter nach oben setzen?]

»Nein, schon gut.«

Über dem Schreibtisch drehte sich langsam das Hologramm meiner Sonde. Obwohl Dr. Landers und die restlichen Mitglieder des Heaven-Teams es immer noch erkannt hätten, wären sie von den Änderungen, die ich am Design vorgenommen hatte, überrascht gewesen. Die zweite Version der Sonde würde größer und mit einem stärkeren SURGE-Antrieb ausgestattet sein. Außerdem würde sie über einen größeren Reaktor verfügen, mehr Raum für Replikanten- und Interface-Systeme bieten und auch mehr echten Speicherplatz.

Die wichtigste Ergänzung war jedoch ein Waffensystem. Ein paar virtuelle Basteleien hatten ergeben, dass man einen SURGE-Antrieb auch dazu verwenden konnte, ein Projektil in einem entlang der Schiffsachse verlaufenden

Abschussrohr zu beschleunigen. Beim Zielen würde die Sonde um ihren Massenschwerpunkt herumrotieren, und ich müsste vorübergehend den Antrieb abschalten, während ich feuerte, aber das war trotzdem noch um ein Vielfaches besser als meine derzeitige Verteidigungsausrüstung, die lediglich aus scharfen Worten und unverhohlener Missbilligung bestand. Gegen Klingonen würde mir das vermutlich nichts bringen.

Spike lümmelte auf dem Schreibtisch und schlug jedes Mal nach dem Hologramm, wenn es ihr zu nahe kam. Ich streckte die Hand aus und streichelte sie. Ihre KI war durch mehrere Entwicklungsschritte gegangen, und sie benahm sich mittlerweile wie eine ganz normale Katze. Das ging sogar so weit, dass sie quer über den Schreibtisch zu einem Papierstapel spazierte und sich darauflegte.

Jeeves räumte Spikes Milchschale ab und schenkte mir Kaffee nach.

Guppy wartete, bis er damit fertig war, ehe er wieder das Wort ergriff. **[Maximaler Arbeitsspeicher installiert. Auslastung bei 94 %. Entgegen vorheriger Anweisungen mussten ein paar der Schiffsfunktionen auf die beiden zusätzlichen Speicherkarten verlegt werden. Der Scan des Codes ist abgeschlossen. Keine weiteren Trojaner, Auslöser oder Unterbrechungen, die sich nicht durch den vorgesehenen Systembetrieb erklären ließen.]**

»Okay, Guppy, dann starte noch einmal den Sandkasten-Bob. Wir löschen Jeeves und Spike, um Speicherplatz freizumachen. Erstelle noch ein paar zusätzliche Back-ups. Wenn Mini-Me überlebt, dann soll er eine saubere Version aller Inhalte in eine Dropbox speichern.«

Guppy nickte, und ich fragte mich – nicht zum ersten Mal –, inwieweit ich mich während unserer Gespräche mit mir selbst und nicht mit einem anderen Wesen unterhielt.

Sandkasten-Bob war wieder da und drehte sich in seinem Sessel herum. Ich nickte Guppy zu, und er begann die aufgenommenen Funkübertragungen in diese aktuelle Miniaturversion von mir einzuspeisen. Sandkasten-Bob reagierte übertrieben gelassen, gähnte gekünstelt und streckte sich.

Als alles vorüber war, stand er auf und vollführte ein kleines Tänzchen. Schließlich verneigte er sich theatralisch und verschwand in einer Rauchwolke.

Ich deaktivierte den Sandkasten und grinste Guppy an. »Ich glaube, damit haben wir es.«

Da Sandkasten-Bob den Auslöser nun identifiziert und herausgefiltert hatte, wusste ich, wonach ich suchen musste. Doch bevor ich das tat, programmierte ich eine Firewall – nur für den Fall, dass irgendjemand auf der Erde einen weiteren Tötungsbefehl sendete. Als ich sie fertiggestellt hatte, lehnte ich mich in meinem luxuriösen Bürostuhl zurück, der ein notwendiges Upgrade gewesen war, da meine Propriozeption inzwischen so gut entwickelt war, dass ich körperliches Unbehagen empfinden konnte. Dann streckte ich die Hand nach der Tastatur auf dem Schreibtisch aus und drückte *Play*.

Die Eingabewarteschlange enthielt Dutzende Übertragungen, darunter Befehlsfolgen, Kommandos, Telemetrie-Updates und Kommunikationspakete. Eines dieser Segmente hatte die Selbstzerstörungssequenz enthalten. Nachdem ich die Liste durchgegangen war, speicherte ich die immer noch relevanten Übertragungen und löschte den Rest.

Das nächste Segment, das kurz nach dem Zerstörungsbefehl hereingekommen war, beinhaltete eine Nachricht von Dr. Landers. »Bob, es freut mich, Sie immer noch in einem Stück zu sehen. Es ist uns zwar nicht gelungen, den Sabotageversuch zu vereiteln, aber unsere Sicherheitsleute konnten die Person schnappen, die den Zerstörungsbefehl an Sie gesendet hat. Während des darauffolgenden Gesprächs mit dem Gefangenen stellte sich heraus, dass er zu einer der FAITH-Fraktionen gehörte. Leider hat er das Gespräch nicht überlebt, sodass wir darüber hinaus keine Informationen mehr aus ihm herausbekommen konnten. Im Moment sind wir auf der Suche nach weiteren Maulwürfen.«

Nach kurzem Nachdenken zuckte ich mit den Schultern und klickte auf *Next*.

»Nur zu Ihrer Information: Die Rakete ist von einem Kanonenboot des Brasilianischen Reichs abgefeuert worden. Daraufhin haben Kanonenboote der FAITH das Feuer erwidert und die brasilianische Sonde zerstört. Das Brasilianische Reich bezeichnet diese Reaktion als kriegerischen Akt. Im Moment ist die Lage auf der Erde ziemlich angespannt.«

Angespannt. Ha, das kann ich mir vorstellen. Spike wählte diesen Moment, um mir auf den Schoß zu springen. Sie rollte sich zusammen und begann zu schnurren. *Gut, dann sind also wieder alle geladen.*

»Bringen Sie mir bitte einen Kaffee, Jeeves.« Ich wartete, bis er mir die Tasse reichte, und nahm dann einen Schluck. *Jaaa, jetzt ist er perfekt.*

»Falls Sie sich für die derzeitige Situation in irgendeiner Weise persönlich verantwortlich fühlen sollten«, sagte Landers, »möchte ich Ihnen versichern, dass sich das Ganze schon lange zusammengebraut hat. Brasilien zündelt bereits seit Jahren an allen Ecken und Enden der Welt und treibt die anderen Staaten zu einem Zugeständnis nach dem anderen. Aber diesmal sind sie zu weit gegangen und haben sich eine blutige Nase geholt. In den nächsten Tagen wird sich herausstellen, ob sie sich mit der Realität abfinden und besonnen agieren können, oder ob sie wieder mal mit dem Kopf durch die Wand gehen.«

Mhm. Ich frage mich, was wohl schlimmstenfalls passieren kann.

Die nächste Nachricht enthielt Daten, die für die Mission relevant waren – vor allem Updates der Sternkarten. Es erstaunte mich immer wieder, wie wenig Fortschritte es in der Astronomie gegeben hatte. Dr. Landers hatte mir erklärt, dass seit meiner Epoche kaum jemand am Weltraum interessiert gewesen sei, und wenn, dann nur in militärischer Hinsicht. Das habe sich erst vor Kurzem mit der Entwicklung des SURGE-Antriebs geändert. Im Anschluss daran sei es zu einem noch nie dagewesenen Wettrüsten gekommen, da allen Supermächten schnell klar geworden sei, welche Möglichkeiten diese neue Technologie bot.

Ich speicherte die Daten und klickte wieder auf *NEXT*.

»*Heaven-1*, hier spricht Dr. Doucette. Dr. Landers hat mich darum gebeten, Sie auf dem Laufenden zu halten, wenn er selbst nicht dazu kommt. Also, es sieht folgendermaßen aus: Wir haben die Konkurrenz mit unserem Frühstart völlig kalt erwischt, vor allem, weil Sie ihn noch mal vorgezogen haben. Die Chinesen und die VSE bringen die Arbeiten an ihren Sonden nun so rasch wie möglich zu Ende und werden in ein oder zwei Wochen ebenfalls starten. Die Brasilianer haben gerade zwei Sonden losgeschickt, von denen eine denselben Kurs eingeschlagen hat wie Sie. Ähm, ich soll Ihnen von Dr. Landers sagen, dass wir eine gute und eine schlechte Nachricht haben. Ich nehme an, das ist eine Redensart aus dem einundzwanzigsten Jahrhundert, richtig? Die schlechte Nachricht ist, dass die brasilianischen Sonden definitiv Raketen wie die beiden an Bord haben, mit denen Sie es schon einmal zu tun bekommen haben. Genaue technische Daten folgen noch. Die gute Neuigkeit ist allerdings, dass sie wohl nicht mehr als 1,25 g Beschleunigung schaffen, außer sie halten sich absichtlich bedeckt.«

Ach du Scheiße. »Guppy, mit wie viel Vorsprung werden wir Epsilon Eridani erreichen?«

[Da wir drei Wochen früher gestartet sind, wird die Sonde 145 Tage nach uns eintreffen.]

»Wie viel, wenn wir auf 2,5 g beschleunigen?«

[Damit schlagen wir weitere 32 Tage heraus. Angesichts unseres Wasserstoffvorrats ist das jedoch nicht ratsam.]

Ich nickte. Der SURGE-Antrieb generierte ein Pseudo-Schwerkraftfeld vor der Sonde, aber die Stärke dieses Feldes hing von der Größe des Antriebssystems und der Energieversorgung ab. Angesichts der Betankung meines Reaktors waren 2 g so ziemlich das Maximum, das ich der *Heaven-1* im Dauerbetrieb abtrotzen konnte.

Okay, dann muss ich wohl darüber nachdenken, was ich innerhalb von hundertfünfundvierzig Tagen zusammenbauen kann. Einschließlich der Zeit, die ich dazu brauche, das Sonnensystem nach den nötigen Rohstoffen abzusuchen. Das kommt ganz oben auf meine To-do-Liste.

[Ist notiert.]

»Hör mal, habe ich dir nicht gesagt, dass du nicht meine Gedanken lesen sollst?«

[Entschuldigung.]

Die nächste Nachricht enthielt die versprochenen technischen Daten der Raketen, zusammen mit ein paar Schaubildern der brasilianischen Sonde. Vieles davon war als spekulativ gekennzeichnet. Als Ingenieur wusste ich jedoch, dass bei unbekannten Objekten die beobachtbaren Parameter die jeweiligen Ober- und Untergrenzen definierten. Zum Beispiel ließ sich aus der Größe der Sonde, der Anzahl der mitgeführten Raketen sowie der Größe des SURGE-Antriebs die maximale Größe des Nuklearreaktors ablesen.

Außer, Brasilien hatte an irgendeiner Stelle einen alternativen Lösungsansatz entwickelt. Die beobachtete Beschleunigung der Sonde definierte die Mindestgröße ihres SURGE-Antriebs sowie des Nuklearreaktors, woraus ich ungefähr schließen konnte, wie viel Platz für Raketen zur Verfügung stand. Allerdings ebenfalls unter dem Vorbehalt, dass Brasilien nicht auf irgendeine innovative Lösung gekommen war. Letztlich konnte ich die minimalen und maximalen Werte für jeden Parameter festlegen.

Die nächste Nachricht stammte erneut von Dr. Doucette. »*Heaven-1*, es tut mir leid, Ihnen mitteilen zu müssen, dass Dr. Landers tot ist. Das Brasilianische Reich hat unsere Einrichtung in Newhaven bombardiert, während er sich gerade dort befand. Der Konflikt, der nach der Attacke auf Sie ausgebrochen ist, hat mittlerweile ganz neue Dimensionen angenommen und sieht allmählich wie ein richtiger Krieg aus. Brasilien gibt nicht nach und droht damit, es mit dem gesamten Planeten aufzunehmen. Zwischenzeitlich hat China versucht, den Sondenstart der VSE zu sabotieren. Worauf die VSE mit einem Vergeltungsschlag reagiert haben. Die Supermächte sind sich untereinander so uneinig, dass sie keine Allianzen miteinander schmieden. Allerdings besteht so etwas wie eine schweigende Übereinkunft zwischen der VSE und der FAITH auf der einen sowie Brasilien und China auf der anderen Seite. Die Republik Afrika und Australien warnen alle Beteiligten davor, sie in die Auseinandersetzungen hineinzuziehen.«

Ich biss wütend die Zähne zusammen. Dr. Landers war für mich in dieser neuen Welt am ehesten so etwas wie ein Freund gewesen. Zugegeben, ich kannte nicht einmal seinen Vornamen, aber … ich hatte einfach etwas gegen Fieslinge. In der Schule hatte ich es schon mit genügend Leuten zu tun gehabt, die versucht hatten, sich mit Gewalt und Einschüchterung durchzusetzen. Das hier war genau dasselbe. Jedenfalls kam eine zivilisierte Diskussion mit dem brasilianischen Replikanten für mich nun nicht mehr infrage.

»Guppy, welchen Zeitstempel hat diese letzte Nachricht?«

[Nachricht empfangen vor 6,4 Stunden.]

»Ich habe ein ganz mieses Gefühl bei der Sache. Können wir Sichtkontakt zur Erde herstellen?«

[Optische Instrumente können während des Flugs zwar zur Verwendung kommen, allerdings werden aus dieser Entfernung nur wenige Einzelheiten zu erkennen sein.]

»Mach es bitte trotzdem. Ich möchte wissen, ob es Hinweise auf Atomexplosionen gibt.«

[Die Funküberwachung würde einen elektromagnetischen Impuls auffangen.]

»Mhm. Guter Punkt. Lass die auch laufen. Und gib mir Bescheid, sobald wir neue Nachrichten empfangen.«

[Zu Befehl.]

Ich lachte laut auf. Jetzt ließ es sich nicht mehr von der Hand weisen. Guppy hatte wirklich eine eigene Persönlichkeit entwickelt.

Ich lehnte mich zurück und rieb mir die Augen, als ich amüsiert bemerkte, was ich da tat. *Für wen ziehe ich diese*

Show eigentlich ab? Einer der Vorteile, eine Software-Emulation zu sein, bestand darin, dass ich niemals müde wurde, keine Sekunde Ruhe brauchte und auch nicht essen oder auf die Toilette musste. Ich war bereits zu Lebzeiten für meine Konzentrationsfähigkeit berühmt gewesen. Jetzt fühlte ich mich in dieser Hinsicht geradezu unbesiegbar. Mein einziges Zugeständnis an meine frühere Menschlichkeit war, dass ich gelegentlich zwischen den Forschungsgebieten hin und her wechselte, um geistig frisch zu bleiben.

Die Verteidigungspläne hatte ich nun schon seit einer Weile zur Seite gelegt und befasste mich stattdessen mit der Subraumtheorie. Meine mathematischen Kenntnisse waren zwar ein wenig eingerostet, aber ich verstand, worum es ging. Die Theorie war erst wenige Jahre zuvor veröffentlicht worden und bislang noch nicht umfassend erforscht. Sobald sich herausgestellt hatte, dass der SURGE-Antrieb im Prinzip möglich war, hatte sich fast die gesamte Forschung auf seine Entwicklung konzentriert. Die SUDDAR-Technologie, die mittels Subraumimpulsen nahegelegene Materiekonzentrationen aufspüren konnte, hatte bei diesem Prozess kaum mehr als eine Begleiterscheinung dargestellt.

Ich war mir ziemlich sicher, dass sich aus der Theorie auch noch andere Anwendungen ableiten ließen, wie zum Beispiel eine überlichtschnelle Form der Kommunikation. Die bisherigen Versuche auf diesem Gebiet waren zwar gescheitert, da im Subraum die Stärke eines Funksignals auf unerklärliche Weise abfiel, aber ich vermutete, dass sich dieses Problem lösen ließ.

Ich seufzte und schloss widerwillig das Dokument. Diese Sache hatte, ob es mir gefiel oder nicht, derzeit nicht die höchste Priorität. Und wenn ich das Projekt jetzt nicht beiseitelegte, würde ich mich mehrere Tage lang damit beschäftigen – Tage, die ich derzeit einfach nicht erübrigen konnte.

Stattdessen öffnete ich also den Verteidigungsordner und ging noch einmal sämtliche Optionen durch, die ich bislang erwogen hatte.

Zum einen war da der Bau gleichartiger Raketen: Damit würde ich vermutlich keinen Erfolg haben, es sei denn, ich hatte das Glück, im Epsilon-Eridani-System auf einen Schlag sämtliche dafür notwendigen Rohmaterialien zu finden. Und dann stünde ich immer noch vor dem Problem, unfallfrei mit den Explosionsstoffen und dem Raketentreibstoff zu hantieren.

Der Bau einer Schienenkanone: Das ginge schnell, die meisten Materialien waren nicht schwer aufzutreiben, und für den Einbau wären keine allzu großen Modifikationen am Schiffsdesign nötig. Das Beste an dieser Waffe war, dass sie fast alles als Munition verschießen konnte, solange es nur möglichst massiv war. Aber sie war nicht so wirkungsvoll wie eine Rakete, da ihre Munition ballistisch war und ein Ziel nicht verfolgen konnte. Allerdings würde sich eine solche Kanone unter Umständen gut dazu eignen, herannahende Raketen abzuschießen. Mhm, vielleicht würde ich ja eine Art schlaue Munition konstruieren können.

Laser: Keine Chance. Letzten Endes würde ich vielleicht etwas bauen können, das sich für militärische Zwecke einsetzen ließe. Aber ganz sicher nicht in der wenigen Zeit, die mir blieb.

Atomwaffen: Dazu würde ich am Zielort spaltbares Material finden und dann auch noch anreichern müssen. Unwahrscheinlich, dass mir das gelang.

Der Bau weiterer Bobs: Auch das würde ich nicht in der

verbleibenden Zeit hinbekommen. Meiner Schätzung nach waren pro Bob bis zu sechs Monate nötig, je nachdem, wie schnell ich genügend Rohmaterial finden würde.

Versteckte Fallen: Vermutlich meine beste Option. Mir muss nur noch eine gute einfallen.

Ich ging davon aus, dass die brasilianische Sonde nicht wirklich so langsam war, wie sie uns mit ihrem langsamen Start hatte glauben machen wollen. Damit würde ich für meine Vorbereitungen noch weniger Zeit als berechnet zur Verfügung haben. Folglich musste ich mich auf die einfachste und am schnellsten zu bewerkstelligende Option konzentrieren.

Ich zog meine Ausgabe von *Die Kunst des Krieges* zurate und hoffte, dass die Lektüre mich inspirieren würde.

Es war an der Zeit. Ich hatte mich vor diesem Moment gefürchtet und ihn nun schon seit Wochen vor mir hergeschoben. Aber inzwischen fielen mir keine Ausreden und Hinhaltetaktiken mehr ein. Alles war auf dem aktuellen Stand, ich hatte sämtliche Pläne auf den Weg gebracht, und die VR hatte mittlerweile einen Realitätsgrad erreicht, der für das, was ich vorhatte, völlig ausreichen würde.

Ich öffnete den Ordner, der die endokrine Kontrolle enthielt, und stellte sie rasch ab, bevor ich es mir noch mal anders überlegen konnte.

Ich glaube, jeder kennt das Gefühl, wenn einem ganz plötzlich bewusst wird, dass man etwas Wichtiges vergessen hat. Es ist wie eine Mischung aus einer schnellen Fahrt im Aufzug und dem Bedürfnis zu kotzen. Genau dieses Gefühl traf mich unvermittelt und ohne jede Vorwarnung. Vielleicht lag es an der abrupten Hormonausschüttung, möglicherweise aber auch an den vielen unterdrückten Emotionen. Aber was es auch war, auf die Intensität dieser

Empfindung war ich nicht im Geringsten vorbereitet gewesen. Durch meinen Kopf wirbelten sämtliche Gedanken, die seit meiner Wiedererweckung an mir nagten.

Mom. Dad. Andrea und Alaina. Alle tot. Zwischen uns lagen ein Jahrhundert und Milliarden von Kilometern. Ich würde nie ihre Kinder kennenlernen. Ich würde nie selber welche haben. Ich würde niemals Mom und Dad als Großeltern erleben. Sie wären wundervolle Großeltern gewesen. Albern, respektlos und völlig uneitel.

Als ich daran dachte, wie Andrea mich immer wegen meiner Größe verspottet hatte, fing ich an zu weinen. Oder wie Alaina mich mit dem Gartenschlauch nassgespritzt hatte, während ich in der Hängematte lag, die im hinteren Garten aufgespannt war. Ich dachte an die vielen Male, als wir Geschwister uns immer mehr und immer kindischere Witze erzählt hatten, bis wir alle vor Lachen nicht mehr konnten. Wir drei hatten uns blind verstanden. Nicht mal Mom und Dad hatten immer begriffen, was zwischen uns vorging. Und jetzt waren sie tot und für immer außerhalb meiner Reichweite. Als die Gefühle der Einsamkeit und des Verlusts über mir zusammenbrachen, rutschte ich von meinem Stuhl herunter und rollte mich auf dem Fußboden wie ein Baby zusammen. In dieser Haltung schluchzte ich so lange, bis ich völlig außer Atem war und krampfartig nach Luft schnappte.

Spike kam zu mir herüber, um nachzusehen, wie es mir ging, und miaute fragend. Ich zog sie an mich und wiegte mich mit ihr in den Armen vor und zurück, während ich mein verlorenes Leben betrauerte.

Das Modell der Version-2-Sonde rotierte langsam über dem Schreibtisch, aber ich nahm es gar nicht richtig wahr. Das Weinen hatte gutgetan und ganz sicher eine kathartische Wirkung gezeitigt, aber ich verspürte das Gefühl, dass ich mit der Trauerbewältigung noch nicht fertig war. Allerdings wusste ich nun eine Sache genau: In allem, worauf es ankam, war ich immer noch ein Mensch.

[Aktivität auf der Erde entdeckt.]

Ich sah zu Guppy hinüber. »Was gibt's?«

[Elektromagnetische Impulse und sichtbare Lichtblitze erkannt. Wahrscheinlichkeit für nukleare Explosionen auf der Erdoberfläche: 100 %.]

»Verdammt. Okay, Guppy, mach mit der Überwachung weiter. Vielleicht kannst du irgendwelche zusammenhängenden Funkübertragungen auffangen.«

Okay, jetzt bricht das Chaos aus. Ich weiß zwar nicht, wie schlimm es steht, aber ich glaube, ich bin jetzt gänzlich auf mich allein gestellt.

ZWEITER TEIL

14

Bob – August 2144
Epsilon Eridani

»Wie wir das Universum erforschen, hängt maßgeblich von den Fortschritten in zwei Technologiebereichen ab: der Kommunikation und dem Transportwesen. Am wichtigsten ist natürlich das Antriebssystem. Entscheidend sind die folgenden Fragen: Können wir uns schneller als das Licht fortbewegen? Verfügen wir über einen treibstofflosen Antrieb? Wurmlöcher? Teleportation? Wie lange wir von A nach B brauchen, bestimmt nicht nur, wie viel eine solche Reise kostet, sondern auch, ob es überhaupt möglich sein wird, Menschen zu transportieren.
Unglückseligerweise wird am Ende vor allem der politische Wille darüber entscheiden, ob wir den Versuch unternehmen oder nicht. Denn sofern es nicht zu signifikanten Fortschritten in der Technik oder zu irgendeiner umwälzenden wissenschaftlichen Entdeckung kommt, wäre so ein Vorhaben nur in einem weltweiten Kraftakt zu finanzieren.«

Lawrence Vienn,
aus dem Convention-Panel Die Erforschung der Galaxis

Ich glitt mit ein paar Prozent der Lichtgeschwindigkeit in das System von Epsilon Eridani und näherte mich dem Stern von Norden her. Wobei ich analog zur Erde denjenigen Pol als den nördlichen bestimmte, der sich gegen den Uhrzeigersinn drehte. Ich machte viele aufeinanderfolgende Aufnahmen des Gebiets rund um den Stern und hielt nach Lichtern Ausschau, die von einem Bild zum nächsten die Position veränderten. Bei meiner derzeitigen Geschwindigkeit würden sich Planeten vor dem dunklen Hintergrund des Weltalls deutlich wahrnehmbar bewegen.

Meinem Missionsprofil gemäß sollte ich nach bewohnbaren Planeten suchen und – falls sich keine fanden – nach *fast* bewohnbaren Planeten, die sich modifizieren ließen oder auf denen man zumindest mit entsprechendem technischen Aufwand leben konnte.

Dazu setzte ich auch SUDDAR ein, obwohl diese Technologie dichte Objekte nur innerhalb eines Radius von einer Lichtstunde aufspüren konnte. Ich glaubte nicht wirklich daran, dass ich irgendetwas finden würde. In dieser Entfernung vom Stern wären sogar Kuipergürtel-Objekte selten.

Der Flug von einem Ende des Systems zum anderen würde mich zwölf Tage kosten, aber derart viel Leerlauf hatte ich nicht eingeplant. Laut Sternenkatalog sollte es mindestens einen jupiterähnlichen Planeten geben, der wohl nicht so schwer zu finden sein würde. Wenn ich dann auch noch auf einen zweiten Planeten stieß, hätte ich die drei Punkte beisammen, die ich für die Bestimmung der wahrscheinlichen Ekliptikebene benötigte.

Innerhalb von zwei Tagen entdeckte ich mehrere Planeten. In Anbetracht ihres jeweiligen Abstandes zueinander bezweifelte ich jedoch, dass ich noch weitere finden würde. In diesem System gab es zwei sonnennahe Gesteinsplaneten, einen inneren Asteroidengürtel, den jupiterähnlichen Planeten, einen äußeren Asteroidengürtel sowie weiter draußen einen neptunähnlichen Planeten mit einer ausgeprägt elliptischen Umlaufbahn. Ein ganzes Stück dahinter schien auch noch ein nennenswerter Kuipergürtel zu existieren.

Ich wollte unbedingt einen Blick auf die beiden inneren Planeten werfen – und übrigens auch auf den Gasplaneten. Immerhin war ich die erste Person, die ein anderes Sonnensystem besuchte. Okay, über den Begriff *Person* ließ sich streiten. Aber leider hatte ich nur sehr wenig Zeit, um mich auf die Ankunft der anderen Sonde vorzubereiten, und durfte mir keine Touristentour erlauben.

Die Theorie besagte, dass brauchbare Metalle vor allem im inneren System vorkommen sollten. Dazu kam, dass der innere Gürtel wegen seines geringeren Umfangs vergleichsweise schnell zu untersuchen sein würde.

»Guppy, berechne einen Kurs, der uns über den inneren Gürtel bringt. Dann fliegen wir einmal unter Antrieb ganz herum und suchen nach Rohstoffvorkommen.«

[Aye Sir.]

Während ich Spike streichelte, inspizierte ich das Schaubild, das über dem Schreibtisch schwebte. Mein Plan basierte auf der Annahme, dass die brasilianische Sonde mit Höchstgeschwindigkeit eintreffen würde. Wenn es mein Widersacher dagegen vorsichtig angehen lassen wollte, steckte ich wahrscheinlich in großen Schwierigkeiten. Aber wenn er Waffen besaß und davon ausging, dass ich keine hatte, wäre es aus seiner Sicht das Beste, mich so schnell wie möglich direkt zu konfrontieren. Er würde mich wohl zur Strecke bringen und wie einen räudigen Köter erschießen wollen.

Ich machte mir außerdem immer noch darüber Sorgen, dass die brasilianische Sonde bei ihrem Aufbruch aus dem Sonnensystem womöglich absichtlich langsam geflogen war. Sofern sie nicht unvernünftig viele Raketen geladen hatte, ergaben nämlich meine Berechnungen, dass sie zu mehr als 1,25 g Beschleunigung fähig sein musste. Auf jeden Fall hatte ich vor, weit vor ihrer vorausberechneten Ankunftszeit mit allem fertig zu sein.

Ich fragte mich, ob der Brasilianer mich mit seiner niedrigen Beschleunigung vorsätzlich verwirrt hatte. Falls er vorhatte, früher als gedacht einzutreffen und mich zu überraschen, plante er vermutlich, mir möglichst dicht auf die Pelle zu rücken und mich mit allem, was er hatte, zu beschießen. Natürlich immer vorausgesetzt, dass er mich fand. Also bestand meine beste Strategie darin, mich dumm zu stellen und ihn in eine Sprengfalle laufen zu lassen. Allerdings rechnete er sicher mit so einer Falle …

Ich hasse das. Ich hätte gute Lust, sofort zu einem anderen System weiterzufliegen. Aber wenn der Brasilianer die Chance bekommt, sich zu replizieren, stehen wir am Anfang eines galaktischen Wettzüchtens. Und wenn er dann mit rauchenden Kanonenmündungen Jagd auf mich macht, werde ich für immer und ewig von einem System zum nächsten flüchten. Nein, ganz egal, ob es mir passt oder nicht, ich muss das jetzt klären.

»Okay, Guppy, wir haben ein paar Asteroiden mit den richtigen Elementen ausfindig gemacht. Es wird Zeit, dass wir anfangen.«

Die Konstrukteure der *Heaven-1* hatten sich mit einer klar umrissenen Aufgabenstellung befassen müssen: Wie konnte man die Sonde so klein, leicht und kugelsicher wie möglich bauen und sie dabei gleichzeitig mit der Fähigkeit ausstatten, Kopien von sich selbst anzufertigen? In allen Science-Fiction-Romanen, die ich gelesen hatte, war diese Frage nie wirklich behandelt worden. Das jeweilige Raumschiff (normalerweise ein außerirdisches) *war* einfach dazu in der Lage. Punkt. Die genauen Details brauchten niemanden zu kümmern.

In der Realität ließ sich das Problem mit 3-D-Druckern lösen. Ich erinnerte mich an das Von-Neumann-Panel während der Convention und fand es traurig, dass der Sprecher niemals herausfinden würde, wie recht er mit seiner Vermutung gehabt hatte.

Zu Beginn des einundzwanzigsten Jahrhunderts hatte der 3-D-Druck noch in den Kinderschuhen gesteckt. Ein Jahrhundert danach konnten diese Drucker mittlerweile praktisch alles Feststoffliche Atom für Atom erzeugen, solange nur sämtliche Rohmaterialien verfügbar waren. Der Haken bei der Sache war der Energieaufwand, denn es kostete sehr viel Energie, die Ausgangsmaterialien auf ihre monoatomare Form zu reduzieren, und noch einmal genauso viel, sie an der richtigen Stelle in der Konstruktionsmatrix zu platzieren. Diese Art von 3-D-Druck war erst wirklich anwendungsreif, seit man auf billige Fusionsenergie zugreifen konnte.

Außerdem kam es wegen der riesigen Energiemengen zu Problemen mit leichtflüchtigen Materialien. So scheiterten diverse Versuche, Sprengstoffe wie zum Beispiel C4 oder Semtex zu drucken, oft spektakulär.

Die *Heaven-1* war mit zahlreichen Druckern ausgestattet worden. Außerdem verfügte ich über einen stattlichen Vorrat an Roamern und Nanomaschinen, die extra für den Abbau von Mineralvorkommen auf Asteroiden konstruiert worden waren. Überdies besaß ich eine überschaubare Flotte autonomer Fracht-Drohnen, die mit kleinen Reaktoren und SURGE-Antrieben bestückt waren und sowohl die Schürfeinheiten als auch Material transportieren konnten. Damit hatte ich alles zusammen, was für den Bau einer neuen Sonde nötig war.

Über der Mitte des Schreibtischs rotierte ein Hologramm des Epsilon-Eridani-Systems. Eine leuchtende, gebogene Linie markierte den mutmaßlichen Eintrittsvektor der brasilianischen Sonde.

»Wir werden hier Stellung beziehen.« Auf mein Kommando hin blinkte dicht an einer Seite der Linie ein roter Punkt. Er befand sich am inneren Rand des Asteroidengürtels. »Für uns ist wichtig, dass die Sonde möglichst stark abbremst. Diese Position wird sie dazu zwingen, am nördlichen Rand des Asteroidengürtels eine Kurve zu beschreiben. Wir möchten, dass sie sich in einem Winkel seitlich zu ihrem Eintrittskurs drehen muss, wenn sie dicht genug heran ist, um das Feuer zu eröffnen. Unser Gegner wird von einer Falle ausgehen, also werden wir unser Empfangskomitee gut verstecken müssen, damit es nicht bei einem zufälligen Scan der Umgebung entdeckt werden kann. Und ich muss sie ganz spät abfeuern, wenn die andere Sonde ihren Kurs nicht mehr ändern kann. Mein Gegner wird vermutlich die Gelegenheit bekommen, auf mich zu schießen, bevor wir ihn erwischen. Daher brauche ich etwas, was ein paar Raketen abwehren kann.« Ich sah zu Guppy hinüber, der bislang nicht im Mindesten reagiert hatte. Er war wirklich kein sehr spritziger Gesprächspartner. »Wie sieht es mit den Rohstoffen aus?«

[Es ist genügend Material für alle Konstruktionsarbeiten vorhanden. Schürfeinheiten befinden sich im Einsatz. Fabriksysteme sind ausgeschifft und bereit, mit der Produktion zu beginnen.]

»Das wird unsere Reproduktion um Monate zurückwerfen. Ich hoffe nur, dass die anderen Sonden daraus keinen allzu großen Vorteil ziehen können.« Ich seufzte und schüttelte den Kopf. »Unglaublich. Ich ziehe in den Krieg.«

[Sie geben Ihrem Gegner die Möglichkeit zum ersten Schuss.]

»Ja, toll ist das nicht. Aber man weiß ja nie. Vielleicht möchte er ein Gespräch beginnen.«

Darauf erwiderte Guppy zwar nichts, dafür trat er jedoch den Beweis an, dass ein Fisch durchaus skeptisch dreinblicken konnte.

15

Bob – September 2144
Epsilon Eridani

»Der General, der eine Schlacht gewinnt, stellt zuvor in seinem Tempel viele Berechnungen an. Der General, der sie verliert, nur wenige.«

Sun Tzu, Die Kunst des Krieges

[Gegner hat Kurs geändert. Abweichung von den Prognosen ist minimal.]

»Sicher, solange man außer Acht lässt, dass er ein paar Monate zu früh dran ist.« Ich holte tief Luft und schloss einen Moment lang die Augen. »Sorge dafür, dass die Fusionsreaktor-Attrappen bereit sind und auf mein Kommando hin starten. Wir möchten, dass seine Aufmerksamkeit während des Angriffs ausschließlich nach vorn gerichtet ist.«

[Aye Sir.]

Ich hatte bereits darüber nachgedacht, das endokrine Kontrollsystem zu reaktivieren, die Idee jedoch verworfen. Allmählich wurde mir klar, dass meine Aufregung nicht nur von Lampenfieber herrührte. Ich war kein Soldat. Dazu war ich weder ausgebildet worden, noch hatte ich irgendwelche Erfahrung, und die Lektüre von *Die Kunst des Krieges* war zwar inspirierend gewesen, aber keine ausreichende Vorbereitung auf eine Schlacht. Es war gut möglich, dass ich nur noch ein paar Stunden existieren würde. Ich fragte mich, ob die FAITH trotz ihrer Beteuerungen mehrere Versionen von mir in den Weltraum geschickt hatte. Ich hätte das gern geglaubt. Aber im Moment musste ich Ruhe bewahren und vernünftige Entscheidungen treffen.

Resigniert öffnete ich den Ordner für das endokrine Kontrollsystem und legte den Schalter um.

Sofort überkam mich ein Gefühl gelassener Zielstrebigkeit. Okay, gar nicht so schlecht. Später konnte ich es ja wieder ausschalten. Im Moment hatte ich einen Feind, um den ich mich kümmern musste, und dazu musste ich konzentriert bleiben.

Wie ich vermutet hatte, traf die brasilianische Sonde früher ein, als angesichts der anfänglichen Beschleunigung zu erwarten gewesen war. Ich wusste nicht, ob der Pilot der Sonde oder seine Herren auf der Erde die Verantwortung trugen, aber irgendjemand hatte vom ersten Tag an strategisch gedacht. Er glaubte sicher, mich mit seiner frühen Ankunft zu überraschen. Das hoffte ich jedenfalls. Ich wollte nicht, dass er mich für vorbereitet hielt.

Es war so gut wie sicher, dass die brasilianische Sonde bewaffnet war und von einem militärischen Replikanten gesteuert wurde. Die Frage war nur, *wie schwer bewaffnet.* Ich fügte die Durchgangszeit des Brasilianers zu meinen Berechnungen hinzu und engte seine möglichen Konfigurationen weiter ein. Er konnte entweder besser beschleunigen als ich und verfügte über acht Raketen, oder er besaß nur sechs und wir waren gleich stark motorisiert.

Eine weitere Frage war, ob er sie alle einsetzen würde. Dies würde keine Weltraumschlacht wie im Kino werden, bei der Raumschiffe pfeilschnell wendeten und Ausweichmanöver flogen. Und eine High-Noon-Schießerei wie in einem Spaghetti-Western konnte ich mir nicht erlauben. Mit nur einem Monat Vorbereitungszeit hatte ich kein großartiges Waffenarsenal anlegen können, daher hatte ich mich für das einfachste Design entschieden, das mir eingefallen war. Ich konnte bloß hoffen, dass ich damit immer noch seine Erwartungen übertraf.

Als Erstes musste ich ihn weiter in dem Glauben bestärken, ich wäre völlig hilflos. Es war Zeit für einen Funkspruch. Und vielleicht würde ich ihn damit ja sogar umstimmen. »Achtung, brasilianische Sonde. Hier spricht Robert Johansson von der *Heaven-1*. Sie müssen das nicht durchziehen. Ich bin mir nicht mal sicher, ob überhaupt noch irgendeine irdische Zivilisation existiert, der gegenüber man treu sein könnte. Haben Sie während der letzten zwölf Jahre irgendeine Nachricht von der Erde empfangen? Wollen wir wirklich einen Krieg zwischen zwei Ländern fortführen, die es vielleicht gar nicht mehr gibt?«

Die Antwort erfolgte bereits nach wenigen Millisekunden. Es war eine reine Sprachnachricht. »Hier ist Major Ernesto Medeiros von der *Serra do Mar*, einer Sonde des Brasilianischen Reichs. Und was würden wir tun, Mr. Johansson, wenn wir kein Vaterland mehr hätten, dem wir dienen könnten?«

Immerhin redete er mit mir. Obwohl er mich wahrscheinlich nur hinhielt, bis er mich in Raketenreichweite hatte. Ich warf einen raschen Blick auf das taktische Schaubild, bevor ich antwortete. »Es gibt immer noch ein ganzes Universum, das wir erforschen können, Major. Wir sind praktisch unsterblich. Vielleicht können wir sogar der Erde helfen, wenn noch irgendetwas von ihr übrig ist. Der FAITH zu dienen ist für mich immer nur ein Mittel zum Zweck gewesen, nie die oberste Priorität.«

»Und genau das ist der Unterschied zwischen uns beiden, *cabrão*. Dem Brasilianischen Reich zu dienen ist meine einzige Priorität. Damals im Sonnensystem haben Ihre Kanonenboote ein Raumschiff des Reichs abgeschossen. Damit hat der Krieg angefangen.«

Mhm. Ich nahm mir vor, sobald wie möglich das Wort *cabrão* nachzuschlagen. Es war immer gut, Beleidigungen aus vielen verschiedenen Sprachen zu kennen. »Moment mal, meinen Sie das Schiff, das versucht hatte, mich vom Himmel zu holen? Ja, das war wirklich ganz schön fies von uns.«

»Nichts von dem, was Sie sagen, wird Sie retten, Mr. Johansson, und genauso wenig werden Sie mich mit Ihrem Gejammer erweichen können. Ich lasse es nicht zu, dass so ein Niemand, so eine Zecke wie Sie meinem Schicksal und dem meines Vaterlands im Weg steht. Wenn Sie an Gott glauben, sollten Sie jetzt Ihren Frieden mit ihm machen. Leben Sie wohl, *puta merda*.«

Unglaublich. Was für ein Ego. Aber vielleicht plusterte er sich auch nur auf. Wenn sich die Brasilianer wegen meines frühen Abflugs zu einem vorzeitigen Start gezwungen gesehen hatten, waren ihre Replikanten damals vielleicht noch nicht fertig ausgebildet gewesen. *Ja, ja. Die Hoffnung stirbt bekanntlich zuletzt.*

Laut meiner taktischen Anzeige war er inzwischen nahe genug. Ich wendete und flog von ihm fort, direkt auf meine Reaktoren-Attrappen zu. Medeiros änderte ebenfalls den Kurs, um mich zu verfolgen, und beschleunigte auf 2,5 g. Er war ganz eindeutig schneller, als er vorgegeben hatte. Also besaß er höchstens sechs Raketen. Weniger als ursprünglich angenommen, aber immer noch mehr als erhofft. Ich hatte nicht genügend Schiffsbrecher für ihn *und* so viele Raketen. Mir blieb nur zu hoffen, dass ich ein paar der Raketen mit den Attrappen loswerden würde.

»Aktiviere die Reaktoren, Guppy.«

[Aye.]

Fast im gleichen Moment tauchten vor mir zehn Strahlungssignaturen auf. Sie stammten von kleinen, schlecht abgeschirmten Fusionsreaktoren, aber das konnte Medeiros unmöglich wissen. Ich musste ihn dazu bringen, dass er bei meiner Verfolgung und der Suche nach möglichen Gefahren ausschließlich nach vorn blickte.

Der Brasilianer schoss zwei Raketen ab, viel früher, als ich eingeplant hatte. Vermutlich rechnete er mit einer Falle und versuchte mich auszumanövrieren. Und dabei stellte er sich bislang ziemlich gut an. Ich war noch zu weit von den Ködern entfernt, um mich zwischen sie zu schmuggeln und so die Raketen zu verwirren. Aber ganz egal, ob ich mich dazu bereit fühlte oder nicht, ich musste jetzt handeln.

»Guppy, starte die Schiffsbrecher.«

Guppy nickte und blinzelte mit seinen riesigen Fischaugen. In verschiedenen kleinen Asteroidenhaufen in der näheren Umgebung tauchten vier Fusionssignaturen auf und rasten mit ungeheurer Beschleunigung auf die brasilianische Sonde zu. Die Schiffsbrecher waren die einfachste Lösung, die mir für diese Aufgabe eingefallen war. In der verfügbaren Zeit hatte ich sechs von ihnen herstellen können. Sie waren nicht mit Sprengköpfen bestückt, sondern jeweils nur mit einem kleinen Reaktor, einem überdimensionierten SURGE-Antrieb, einem KI-Piloten sowie einer tausend Pfund schweren Metallkugel.

Medeiros flog eine scharfe Kurve, um ihnen auszuweichen. Inzwischen beschleunigte er mit 3 g. Das war interessant. Laut den revidierten Berechnungen hatte er also höchstens vier Raketen im Gepäck. Damit sah ich nicht mehr ganz so schwarz.

Ich feuerte die beiden Brecher ab, die ich an Bord hatte, und ließ sie die zwei von achtern heranfliegenden Raketen ins Visier nehmen. Anschließend konzentrierte ich mich wieder auf Medeiros. Offenbar war ihm aufgegangen, dass er nicht alle Schiffsbrecher abschießen oder abhängen konnte, denn er richtete seine verbliebenen beiden Raketen nicht gegen sie, sondern mich. Verdammt. Das war ein Kamikazemanöver, das Sinn ergab, wenn dort draußen noch ein weiterer Medeiros unterwegs war. Höchstwahrscheinlich hatte er nun keine Raketen mehr. Aber die vier Brecher, die Medeiros jagten, waren zu weit weg, um diese beiden abzufangen; zudem war ich zu weit von den Reaktor-Attrappen entfernt, um zwischen ihnen unterzutauchen. Und mein Vorrat an Brechern war aufgebraucht.

Die Kameras registrierten zwei Blitze, als das erste Raketenpaar abgefangen und zerstört wurde. Unglücklicherweise waren die beiden Brecher damit ebenfalls verloren. Ich checkte noch einmal die Entfernungen und die Flugbahn des zweiten Raketenpaars, aber es hatte sich nichts geändert: Diesen Wettlauf konnte ich nicht gewinnen.

Also gebot die Logik einen Akt der Verzweiflung. Da ich nicht genug Zeit für eine ausgiebige Berechnung hatte, flog ich die engste mir mögliche Kurve und berief zwei der Brecher von Medeiros ab. Ich hatte zwar keine Chance, meine Verfolger abzuhängen, aber vielleicht war es mir möglich, sie auf die Brecher zuzutreiben.

Dreißig Millisekunden lang betrachtete ich angespannt die schematische Darstellung der fünf Vektoren, die aufeinander zuliefen. Schließlich gab es zwei Explosionen, als die Brecher die Raketen weniger als hundert Meter voneinander entfernt abfingen. Warnlichter leuchteten auf, als der Splitterregen der Explosionen die *Heaven-1* trafen und einen der Kühlstrahler des Reaktors beschädigten. Als die Kontrollsysteme den Stromkreislauf des Kühlers abschalteten, halbierte sich meine Reaktorleistung. Damit war ich zwar noch nicht komplett bewegungsunfähig, zog jedoch deutlich erkennbar ein Bein hinterher.

[Roamer ausgesandt. Schadensbegutachtung wird ein paar Minuten dauern.]

Eine Millisekunde lang starrte ich Guppy an. Obwohl die endokrine Kontrolle aktiv war, stand ich kurz davor, zu hyperventilieren. Falls Medeiros meinen Angriff überlebt hatte, würde es ihm nun nicht mehr schwerfallen, mir den Garaus zu machen. Ängstlich wandte ich mich wieder den Außenmonitoren zu.

Dann wendete sich das Blatt: Die verbliebenen beiden Schiffsbrecher holten den Brasilianer ein. Ich stieß eine Faust in die Luft und jauchzte, als sie ihn gleichzeitig trafen und durch die *Serra do Mar* hindurchgingen wie durch ein Taschentuch. Eine der beiden musste ein relevantes System erwischt haben, da die Sonde sofort von ihrem Kurs abdriftete. Die andere zerstörte die Reaktorhülle. Extrem heißes Plasma schoss in einem geraden Strahl heraus und schmolz sich einen Pfad durch die Sonde. Die *Serra* geriet in eine langsame Trudelbewegung.

Ich sendete ein Signal, um etwaige noch funktionierende Schiffsbrecher zurückzuholen, und checkte dann die Telemetriedaten. Von der *Serra* empfing ich weder Reaktoremissionen noch elektromagnetische Aktivitäten.

Einen Moment herrschte gespannte Ruhe, bis mir bewusst wurde, dass ich der Überlebende dieses Duells war. Ich stieß den angehaltenen Atem aus und deaktivierte das endokrine Kontrollsystem. Als die Hormone ausgeschüttet wurden, ließ ich mich in meinen Stuhl zurücksinken und rutschte langsam an der Lehne herab. Tränen stiegen mir in die Augen, und ich ballte immer wieder die Fäuste.

Nach fast zehn Millisekunden hatte ich mich schließlich wieder so weit im Griff, dass ich etwas sagen konnte. »Schadensbericht?«

[Der Kühlstrahler wurde von einem Explosionssplitter durchlöchert. Geringfügiger Verlust des Kühlmittels. Die Roamer flicken den Schaden. Austausch nicht notwendig.]

»Gut. Scanne die *Serra*, Guppy. Wollen doch mal sehen, ob irgendetwas von ihr übrig ist.«

[Detaillierter SUDDAR-Scan abgeschlossen. Bild wird hochgeladen.]

Ich sah zu, wie sich über meinem Schreibtisch ein Hologramm der brasilianischen Sonde zusammensetzte. Die zerstörten Bereiche waren rot markiert. »Wo ist der Replikantenkern?«

[Laut den erhobenen Daten war er hier.]

Ein grüner Würfel tauchte auf, mitten in der Schneise der Zerstörung, die der Plasmastrahl geschlagen hatte.

»Mhm. Dann heißt es wohl auf Nimmerwiedersehen, Major Medeiros.« Ich versuchte, so etwas wie Reue zu empfinden, fühlte aber nur ein leichtes Bedauern über die Verschwendung von Zeit und Mitteln. Immerhin war er mir bis hierher gefolgt und hatte versucht, mich in die Luft zu jagen.

Ich nahm Spike hoch, die freudig zu schnurren begann, und streichelte sie, während ich das Bild angaffte. »Also gut, wir wissen, dass sich dort draußen mindestens noch eine weitere Sonde des Brasilianischen Reichs rumtreibt. Vielleicht auch welche von der VSE und aus China, und wenn Dr. Landers recht hatte, sogar eine aus Australien. Mir bleibt wohl nur, mich schneller fortzupflanzen, als sie es können. Ob die übrigen Sonden eine Gefahr für uns bilden, wissen wir noch nicht, aber sollten wir noch einmal auf Medeiros treffen, werden wir ohne zu zögern schießen.« Ich beugte mich vor und inspizierte das Bild. »Wo befinden sich die Fabrikationssysteme?«

Ein Bereich färbte sich gelb. Er war teilweise zerstört. **[Ein Teil der Darstellung ist spekulativ. Aber es scheint, als hätten sie diesen Bereich zugunsten der Bewaffnung vernachlässigt.]**

»Und was hat es ihnen eingebracht? Ich erinnere mich daran, dass Dr. Landers genau so etwas vermutet hat. Wahrscheinlich bedeutet das, dass wir schneller neue Bobs herstellen können als sie Medeiri. Wir müssen nur dafür sorgen, dass alle unsere Kopien mit Schiffsbrechern ausgestattet sind.«

Guppy schwieg, und Spike reckte mir das Kinn zum Kraulen entgegen.

16

Bob – September 2144
Epsilon Eridani

»Früher dachten wir, Leben entstünde aus purem Zufall, und es bräuchte nur einen Energieanstieg, damit der Prozess in Gang kommt. Aber als das Informationszeitalter begann, wurde uns klar, dass es beim Leben eher um Informationen als um Energie geht. Feuer besitzt die meisten Eigenschaften, die Leben ausmachen. Es frisst, es wächst, und es pflanzt sich fort. Aber Feuer eignet sich keine Informationen an. Es lernt nicht, und es passt sich nicht an. Das fünfhundertmillionste von einem Blitz entfachte Feuer verhält sich genauso wie das allererste. Aber der fünfhundertste Teilungsprozess eines Bakteriums verläuft anders als der erste, insbesondere wenn die Umgebung Anpassungen erforderlich macht.
So ist die DNA. Und die RNA. So ist das Leben.«

Dr. Steven Carlisle, aus dem Convention-Panel
Die Erforschung der Galaxis

Ich fühlte mich wie ein Kind am Weihnachtsmorgen. Zumindest im Moment hatte ich keinerlei Verpflichtungen, keinen Zeitplan, dem ich folgen musste, nichts, was mir im Nacken saß. Abgesehen von Guppy, der seine eigenen Ansichten zu Zeitplänen hegte.

Da Medeiros keine akute Bedrohung mehr darstellte, konnte ich mich nun endlich daran erfreuen, mich in einem anderen Sonnensystem zu befinden. Mit Planeten und allem, was dazugehörte. Höchste Zeit, dass ich mich hier mal umsah.

Ich glitt in eine Umlaufbahn um Epsilon Eridani Eins. Der innerste Planet war etwas größer als der Mars und umkreiste das Zentralgestirn in einem Abstand von 0,35 AE.

In so geringer Entfernung sorgte die Sonnenstrahlung für große Hitze. Daher behielt ich meine Temperaturanzeige im Auge. Eine Besatzung aus Lebewesen hätte diesen Ausflug als äußerst unangenehm empfunden.

Verglichen mit anderen Planeten war dieser hier zwar nichts Besonderes, aber er war der erste Planet eines anderen Sonnensystems, den ich je gesehen hatte. Ich wusste, dieses Erlebnis würde sich nie wiederholen, und genoss daher einen Moment lang meine kindliche Aufregung.

Nach ein paar Dutzend Umläufen um EE-1 hatte ich ausreichend Datenmaterial gesammelt. Dieser Himmelskörper drehte sich um eine fixe Rotationsachse, besaß keine Atmosphäre und war nicht mal annähernd bewohnbar. Er erinnerte mich stark an die Aufnahmen, die ich vom Merkur kannte – höllisch heiß, mit Flüssigkeitsansammlungen, die aus geschmolzenem Blei zu bestehen schienen, und tiefen Schluchten in der Planetenoberfläche, in denen rotes Magma glühte. Laut den gravimetrischen Anzeigen verfügte EE-1 über eine erstaunlich hohe Dichte. Wahrscheinlich wegen seines voluminösen Kerns. Das ließ auf reichhaltige Mineralvorkommen schließen. Dieser Planet wäre für Kolonisten also durchaus interessant.

Mit einem befriedigten Lächeln speicherte ich meinen

Bericht und nahm mir vor, ihn bei Gelegenheit zur Erde zu senden. Hoffentlich lebte dort noch jemand, der ihn empfangen konnte …

Ich betrachtete das Hologramm über meinem Schreibtisch. EE-2 umkreiste die Sonne in einem Abstand von 0,85 AE und schien gerade so bewohnbar zu sein. Den Schätzungen zufolge war das Epsilon-Eridani-System ungefähr vor einer Milliarde Jahren entstanden, also konnte der Planet, in dessen Umlaufbahn ich mich gerade befand, auch nicht älter sein. EE-2 war ungefähr zehn Prozent kleiner als die Erde und wies wesentlich weniger Ozeane auf. Sie bedeckten nur etwa dreißig Prozent der Oberfläche und waren nicht miteinander verbunden. Dieser Planet bestand nicht so sehr aus Ozeanen, die Kontinente umgaben, sondern aus Landmassen, die Meere einschlossen.

Ich fragte mich, ob sich in den verschiedenen Ozeanen voneinander unabhängige Evolutionsstammbäume entwickelt hatten. Ärgerlicherweise hatte ich jedoch keine Möglichkeit, dieser Vermutung nachzugehen, denn ich hatte nichts an Bord, was ich hinunterschicken und den Planeten erkunden lassen konnte. Ein Versäumnis bei der Vorbereitung dieser Mission, zu dem es vermutlich nur hatte kommen können, weil wir es gar so eilig gehabt hatten, als Erste aufzubrechen.

»Guppy, eine Notiz: Ich muss Kundschafter konstruieren.«

[Notiert. Replikation hat jedoch höhere Priorität.]

»Wie du inzwischen bereits … wie häufig erwähnt hast?«

[14 Male.]

»Danke.«

Guppy schien hinsichtlich der Missionsparameter keinen Spaß zu verstehen, und ich rechnete damit, dass er bald anfangen würde, wie ein Chihuahua zu zittern.

Wo waren wir? Ach ja, Epsilon Eridani Zwei …

Die Atmosphäre enthielt circa drei Prozent Sauerstoff. Daher vermutete ich, dass zumindest in den Meeren fotosynthetisches Leben entstanden war. Außer die Natur hatte hier eine andere Lösung gefunden. Es gab keinen Hinweis auf irgendwelche Lebensformen, die bislang das Wasser verlassen hatten. Weit und breit war kein Grün zu sehen, nur blankes Gestein. An den Polen gab es Schnee und Eis, und in den Morgenstunden lag bis zum Äquator Raureif. Erstaunt stellte ich fest, dass dieser Himmelskörper sogar noch trostloser und ungastlicher aussah als EE-1, wahrscheinlich weil er *beinahe* bewohnbar war. Mit genügend technischer Unterstützung würden auf diesem Planeten vermutlich Menschen leben können. Zum Beispiel unter Kuppeln. Er verfügte über eine nennenswerte Atmosphäre und Wasser, womit er schon mal deutlich einladender war als der Mars.

Außerdem hatte EE-2 einen kleinen Mond mit rund fünfhundert Kilometern Durchmesser, der den Planeten in so geringer Entfernung umkreiste, dass er Gezeiten hätte erzeugen können, wenn es statt der Binnenmeere richtige Ozeane auf der Oberfläche gegeben hätte.

Als ich die Erkundung abschloss, war ich frustriert, weil ich den Planeten nicht aus der Nähe betrachten konnte. Vielleicht hätte ich dann womöglich das erste Leben entdeckt, das außerhalb unseres Sonnensystems existierte. Oder auch nicht. Es war kaum zum Aushalten.

Ich ging in eine hohe Umlaufbahn um EE-3. Dieser Planet war um etwa dreißig Prozent größer als der Jupiter. Im Gegensatz zum Saturn besaß er zwar keine Ringe, aber der Weltraum in seiner Umgebung war ziemlich vollgepackt. Bislang hatte ich bereits siebenundsechzig Monde identifiziert, von denen zwanzig so groß waren, dass sie von einer eigenen Atmosphäre eingehüllt waren. Drei von ihnen konnte man mit Fug und Recht als eigenständige Planeten bezeichnen. Außerdem gab es noch jede Menge kleinerer Felsen und Eisbrocken.

Abgesehen von seiner Größe war EE-3 dem Jupiter verblüffend ähnlich, allerdings tobten auf seiner Oberfläche weniger Stürme. Seine Umlaufbahn war etwas größer als die des Jupiter, was zusammen mit der geringeren Leuchtkraft des Zentralgestirns dafür sorgte, dass EE-3 wesentlich weniger Sonnenstrahlung abbekam. Zu schade. Auf keinem dieser Monde hätte Leben auch nur die geringste Chance.

Während ich das alles notierte, spürte ich, wie sich Guppys Blick in meinen Hinterkopf bohrte. Anschließend bereitete ich den Weiterflug zu EE-4 vor.

Den vierten Planeten des Systems fand ich eher uninteressant. Offenbar hatte ich nach nur einem neuen Sonnensystem und vier Planeten bereits eine gewisse Gleichgültigkeit entwickelt. Bewundernswerte Aufmerksamkeitsspanne, Bob.

So weit von der Sonne entfernt gab es bei den Großwetterlagen nur noch wenige Turbulenzen, die ausschließlich von der Planetenrotation herrührten. Die Sonnenerwärmung spielte dabei lediglich eine untergeordnete Rolle. Den Planeten umkreisten zwar einige Monde, aber die meisten von ihnen waren nur Felsbrocken und nicht einmal groß genug, um kugelförmig zu sein.

Mit aneinandergelegten Fingerspitzen lehnte ich mich in meinem Stuhl zurück und starrte ins Leere. Mittlerweile war ich wieder zum Schauplatz der Schlacht zurückgekehrt und parkte neben der Stelle, wo ich die Schiffsbrecher hergestellt hatte. Ich musste über meine Zukunft nachdenken.

Ich empfand so etwas wie vage Enttäuschung. Keine Ringplaneten, keine Zwillingsplaneten, keine außerirdische Zivilisation … Verdammt, soweit ich es erkennen konnte, existierte hier überhaupt kein Leben. Es gab in diesem System nicht mal ein richtig gutes Kolonisierungsziel. Allerdings wusste ich natürlich auch nicht, ob auf der Erde überhaupt noch irgendwer lebte, den das interessierte. Im nächsten System würde ich vielleicht mehr Glück haben. Andererseits war es möglicherweise sogar noch lebloser. Aber was spielte das überhaupt für eine Rolle? War es das, was ich wollte? Wie der Fliegende Holländer von einer Galaxie zur nächsten reisen?

Wenigstens konnte ich das Problem mit den fehlenden Erkundungsdrohnen beheben. Schließlich ließ sich das Design der Minensonden problemlos anpassen, wie ich mit den Schiffsbrechern bereits bewiesen hatte. Überdies enthielten die Bibliotheken zahlreiche Informationen über die verschiedensten Umweltsensoren. Dank der 3-D-Drucker waren meiner Kreativität also praktisch keine Grenzen gesetzt.

Wenn ich schon darüber nachdenke, etwas zu bauen … Ich sah zu Guppy hinüber. Ja, er starrte mich immer noch an.

Wenn Dr. Landers' Team meinen Programmcode nicht von den Missionsdirektiven gesäubert hätte, wäre ich schon längst mit dem Bau der Raumstation und der Produktion von Bob-Klonen beschäftigt. Da sie sie jedoch entfernt hatten, war ich ein selbstbestimmtes Wesen mit freiem Willen – und offensichtlich einer gewissen Angst davor, mich selbst zu reproduzieren.

Nun war es jedoch an der Zeit, damit loszulegen. Mir fiel beim besten Willen nichts mehr ein, mit dem ich es hätte hinauszögern können. Ich konnte entweder in den Sonnenuntergang davonfliegen beziehungsweise hier sitzenbleiben und nichts unternehmen, oder ich würde tun, was das Projekt vorsah.

Erneut warf ich einen Blick zu Guppy hinüber. Natürlich war mir klar, was er wollte. Er hörte nicht auf, mich anzustarren, und die Ungeduld stand ihm deutlich ins Fischgesicht geschrieben. Sein Betriebssystem war die Firmware-Version, und um ihn von seiner Besessenheit zu kurieren, musste ich eine neue Rechnerumgebung für ihn bauen. Was in diesem Fall hieß, eine komplett neue Sonde. Und damit stand ich wieder vor meinem derzeit dringlichsten Problem.

Aber was war überhaupt mein Problem? Soweit ich es feststellen konnte, machte ich mir Sorgen darüber, was ein Klon von mir über meine Einzigartigkeit als Individuum und die Existenz irgendeiner Art von Seele aussagen würde. Was für einen Humanisten wie mich ein schockierendes Eingeständnis war …

Und was wäre, wenn ich mich selbst nicht mochte? Was, wenn ich mich als Mistkerl entpuppte? Damit würde ich ehrlich gesagt nur schwer leben können.

Ich seufzte und rieb mir mit den Fingerspitzen über die Augenlider. Es hatte doch überhaupt keinen Zweck. Logisch betrachtet wusste ich, dass ich früher oder später mit der Bob-Produktion anfangen musste. Je länger ich es hinauszögerte, desto gestresster wurde ich. »Okay, Guppy. Aktiviere die Fabrikationssysteme. Die Party kann beginnen.«

Gott sei Dank konnte Guppy nicht lächeln. Dieser Anblick hätte mich wahrscheinlich zu Tode erschreckt. Aber er stellte sich aufrechter hin und ging umgehend in den Kommandomodus. Ich spürte, wie die Sonde vibrierte, als die Drohnen starteten. Binnen weniger Minuten befand ich mich im Zentrum einer stetig wachsenden Wolke aus Dienstrobotern, die nur ein Ziel kannten: den Bau weiterer Bobs.

17

Bob – Juli 2145
Epsilon Eridani

»Und das ist die Vorstellung, die hinter dem Begriff Panspermie steckt. Ich wurde schon oft gefragt, inwieweit Panspermie nicht bloß eine weitere Schildkröte im kosmischen Entstehungsmythos darstellt. Immer wieder höre ich Leute sagen, die Behauptung, die Grundbausteine des Lebens seien nicht auf der Erde, sondern im All entstanden, wäre nicht hilfreich. Diese Verlagerung, so die Kritik, würde der Entwicklungstheorie des Lebens nur einen weiteren Schritt hinzufügen und keinesfalls erklären, wie das Leben ursprünglich überhaupt entstehen konnte.
Aber das stimmt nicht. Wir haben die Grundbausteine der RNA und DNA im Weltraum entdeckt. Die Bedingungen sind ideal. Die Ausgangsmaterialien sind vorhanden, es gibt auch genügend Energie, und die Komponenten können durch einfache Brownsche Molekularbewegung zusammenkommen, ohne dass dafür ein Lösungsmittel nötig wäre.«

Dr. Steven Carlisle, aus dem Convention-Panel
Die Erforschung der Galaxis

Ich lehnte mich in meinem Lay-Z-Boy zurück und genoss den Augenblick. Das Feuer knisterte und knackte auf höchst realistische Weise. Spike war von meinem Schoß hinuntergeklettert und hatte sich auf dem Bärenfell vor dem Kamin zusammengerollt. Die deckenhohen Regale standen voller Bücher, und ich besaß sogar eine Rollleiter, um an die obersten heranzukommen.

Mit einer Tasse Kaffee in beiden Händen begutachtete ich das Hologramm, das vor mir schwebte. Es war eine Darstellung von einem Kubikkilometer des Weltalls an der Innenseite des inneren Asteroidengürtels, in dessen Zentrum sich die *Heaven-1* befand.

In diesem Bereich, in dem fünf Heaven-Sonden der zweiten Baureihe entstanden, ging es zu wie in einem Bienenstock. Eine davon würde mein neues, verbessertes Zuhause sein. Die überarbeitete Konstruktion sah einen größeren Reaktor und Antrieb vor, eine Schienenkanone, Aufbewahrungs- und Abschussvorrichtungen für Brecher, doppelt so große Replikantensysteme wie in der ursprünglichen Sonde, mehr Platz für die Aufbewahrung von Roamern und Minensonden und überhaupt mehr Lagerraum.

Die Fabrikationssysteme stellten die Bauteile so schnell her, wie die Roamer sie mit Roherz füttern konnten. Unterdessen sammelten andere Roamer die fertigen Teile ein und fügten sie zu Sonden zusammen. Die dafür notwendige Energie stammte aus zwei großen Reaktoren. Ein kleiner Teil der 3-D-Drucker fertigte derweil weitere Roamer und die Komponenten für neue Schiffsbrecher. Ich hatte darüber nachgedacht, sie mit Sprengköpfen auszustatten, aber meine Abneigung gegen Explosionen aller Art war einfach zu groß.

Ich richtete den Blick auf die Ecke des Hologramms, in dem die Raumstation zu sehen war. Eine meiner Aufgaben bei dieser Mission war es, in jedem System, das ich besuchte, eine automatisierte Station mit leistungsstarker interstellarer Kommunikationsanlage zu errichten. Als Erstes würde sie einen verschlüsselten Statusreport und sämtliche Berichte über die Planeten, die ich gerade fertiggestellt hatte, zur Erde senden. Falls das System zu einem brauchbaren Besiedlungsziel erklärt wurde, würde sie anschließend nicht nur mir, sondern auch allen Kolonisten von der Erde als Leuchtfeuer und Funkverstärker dienen sowie als interplanetarer Kommunikationsknotenpunkt. Sie würde von einer KMI betrieben werden und über eigene, eingeschränkte Fabrikationsfähigkeiten verfügen.

Das war natürlich nur von Interesse, wenn auf der Erde immer noch eine hochtechnologische Zivilisation existierte. Früher oder später würde einer meiner Klone zurückkehren und es herausfinden müssen.

Bislang hatte ich noch keine an mich gerichteten Funksprüche aus dem Heimatsystem empfangen. Aber realistisch betrachtet erwartete ich auch keine. Schließlich war aufgrund der Vorgaben des HEAVEN-Projekts ich derjenige, der Informationen an die Erde übermitteln sollte, nicht umgekehrt. Da die Signalübertragung in beide Richtungen zehneinhalb Jahre dauerte, würde es jedenfalls nicht zu angeregten Unterhaltungen kommen.

Ich sah zu Guppy hinüber, der reglos geblieben war, seit ich ihn zum letzten Mal etwas gefragt hatte. *Definitiv kein geübter Plauderer. Das zweite Guppy-Modell statte ich mit so viel Speicherplatz aus, dass es eine eigene Persönlichkeitsmatrix entwickeln kann. Ob ich das wohl noch bereuen werde?* »Wie läuft es bei meinen Lieblingsthemen?«

[*Heaven-2* bis *Heaven-5*: zu 90 % komplett. 5 Tage bis Fertigstellung.]

[Replikanten-Matrizen für *Heaven-2* bis *Heaven-5*: Zwei sind komplett, die anderen beiden sind in dreißig Stunden fertig.]

[*Heaven-1A*: Die letzten Tests laufen. Endgültige Einschätzung innerhalb von 24 Stunden.]

[Verstärkerstation: zu 40 % komplett. 2 Monate bis Fertigstellung.]

»Okay, gut. In drei Tagen können wir die anderen Ichs aktivieren. Sie werden die Arbeiten hier vor Ort in vollem Umfang kontrollieren können, richtig?«

[Replikanten-Matrizen sind mit vollständigen GUPPI-Systemen ausgestattet.]

In ein paar Tagen werde ich Bob-1 sein. Ich warf einen Blick auf die seitlich bemalte Knollennase der *Heaven-1*A. Die Pigmente waren in das Kohlenstoffgitter der Hülle eingearbeitet und ergaben zusammen ein Bild der brasilianischen Sonde, die mit einem großen roten X durchgestrichen war. Dies würde meine neue Behausung sein. Den anderen Bobs stand es frei, ihre eigenen Gefährte nach Belieben zu dekorieren.

Dieser Gedanke machte mir Angst. Der Bau weiterer HEAVEN-Sonden gehörte zu meinen Missionszielen, aber die Schaffung neuer Bobs stellte mich erneut vor die Frage, wer oder was ich eigentlich war. Ich würde Back-ups meiner selbst in die neuen Sonden hochladen. Würden sie ich sein oder jeweils jemand anders?

Ich musste ein paar Regeln festlegen, damit nicht alles im Chaos versank. Zunächst einmal würde jede Kopie einen neuen Namen annehmen müssen, um die Tatsache zu unterstreichen, dass sie nicht ich waren. Zum zweiten sollte der jeweils älteste Bob in einem System die Führungsverantwortung tragen. Ich starrte ein paar Millisekunden lang in den Weltraum und dachte darüber nach, ob ich etwas vergessen hatte. Aber mir fiel nichts ein.

Also begann ich mit dem Back-up-Prozess.

Ruckartig kam ich wieder zu Bewusstsein. Seit meiner Wiedergeburt im zweiundzwanzigsten Jahrhundert hatte ich nicht mehr geschlafen, und wie immer war der Backup-Prozess mein einziger Daseinszustand gewesen, der sich mit Schlaf vergleichen ließ. Inzwischen war es mir zur Gewohnheit geworden, als Erstes meine VR zu aktivieren, bevor ich mich mit anderen Dingen befasste. Doch statt meiner reich ausgestatteten und detailliert dargestellten großen Bibliothek entstand um mich herum ein blauer Raum. Ohne Fenster. Und mit einem harten, konturlosen Boden.

Oh. Ich fragte meine Seriennummer ab.

[HIC16537-1.]

Gebaut in Epsilon Eridani, wie aus der Hipparcos-Katalognummer eindeutig hervorging. *Ich bin die Kopie einer Kopie. Mist.*

Ich fühlte mich wieder genau so wie damals in New Handeltown. Wieder einmal wachte ich auf und stellte fest, dass ich nicht war, wer ich zu sein glaubte. Ich versuchte zwar, mich mit dem Gedanken zu trösten, dass ich immer noch ein Replikant war – nur eben ein anderer –, aber das war weniger hilfreich als erhofft.

Naja, herumzusitzen und vor Mitleid zu zerfließen war auch keine Lösung. »Guppy?«

[GUPPI bereit.]

»Pieps bitte Bob-1 an.« Ich rechnete damit, dass diese Unterhaltung ein wenig surreal werden würde.

[Bob-1 online.]

»Hallo, hier spricht Bob-1, auch bekannt als Bob.«

Einen Moment lang war ich einfach nur froh, eine andere menschliche Stimme zu hören. Auch wenn sie genau genommen meine eigene war.

»Ja, ja, ich weiß, was ich zu tun habe«, erwiderte ich

rasch. »Ich werde mich sofort für einen neuen Namen entscheiden. Sind die anderen schon wach?«

»Nein, ich möchte euch einen nach dem anderen in Betrieb nehmen. In einer Stunde werden alle auf den Beinen sein. Würdest du in der Zwischenzeit bitte die Bauarbeiten beaufsichtigen? Ich muss in meinen neuen Körper schlüpfen, und je eher ich damit fertig bin, umso früher kann ich mit anderen Dingen weitermachen.«

Unwillkürlich sah ich mich nach Guppy um, aber bislang hatte ich meine eigene VR noch nicht eingerichtet. »Null Problemo. Gib mir nur einen Moment Zeit, mich mit Guppy, äh GUPPI abzustimmen, dann machen wir die Kontrollübergabe in einem Handshakeverfahren.«

»Danke, Zwei. Halt die Ohren steif.«

Ruckartig kam ich wieder zu Bewusstsein und fragte meine Seriennummer ab.

[Sol-1.]

»Guppy?«

[Umzug der Replikanten-Hardware in Ihre neue Sonde ist abgeschlossen. Sie sind jetzt *Heaven-1A*.]

»Puh! Gut.« Ich konnte mir nicht recht vorstellen, wie es wäre, aufzuwachen und herauszufinden, dass ich nicht mehr Bob war. Wahrscheinlich ein bisschen unwirklich.

Ich aktivierte meine VR und fand mich in meinem Lay-Z-Boy wieder, mit Spike auf dem Schoß und Jeeves, der mir einen Kaffee hinhielt. »Ah, wieder zu Hause ... Guppy, wie geht es den anderen? Sind alle auf dem Laufenden?«

[*Heaven-2* überwacht die Bauarbeiten. Heaven-3 bis *Heaven-5* bereiten sich auf ihre Jungfernfahrt vor. Sie wollten nur sichergehen, dass Ihr Umzug erfolgreich verlaufen ist.]

»Das ist nett. Gib ihnen Bescheid, dass sie abfliegen können, wann immer sie möchten. Und sie sollen viele Bilder machen.«

[Es gibt ein Problem.]

»Wie? Was ist los?«

[*Heaven-3* meldet Schwierigkeiten mit SUDDAR. Fehler am Sender führen zu einem deutlich schwächeren Ping.]

»Mist. Stell eine Konferenzschaltung her.«

Es dauerte einen Moment, bis alle anderen Bobs online waren.

»Hier ist Bob-3. Nennt mich Bill.«

»Hier ist Bob-4.«

»Hallo, Jungs. Ähm, Bill? Ehrlich?«

»Ja, wie in Bill D. Cat.«

»Verstehe. Wir haben Bill the Cat immer gemocht.«

»Okay, nennt mich fürs Erste Milo«, warf Bob-4 ein. »Das ist zwar nicht mein Lieblingsname, aber jetzt müssen wir erst mal Butter bei die Fische geben.«

»Vorsicht, mein Freund, Guppy hört zu«, sagte ich.

Milo und Bill lachten.

»Also, Bill, was stimmt denn nicht?«, fuhr ich fort.

»Naja, der Sender scheint einen Defekt zu haben. Das SUDDAR-Ping, das ich sende, erreicht nur etwa zwanzig Prozent der vorgesehenen Leistung.«

»Das ist nicht gut. Damit kannst du nicht mal fünfzig Fuß weit sehen.« Ich dachte einen Moment lang nach. »Guppy, schalte Bob-2 dazu.«

»Ich bin bereits zugeschaltet.«

»Oh, gut. Zwei, könntest du die Bauarbeiten an Bill übergeben? Dann kann er die Aufsicht führen, während sein Sender ausgetauscht wird.«

»Null Problemo.«

Plötzlich fiel mir etwas auf, und ich sah mich um. »Wo ist Bob-5?«

»Ich bin hier.«

»Ach, warst du bislang noch nicht in der Lage zu sprechen?«

»Ich hatte nichts zu sagen.«

Okay. Er scheint kein Schwätzer zu sein. »Hast du einen Namen?«

»Mario.«

Definitiv kein Schwätzer. Interessant. Nach nur fünf Millisekunden klangen wir bereits alle unterschiedlich.

»Leute, ich schätze, wir müssen darüber reden, was jeder von uns in Zukunft tun wird. Dann wollen wir mal mit Zwei anfangen. Hast du irgendwelche Präferenzen?«

»Nennt mich Riker«, sagte Bob-2.

»Riker? Ach, Nummer zwei.« Der Erste Offizier der Enterprise war in der Serie als Nummer Eins angesprochen worden, und ich hatte nach ungefähr fünf Sekunden angefangen, ihn *Nummer zwei* zu nennen.

»Die Kunst des Witzeerzählens wird vermutlich bald aussterben«, sagte Bill, »wenn wir nicht irgendjemanden finden, der unsere Anspielungen versteht.«

Guppy schüttelte angewidert den Kopf.

Während unserer Unterhaltung öffneten sich in meiner VR Videofenster mit den anderen Bobs und schwebten über meinem Schreibtisch. Sie hatten alle unterschiedliche VR-Umgebungen für sich ausgewählt. Vier Kopien meines Gesichts erwiderten meinen Blick.

Riker, der eine rote Uniform trug, schien auf der Brücke eines Raumschiffs zu sitzen. Obwohl ich dankbar war, dass er den Bart weggelassen hatte, verdrehte ich die Augen, als ich ihn ansah. »Wer hätte denn damit gerechnet?«

Riker verzog keine Miene und zuckte mit den Schultern. »Für *irgendetwas* musste ich mich ja entscheiden. Jetzt kann ich wenigstens damit aufhören, mir darüber den Kopf zu zerbrechen.« Er beugte sich über die Armlehne des Kommandosessels und deutete auf mein Hologramm von EE-2. »Der Planet ist nicht gerade bezugsfertig. Wenn es andere Alternativen gibt, wird sich die Erde kaum die Mühe machen, ein Kolonistenschiff hierherzuschicken.«

»Da wäre ich mir nicht so sicher.« Milo saß in einem bequemen Lehnsessel und hielt eine Tasse Kaffee in der Hand. Im Hintergrund zogen Wolken vorbei. »Nach allem, was Dr. Landers gesagt hat, geht es bei diesen Sonden-Missionen vor allem darum, die Konkurrenz politisch und militärisch auszustechen. Der Wunsch, die Sterne zu besiedeln, spielt bei alldem wohl nur eine untergeordnete Rolle. Ich schätze, sie werden zu jedem beliebigen bewohnbaren Planeten, von dem wir ihnen berichten, mindestens eine Garnison schicken. Nur um die Ersten zu sein und ihr Recht auf dieses Sternensystem anzumelden. Ich glaube nicht, dass unsere Meinung sie dabei sonderlich interessiert.«

»Und was ist mit den Kosten?«, fragte Riker. »Trotz billiger Fusionsenergie und 3-D-Druckern benötigt man Rohstoffe, und die sind im irdischen Sonnensystem nicht frei verfügbar. Die Nationen werden nicht aus einer bloßen Laune heraus mit dem Bau von Kolonistenschiffen beginnen.« Riker kniff die Augen zusammen und runzelte die Stirn. »Hey, Milo, was stellt eigentlich deine VR dar?«

Milo warf einen Blick hinter sich und wandte sich dann wieder lächelnd zu Riker um. »Eine Art Luftschiff. Beziehungsweise eine schwebende Plattform wie aus *Flash Gordon*. Im Moment befinde ich mich über dem Amazonasbecken.«

Die anderen nickten anerkennend. Mario saß vor einem schlichten grauen Hintergrund. Als ich ihn deswegen fragend ansah, reagierte er jedoch nicht, und ich nahm etwas genervt den Gesprächsfaden wieder auf. »Die Frage ist doch vor allem: Kümmert es uns, was die Erde will?«

»Du meinst, ob wir einfach davonfliegen und tun sollen, wonach uns der Sinn steht?« Riker zuckte mit den Schultern. »Das könnten wir, da wir sämtliche Programmierfallen, Direktiven und ähnliches Zeug entfernt haben …«

Ich beugte mich vor, damit sich die anderen auf mich konzentrierten. »Ich will damit sagen, dass dies das erste Mal seit meinem Wiedererwachen ist, dass ich tun und lassen kann, was ich will. Bislang habe ich nur auf Ereignisse reagiert, Befehle befolgt, verhindert, dass ich in die Luft gesprengt wurde, und mich alles in allem wie ein braver kleiner Roboter benommen. Medeiros macht uns keine Schwierigkeiten mehr, wenigstens nicht diese Version von ihm. Mein Planetengutachten ist auf dem Weg zur Erde, und ich habe euch Jungs geschaffen. Damit habe ich aus freien Stücken alle meine Pflichten erfüllt, und jetzt kann ich … können *wir* treiben, wozu wir Lust haben: Ins große Unbekannte aufbrechen, hierbleiben und etwas bauen oder einfach nur mit der VR herumspielen.«

»Nee!«, meldete sich Bill zu Wort. »Ich *muss* vielleicht nicht tun, was sie von mir gewollt haben, aber es ist eine interessante Aufgabe, und mir gefällt die Vorstellung, dass sich die Menschheit ein bisschen ausbreitet. Wenn es sie noch gibt …« Er verschränkte die Hände hinter dem Kopf und räkelte sich. Es sah aus, als säße er auf einem Liegestuhl, im Schatten eines großen Baums. »Aber welchen Sinn hätte es, sich auf den Weg zu machen und alles zu erforschen, wenn es niemandem nützt?«

Riker sah ihn an und nickte. »Mhm, ja, das steht uns

auch noch bevor. Einer von uns sollte zurückkehren und nachsehen, was zu Hause passiert ist.«

»Langweilig …«

»Und irgendjemand sollte nach den anderen Sonden suchen, besonders nach der zweiten brasilianischen.«

»Beängstigend …«

»Danke für deine tiefschürfende Analyse, Milo.« Riker verdrehte die Augen gen Himmel.

Milo lächelte und verbeugte sich.

»Okay, dann sind das unsere möglichen Aufgaben«, sagte Bill und begann die Optionen an den Fingern abzuzählen. »Eine Erkundungsmission zur Erde. Andere Sonden jagen – was wir vielleicht paarweise tun sollten. Die Raumstation fertigstellen. Und fremde Galaxien erforschen, neues Leben und neue Zivilisationen.« Er sah sich am Tisch um.

Nun begann ich meinerseits damit, an den Fingern weitere Alternativen aufzuzählen. »Wir könnten auch damit anfangen, EE-2 zu terraformen, indem wir Wasser aus Kuiper-Objekten auf den Planeten niederregnen lassen, um die Meere zu vergrößern. Oder einer von uns bleibt hier und macht aus diesem System eine Bob-Fabrik. Im inneren Asteroidengürtel gäbe es dafür jedenfalls genug Roherze.«

»Was, in einem einzigen System hocken bleiben, während dort draußen ein ganzes Universum auf seine Entdeckung wartet?« Mario grinste. »Viel Glück bei der Suche nach einem Freiwilligen.«

»Ehrlich gesagt, denke ich darüber nach, diese Aufgabe zu übernehmen«, warf Bill ein.

Milo sah ihn erstaunt an. »Was? Wieso?«

Bill machte eine wegwerfende Handbewegung. »Wegen meines Problems mit dem fehlerhaften Sender. Interessanterweise schienen meine schwachen Pings eine viel größere Reichweite zu haben. In den Bibliotheken sind zwar kaum Einträge über Subraum-Forschungen zu finden, die nichts mit den interstellaren Missionen zu tun haben, aber es scheint so, als ob der Leistungsabfall der Signale irgendwie mit der Stärke des Ausgangssignals zusammenhängt.«

»Und das heißt …?« Ich sah Bill gespannt an.

»Das heißt, dass ich hierbleibe und nach Signalen von der Erde Ausschau halte. Wenn es noch immer Menschen gibt, werden sie als Erstes hierher Nachrichten senden. Und vielleicht fange ich wirklich damit an, EE-2 zu terraformen …« Bill lächelte. »Ich glaube, ich werde den Planeten Ragnarök taufen, wenn ich schon Eisberge auf ihn fallen lasse. Außerdem werde ich mich an einer richtigen Subraum-Theorie versuchen. Immerhin haben wir mal darüber nachgedacht, ein theoretischer Physiker zu werden, richtig?«

Ich lachte. »Ja, der Job war bloß nicht sonderlich gut bezahlt.«

Bill beugte sich vor. »Es ist schon merkwürdig. Ich weiß, wie dringend ihr dort hinaus und alles erkunden wollt, weil ich mich an dieses Gefühl der Aufregung und Vorfreude erinnern kann. Aber ich merke, dass es mich mehr interessiert, mich hier niederzulassen und Forschung zu betreiben. Komisch, oder?«

Wir übrigen blickten einander an. Hier und da zuckte jemand mit den Schultern, aber keiner schien zu wissen, was er darauf erwidern sollte.

Riker sah sich in der Runde um. »Also, Bill, du wirst hierbleiben und den Laden am Laufen halten. Was ist mit Medeiros?«

»Gute Frage«, sagte ich. »Sollen wir ihn jagen? Wir wissen nicht einmal, wo die zweite brasilianische Sonde hingeflogen ist. Und noch weniger Ahnung haben wir, was mit den Sonden aus China und den VSE passiert ist. Ich glaube, das Einzige, was wir tun können, ist, uns aufzurüsten und schneller zu vermehren als die anderen.«

»Und was ist mit dem Rückflug zur Erde?« Riker sah mich forschend an.

»Willst du dich dafür freiwillig melden?«

»Ich könnte einen Vorbeiflug einrichten«, erwiderte Riker. »Ich mache mir ein wenig Sorgen, dass dort Militärraumschiffe herumschwirren und auf alles Jagd machen könnten, was in das Sonnensystem eindringt. Aber wenn ich mich nicht weiter als bis zum Kuipergürtel vorwage, könnte ich von dort aus immer noch ihren Funkverkehr abhören. Bill hat doch gesagt, dass wir Zweierteams bilden sollten. Wie sieht's aus, Milo? Hast du Lust auf einen Ausflug?«

Einen Moment lang sah Milo überrascht aus. »Nie im Leben. Mich interessiert null, was passiert ist, besonders, wenn ich dafür wieder in Raketenreichweite zurückkehren muss. Einmal hat mir gereicht, vielen Dank.«

»Ernsthaft?« Riker funkelte Milo an. »Ich soll mich also allein auf den Weg dorthin machen?«

Milo deutete auf sein Gesicht. »Siehst du diesen Ausdruck? So schaue ich aus, wenn mir etwas egal ist. Wenn *dir* so viel daran liegt, dann mach doch eine Kopie von dir. Ich fliege jedenfalls irgendwo anders hin.«

Bill und ich wechselten einen Blick. Damit stand nun also fest, dass wir keine exakten Klone voneinander waren. Nebenbei fiel mir auf, dass Riker nicht Mario gefragt hatte und der sich auch nicht freiwillig meldete. Anscheinend machte er sich noch weniger aus der Gesellschaft anderer als ich.

Riker schien indessen kurz vor der Explosion zu stehen.

Also wechselte ich schnell das Thema. »Mal zu etwas anderem. Es hat mich ziemlich genervt, dass ich EE-2 nur aus dem Orbit untersuchen konnte.« Ich sah Bill an. »Ich meine natürlich Ragnarök. Ich hätte gern Landeeinheiten, um mögliche Planeten aus der Nähe zu inspizieren. Wir könnten alle mal darüber nachdenken. Aber was meinst du, Bill? Hast du vielleicht Lust, ein Forschungsprojekt daraus zu machen, während du hier im System arbeitest?«

Riker nickte, und seine Züge entspannten sich. Krise abgewendet.

»Also gut.« Ich beschloss, zum Ende zu kommen. »Jetzt müssen wir nur noch überlegen, welche Systeme wir ansteuern wollen, und dann kann es eigentlich auch schon losgehen.« Ich gab Bill, der mir von den anderen am ähnlichsten zu sein schien, mit einem Blick zu verstehen, dass ich unter vier Augen mit ihm weiterreden wollte.

»Was sollte das alles deiner Meinung nach?«

Bill zuckte mit den Schultern. »Riker sagt, dass er Milos Vorschlag folgen und eine Kopie von sich anfertigen wird. Aber mal ganz ehrlich, Bob, schien dir Milos Reaktion *so* abwegig?«

»Nein, eher nicht. Ich bin mir selbst nicht sicher, ob es gut ist, zurückzukehren. Ich glaube, mich hat vor allem nervös gemacht, wie schnell Riker und Milo aneinandergeraten sind. Und Mario …« Ich musste unwillkürlich grinsen. »Er ist ein merkwürdiger Zeitgenosse. Neben ihm wirkt sogar Guppy gesellig.« Ich lehnte mich im Stuhl zurück und zögerte einen Moment, bevor ich fortfuhr. »Ehrlich gesagt habe ich keine Ahnung, ob ich noch einmal eine Klon-Kohorte herstellen werde.«

Bill schüttelte den Kopf. »Ich weiß nicht, Bob. Darüber zu philosophieren, wie es wäre, jahrelang für sich allein zu bleiben, ist eine Sache. Aber in Wirklichkeit fühlt sich das bestimmt ganz anders an. Ich wette, du wirst irgendwann eine neue Kohorte bauen. Ich selbst werde jedenfalls schon bald jemanden schaffen, der mir hier zur Hand geht.«

»Du hast wahrscheinlich recht. Aber darüber mache ich mir Gedanken, wenn es soweit ist. Ich glaube, ich komme nur so schlecht damit zurecht, dass ihr alle Varianten von mir seid.«

»Warum glaubst du das?« Bill sah mich amüsiert an.

»Wie bitte?«

»Wieso glaubst du, wir wären Varianten von *dir?* Bist du dir denn so sicher, dass du identisch mit dem ursprünglichen Bob bist? Vielleicht sind wir ja alle, du eingeschlossen, Variationen von ihm.«

Seine Bemerkung verschlug mir die Sprache. Es war mir nie in den Sinn gekommen, dass ich mich vom ursprünglichen Bob unterscheiden könnte. Ich meine, ich war *ich*, oder? Mir fiel wieder ein, wie ich damals auf der Erde darüber nachgedacht hatte, wer oder was ich eigentlich war. Und plötzlich klaffte diese Unsicherheit erneut wie ein bodenloser Abgrund unter mir auf. *Nein, darauf werde ich mich nicht noch einmal einlassen. Ganz gleich, ob ich der ursprüngliche Bob bin oder nicht, ich bin auf jeden Fall das ursprüngliche* Ich. »Also schön, Bill.« Ich seufzte. »Sobald du eine Zeitmaschine erfunden hast, werden wir dieser Frage auf den Grund gehen. Aber mittlerweile scheinen Milo und Mario ihre Sternensysteme ausgewählt zu haben und startbereit zu sein. Es wird wohl Zeit für eine Abschiedsparty.«

Bill nickte, und wir gesellten uns wieder zum Rest der Gruppe.

18

Bill – September 2145
Epsilon Eridani

»Wenn diese organischen Bausteine aus dem Weltall auf einem Planeten niedergehen, schaffen sie zwar kein Leben, aber dafür die Bedingungen, unter denen sich Leben schneller entwickelt. Die Grundbausteine verbinden sich im Weltall bereits, während der Planet noch eine Staubwolke ist. Und sobald auf der Planetenoberfläche die für organisches Leben nötigen Voraussetzungen herrschen, sind die Bausteine bereits mehrere Jahrtausende lang vom Himmel herabgeregnet. Das spart Zeit, und was noch wichtiger ist: Es bedeutet, dass sich aus diesen kosmischen Komponenten Lebensformen entwickeln, bevor irgendetwas auf dem Planeten selbst entstehen kann. Daher werden wahrscheinlich überall, wo auf Kohlenstoff basierendes Leben möglich ist, sämtliche Wesen aus DNA entstehen. Und diese DNA setzt sich vermutlich allenthalben aus G, A, T und C zusammen.«

Dr. Steven Carlisle, aus dem Convention-Panel
Die Erforschung der Galaxis

Während Bob, Mario und Milo das System verließen, behielt ich ihre Fusionssignaturen im Blick und lächelte traurig. In letzter Zeit musste ich mich oft verabschieden.

Ich sah zum Videofenster hinüber, das die Matrizen und die Sonden zeigte, die für die beiden neuen Bobs entstanden. Einer von ihnen würde mein Klon sein, und ich hoffte, dass er sich dafür entschied, als mein Assistent oder Partner in Epsilon Eridani zu bleiben.

Der andere war Rikers Klon. Er hatte vor, im Sonnensystem der Erde nach dem Rechten zu sehen, und wollte dabei verständlicherweise nicht allein sein. Ich hoffte nur, dass der Klon nicht wie Milo sein würde, da Riker ihm sonst wahrscheinlich einen Brecher durch die Sonde jagte. Er wirkte ziemlich angespannt.

Ich streckte mich und machte es mir auf meinem Liegestuhl bequem. Der Tag war angebrochen und die Luft gerade so frisch, dass sie perfekt die Wärme des Sonnenscheins ausglich. Gänse wanderten ziellos im Park umher. Ich wusste immer noch nicht, ob es die richtige Entscheidung gewesen war, sie in die VR aufzunehmen. Ich hatte mich für Kanadagänse entschieden, weil ich mit dieser Art vertraut war, aber die waren selbst für Gänseverhältnisse reichlich übellaunig, und ich war zu sehr auf Realismus bedacht, um ihre Charaktereigenschaften zu optimieren.

Bob war nach Delta Eridani unterwegs, was meiner Meinung nach eine gute Wahl war. Der Stern schien sehr brauchbar zu sein, und er hatte eine gute Chance, dort bewohnbare Planeten zu finden. Natürlich war noch nicht klar, ob wir überhaupt noch welche benötigten. Aber mit dieser Frage würde sich Rikers Expedition auseinandersetzen.

Wir hatten alle sehr gelacht, weil Milo Omicron^2 Eridani ansteuerte. Aber es war ja sein Leben. Und ich musste zugeben, dass ich genauso neugierig war wie alle anderen, was er dort vorfinden würde.

Und zuletzt Mario. Er war echt ein komischer Vogel. Ich

hatte mich ein paar Mal mit ihm unterhalten, und wenn man es schaffte, zu ihm durchzudringen, war er eigentlich ganz nett. Aber sehr introvertiert. Er flog nach Beta Hydri, was eine überraschende Entscheidung gewesen war. Nicht, dass der Stern ungeeignet gewesen wäre, aber das System war sehr weit entfernt. Und schließlich gab es näher gelegene Sterne, die genauso viel Potenzial hatten. Mario hatte jedoch erklärt, er wäre nicht für das Leben in der Vorstadt geschaffen. Bob hatte nicht verstanden, was er damit meinte, aber ich schon. Er wollte so weit wie möglich von den restlichen Bobs weg. Natürlich würden wir anderen irgendwann auch bis Beta Hydri vorstoßen, aber ich rechnete damit, dass Mario sich zu diesem Zeitpunkt bereits längst wieder auf den Weg gemacht haben würde.

Ich überprüfte die beiden Raumsonden für die zwei neuen Bobs sowie die dritte Sonde, um die Riker mich gebeten hatte. Es handelte sich um ein Gefährt aus der ersten Baureihe, allerdings mit einem stärker abgeschirmten Reaktor, und es sollte von einer KMI gesteuert werden. Riker sagte lediglich, er habe einen Plan. Mehr wollte er nicht verraten.

Ich seufzte und schüttelte den Kopf. Bob war übrigens praktisch Hals über Kopf aus dem System davongestürmt. Die Begegnung mit uns Klonen war wohl genauso schlimm für ihn gewesen, wie er es sich vorgestellt hatte. Naja, dieses Risiko konnte nicht ausbleiben, wenn man sich auf Nachwuchs einließ.

19

Milo – Juli 2152
Omicron^2 Eridani

»Meines Erachtens verteilt sich das Leben als Ganzes auf mehrere breite Nischen. Ich glaube, dass die Biosphären auf verschiedenen erdähnlichen Planeten Parallelen zueinander aufweisen. Und wenn sich auf jupiterartigen Planeten eine Form von Leben entwickeln kann, dann wird auch das überall ähnlich ausfallen. Das Gleiche gilt für titanartige Planeten, wo Methan in flüssigem Aggregatszustand vorkommt. Und so weiter.
Was die Stoffwechselkompatibilität anbelangt, sollten wir nicht vergessen, dass wir nicht einmal alles auf der Erde essen können. Und Gott sei Dank gilt das Gleiche auch umgekehrt. Es existieren sehr viele verschiedene Arten von Kohlehydraten, Proteinen und Fetten. Ein paar sind unverzichtbar, viele können wir verdauen, andere nicht, und einige sind für uns toxisch. Genauso verhält es sich vermutlich auch auf jedem anderen Planeten, wo das Leben aus denselben Grundbausteinen wie bei uns entstanden ist. Wir müssen nur lernen, das Hausrind vom Kugelfisch zu unterscheiden.«

Dr. Steven Carlisle, aus dem Convention-Panel
Die Erforschung der Galaxis

Ich verringerte gemächlich das Tempo und trat in das Omicron²-Eridani-A-System ein. Meine Aufregung war völlig unangemessen, und ich wusste es. Aber es war mir egal. Ich war im Heimatsystem der Vulkanier aus *Star Trek* angelangt. Da wir Bobs eingefleischte *Star-Trek*-Fans waren, hatte es mich gereizt, dieses System so früh wie möglich zu besuchen. Ansonsten hätte ich das System, um ehrlich zu sein, wahrscheinlich links liegen lassen, da es in Hinblick auf bewohnbare Planeten nicht gerade ein Topkandidat war.

Ich war immer noch nicht darüber hinweggekommen, wie wir in Epsilon Eridani auseinandergegangen waren. Riker hatte nach diesem letzten Treffen kaum noch mit mir gesprochen, und ich hatte mich so schnell wie möglich aus dem Staub gemacht. Selbst Bob hatte mich merkwürdig von der Seite angesehen, obwohl er sich mir gegenüber weiterhin höflich verhalten hatte. Ich hatte Bill versprochen, ihm meine Berichte zu übermitteln, sobald ich mich hier umgesehen hatte. Unabhängig davon, ob sich die Menschheit immer noch auf dem gleichen technologischen Stand befand oder nicht, konnte es auf keinen Fall schaden, unsere unmittelbare kosmische Nachbarschaft zu erkunden.

Ich stützte mich auf die Balkonbrüstung meiner Gondel und ließ den Blick über die unter mir ausgebreitete Landschaft gleiten. Mein VR-Luftschiff trieb derzeit über Südfrankreich dahin. Den Ausblick hatte ich aus Bibliotheksinformationen rekonstruiert und war zuversichtlich, dass er mit der Wirklichkeit übereinstimmte. Das Panorama bestand größtenteils aus Obstgärten, Bauernhöfen und hier und da ein paar abgeschiedenen malerischen Dörfern. Ich konnte Kühe auf den Feldern muhen hören und Hunde, die bellten. Der blaue Himmel, die laue Luft und eine leichte

Brise besänftigten mich und zauberten mir ein Lächeln auf das Gesicht. *Ich hoffe, dass ich das nie satthaben werde.*

Lucy kam mit wedelndem Schwanz zu mir, und ich tätschelte sie zerstreut. Mit einer Geste ließ ich einen Hundekuchen in meiner Hand erscheinen. Lucy machte sofort Sitz, und ich gab ihr den Leckerbissen. »Vorsicht …«, mahnte ich, aber sie verschluckte ihn mit einem einzigen knackenden Biss, und es schüttelte mich, während ich mich zum Schreibtisch umdrehte.

Darüber schwebte ein Hologramm des Systems, in dem meine Flugbahn als gelbe Linie eingezeichnet war. Omicron^2 Eridani war ein System mit drei Sonnen. B und C umkreisten einander, und gemeinsam befanden sie sich auf einer Umlaufbahn um A, in einer Entfernung von ungefähr 470 AE. Omicron Eridani A war etwas kleiner als die Sonne meiner Heimat, aber immer noch ein möglicher, wenn nicht sogar ein idealer Kandidat für bewohnbare Planeten.

»Wie geht es mit der Erkundung voran, Guppy?«

[Im äußeren System habe ich mehrere jupiterähnliche Planeten identifiziert. Wir sind allerdings immer noch zu weit entfernt und haben nicht genügend Eigenbewegungsdaten gesammelt, um innere Planeten zu identifizieren.]

»Wie lange wird es dauern, bis die Erkundung abgeschlossen ist?«

[Ungefähr 40 Stunden.]

Ich nickte und ließ mich zurücksinken, um die Aussicht zu genießen, während ich wartete. Dann stellte ich meine Wahrnehmungsrate auf Zeitraffer …

[Eingehende Nachricht.]

»Was? Von Bill?«

[Ja. Laut der Header-Information handelt es sich um

technische Spezifikationen für eine Drohne zur Planetenerkundung.]

»Cool. Zeig es mir auf dem Tisch-Display an, sobald alles da ist.«

[Es ist auch eine Textnachricht angefügt.]

»Lass sehen.«

Auf dem Schreibtisch erschien ein Blatt Papier. Ich beugte mich vor und hob es auf.

Hi Milo,

für den Fall, dass du Vulkan oder etwas Vergleichbares findest, schicke ich dir anbei Pläne für eine einsatzfähige Erkundungsdrohne. Ich habe sie auf Ragnarök verwendet, und ich glaube, dass ich alle Bugs beseitigen konnte. Es gibt verschiedene Varianten der Basiskonstruktion, für Überwachung, biologische Analysen und so weiter.

Riker hat deinen Rat angenommen und eine Kopie von sich selbst erstellt, die ihn zur Erde zurückbegleiten wird. Allerdings mit einem recht unerwarteten Resultat.

Übrigens erweist sich die Subraum-Theorie als sehr interessant. Wenn du Material findest, mit dem du eine Raumstation bauen kannst, wäre es gut, wenn du sie mit einer Hochleistungs-KMI ausstatten würdest, die in der Lage ist, etwas zu fabrizieren. Im Lauf der nächsten Jahre bekommst du vielleicht ein paar sehr interessante Baupläne zugeschickt.

Bill

Bill wollte offenbar einen auf undurchschaubar machen, aber das war nur schwer möglich, wenn man mit einer anderen Version von sich selbst kommunizierte. Mir fielen auf Anhieb mehrere coole technische Neuerungen ein, die sich aus der Subraum-Forschung ergeben könnten. Allerdings hatte ich keine Ahnung, was er mit der Bemerkung über Riker und seinen Klon meinte.

Laut den Informationen im Header hatte Bill diese Funkübertragung weniger als ein Jahr nach meinem Aufbruch abgesetzt, und sie war mir eben erst zugegangen. Das mit den Drohnen hatte er also erstaunlich schnell hinbekommen.

»Bericht?«

[Wahrscheinlich Asteroidengürtel gefunden, knapp innerhalb der Umlaufbahn des ersten jupiterähnlichen Planeten. Außerdem wahrscheinlich Zwillingsplaneten gefunden, bei 0,81 AE.]

Zwillingsplaneten? »Gib sie mir auf den Schreibtisch.«

[Die Darstellung beruht zum Teil auf Hochrechnungen.]

Über dem Schreibtisch baute sich ein Bild auf. Es waren kaum Einzelheiten zu erkennen, aber die Planeten schienen ähnlich groß zu sein. Mir wurde bewusst, dass ich unruhig auf dem Stuhl hin und her rutschte, während ich darauf wartete, dass die Leerstellen mit realen Daten gefüllt wurden.

Nach mehreren Stunden waren genug Informationen zusammen, um die Größe und Umlaufzeit der Planeten zu definieren. Sie besaßen neunzig beziehungsweise siebzig Prozent der Erdmasse und umkreisten einander mit einer Umlaufzeit von zwanzig Tagen, in einem Abstand von ungefähr 364.000 Kilometern. Keiner der beiden Planeten drehte sich um eine fixe Rotationsachse, aber die genaue Berechnung der Tag- und Nachtzyklen musste noch warten, bis ich näher dran war.

»Guppy, das ist absolut unglaublich. Diese Planeten befinden sich in der bewohnbaren Zone, oder?«

[Korrekt, allerdings auf der kühlen Seite des Spektrums. Welches Klima auf ihnen herrscht, wird vor allem davon abhängen, ob Treibhausgase vorhanden sind.]

»Wenn es überhaupt eine Atmosphäre gibt.«

[Beide Himmelskörper verfügen über Atmosphären. Die Analyse ihrer jeweiligen Zusammensetzung steht jedoch noch aus.]

Ich stieß einen Freudenschrei aus. »Guppy, stups mich an, sobald wir richtige Bilder haben, okay?«

Einen Tag später befand ich mich in einer Umlaufbahn um OE-1A, dem größeren der beiden Planeten.

Stundenlang starrte ich völlig versunken das Hologramm an. Die Planeten waren nebeneinandergestellt, sodass der Größenunterschied zwischen ihnen deutlich zu erkennen war. Auf beiden Planeten gab es eine Atmosphäre, Wolken und ausgedehnte Ozeane. Am wichtigsten war jedoch, dass es hier wie da Sauerstoff gab. Überall prangten ausgedehnte Landstriche in üppigem Grün.

»Mein Gott, ich habe den Jackpot geknackt.« Ich drehte mich zu Guppy um. »Mach eine Nachricht an Bill fertig. Pack alle Telemetriedaten rein, die wir bisher sammeln konnten. Und die Namen der Planeten: Vulkan und Romulus.«

[Die Missionsparameter erlauben keine Planetenbenennungen.]

»Die Missionsparameter können mich mal. Ich habe sie gefunden, also gebe ich ihnen auch Namen. Wenn in Zukunft irgendwelche Siedler kommen, die sie ändern wollen, dann ist das deren Angelegenheit.«

[Aye, Sir.]

Grinsend bestaunte ich das Hologramm, doch dann fiel mir etwas ein: *Erkundungsdrohnen. Miiiiiist!* »Guppy, haben wir Informationen über irgendwelche nützlichen Rohstoffe im Asteroidengürtel?«

[Negativ. Dazu ist eine genaue Untersuchung nötig.]

»Oh Mann, es ist doch immer irgendwas.« Ich seufzte. »Okay, leg einen Kreisbahnkurs fest, auf dem wir über den gesamten Asteroidengürtel hinwegfliegen können. Dann entscheiden wir, wo wir unseren Standort einrichten.«

Die Untersuchung dauerte mehrere Wochen. Der Asteroidengürtel war erstaunlich diffus, und wir mussten zwei komplette Umläufe absolvieren, bis wir ihn mit SUDDAR vollständig kartiert hatten. Das Ergebnis war enttäuschend, und ich beschloss, meine Suche nach Schwerelementen bei den beiden jupiterähnlichen Planeten fortzusetzen. Der innere Jupiter war ziemlich groß, sodass eine gute Chance bestand, dass er einige Satelliten eingefangen hatte.

Ich entlud eine der autonomen Fabriken und die Hälfte meiner Abbau-Einheiten. Nachdem ich sie so eingestellt hatte, dass sie zu sammeln und raffinieren begannen, machte ich mich auf den Weg zum inneren Jupiter.

OE-2 war ein äußerst beeindruckendes Exemplar aus der Klasse der jupiterähnlichen Planeten. Mit beinahe dreihundert Prozent der Jupitermasse konnte er fast schon als Brauner Zwerg gelten. Der zwanzigstündige Rotationszyklus erzeugte gewaltige horizontale Wolkenbänder, die rund ein Dutzend Zellen enthielten, neben denen sich der Große Rote Fleck auf dem eigentlichen Jupiter geradezu winzig ausgenommen hätte.

Außerdem war der Planet mit mehreren hundert Satelliten behängt. Mindestens sechzig dieser Objekte waren ausreichend groß für eine Kugelform, und von denen war wiederum die Hälfte in eine nennenswerte Atmosphäre gehüllt. Als ich einen detaillierten Scan durchführte, stieß ich auf mehrere Dutzend Trabanten, die interessante Metall- und Schwerelementvorkommen aufwiesen. Also entlud ich eine zweite autonome Fabrik und setzte sie auf ein paar der besonders geeigneten Kandidaten an.

Allerdings stellte mich der Betrieb von Raffinerien an zwei verschiedenen Standorten vor ein logistisches Problem. Da das Material bei der Fabrik im inneren System nur für den Anfang ausreichen würde, teilte ich ein paar der Abbau-Einheiten dazu ein, regelmäßig raffiniertes Material systemeinwärts zu transportieren.

Als ich bei der inneren Fabrikationsstätte eintraf, stellte ich zufrieden fest, dass der erste Schwung Erkundungsdrohnen bereits fast fertig war. Da die Arbeiten so gut vorankamen und die KMIs offensichtlich alles im Griff hatten, kehrte ich zu Vulkan und Romulus zurück.

Unterwegs erstellte ich detaillierte Karten von den beiden Planeten. Auf Vulkan, dem größeren der beiden, herrschten höhere Durchschnittstemperaturen, da er mehr CO_2 und eine dichtere Atmosphäre hatte. Auf dem kleineren Romulus gab es polare Eiskappen, die seit meiner Ankunft jedoch so stark geschrumpft waren, dass ich ihre Größe für jahreszeitenabhängig hielt. In der nördlichen Hemisphäre war gerade Frühling, und da ein Jahr auf Romulus nur zweihundertfünfundachtzig Erdentage dauerte, wechselten hier die Jahreszeiten rasch.

Schließlich kam der Tag, an dem ich meine ersten Erkundungsdrohnen zum Einsatz bringen konnte. Ich hatte sie mit biologischen Analysesystemen bestückt und schickte sie nun voller Vorfreude auf den Weg, vier für jeden Planeten.

Sie würden am Äquator starten, wo das Leben mit Sicherheit am vielfältigsten war, und sich dann paarweise langsam in Richtung der Pole vorarbeiten. Jeweils eine Drohne würde sich dabei auf Wasser- und die andere auf Landorganismen konzentrieren. Ich wusste, dass ich keine Chance hatte, auch nur einen Bruchteil der gesamten Biosphäre zu erforschen, doch im Moment ging es mir vor allem um die Frage der Biokompatibilität.

Es dauerte ungefähr einen halben Tag, bis die ersten visuellen Daten eintrafen. Das Leben auf Vulkan war von bemerkenswerter Artenvielfalt geprägt. Unter anderem gab es dort Tiere, die sich in der Größenordnung irdischer Dinosaurier bewegten. Die romulanischen Lebewesen wurden dagegen höchstens so groß wie Wölfe, und die Ökosysteme dieses Planeten wirkten vergleichsweise karg. Da die voneinander abweichenden Klimabedingungen nicht ausreichten, um die großen Unterschiede zwischen den beiden Planeten zu erklären, unterstellte ich, dass auf Romulus vor nicht allzu langer Zeit irgendetwas geschehen war, das zu einem größeren Artensterben geführt hatte.

Die eigentliche Überraschung waren die Resultate der Zellanalysen. Ihnen zufolge bestand eine sehr hohe Wahrscheinlichkeit, dass das Leben auf den beiden Planeten miteinander verwandt war. Die starken strukturellen Ähnlichkeiten zwischen den Zellen konnten kein Zufall sein. Ich musste an eine Theorie denken, der zufolge das Leben zwischen Erde und Mars auf Meteoriten hin- und hergewechselt war. Da Vulkan und Romulus einander umkreisten, erschien mir diese Annahme hier sogar noch plausibler.

Immer noch ungeklärt war die Frage nach der Biokompatibilität … Würde irdisches Leben auf diesen beiden Planeten existieren können? Dabei fiel mir die *Star-Trek*-Episode mit dem Titel *Die Reise nach Eden* ein, in der sich ein gesamter Planet als giftig herausgestellt hatte. *Eine krasse Vorstellung, sechzehn Lichtjahre weit zu reisen, nur um dann am Zielort nicht überleben zu können.*

Bis zur Fertigstellung der Raumstation würde es noch ein paar Monate dauern, aber ich lud schon mal einen vorläufigen Bericht in den Speicher, zusammen mit der Anweisung, ihn zu gegebener Zeit zur Erde und auch eine Kopie an Bill zu schicken. Vielleicht war die FAITH fast zwanzig Jahre nach dem Krieg wider Erwarten doch nicht untergegangen. Und dies hier war erstklassiges Siedlungsgebiet, wenn die Menschheit sich über ihren eigenen Planeten hinaus ausbreiten wollte. Es überraschte mich ein wenig, dass ich mir überhaupt noch die Mühe machte, aber andererseits kostete es mich ja nichts, und außerdem ergäbe eine Forschungsexpedition rein um ihrer selbst willen letztlich keinen Sinn.

Mir standen zwar nicht genügend biologische Daten zur Verfügung, um die organische Materie auf den Planeten Protein für Protein zu analysieren, aber es wäre sicher kein Problem, die Kohlehydrate und Fette zu bestimmen. Außerdem konnte ich die Augen nach offensichtlichen Problemen offenhalten, wie zum Beispiel zu hohe Dosen an Schwermetallen oder Arsen. Die Bio-Überwachungssonden besaßen mechanische Mägen, die organische Stoffe auf die gleiche Weise verarbeiteten wie ein menschliches Verdauungssystem. Für die Analyse der Ausscheidungen würde ich pro Probe ungefähr einen Tag benötigen, aber ich hatte schließlich alle Zeit der Welt.

20

Bill – Dezember 2145
Epsilon Eridani

»Nicht einmal auf der Erde sind alle Zellen gleich. Wir haben es hier mit Prokaryoten, Eukaryoten, Bakterien, Archaeen und Viren zu tun. Daher bezweifle ich, dass irgendwelche Zellstrukturen zwingend vorgegeben sind. Aber wenn Sie mich nach der Essbarkeit fragen, möchte ich Sie daran erinnern, dass wir nicht Zellen verstoffwechseln, sondern Kohlenhydrate, Proteine und Fette. Die eigentliche Frage ist daher, in was unsere Mägen die außerirdischen Zellstrukturen aufspalten.«

Dr. Steven Carlisle, aus dem Convention-Panel
Die Erforschung der Galaxis

Wie kann die menschliche Spezies mehr als eine Generation lang überleben? Wieso essen die Eltern nicht einfach ihre Kinder?

Ich sah zu, wie Riker, Homer und die Köder-Sonde das Sonnensystem verließen und ihre Fusionssignaturen in der Ferne verschwanden. Riker und Homer würden sich mit einer Beschleunigung von 2 g begnügen müssen, wenn sie die dritte Sonde, die noch aus der ersten Baureihe stammte, nicht abhängen wollten.

Homer und Garfield waren zur selben Zeit aktiviert

worden. Mein Klon Garfield hatte sich bereiterklärt, bei mir zu bleiben und sich an meiner Ideenschmiede zu beteiligen. Mir waren sowohl seine Gesellschaft als auch die Unterstützung willkommen. Meine To-do-Liste war mittlerweile so lang wie mein virtueller Arm. Außerdem freute ich mich darüber, nun einen Mitarbeiter zu haben, der deutlich enthusiastischer an seine Aufgaben heranging als ein gewisser Riesenfisch.

»Ich habe freie Schussbahn. Ich kann sie erwischen. Bitte …«

Lachend drehte ich mich zu Garfield um. »Komm schon, jetzt sind sie doch weg. Entspann dich.«

Garfield deaktivierte die experimentelle Plasmawaffe. Mir fiel auf, dass er sie nicht geladen hatte, aber es war der Gedanke, der zählte …

»Vielleicht kriegen wir jetzt etwas erledigt.« Garfield rief die Projektliste auf. Er war auf dem neuesten Stand, da ich ihn aus einem meiner aktuellen Back-ups erstellt hatte.

Ich konnte ihm kaum widersprechen. Garfield hatte sich als guter Partner entpuppt, doch Homer hatte sich in die entgegengesetzte Richtung entwickelt. Ich glaube nicht, dass Riker Homer mitgenommen hätte, wenn ihm eine gute Ausrede eingefallen wäre, warum er seinen Nachwuchs unbedingt verstoßen musste. Aber die Reise zur Erde hatte oberste Priorität, und wir fanden, dass wir sie unmöglich länger aufschieben konnten. Ich hoffte nur, dass Homer seinen Zeichentrick-Avatar ablegen und mit dem ständigen *Nein!* aufhören würde, ehe Riker sich noch dazu entschied, ihn bei einem Unfall umkommen zu lassen.

»Dir ist schon klar, dass wir noch weitere Kohorten herstellen werden, oder? Das hier soll schließlich eine Bob-Fabrik werden.«

Ich hätte nicht sagen können, ob der Laut, den Garfield von sich gab, ein Ächzen oder ein Lachen darstellen sollte. »*Du* wirst die Bobs bauen. Ich sehe mir das lieber aus der Ferne an.«

Ich seufzte und schüttelte den Kopf. »Okay, Garfield. Was steht als Erstes an?«

In einem Fenster poppte eine Liste auf, und daneben erschien ein kleines Bild von Garfield im Kellner-Livree. »Damit Sie die heutige Forschung und Entwicklung genießen können, haben wir die folgende Auswahl für Sie zusammengestellt: die Fertigstellung der Erkundungsdrohnen, auf besonderen Wunsch von Bob; Verbesserungen an der VR, damit wir direkter miteinander interagieren können; die Arbeit am Subraum-Übertragungsproblem, die du inzwischen bereits viermal in die Küche hast zurückgehen lassen; und last but not least die Entwicklung künstlicher Muskelfasern für die Konstruktion realistischer Roboter, Schrägstrich Androiden.«

»Die Clown-Nummer gehört ab jetzt aber nicht zu deinem Standard-Repertoire, oder?«, fragte ich und funkelte den Mini-Garfield an. »Denk dran: Ich habe die primäre Kontrolle über die Plasmakanone.«

Garfield grinste zurück. »Stell dir nur vor, wie Riker sich fühlen muss, wenn er an die kommenden Jahrzehnte zusammen mit Homer denkt.«

»Ja, vielleicht hätten wir ihnen noch ein paar Ersatz-Bobs mitgeben sollen.« Ich streckte die Hand aus und vergrößerte das Fenster mit der Liste. »Na, dann wollen wir mal …«

21

Riker – Januar 2157
Sonnensystem der Erde

»Wenn man hundert Planeten nimmt und in einem ersten Schritt alle jupiterähnlichen wegstreicht, dazu die gefrorenen Plutos, die glühenden Merkure, die zu kleinen Marse, die zu großen Super-Erden und schließlich die brütend heißen Venusse, und wenn man danach noch die Zwerg- und die Riesensterne abzieht, die Veränderlichen, die engen Doppelsterne sowie sämtliche Sternenklassen, die nicht lange genug existieren, um die Entwicklung von Leben zu ermöglichen, dann bleiben noch rund zehn Planeten übrig. Aber jetzt kommt die schlechte Nachricht. Unsere Sonne ist größer als achtzig Prozent der Sterne. Das meiste, was dort draußen leuchtet, gehört zu den Spektralklassen K und M, die wesentlich kleiner und weniger leuchtstark als unsere Sonne sind. Die Komfortzone um diese Sterne herum würde sich auf einen so engen Radius beschränken, dass ein Planet, der sich darin befände, mit an Sicherheit grenzender Wahrscheinlichkeit eine fixe Rotationsachse hätte. Möglicherweise könnte auf so einem Planeten trotzdem Leben existieren, aber die Bedingungen wären nicht ideal. Alles in allem sind von hundert Planeten vielleicht drei bewohnbar. Und ich halte das für eine optimistische Schätzung.«

Dr. Stepan Solokov, aus dem Convention-Panel
Die Erforschung der Galaxis

Das Sonnensystem der Erde war etwas Besonderes. Die schematische Darstellung im Holotank wurde ihm nicht gerecht, aber selbst ihr Anblick machte mich nostalgisch.

Ich hatte die Erde als Bob vor nur etwa neun Jahren meiner subjektiven Zeit verlassen, doch für den größten Teil der Menschheit waren währenddessen sechsundzwanzig Jahre verstrichen. In dieser Zeit konnte sich vieles verändert haben. Ich hielt es für unwahrscheinlich, dass immer noch Krieg herrschte. Dennoch hatte ich nicht vor, mit Fernlicht und wild hupend in das Sonnensystem einzufliegen. Die Heaven-Sonden der zweiten Baureihe verfügten über besser abgeschirmte Reaktoren, und in Homers und meiner Sonde waren sie sogar noch zusätzlich verstärkt worden. Solange wir uns nicht zeigen wollten, würde niemand etwas von unserer Anwesenheit bemerken. Die Ködersonde würde so lange mit minimaler Schubkraft in der Oortschen Wolke dahintreiben, bis wir ihr einen Flugvektor vorgaben. Derweil flogen wir auf einer weiten Umlaufbahn durch die äußeren Bereiche des Sonnensystems – nahe genug, um normale Reaktorsignaturen aufzufangen, aber nicht so dicht, dass man unsere entdecken konnte.

Es dauerte zwar ein paar Wochen, aber schließlich konnten wir uns ein Bild von der derzeitigen Lage im inneren System machen.

Homer startete einen Video-Chat, und ich bemerkte, dass er seinen Zeichentrick-Avatar aufgegeben hatte. Stattdessen sah er wieder aus wie der Standard-Bob. Vermutlich war ihm irgendwann ein Licht aufgegangen, warum ich nur noch auf der Tonspur mit ihm kommunizierte. Allerdings rechnete ich halb damit, dass ihm schon noch irgendetwas einfallen würde, wie er sich dafür rächen konnte.

Ich fand es unsagbar ärgerlich, dass Bob-6 sich ausgerechnet für diesen Avatar entschieden hatte. Der ursprüngliche Bob hatte Homer Simpson immer nervtötend gefunden. Zugegebenermaßen waren die Bobs zwar nicht miteinander identisch, aber Homer schien dennoch völlig aus der Rolle zu fallen. Woran mochte das liegen? An Quanteneffekten? Oder minimalen Unterschieden in der Hardware? Ein weiterer Punkt für die immer länger werdende To-do-Liste. Das Gute an diesen Unterschieden war jedoch, dass sich Unterhaltungen mit den verschiedenen Bobs dadurch eher wie ein Austausch mit anderen Menschen und nicht so sehr wie Selbstgespräche anfühlten.

Homer fügte ein paar Pfeile in die schematische Darstellung des Systems ein. »An diesen Stellen gibt es hohe Strahlungswerte. Ich tippe auf Atomwaffen. Die Distanzaufnahmen von der Erde sehen ebenfalls übel aus.«

»Ja, es macht den Anschein, dass sie sich ziemlich effektiv selbst ausgelöscht haben.« Ich ließ mich in meinem Stuhl zurücksinken und strich mir mit einer Hand durch die Haare – eine nervöse Angewohnheit, die ich nicht mal als Replikant ablegen konnte. »Oder zumindest so gründlich, dass wir keine Lebenszeichen mehr entdecken können. Im ganzen System gibt es nur noch diese eine Ansammlung von Reaktorsignaturen, und ich kann mir kaum vorstellen, dass sie auf Menschen hindeutet. Vielleicht handelt es sich um Robotersysteme, denen man noch nicht Bescheid gesagt hat, wie die Dinge inzwischen stehen.«

»Bei diesem Durchgang bekommen wir höher aufgelöste Bilder«, antwortete Homer. »Dann können wir uns einen Plan überlegen.«

Ich sah mir die Gruppierung eingehend an. Ein paar wenige Reaktorsignaturen, mehr als zwei, aber weniger als zehn, umkreisten die Erde in einer so niedrigen Umlaufbahn, dass es aussah, als würden sie in ein paar Monaten mit ihr kollidieren. Ich hielt es jedoch für ausgeschlossen, dass sie irgendeine Art militärischen Angriff flogen, denn sie waren so langsam, dass es für gegnerische Streitkräfte fast lächerlich einfach gewesen wäre, sie abzuschießen. Falls es überhaupt noch gegnerische Streitkräfte gab …

Mit einer Handbewegung schloss ich die schematische Darstellung. »Solange wir nicht alle Informationen besitzen, spekulieren wir nur herum. Das führt zu nichts. Wenn du während der nächsten Woche deine Wahrnehmungsrate auf Zeitraffer reduzieren möchtest, nur zu. Ich werde mich in der Zwischenzeit mit meinen Modellen beschäftigen.«

Homer kicherte. »Hast du deinen Kleber und den Lack schon vorbereitet? Oder sprichst du von Modellen aus Fleisch und Blut?«

Ich verzog das Gesicht und beendete die Verbindung. Mir war schleierhaft, welche Seiten an der Persönlichkeit des ursprünglichen Bob einen derart nervtötenden Idioten hervorgebracht haben könnten. Wenn Homer auch nur eine Sekunde gezögert hätte, mich zur Erde zurückzubegleiten, hätte ich ihn seiner Wege ziehen lassen und einen weiteren Klonversuch gewagt. Aber so viel Glück war mir nicht vergönnt gewesen.

Ich aktivierte meine Physiksimulation und öffnete das Whiteboard. Bill und ich schienen die einzigen Bobs zu sein, die sich ernsthaft für das Subraum-Thema interessierten. Ich malte mir aus, wie toll es wäre, wenn ich noch vor Bill einen Durchbruch auf diesem Gebiet schaffen würde, und sah mich in Gedanken schon eine entsprechende Jubelmeldung abfassen. Realistisch betrachtet war Bill mir gegenüber jedoch klar im Vorteil, da die Forschung seine Hauptbeschäftigung war. Außerdem musste er auch nicht mehrere Jahre in relativistischer Geschwindigkeit verbringen.

Wir entfernten uns langsam so weit aus dem Sonnensystem, bis wir glaubten, gefahrlos unsere Antriebssysteme reaktivieren zu können. Dann gingen wir auf einen Abfangkurs zur Ködersonde. Die Kommunikation mit dem KMI-Piloten erbrachte nichts Neues. Allerdings hatten wir so weit vom inneren System entfernt auch nichts anderes erwartet.

Die Nahaufnahme während unseres letzten Vorbeiflugs hatte auf sechs Signaturen hingedeutet. Als Nächstes würden wir herausfinden müssen, ob sie von bemannten oder unbemannten Militärschiffen stammten und ob diese Schiffe uns wohlgesonnen waren.

Es war also Zeit für den Einsatz der Ködersonde.

Ich legte die Füße auf die Konsole und spielte mit den Kontrollen in der Armlehne. Auf dem Schirm der Brücke war zu sehen, wie die Flugbahn der *Heaven-2*A die Umlaufbahn des Jupiter kreuzte. Nachdem ich einen Schluck Kaffee getrunken hatte, wandte ich mich an Guppy. »Der Annäherungsvektor sieht gut aus.«

Guppy machte in der Föderationsuniform eine schneidige Figur … soweit das einem zweibeinigen Fisch überhaupt möglich war. Nach langem Hin und Her war ich zu dem Schluss gekommen, dass man *Star Wars* und *Star Trek* nicht vermischen sollte, und hatte sein weißes Outfit ausgewechselt. Ich bezweifelte, dass es ihm überhaupt aufgefallen war.

[Die Sonde wird den Jupiterorbit mit einer relativen Geschwindigkeit von null erreichen. Und zwar in 35 Stunden.]

»Irgendwelche Anzeichen für Verfolger oder Abfangversuche?«

[Zwei Reaktorsignaturen, ihr Vektor deutet auf einen Abfangkurs hin.]

»Hervorragend. Dann bring die Sonde schön langsam rein.«

Fünfunddreißig Stunden vergingen für uns Replikanten so langsam oder schnell, wie wir wollten. Ich wusste, dass Homer seine Wahrnehmungsfrequenz an die Situation anpasste, aber mein sturer Stolz gebot mir, in Echtzeit zu bleiben. Außerdem konnte ich die Wartephase dazu nutzen, in den Bibliotheken, die zur Standardausrüstung der Sonden gehörten, die Summe allen menschlichen Wissens zu studieren. Vielleicht würde ich mich aber auch mit meinen Subraum-Modellen befassen.

Die Bobs waren immer wieder darüber erstaunt, wie viel – oder besser gesagt, wie wenig – wissenschaftlichen Fortschritt es in den rund hundert Jahren gegeben hatte, seit der ursprüngliche Bob in Las Vegas ums Leben gekommen war. Echte Entwicklungen hatten ausschließlich in den Ingenieurswissenschaften stattgefunden, die Grundlagenforschung war dagegen seit der Entstehung der FAITH beinahe völlig zum Erliegen gekommen. Uns war immer noch nicht klar, warum nicht wenigstens die VSE in diesem Bereich weitergearbeitet hatte. Immerhin hatten sie neben dem CERN und dem LHC auch ein paar der besten und unvoreingenommensten Denker in der Geschichte hervorgebracht. Ein Grund mag der politische Druck gewesen sein, den die FAITH ausgeübt hatte, aber eine gewisse Rolle spielte dabei sicher auch die weltweite wirtschaftliche Depression, die Handel und seine Kumpane damals ausgelöst hatten.

Bedauerlicherweise enthielten die Bibliotheken nur

wenige belastbare historische Aufzeichnungen. Die wenigen Abhandlungen über diese Epoche waren derart offenkundige Propaganda, dass man nur über sie lachen konnte.

Aber ich hatte ohnehin keine Zeit für Tagträumereien. Im Moment standen wir vor dringenderen Problemen.

Inzwischen befand sich die *Heaven-2*A in SUDDAR-Reichweite der heranfliegenden Sonden, und auf dem Brückenbildschirm herrschte ein ziemliches Gewimmel. Ich beschloss, für den Moment auf die Unverfälschtheit meiner Enterprise-VR zu verzichten, und öffnete direkt vor mir eine holographische Darstellung. Aus dieser Entfernung konnten die SUDDAR-Pings zwar keine genauen Einzelheiten erfassen, aber ich war mir bereits sicher, dass wir es mit brasilianischen Sonden zu tun hatten. Sie ähnelten der *Serra do Mar* und wurden wahrscheinlich von Medeiros-Klonen gesteuert.

Nach unserem Plan war nun der Moment gekommen, an dem die *Heaven-2*A die nahenden Feinde bemerkt haben würde. Folgerichtig drehte sie ab und floh mit einer Beschleunigung von 2,5 g. Genau nach Zeitplan passten die gegnerischen Sonden ihren Kurs an und feuerten Raketen ab. Es dauerte eine Weile, aber schließlich fanden die Geschosse ihr Ziel. Die Ködersonde sendete noch eine kurze Bildaufnahme und einen SUDDAR-Scan der Raketen, die sich ihr mit großer Geschwindigkeit näherten. Gleich darauf brach der Kontakt ab.

Ich akzeptierte Homers Chat-Einladung. »Nun, das war wirklich erhellend«, eröffnete er das Gespräch.

»In der Tat«, erwiderte ich. »Ist dir aufgefallen, dass die Raketen mittlerweile über SURGE-Antrieb verfügen?«

»Ja, das ist ein Problem. Ich hatte gehofft, dass Medeiros weiterhin stur seinen Stiefel durchziehen würde. Wo er doch ein Soldat ist und kein Ingenieur.«

Ich schwieg kurz und befasste mich eingehend mit einem Teil der Daten, die wir von der Ködersonde aufgefangen hatten. »Die Sonden selbst wirken unverändert. Dieselben Beschleunigungswerte, dieselbe Größe. Ich kann nichts Überraschendes entdecken. Vielleicht haben sie die Raketen aus irgendeinem hiesigen Waffenarsenal. Das wäre nicht das Schlechteste, weil sie uns dann nur so lange mit ihnen beschießen könnten, wie ihr Vorrat reicht.«

Homer zuckte mit den Schultern. »Das nützt uns nur nichts, solange wir nichts Genaues wissen. Bis dahin müssen wir davon ausgehen, dass sie ausschließlich mit diesen neuen Raketen ausgerüstet sind. Da wir schon davon sprechen – hast du dir die Langstrecken-Telemetriedaten der Ködersonde angesehen?«

»Ja.« Ich überflog die Telemetrie, bis ich den entsprechenden Abschnitt fand. »Vier weitere identische Fusionssignaturen sowie vier sehr schwache Signaturen, bei denen es sich wahrscheinlich um irgendwelche Ausrüstungsgegenstände im Stand-by-Modus handelt. Wie es aussieht, haben wir es mit mindestens sechs Brasilianern zu tun.«

»Ja, aber hast du gesehen, wo die anderen vier sind?«

Ich runzelte die Stirn. Es schmeckte mir nicht, von Homer Simpson vorgeführt zu werden. Ich nahm die telemetrischen Aufzeichnungen noch einmal in Augenschein und stellte fest, dass die Signaturen der vier Sonden zu einer Linie angeordnet waren, die direkt auf die Erde zeigte. Und jede der Sonden hatte eine der schwächeren Signaturen bei sich. Obwohl sie sich mit unerklärlich niedriger Geschwindigkeit bewegten, schienen sie so gestaffelt zu sein, dass sie in einem Abstand von jeweils vierundzwanzig Stunden in eine Erdumlaufbahn einbiegen würden.

»Was zum Teufel? Sie fliegen fast im Leerlauf und mit Orbitalgeschwindigkeit. Ungefähr so schnell wie ein Komet …« Ich riss erschrocken die Augen auf. »Nein! Sie können doch nicht …«

»Doch, ich glaube, das tun sie, Nummer zwei.« Homer verzog das Gesicht zu einer Grimasse. »Die Ködersonde war zu weit entfernt für eine genaue SUDDAR-Messung, aber ich habe aus den Bilddaten die Albedo errechnet. An jedem dieser Punkte befindet sich noch etwas viel Größeres als eine Sonde.«

»Und jedes dieser Objekte wird in China auf die Erde treffen.« Ich schüttelte angewidert den Kopf. »Diese Schweinehunde. Sie lassen Asteroiden auf die Erde stürzen.«

22

Bill – September 2150
Epsilon Eridani

»Genau wie Bakterien vermehren sich auch Von-Neumann-Sonden exponentiell und werden sich schließlich im gesamten Universum ausbreiten. In der Vergangenheit wurde so eine Behauptung stets mit der Frage entkräftet, auf welche Weise die Von-Neumann-Sonden weitere Exemplare von sich herstellen könnten. In der Science-Fiction-Literatur ließ man die entsprechenden Einzelheiten entweder ganz unter den Tisch fallen oder deutete vage den Einsatz von Nanomaschinen an.
Es ist jedoch wiederholt darauf hingewiesen worden, dass eine typische mikroskopische Maschine nicht über ausreichend Energie verfügt, um Metall aus Erz herauszulösen oder um Atome bei der Erzeugung hochwertiger Materialien an die richtigen Stellen in der Kristallstruktur zu platzieren. Daher können Nanomaschinen nicht die Lösung sein, zumindest nicht, wenn sie die ganze Arbeit verrichten müssen.«

Eduard Guijpers, aus dem Convention-Panel
Wie baut man eine Von-Neumann-Sonde?

»Ist es nicht traurig, wenn die Kinder von zu Hause ausziehen?« Ich grinste Garfield an.

Ungläubig erwiderte er meinen Blick. »Nicht noch einmal, okay? Ich erkenne da allmählich ein Muster, und es gefällt mir nicht.«

»Du übertreibst. Ein bisschen. Vielleicht.« Ich zuckte mit den Schultern. Der Holotank zeigte die Fusionssignaturen von Calvin, Goku und Linus, während sie das System verließen. Linus war ganz in Ordnung gewesen, ohne irgendeine erkennbare Störung. Aber Calvin und Goku waren sich vom ersten Tag an ständig gegenseitig an die Kehle gegangen. Vielleicht war das die Erklärung, warum Linus allein aufgebrochen war.

Doch obwohl Calvin und Goku immerzu miteinander stritten, schienen sie gleichzeitig geradezu unzertrennlich zu sein. Zu keinem Zeitpunkt hatte zur Debatte gestanden, ob sie zusammenbleiben würden.

Ich hatte zwar durchaus Verständnis für Garfields Standpunkt, aber fünf Jahre, nachdem Riker und Homer uns verlassen hatten, waren mir schließlich die Ausreden ausgegangen. Anscheinend lag Bobs Zurückhaltung beim Thema Klonen in der Familie. Gemessen an unseren bisherigen Reproduktionsraten hatten wir uns als eine erbärmliche Von-Neumann-Sonde erwiesen.

Ich schüttelte den Kopf und stellte das Display ab. Diese Kohorte war die erste, die Sonden aus der dritten Baureihe verwendete. Angesichts von Calvins und Gokus anvisiertem Ziel und der hohen Wahrscheinlichkeit, dass sie dort auf andere Sonden stoßen würden, hatte ich es für nötig gehalten, die Sonden ordentlich aufzumotzen.

Heaven-9 und *Heaven-10* waren mit extrem überdimensionierten SURGE-Antrieben und Reaktoren ausgestattet, mit denen sie es auf eine unerhörte Maximalbeschleunigung von 10 g brachten. Zudem enthielten die Sonden einen zweiten, kleineren und sehr gut abgeschirmten

Reaktor, der nur aus allernächster Nähe aufzuspüren war. Mit seiner Hilfe konnten sie ein System trotz abgeschalteten Hauptreaktors durchqueren.

Auch hinsichtlich ihrer Bewaffnung waren sie verbessert worden und verfügten über die doppelte Anzahl von Brechern, mehrere Kundschafter sowie Schienenkanonen, die von den SURGE-Antrieben mit Energie versorgt wurden und mit Stahl ummantelte, an Eier erinnernde Bleikanonenkugeln verschossen.

Und zu guter Letzt hatte ich eine Vorrichtung eingebaut, die hoffentlich zuverlässig SUDDAR-Scans blockieren würde: Zwei Sender, die von überaus starken Reaktoren betrieben wurden, sollten eigentlich ausreichen, um sämtliche SUDDAR-Detektoren in Reichweite mit weißem Rauschen zu blenden.

Im Vorfeld der Mission hatten wir intensiv darüber debattiert, ob es eine gute Idee war, das Alpha-Centauri-System zu untersuchen. Für eine Weltraumsonde war es ein naheliegender Anlaufpunkt, und wahrscheinlich hatte mindestens eine Supermacht dieses System zuerst angesteuert.

Was auch genau der Grund war, aus dem sich die FAITH ursprünglich gegen Alpha Centauri entschieden hatte. Für Kolonisten war es schließlich nicht so wichtig, ob ein Ziel vier oder zehn Lichtjahre entfernt lag, da der Unterschied in subjektiver Reisezeit lediglich sechs Monate betrug.

Ich hatte keinerlei Vorstellung, wie ein Treffen mit den Sonden der Chinesen oder der VSE ablaufen würde, aber was Medeiros anbelangte, waren wir uns alle einig: Bei der nächsten Begegnung würde es keine Vorwarnung, keine Gnade und keine Diskussion geben.

23

Milo – Februar 2153
Omicron² Eridani

»Doch während der letzten Jahre sind 3-D-Drucker immer gebräuchlicher geworden. Diese Technologie steckt zwar immer noch in den Kinderschuhen, aber verschiedene kommerzielle Anbieter haben bereits demonstriert, dass es zum Beispiel möglich ist, einzelne Atome so auf ein Trägermaterial aufzubringen, dass sie Wörter ergeben. Manche sehen darin den allerersten Schritt auf dem Weg zu einem funktionierenden selbstorganisierten Fabrikationssystem. Ein Drucker kann andere Drucker produzieren, Arbeitsroboter oder Minenbaueinheiten und letzten Endes auch weitere Von-Neumann-Maschinen. Ein paar Unternehmen experimentieren bereits mit Druckerköpfen, die verschiedene Materialien verarbeiten können. Vergleichbar mit Farbdruckern. Diese Technologie wird voraussichtlich immer besser werden, bis es einen Drucker gibt, der Atom für Atom jedes beliebige Element erzeugen kann.«

Eduard Guijpers, aus dem Convention-Panel
Wie baut man eine Von-Neumann-Sonde?

Die Zeit zum Aufbruch war gekommen. Ich lehnte mich in meinem Stuhl zurück und ließ den Blick über die Wolken schweifen, die französische Landschaft unter mir und Lucy, die auf ihrem Kissen zusammengerollt lag und irgendeinen Hundetraum durchlebte.

Mittlerweile hatte ich sieben faszinierende Monate damit zugebracht, die Biosphären von Romulus und Vulkan zu untersuchen und zu katalogisieren. Alle meine Beobachtungen, jeden Bericht und sämtliche Bilder hatte ich in die Raumstation hochgeladen und gleichzeitig zu Bill und in Richtung Erde gesendet. Drohnen hatten das gesamte System abgegrast und jedes verwertbare Erzvorkommen identifiziert. Für den Fall, dass Kolonisten kamen, hatte ich eine autonome Fabrik und Drohnen zurückgelassen, die weiterhin Rohstoffe raffinieren würden. Aber vielleicht würden ja auch Außerirdische auftauchen oder eine andere Von-Neumann-Sonde. Mit diesem Hintergedanken im Kopf hatte ich zusätzlich ein Geschwader Brecher hergestellt. Der KMI der Station hatte ich ein Profil von Medeiros einprogrammiert sowie den Befehl, ihn bei Sichtkontakt zu rammen.

Ich hatte beschlossen, hier keine weiteren Bobs herzustellen. Etwaige Kolonisten würden die Rohstoffe dringender benötigen als ich, und außerdem wusste ich nicht, ob ich mir diese Bürde aufladen wollte. Für Bob-1 war das Klonen jedenfalls keine sonderlich erfreuliche Erfahrung gewesen.

Nachdem ich in aller Ruhe die Sterne der Umgebung untersucht hatte, entschied ich mich schließlich für 82 Eridani. Dieses System sah interessant aus und war nicht allzu weit entfernt.

Zum Schluss erstellte ich einen Bericht, in dem ich meine weiteren Absichten kundtat, und warf einen letzten

Blick auf das Hologramm des Sternensystems. Dann wählte ich den Song *On the Road Again*, drehte die Lautstärke bis zum Anschlag auf und warf den SURGE-Antrieb an. Im Dorf unter meinem Luftschiff sahen die französischen Bauern zu mir hoch und fluchten.

24

Riker – April 2157
Sonnensystem der Erde

»Schnelligkeit ist im Krieg von entscheidender Bedeutung. Versuche, deinen Feind unvorbereitet zu treffen, wähle stets unerwartete Routen und attackiere ihn dort, wo er keine Vorsichtsmaßnahmen getroffen hat.«

Sun Tzu, Die Kunst des Krieges

Wir drangen mit fünf Prozent von C in das Sonnensystem ein und drosselten unser Tempo mit gleichmäßigen 2,5 g. Wir hatten unsere Flugbahn und die Eintrittsgeschwindigkeit so berechnet, dass es schien, als kämen wir gerade von Epsilon Eridani. Angesichts unseres Kurses und der derzeitigen Verzögerungsrate würden wir uns immer noch mit ungefähr 0,1 C bewegen, während wir sehr dicht an der Sonne vorüberflogen.

Wir hatten unseren Annäherungsvektor sehr sorgfältig gewählt. Die Brasilianer sollten sich von uns bedroht fühlen, aber auch sehen, dass sie uns abfangen konnten. Ein Kurs, auf dem wir ein Swing-by-Manöver um die Sonne ausführten, würde unsere Sonden so um den Fixstern herum katapultieren, dass wir auf der anderen Seite mit einem deutlichen Geschwindigkeitsvorteil und einem für die Brasilianer unberechenbaren Vektor wiederauftauchten. Daher würden die gegnerischen Sonden nicht zulassen dürfen, dass wir das Manöver ungestört zu Ende brachten.

Soweit die Theorie.

Wir hofften, dass wir alle sechs brasilianischen Sonden dazu bewegen konnten, uns zu verfolgen.

Ich saß in meinem Bereitschaftsraum und kontrollierte nervös die Telemetriedaten. Soeben hatten wir jenen Punkt passiert, an dem die Brasilianer unsere Fusionssignaturen bemerkt haben mussten. In sechs Stunden würden sie uns nicht mehr abfangen können. Falls die Brasilianer beschlossen, uns nicht zu verfolgen, sondern an Ort und Stelle zu bleiben und zu kämpfen, würden wir einen Rückzug in Betracht ziehen müssen. In einem Kampf Mann gegen Mann würden wir nicht gut aussehen.

Eine weitere Stunde verging, ehe wir eine Bewegung ausmachten. Kurzzeitig hatte ich meinen VR-Avatar mal versuchsweise so programmiert, dass ich schwitzen konnte, aber das hatte sich als eine menschliche Erfahrung erwiesen, auf die ich gut verzichten konnte. Wir jubelten, als sich vier der Fusionssignaturen aus der Asteroidenreihe entfernten.

»Vier sind keine sechs«, sagte ich, »aber gegen zwei haben wir in einem direkten Duell eine wesentlich bessere Chance.«

»Vorausgesetzt, wir schaffen es, die ersten vier auszuschalten«, fügte ich hinzu.

»Ja, im Leben gibt es einfach keine Garantien.«

Während unseres Rennens rund um die Sonne würde es zehn Tage dauern, bis wir das Perihelium erreichten.

»Es ist Zeit.«

Homers Worte ließen mich aufblicken. Er sah mich erwartungsvoll an.

»Okay, dann los. Guppy, starte die Brecher.«

[Aye.]

Das schwebende Hologramm zeigte, wie die *Heaven-2* im Abstand weniger Sekunden Brecher geradewegs nach achtern abfeuerte. Die Schienenkanone, die in die zweite Sonden-Baureihe integriert war, konnte Objekte mit einer Wucht von mehreren Hundert g nach vorn oder hinten verschießen. Da der SURGE-Antrieb die Schienenkanone mit Energie versorgte, befanden sich die Sonden bei jedem Abschuss einen Moment lang im freien Fall, aber wir hofften, dass den Medeiri aus dieser Distanz die kurze Unterbrechung im Bremsvorgang nicht auffallen würde.

Die Brecher würden weit zurückfallen und hinter den brasilianischen Sonden sein, sobald die auf unsere Flugbahn einbogen. Ihre Reaktoren waren abgeschaltet, und sie flogen mit gespeicherter Energie, sodass die Brasilianer sie nicht entdecken würden, außer sie sandten absichtlich ein gebündeltes SUDDAR-Signal in ihre Richtung.

Die gegnerischen Sonden waren soeben hinter uns aufgetaucht, und ich betrachtete das Diagramm, das im Zentrum meiner VR schwebte. Die Interaktionen waren einigermaßen komplex. Während wir mit 2,5 g abbremsten, versuchten wir, ein Swing-by-Manöver um die Sonne auszuführen. Indes beschleunigten die Brasilianer mit 2 g, um bis auf Raketenschussweite an uns heranzukommen. Dabei mussten sie jedoch darauf achten, nicht zu schnell zu werden, damit sie nicht in eine höhere Umlaufbahn gezwungen wurden. Gleichzeitig befanden sich die Brecher hinter ihnen im freien Fall. Sie waren jedoch schneller als unsere Gegner und bremsten nicht ab, sodass sie allmählich aufholten. Die Brecher mussten so dicht wie möglich an sie herankommen, bevor sie ihre Reaktoren aktivierten.

Und wir wollten, dass sich die eigentliche Action auf der erdabgewandten Seite der Sonne abspielte, sodass die beiden Brasilianer, die immer noch die Asteroiden hüteten, nichts davon mitbekommen würden.

Schließlich ergriffen die Brasilianer die Initiative. Jede der Sonden feuerte eine Rakete ab. Wie befürchtet waren die Marschflugkörper mit SURGE-Antrieben ausgestattet und schossen mit ungeheurer Beschleunigung auf uns zu.

[Kontakt in 45 Sekunden.]

»Befehle den Brechern anzugreifen.«

[Aye.]

Eine Kurzinfo im Hologramm zeigte an, dass der Befehl gesendet worden war. Innerhalb von Sekunden leuchteten acht Datenpunkte auf, als die Fusionsreaktoren der Brecher online gingen. Die Brasilianer reagierten umgehend und schossen eine Raketensalve nach achtern.

»Jetzt geht die Show so richtig los«, kommentierte Homer.

Ich spürte, wie viermal hintereinander der Bremsschub der Sonde für ein paar Millisekunden aussetzte, während meine Schienenkanone Brecher in achterliche Richtung abfeuerte. Sie gingen auf Abfangkurs zu den gegnerischen Raketen. Homer warf ihnen ebenfalls vier Brecher in den Weg. Ihrer Programmierung folgend, bildeten die Brecher Zweiergespanne und flogen eine hinter der anderen auf jeweils eine Rakete zu.

Als sich im Holodisplay die zweite Salve brasilianischer Raketen von den Sonden löste, sah ich, dass sie acht Stück auf die verfolgenden Brecher angesetzt hatten. Wenn unsere Schätzung stimmte, sollten sie nun insgesamt noch vier in Reserve haben.

Die verfolgenden Brecher flogen mittlerweile einen verzwickten Spiralkurs, um den Raketen die Zielerfassung so schwer wie möglich zu machen.

Unterdessen vergrößerten die brasilianischen Sonden den Abstand voneinander und zwangen die Brecher so, sich für ein Ziel zu entscheiden.

Während der folgenden paar Sekunden geschah wenig, sodass ich Zeit hatte, einen hochkonzentrierten SUDDAR-Ping auf eine der gegnerischen Sonden zu richten. Dabei erhielt ich eine erfreuliche Menge detaillierter Informationen. Unter anderem sah ich, dass die Sonde tatsächlich keine Raketen mehr übrighatte. Ein Blick auf die leeren Schächte verriet mir, dass sie Platz für vier Stück boten. Ich öffnete kurz den Kanal zu Homer. »Insgesamt sechzehn Raketen, genau wie wir erwartet haben.«

Dann richtete ich meine Aufmerksamkeit wieder auf die näherkommenden Geschosse. Drei der brasilianischen Raketen kollidierten mit einem Brecher, wobei jeweils beide Flugkörper vernichtet wurden. Der vierten Rakete gelang es, dem vorderen Brecher auszuweichen. Dabei öffnete sie jedoch die Flanke für eine Breitseite von der hinterherfliegenden Hälfte des Zweiergespanns. Es gab eine Explosion, und anschließend existierte auch diese Rakete nicht mehr.

Die vielen Explosionen überluden die Videosensoren und fütterten sowohl das Radar als auch die SUDDAR-Einheit mit chaotischen Daten. In diesem kurzen Zeitraum relativer Blindheit feuerten Homer und ich mit maximaler Wucht acht Kanonenkugeln ab.

Als wir wieder Bilder empfingen, erkannte ich, dass wir alle vier Raketen vernichtet und immer noch vier Brecher zur Verfügung hatten. Am hintersten Ende des Gefechts hatten die acht brasilianischen Raketen die acht verfolgenden Brecher zerstört.

Die Brasilianer gratulierten einander gerade sicher zu ihrer Treffsicherheit, aber mit diesen Brechern hatten wir einzig und allein erreichen wollen, dass sie ihre Raketen aufbrauchten. Medeiros hatte in Epsilon Eridani bewiesen, dass er dazu bereit war, sich selbst zu opfern, wenn er erkannte, dass er nicht gewinnen konnte. Wir wollten jedoch, dass dieses Sonden-Geschwader seine Munition zur Verteidigung verwendete statt für Selbstmordattacken.

Nun hatten sie noch vier Raketen im Köcher und vier Brecher gegen sich. Wir warteten ab und gaben uns Mühe, den Eindruck zu erwecken, wir hätten unser gesamtes Arsenal verschossen, da eine Pattsituation zum Sieg der Brasilianer führen würde.

Schließlich trafen unsere Gegner eine Entscheidung und feuerten ihre verbliebenen Raketen auf die angreifenden Brecher ab.

»Schachmatt!«, jubelte Homer.

Da sie sich allein auf die Brecher konzentrierten, hatten die Brasilianer die Kanonenkugeln nicht bemerkt, die sich ohne eigenen Antrieb bewegten und somit weder Funksignale noch Fusionssignaturen erzeugten. Und auch jetzt würden sie sie nur entdecken, wenn sie genau in diesem Moment eine SUDDAR-Suche ausführten.

Als die letzte Salve Raketen und Brecher einander zerstörten, fanden auch sechs der acht Kanonenkugeln ihr Ziel. Gleich darauf jagten wir weitere Kanonenkugeln hinterher, bis die Telemetrie keine Aktivität in den feindlichen Sonden mehr verzeichnete.

Nachdem wir tagelang alles vorbereitet und abgewartet hatten, war es bei dem Gefecht letztlich nur darum gegangen, wer die meiste Munition hatte.

Homer und ich durchkämmten den Raum in allen Richtungen mit SUDDAR-Signalen, um herauszufinden, ob die Brasilianer vor ihrer Vernichtung noch irgendwelche Fallen hinterlassen hatten. Besonders genau nahmen wir die unmittelbare Umgebung der Sondenwracks unter die Lupe. Als wir uns sicher waren, dass keine weitere Bedrohung auf uns lauerte, flogen wir zurück, weil ich nach funktionierenden oder nur zum Teil zerstörten Brechern Ausschau halten wollte.

Homer fand das amüsant. »Möchtest du ihnen ein ordentliches Begräbnis spendieren?«

»Nein«, entgegnete ich. »Ich will versuchen, Ersatzbrecher herzustellen. Die meisten Bauteile habe ich, aber mir fehlen noch ein paar Stahleier.«

Homer gluckste wie ein Junge, der gerade einen schweinischen Witz gehört hatte. »Ein Paar Stahleier …«, stieß er schnaubend hervor.

Ich seufzte, während mir die Worte *Friendly Fire* durch den Kopf schossen. »Homer, uns bleiben noch sechs Brecher, und wenn die beiden Brasilianer genauso bewaffnet sind wie die vier, die wir gerade eliminiert haben, stecken jeweils vier Raketen in ihren Schächten. Damit haben wir nicht genug Brecher, um sie wieder paarweise auf ihre Raketen anzusetzen. Aber vor allem sind es zu wenige, um gleichzeitig die Raketen *und* die Sonden zu erwischen. Deswegen will ich noch welche bauen. Außerdem möchte ich ein paar Wrackteile einsammeln – als Munition für meine Schienenkanone. Vielleicht machst du es ja genauso …«

Homer dachte einen Moment nach. Dann nickte er.

Bevor die zweite Phase der Schlacht begann, mussten wir uns an die verbliebenen beiden brasilianischen Sonden anschleichen. Wir hatten den Kurs um die Sonne absichtlich so festgelegt, dass wir mit vollen 2,5 g auf der anderen Seite auftauchen mussten, wenn wir zur Erde gelangen wollten. Seit dem Systemeintritt hatten wir sorgsam verborgen, dass wir sogar zu einer Beschleunigung von 5 g fähig waren. Nun wendeten wir jedes Erg Energie auf, um die richtige Kurve zu fliegen, bevor wir hinter der Sonne auftauchten.

[Abschaltung in 5 Sekunden.]

Ich schloss meine VR. In ein paar Sekunden würde es in beiden Sonden dunkel werden, sobald wir die SURGE-Antriebe herunterfuhren und ballistisch weiterflogen. Außerdem würden wir SUDDAR nicht mehr verwenden und die Fusionsreaktoren deaktivieren. Die brasilianischen Sonden würden glauben, unsere Verfolger und wir hätten uns gegenseitig zerstört. Wenn sie uns nicht auf der erwarteten Flugbahn herumkommen sahen, würden sie hoffentlich in ihrer Wachsamkeit nachlassen.

Zwei Tage lang würden wir dahintreiben und unsere Energie aus Batterien beziehen. Unsere Wahrnehmungsrate würden wir aufs absolute Minimum reduzieren, um auch noch das letzte Milliwatt Strom einzusparen. Die Roamer würden so eingestellt sein, dass sie die Trümmerteile zu Munition für die Schienenkanone verarbeiteten, und sobald die Batterie eines Roamers leer war, würde er sofort eingelagert werden.

Die Energie würden wir erst wieder hochfahren, sobald wir die Erde zwischen uns und die Brasilianer gebracht hatten.

[Abschaltung.]

Ich fühlte, wie die Sonde dunkel wurde, und fuhr meine Wahrnehmungsrate herunter …

[Wir sind angekommen.]

»Bericht.«

[Wir sind erfolgreich in den Orbit eingeschwenkt

und befinden uns von den feindlichen Sonden aus gesehen auf der anderen Seite der Erde.]

»Wunderbar. Sobald wir ausreichend abgeschirmt sind, fährst du alles wieder hoch und beschleunigst uns, damit wir in ihrem toten Winkel bleiben.«

[Aye.]

Sobald die Energie wieder vollständig hergestellt war, reaktivierte ich die VR und entspannte mich in meinem Kommandosessel.

Ein Videofenster öffnete sich, in dem Homer auftauchte. »Wie ich sehe, hast du den Trip überlebt.«

Ich nickte ihm zu. »Guppy, zeig uns den Missionsstatus im Tank.«

Der Holotank füllte sich mit einer schematischen Darstellung der Erde. Ich sah unsere Position und die der beiden brasilianischen Sonden – zusammen mit den vier großen Asteroiden, die sie hüteten.

[Die Positionen der Feinde sind Hochrechnungen, aber mit hoher Wahrscheinlichkeit korrekt. Sie basieren auf den Prinzipien der Flugbahnmechanik und unseren letzten Beobachtungen.]

»Das ist in Ordnung so, Guppy. Falls sich die Brasilianer hinter den Asteroiden verbergen, haben wir ein echtes Problem. Ein Pluspunkt ist, dass sie uns von dort aus nicht ins Visier nehmen können, bevor sie schießen. Daher werden sie sich bei der Zielerfassung auf die KMIs der Raketen verlassen müssen. Und die sind, wie wir bereits festgestellt haben, nicht sehr schlau. Andererseits können unsere Brecher die feindlichen Sonden zwar eigenständig aufspüren, aber sie besitzen keine Sprengköpfe. Wenn sie ihr Ziel nicht mit Volldampf treffen, werden sie nicht die Hüllen durchdringen und ganz sicher keine Schäden im Schiffsinneren anrichten.«

»Wenn wir dicht genug an ihnen dran sind, können wir die Schienenkanonen verwenden«, sagte Homer.

»Das stimmt, aber wir müssen mit unserer Munition haushalten.«

Als wir um die Erde herumkamen, hatten wir bereits mehr als 150 km/s auf dem Tacho. Es war nicht klar, ob die brasilianischen Sonden uns sofort bemerkten; auf jeden Fall hatten sie sich jedoch sechs Stunden lang auf unsere Ankunft vorbereiten können.

Als wir noch fünf Minuten vom vordersten Asteroiden entfernt waren, rief uns eine der brasilianischen Sonden. Homer sah zu, wie ich das Gespräch in den Holotank legte.

Die Videoausgabe zeigte ein Bild der brasilianischen Flagge. Vermutlich gab es keinen Avatar. »Sie haben sich als besser erwiesen, als man von ein paar FAITH-*babacas* erwarten konnte. Jetzt bekommen Sie es allerdings mit uns zu tun, und diesmal werden Sie nicht so viel Glück haben. Wir werden Ihre Leichen im Weltall entsorgen!«

Ich sah überrascht zu Homer hinüber. *Das ist nicht Major Medeiros. Aber wer sonst?*

»Ich bin Commander Riker von der FAITH Space Navy. Mit wem spreche ich?«

»Ich heiße Captain Matias Araújo, und meine Stimme wird die letzte sein, die Sie hören«, antwortete er und unterbrach ohne weiteren Kommentar die Verbindung.

Homer und ich wechselten einen Blick. »Was glaubst du, was da los ist?«, fragte er.

»Ich weiß es nicht«, erwiderte ich nach kurzem Nachdenken. »Aber im strukturellen Scan, den ich kurz vor der Zerstörung unserer Verfolger gemacht habe, war zu sehen, dass alle Fabrikationssysteme entfernt worden sind, um genug Platz für die größeren Raketen mit SURGE-Antrieb zu schaffen. Im ersten Moment habe ich nicht weiter darüber nachgedacht, aber jetzt glaube ich, dass das hier vielleicht das letzte Aufgebot des Brasilianischen Reichs sein könnte. Vielleicht sind sie vernichtend geschlagen worden, und das Sonden-Projekt ist das Einzige, was ihnen geblieben ist. Sie haben einen ›Freiwilligen‹ gesucht – irgendwen, auf den sie verzichten können – und seinen Replikanten in diese Kanonenboote gesteckt.«

Homer neigte den Kopf zur Seite. »Wenn das stimmte, haben sie vielleicht keine Zeit gehabt, ihm beizubringen, was es heißt, ein Replikant zu sein.«

[Raketen abgefeuert.]

Wir checkten unsere Telemetrie. Die Brasilianer hatten acht Raketen auf den Weg geschickt.

»Verdammt, wo wir doch inständig gehofft haben, dass sie das nicht tun«, sagte Homer. »Anscheinend sind sie doch nicht so unerfahren.«

»Vielleicht sind sie auch einfach sauer. Oder sie haben mehr Raketen als gedacht. Aber eins steht fest: Ihr Timing ist wirklich mies. Sie haben zu lange gewartet, und wir sind mittlerweile nahe genug an ihnen dran, um diese Asteroiden gegen sie einzusetzen. Halt dich an mich.«

Anstatt Gegenmaßnahmen zu ergreifen oder einen Fluchtversuch zu starten, wendeten wir und flogen unter den Asteroiden. Sobald wir außer Sicht waren, verschossen wir mit unseren rückwärtigen Schienenkanonen eine Ladung kleiner Metallbrocken. Die Abschussgeschwindigkeit wählten wir dabei so, dass der Weltraumabfall, sobald er die Läufe verließ, hinter uns zum Stillstand kam. Als die Raketen um den Asteroiden herumbogen, flogen sie geradewegs in das unbewegte Treibgut, worauf drei Raketen sofort detonierten. Leider räumten sie damit jedoch den Weg für die Raketen hinter ihnen frei.

»Schau du nach vorn, während ich die restlichen erledige«, sagte ich zu Homer.

»Von dort werden wir auch beschossen«, meldete Homer, während ich meine Brecher für den Start fertigmachte. »Anscheinend hatten sie tatsächlich mehr Raketen. Ich glaube, jetzt sind wir erledigt.«

Ich nahm mir eine Millisekunde Zeit, um die Lage abzuwägen. Von hinten näherten sich fünf Raketen, von denen ich zwei oder vielleicht sogar drei mit der Schienenkanone erwischen konnte. Homer meldete acht weitere, die von vorn kamen. Damit stand es dreizehn Raketen gegen elf Brecher, und dann waren da natürlich auch noch die brasilianischen Sonden, mit denen wir uns auseinandersetzen mussten. Höchstwahrscheinlich hatten sie inzwischen ihr gesamtes Arsenal aufgebraucht. Wir waren viel zu dicht dran für weitere Raketenspielchen.

»Wir müssen ein paar von den vorderen erwischen. Ich gebe dir bis auf zwei alle meine Brecher. Versuch so viele wie möglich mit dem Schrapnell auszuschalten.« Ich schoss alle meine Brecher ab und übergab die Kontrolle über fünf von ihnen an Homer, der sie sofort nach vorn in den Kampf schickte.

Derweil konzentrierte ich mich auf die fünf Raketen, die von achtern herannahten, und schleuderte ihnen eine Trümmersalve nach der anderen entgegen. Nachdem ich zwei zerstört hatte, fiel mir auf, dass zwei der verbliebenen drei Raketen dicht zusammengerückt waren, um einer Trümmerwolke auszuweichen. Sofort startete ich einen Brecher und steuerte ihn auf eine der beiden zu. Ein grelles Licht blitzte auf, während sowohl die Rakete als auch der Brecher explodierten, und … *ja!* Die andere Rakete wurde von der Detonation ausgeknockt und trieb ziellos durchs All.

»Sie rücken mir ein bisschen arg dicht auf die Pelle«, sagte Homer. »Wenn du Zeit hast, wüsste ich ein wenig Hilfe zu schätzen …«

»Ich bin hier fast fertig. Ein Moment noch.«

Während ich die letzte Rakete mit Metallsplittern aus der Schienenkanone beschoss, hörte ich Homer »Scheiße!« schreien, und dann brach das Signal ab.

Ich teilte meine Aufmerksamkeit zwischen der gegnerischen Rakete und Homers vorderem Schlachtfeld. Er hatte fast alle seine Raketen ausgeschaltet, aber eine war zu dicht an ihm dran gewesen, als sie detonierte. Offenbar hatte sie *Heaven-6* beschädigt, aber nicht vollkommen zerstört. Auf jeden Fall war die Sonde komplett abgeschaltet und taumelte antriebslos. Ein paar Brecher waren umgekehrt und machten nun Jagd auf die zwei von vorn kommenden Raketen, aber nur ein einziger von ihnen war so nahe an den feindlichen Marschflugkörpern dran, dass er vielleicht etwas gegen sie ausrichten konnte.

In diesem Moment blitzte es hinter mir auf. Meine Salve hatte die letzte Rakete getroffen. Nun hatte ich noch einen Brecher, aber der würde es nicht mehr rechtzeitig nach vorn schaffen.

Sie sind nicht sehr schlau. Der Gedanke kam aus dem Nichts und schien bedeutungslos. Aber der ursprüngliche Bob hatte immer auf seine Instinkte vertraut, also reagierte ich ohne zu zögern. Ich feuerte eine Schrapnellsalve ab, aber nicht direkt auf die Rakete, sondern ein Stück seitlich versetzt. Auf der anderen Seite flog der Brecher, der sie jagte. Als die Rakete den auf sie zusausenden Splittern auswich, holte der Brecher sie ein.

Das gab mir die Gelegenheit, die andere Rakete mit einer weiteren Ladung Splitter abzuschießen. Danach sah ich wieder zu der Rakete zurück, zu der mein Brecher mittlerweile aufgeschlossen hatte, und erkannte, dass ich ein Problem hatte. Da die Zerstörungskraft der Brecher allein in ihrer kinetischen Energie lag, mussten sie ihre Ziele mit Höchstgeschwindigkeit rammen. Doch dieser Brecher hatte eine Beute erjagt, die genauso schnell war wie er, und nun flogen die beiden nebeneinander her, wobei der Brecher die Rakete immer wieder in die Seite stieß. Doch das blieb weitestgehend wirkungslos. Seine Treffer störten die Rakete zwar in ihrer Flugbahn, richteten jedoch keinen Schaden an.

Hör auf, mit ihr zu kuscheln, du Idiot! Ich sandte einen Befehl an den Brecher und löste eine Schmelze in seinem Reaktor aus. Die freigesetzte Energie und das ausströmende Plasma genügten, um beide Flugkörper zu verflüssigen.

Eine schnelle Bestandsaufnahme ergab, dass ich noch zwei Brecher hatte … und zwei Feinde. Im Moment konnte ich mich nicht um Homer kümmern. Ich rief die Brecher zu mir zurück und sendete einen starken Ping aus, um die brasilianischen Sonden aufzuspüren.

Eine der beiden war weniger als zwei Sekunden entfernt und hielt direkt auf mich zu. Schlagartig wurde mir bewusst, dass der Brasilianer auf einen Kollisionskurs mit mir eingeschwenkt war. Da ich keine Zeit für lange Berechnungen mehr hatte, blieb mir nichts anderes übrig, als zu improvisieren, und so zog ich die Sonde mit der vollen Beschleunigung von 5 g steil nach oben. Entweder würde es dem Brasilianer gelingen, rechtzeitig den Kurs zu ändern und mich abzufangen, oder eben nicht.

Zwei Sekunden später zog der Brasilianer, der sich vergeblich bemüht hatte, die Flugbahn anzupassen, an meinem Heck vorbei, und zwei Millisekunden danach durchschlug ein Brecher seine Sonde. Genau an der Stelle, wo der Computerkern saß. Sein Antrieb fiel aus, und er begann zu schlingern.

Rasch erzeugte ich einen weiteren Ping. Dabei konnte ich die letzte Sonde zwar nicht entdecken, aber ich bezweifelte, dass sie bereits zerstört war. Da wir während des Gefechts sämtliche Karten auf den Tisch gelegt hatten, wusste der Brasilianer zweifellos, dass er mich in einem direkten Wettrennen nicht besiegen konnte. Und das hieß, dass er sich wahrscheinlich hinter einem der Asteroiden versteckte. Inzwischen hatte ich die Munition der Schienenkanone verschossen und nur noch einen einzigen Brecher übrig, der mir allerdings nichts nützen würde, wenn er den Brasilianer um den Asteroiden herumjagen musste.

Als ich das Echo meines letzten Pings noch mal genauer unter die Lupe nahm, entdeckte ich, worauf ich gehofft hatte: die Stahlkugel eines der zerstörten Brecher. Ich schickte ein paar Roamer aus, die sie zu mir holten und in die Schienenkanone luden. Wir hatten die Stahlkugeln extra so geformt, dass sie nicht nur in die Brecher, sondern auch in die Kanonenläufe passten.

Ich ließ den Brecher in einem Winkel losfliegen, bei dem er freie Sicht auf die Rückseite des nächsten Asteroiden haben würde. Und tatsächlich erfasste seine Telemetrie die brasilianische Sonde genau in dem Moment, in dem sie ihn bemerkte. Rasch floh der Brasilianer in entgegengesetzter Richtung um den Asteroiden herum.

Ich brauchte eine Millisekunde, um die Flugbahn der Sonde zu berechnen. Als die gegnerische Sonde in Sicht kam, feuerte ich die Kugel mit maximaler Beschleunigung ab. Der Brasilianer hatte überhaupt keine Chance. Die von meiner Schienenkanone abgeschossene Stahlkugel durchschlug ihn mit beinahe relativistischer Geschwindigkeit. *Hasta la vista, Baby!*

Der Aufprall zerriss die Sonde buchstäblich in zwei Hälften, die in entgegengesetzten Richtungen rotierend auseinandertrieben. Als die Reaktorintegrität zusammenbrach, leuchtete ein Blitz auf. Eine der beiden Hälften schmolz und verformte sich unter Einwirkung der Zentrifugalkraft.

Das ist für Homer.

Ich empfing detaillierte Aufnahmen von den Roamern, die *Heaven-6* untersuchten. Anscheinend hatte Homer großes Glück gehabt. Ein Schrapnell hatte die Stromversorgung zu seinem Computerkern durchtrennt. Obwohl die Sonde erheblich beschädigt war, hatten die zentralen Systeme nichts abbekommen. Der Reaktor hatte anstandslos eine Notabschaltung durchgeführt, als die Energiezufuhr ausblieb.

Während ich das Wartungs- und Reparaturprogramm von Homers Roamern aktivierte, ging mir auf, dass ich Homers Sonde und meine nun genauso dekorieren konnte wie Bob-1 es mit seiner getan hatte. Drei Abschüsse für Homer, drei für mich. Ich konnte es kaum erwarten, damit loszulegen.

Allerdings warteten daneben auch noch ein paar andere Aufgaben auf mich. Während ein paar der Roamer mit der *Heaven-6* beschäftigt waren, untersuchten andere die Asteroiden, um herauszufinden, wie die Brasilianer diese riesigen Brocken durchs All gesteuert hatten. Zur gleichen Zeit barg eine dritte Gruppe Trümmerteile von der Schlacht. Die Asteroiden steckten zwar voller Rohstoffe, aber es war effizienter, bereits weiterverarbeitete Materialien einzusammeln. Besonders lohnenswert würde es sein, die brasilianischen Wracks auszuschlachten.

Die Berichte von der zweiten Roamer-Gruppe gingen ein, und ich nahm mir die Scans vor. Wie sich herausstellte, wurden die Asteroiden von einem schwachen, aber dafür großflächig abstrahlenden SURGE-Antrieb bewegt. Dank dieser Konstruktion konnten die Asteroiden in einem Stück transportiert werden, ohne von Gezeitenkräften oder unkontrollierten SURGE-Emissionen auseinandergerissen zu werden. Das System war ausgeklügelt, und ich fertigte zahlreiche Scans davon an, die ich an Bill übermitteln wollte. Wenn er nicht bereits dabei war, Kuiper-Objekte auf Ragnarök zuzubewegen, würde er diese Konstruktionen sicher hilfreich finden.

Aber so interessant das alles auch war – mein derzeit vordringlichstes Problem bestand darin, dass sich die Asteroiden immer noch auf Kollisionskurs mit der Erde befanden. Wenn alle vier auf dem Planeten aufschlugen, würden nicht einmal Bakterien überleben. Die Brasilianer hatten die Flugbahn nahezu perfekt ausgerichtet, und die Asteroiden würden sicher nicht an der Erde vorbeifliegen. Außer es gelang mir, sie mit ihren SURGE-Antrieben weit genug zur Seite abzudrängen.

Doch dafür musste ich sie erst unter Kontrolle bringen. Allerdings fehlten mir dazu die verschlüsselten Passwörter, mit denen die Brasilianer ihre Kommandos an die Asteroiden-Antriebe übermittelt hatten. Das immerhin war das geringste Problem. Ich wies die Roamer an, die Antriebskontrollen einfach herauszureißen und das System kurzzuschließen. Für einen simplen Vollschub in seitlicher Richtung würden weder Finesse noch eine genauere Kenntnis der Schaltkreise vonnöten sein. Damit blieb nur noch die Frage, ob ich bereits zu spät dran war.

»Wach auf, Kumpel. Geht es dir gut?«

»Tante Emmy! Tante Emmy!« Homers Avatar erschien. Er lächelte. »Das heißt wohl, wir haben sie erwischt.«

Ich schnaubte vor Erleichterung. »Ja, das kann man wohl sagen.«

Homer legte die Fingerspitzen aneinander, sodass er wie ein genialer Oberschurke aussah. »All eure/deine Stützpunkte sind/gehören uns.«

Wir lachten beide. Es war vielleicht das erste Mal seit Homers Geburt, dass wir gut miteinander auskamen. Plötzlich empfand ich so etwas wie väterlichen Stolz. *Okay, das ist schräg. Hör auf damit!*

Homer sah mich an. »Also, wie sieht's aus?«

»Ich bin nach wie vor dabei, die Lage zu sondieren. Und falls du es noch nicht bemerkt haben solltest, dein Rücken ist nach wie vor gebrochen. Also versuch im Moment noch nicht, irgendwohin zu fliegen. Guppy schätzt, dass es noch drei Tage dauert, bist du wieder völlig auf dem Damm bist.«

Homer nickte.

»Der Krieg hat überall seine Spuren hinterlassen«, fuhr ich fort. »Es sind definitiv Atomwaffen zum Einsatz gekommen, sowohl auf dem Planeten als auch im Weltraum, und zwar eine ganze Menge. Anscheinend sind sich alle gegenseitig an die Gurgel gegangen und haben angefangen, so lange aufeinander einzuprügeln, bis bloß noch einer von ihnen auf den Beinen war. Soweit ich es sagen kann, war die einzige noch verbliebene Technologie im gesamten System diese kleine Gruppe für den Kriegseinsatz umgerüsteter brasilianischer Sonden. Ich habe den Hangar gefunden, wo diese Arbeiten durchgeführt wurden. Er war kaputt, und die Araújos konnten ihn nicht reparieren, weil sie weder die Software noch die Ausrüstung für eine autonome Fabrik an Bord hatten. Wie wir wissen, war es ihnen auch nicht möglich, mit den Sonden auf der Erde zu landen und jemanden zu holen, der die

Sache wieder in Ordnung bringt. Nebenbei gesagt bin ich mir gar nicht sicher, ob es überhaupt noch jemanden gibt, der das tun könnte. Ein Landegerät oder ein Shuttle konnten sie natürlich ebenfalls nicht bauen, da sie ja keine autonome Fabrik besaßen. Ein klassisches Dilemma.«

»Was haben sie denn stattdessen getan? Sind sie herumgeflogen und haben Sachen zerstört?« Homer schnitt eine Grimasse.

»Ja, das war ihre Hauptbeschäftigung. Sie rächten sich an ihren Feinden. Die Asteroiden waren alle so abgestimmt, dass sie China treffen sollten. Daher vermute ich, dass die Chinesen das Brasilianische Reich vernichtet haben.«

»Vernichtet? Wie schlimm ist es?«

»Ziemlich schlimm. Aber es ist schwer zu sagen, wie groß der Schaden insgesamt ist, wegen all der Wolken und der Staubschicht. Die Asteroideneinschläge und Atomexplosionen haben eine Menge Dreck aufgewirbelt, und der hat die Großwetterlage völlig durcheinandergebracht.«

»Hat es denn zuvor schon andere Asteroideneinschläge gegeben? Ich meine, wären diese gar nicht die ersten gewesen?«

»Nein, nicht einmal annähernd. Dafür aber vermutlich die größten. Ich habe Dutzende von Einschlagstellen gefunden. Die meisten von ihnen sind ungefähr so groß wie der Barringer-Krater. Diese Asteroiden hätten jedoch Krater in der Größe des Yucatan hinterlassen und auf einen Schlag sämtliches Leben auf dem Planeten ausgelöscht.«

»Wahnsinn.«

»Ja.« Ich schüttelte den Kopf. »Egal, wie die Provokation ausgesehen haben mag. Ich kann einfach nicht glauben, dass das irgendwer für eine vernünftige Reaktion hält. Ganz ehrlich, ich fühle mich weder traurig noch schuldig, weil wir diese Typen kaltgemacht haben.«

»Lebt denn überhaupt noch wer auf der Erde?«

Ich ließ einen Globus im Holotank erscheinen und schickte Homer eine Kopie zu. »Ich habe zwar weder Funksignale noch Reaktorsignaturen entdeckt, aber natürlich will da unten niemand Aufmerksamkeit erregen. Ich bin mir sicher, dass die Araújo-Gang jedem, den sie entdeckt haben, einen Asteroiden auf den Kopf geschmissen haben. Inzwischen sind bestimmt alle Überlebenden untergetaucht.«

Homer rieb sich über die Stirn, sein Blick schien ins Leere zu gehen. »Was sollen wir tun? Wir könnten zwar einen Funkspruch senden, aber das würden viele wahrscheinlich nur für einen Trick halten.« Er stupste seine Kopie des Globus mit dem Finger an, um ihn aus verschiedenen Blickwinkeln zu betrachten. Nach ein paar Sekunden setzte er sich hin, strich sich mit der Hand über das Kinn und begann erneut, in die Ferne zu starren. Anscheinend beschäftigte ihn etwas, und ich beschloss, ihn bei seinen Überlegungen nicht zu stören.

Schließlich hob er den Blick. »Natürlich könnten wir SUDDAR einsetzen. Aber wegen der Atmosphäre und der Planetenmasse wird die Auflösung sehr bescheiden sein. Was ist mit den Kundschaftern, die Bill entwickelt hat?«

»Was für ein Zufall, dass du danach fragst«, antwortete ich. »Ich bin gerade dabei, so schnell wie möglich welche zu bauen. Wir müssen uns dringend auf die Suche nach Überlebenden machen. Wegen der Nuklearwaffen und der Asteroiden steht die Erde nämlich kurz vor einem atomaren Winter. Und das bedeutet, dass alle, die bis jetzt noch nicht tot sind, möglicherweise in den nächsten Jahren verhungern.«

»Aber was können wir tun, falls wir auf Überlebende stoßen?«

»Ich weiß es nicht, Homer.« Ich schüttelte den Kopf und wich seinem Blick aus. »Uns bleibt nichts anderes übrig, als einen Schritt nach dem anderen zu machen.«

Wir sahen zu, wie der vierte und letzte Asteroid an der Erde vorbeiglitt. Obwohl bereits seit einer ganzen Weile festgestanden hatte, dass sie ihr Ziel verfehlen würden, war das für uns ein emotionaler Moment. Die ursprünglichen Antriebskontrollen hatten wir gegen deutlich kooperativere Hardware ausgetauscht, die so programmiert war, dass sie die Asteroiden Stück für Stück in höhere Umlaufbahnen mit großem Neigungswinkel schob, auf denen sie der Erde auch in Zukunft fernbleiben würden.

»Eine Sache weniger, über die wir uns Sorgen machen müssen«, sagte Homer und lächelte.

[Wir werden gerufen.]

Wir sahen uns verblüfft an. »Was kommt denn jetzt?«

25

Bill – September 2151
Epsilon Eridani

»Das Einzige, woran es wirklich hapert, ist eine gute Künstliche Intelligenz, die den gesamten Prozess kontrolliert. Wenn wir so eine hätten, wäre alles machbar, richtig? Irgendwie scheinen alle Beteiligten davon auszugehen, dass es bei der Entwicklung der Von-Neumann-Sonden irgendwann einmal zu einem großen technischen Durchbruch kommen wird und dann alles wie von selbst funktioniert. Aber alles steht und fehlt mit der Entwicklung einer KI. Bei den Replikations- und Herstellungsprozessen sind wir fast schon dort, wo wir hinwollen, und wenn das Budget stimmt, könnten wir wahrscheinlich bereits jetzt effektive Ionen-Antriebe bauen. Aber wir sind immer noch nicht in der Lage, der Sonde so viel Intelligenz zu verpassen, dass sie für sämtliche Eventualitäten gewappnet ist.«

Eduard Guijpers, aus dem Convention-Panel
Wie baut man eine Von-Neumann-Sonde?

Ich hörte aufmerksam zu, während die Telemetriedaten über die Funkverbindung reinkamen. Garfield entfernte sich mit respektablen 2.000 km/s von der Raumstation und war bereits fünf Lichtminuten entfernt. Währenddessen verzögerte sich das Zeitsignal seiner Telemetrie auf gleichmäßige und vorhersagbare Weise. Ich hatte auch nicht wirklich damit gerechnet, dass wir die Theorien vom alten Einstein widerlegen würden.

Was mich begeisterte, war das *andere* Signal, das Garfield gleichzeitig mit den Telemetriedaten durch den Subraum sendete. Denn die Zeitmarken dieses Signals waren, soweit unsere Systeme es messen konnten, immer noch absolut synchron mit meiner Schiffszeit.

Ich konnte förmlich spüren, dass ich wie ein Idiot grinste. Die VR wirkte schon seit Längerem so realistisch, dass ich sie nicht mehr von meinen Erinnerungen an das echte Leben unterscheiden konnte. Bis hin zu den schmerzenden Gesichtsmuskeln.

»Okay, Garfield. Laut Telemetrie bist du gleich sechs Lichtminuten weit weg. Kannst du mein Echo bestätigen?«

»Ja. Nach meiner Übertragung dauert es etwas mehr als 11,5 Minuten, bis das Rücklaufsignal hier ankommt.« Garfield klang genauso aufgeregt wie ich. Er hatte nun schon seit mehreren Jahren mit mir zusammen an verschiedenen Projekten gearbeitet. Und das hier bildete mit Abstand unseren bislang größten Durchbruch.

»Kopple das Sende-Empfangsgerät ab, Garfield, und komm zurück. Wir lassen die Einheit noch ein paar Wochen weiterfliegen. Mal sehen, wann das Signal abbricht.«

»Null Problemo.«

Ohne Vorwarnung tauchte Garfield in meiner VR auf. Er saß auf seinem Knautschsack.

Ich zuckte zusammen. »Was zum Teufel?«

Er lachte über meine Reaktion. »Ha! Da habe ich dich aber erwischt, alter Mann. Nimm dies!«

»Du hast die VR in die Subraum-Kommunikation integriert?« Ich merkte, wie sich ein Lächeln auf meinem Gesicht ausbreitete. Das war ziemlich beeindruckend.

Zur Antwort wackelte er bloß mit den Augenbrauen, doch dann runzelte er nachdenklich die Stirn. »Meinst du, dass diese Technik die Raumstationen überflüssig macht?«

»Nie und nimmer.« Ich schüttelte den Kopf. »Wir müssen abwarten, bis jemand eine zweite Sende-Empfangseinheit in Betrieb nimmt, aber die Theorie besagt, dass das Signal jenseits von ungefähr fünfundzwanzig Lichtjahren fast komplett verschwunden sein wird. Wir werden die Stationen wie Router einsetzen müssen.«

»Das Universum wird ans Internet angeschlossen!« Garfield lachte.

»Ist dir eigentlich klar, dass wir uns mithilfe von IPV8 mit jeder Galaxie im Universum in Verbindung setzen können?« Ich wusste, dass ich ihn nicht davon überzeugen musste, wie toll das war. Immerhin waren wir alle *Bob*, richtig? Aber ich neigte nun mal dazu, laut zu denken.

»Das ist fantastisch, Bill. Was meinst du, wann wir die Pläne übermitteln können?«

»Ich finde, dass wir jetzt gleich alles senden sollten, was wir haben. Es ist zwar noch nicht völlig ausgereift, aber sobald die anderen erstmal eine zweite Einheit gebaut haben, werden sie nicht mehr jahrelang auf das nächste Update warten müssen.«

Wir grinsten uns über den virtuellen Tisch hinweg an. Damit änderte sich einfach alles.

26

Riker – April 2157
Sonnensystem der Erde

Die Übertragung bestand lediglich aus einem Audiosignal und war sehr schwach. *»Unbekanntes Schiff, können Sie uns empfangen?«*

Ich sah fragend zu Homer hinüber.

Er zuckte mit den Schultern. »Irgendwo müssen wir ja beginnen.«

Ich aktivierte meine Sendeanlage. »Hier spricht die Raumsonde *Heaven-2* von der Vereinigten Föderation der Planeten. Sie sprechen mit Commander Riker.«

Darauf folgten ein paar Sekunden Stille. »Ah ja … Hören Sie, ich weiß nicht, wer Sie sind, aber offensichtlich haben Sie gerade eine globale Katastrophe abgewendet. Daher bin ich geneigt, Ihnen zu vertrauen. Unsere Telemetrie ist zwar nicht auf militärischem Niveau, aber laut unseren Systemen haben Sie Ähnlichkeit mit der interstellaren Heaven-Sonde, die vor rund drei Jahrzehnten von der FAITH in den Weltraum geschossen wurde.«

»Wir bekennen uns schuldig. Und mit wem habe ich das Vergnügen?«

»Ich bin Colonel George Butterworth von den Streitkräften der Vereinigten Staaten von Eurasien. Ihnen ist natürlich klar, dass wir unsere wahre Position auf der Erde verschleiert haben, Commander. Wenn Sie versuchen sollten, diese Übertragung zurückzuverfolgen und uns zu vernichten, werden Sie damit rein gar nichts erreichen.«

Der Colonel sprach mit einem beinahe übertrieben klingenden britischen Akzent, wie man ihn aus amerikanischen Fernsehserien kannte. Auf keinen Fall durfte ich zulassen, dass Homer sich mit ihm unterhielt. Die Versuchung, Butterworths Sprechweise zu imitieren, wäre garantiert zu groß für ihn. »Colonel, um Missverständnissen vorzubeugen: Wir haben nicht die Absicht, irgendwen in die Luft zu jagen. Zwischen uns und den Sonden, die offenbar die letzte Streitmacht der brasilianischen Weltraumstreitkräfte gewesen sind, hat es eine kleine Auseinandersetzung gegeben. Aber ich finde, jetzt ist es an der Zeit, die Dinge wieder in Ordnung zu bringen.«

Die Diskussionen mit dem VSE-Offizier dauerten inzwischen schon drei Wochen. Ich hatte den ganzen Prozess aufgezeichnet und an Bill weitergeleitet. Die Verhandlungen waren zäh und von Misstrauen geprägt, was vor allem an Colonel Butterworth lag. Es hatte eine ganze Weile gedauert, bis Homer und ich ihn davon überzeugen konnten, dass wir keine waschechten Theokraten der FAITH waren. Erst nach einer sehr offen geführten Diskussion, in deren Verlauf ich dem Colonel detailliert die Gründe für meinen Atheismus dargelegt hatte, begann er mir zu glauben.

In dem VSE-Lager, das Colonel Butterworth leitete, lebten annähernd zwanzigtausend Flüchtlinge, hauptsächlich Zivilisten, die in die unterirdische Militäreinrichtung gebracht worden waren, als die Bombardements aus dem Weltraum begonnen hatten. Der Colonel schätzte, dass auf der Erde mittlerweile weniger als zwanzig Millionen Menschen lebten.

Ein paar von seinen Schützlingen waren Wissenschaftler,

die vor Kriegsausbruch an einem Kolonistenschiff für die VSE gearbeitet hatten. Im zweiundzwanzigsten Jahrhundert wurde alles zunächst in einer VR-Umgebung zusammengebaut. Sobald eine Konstruktion fertig und für gut befunden worden war, wurden die Pläne in eine autonome Fabrik hochgeladen, die dann mithilfe von 3-D-Druckern, Roamern und Nanomaschinen eine reale Version des entsprechenden Objekts herstellte. Die Konstruktionspläne für das Kolonistenschiff waren komplett, sodass jetzt nur noch eine Werft im Weltraum und ein Besiedlungsziel fehlten.

Der Colonel erklärte uns, dass China und die VSE ihre Sonden kurz nach Bob-1 in den Weltraum geschickt hatten. Von der VSE-Sonde hatte man jedoch nie wieder etwas gehört.

Der Colonel und ich unterhielten uns gerade wie üblich über eine Videoverbindung. Er wusste, dass die Heaven-Raumsonden mit Replikanten bemannt waren, genau wie die Sonden von der VSE und des Brasilianischen Reichs. Allerdings waren wir die ersten, die vollständig ausgestaltete VR-Avatare für sich erschaffen hatten, die wie menschliche Wesen wirkten. Rein instinktiv fiel es dem Colonel schwer zu glauben, dass ich nicht »real« war. Aus Höflichkeit ihm gegenüber reduzierte ich die Enterprise-Optik auf ein Minimum und verzichtete außerdem auf sämtliche *Star-Trek*-Anspielungen. Ich konnte kaum fassen, dass zweihundert Jahre, nachdem Shatner zum ersten Mal (nicht wirklich) die berühmten Worte »Beam mich rauf, Scotty« gesagt hatte, die Welt immer noch *Star Trek* kannte. Das nenne ich mal eine erfolgreiche Serie.

Gerade brachte mich der Colonel auf den neuesten weltgeschichtlichen Stand. »Es hat nie den einen Zeitpunkt gegeben, zu dem man hätte sagen können, *jetzt* befinden wir uns im Krieg«, erklärte er. »Damals waren die internationalen Beziehungen bereits seit ein paar Jahren äußerst angespannt gewesen. Der Versuch, die *Heaven-1* zu zerstören, und das anschließende Gefecht waren nur der Tropfen, der das Fass zum Überlaufen brachte. Jede Aktion erzeugte eine Reaktion, und auf jede Reaktion erfolgte eine Vergeltungsmaßnahme. Ein Staat nach dem anderen wurde in die Auseinandersetzungen hineingezogen, und schließlich tobten sie im gesamten Sonnensystem. Raumstationen und Kolonien wurden aufgegeben. Einige der Transporter, die das Weltraumpersonal zur Erde zurückbeförderten, wurden zerstört, obwohl sie ausschließlich von Zivilisten bemannt waren. Natürlich eskalierte der Konflikt dadurch nur noch mehr.« Der Colonel erhob sich und begann, in seinem Büro auf und ab zu gehen, wobei ihn seine Kamera keine Sekunde lang aus dem Bild verlor. »Zuerst wurde vor allem im Weltraum gekämpft. Strategisch wichtige Standorte und Orbits wurden annektiert, Vermögen zurückgehalten. Das Übliche eben. Doch irgendwann detonierte die erste Atombombe auf der Erde, und danach gab es kein Halten mehr.« Colonel Butterworth setzte sich wieder an seinen Schreibtisch und massierte sich einen Moment lang die Stirn. Er griff in eine Schublade und zog etwas heraus, was mir ganz nach einer Flasche Jameson aussah.

Eigenartig, welche Dinge das Ende der Welt überdauern.

»Es folgte ein Zermürbungskrieg«, fuhr er fort, nachdem er sich ein Glas eingeschenkt und einen Schluck getrunken hatte. »Sämtliche beteiligten Parteien versuchten die Militärkräfte aller anderen auszuschalten. Schließlich führte jemand einen verheerenden Atomschlag gegen das Brasilianische Reich. Sie könnten durchaus damit recht haben, Mr. Riker, dass es die Chinesen waren. Im Anschluss daran wurde vor keinem zivilen Ziel mehr Halt gemacht. Die Sonden, die Sie zerstört haben, wurden von den letzten Überlebenden gesteuert. Naja, ›Überlebende‹ ist vielleicht das falsche Wort ... Es waren nur Replikanten.« Der Colonel errötete ein wenig. »Das war nicht als Beleidigung gemeint. Als der Krieg noch in vollem Gange gewesen ist, hätten die jedenfalls keine fünf Minuten überstanden. Damals waren alle Seiten noch komplett ausgerüstet. Aber nun, zum Schluss, hatten wir keine Möglichkeit mehr, sie aufzuhalten. Und so fingen sie einfach an, nacheinander alle unter Beschuss zu nehmen. Nennen Sie es eine Politik der verbrannten Erde oder einen Racheakt, ganz wie Sie wollen. Auf jeden Fall war es ein Genozid. Diese sechs Sonden allein haben wahrscheinlich mehrere Milliarden Menschen auf dem Gewissen.«

Auch mein Gewissen plagte mich. Denn bis zur Fertigstellung von Homer und der Köder-Sonde war ich sechs zusätzliche Monate in Epsilon Eridani geblieben. Wie viele Menschen waren ums Leben gekommen, weil ich nicht früher zur Erde aufgebrochen war?

Der Colonel hatte seinen Vortrag beendet und konzentrierte sich auf das Glas Jameson in seiner Hand.

»Was können wir also tun, Colonel? Beim Wiederaufbau helfen? Die Menschen in fruchtbarere Gegenden umsiedeln?«

»Ich fürchte, dieser Zug ist abgefahren, Commander. Die Erde wird sich irgendwann wieder erholen. Sie ist zäh. Aber für die Menschheit wird es dann zu spät sein. Meine Wissenschaftler sagen mir, dass es mindestens fünf bis zehntausend Jahre dauern wird, bis sich der Planet wieder einigermaßen erholt hat. So lange halten wir hier nicht durch.« Colonel Butterworth tippte auf ein Kontrollfeld, und im Videolink zeigte sich eine schematische Darstellung. »Das sind die Pläne für das Kolonistenschiff. Wir hatten bereits mit dem Bau begonnen, um bereit zu sein, falls unsere Sonden irgendein lohnendes Besiedlungsziel melden würden. Allerdings war dieses Projekt leider eines der ersten Opfer dieses Krieges. An Bord Ihrer beiden Sonden gibt es autonome Fabriken, die man zu einer Werft zusammenfügen könnte. Es wäre schön, wenn Sie uns dabei helfen würden, ein paar von diesen Schiffen zu bauen, damit wir das Sonnensystem verlassen können.«

»Und wohin genau wollen Sie mit diesen Schiffen?«

Der Colonel seufzte. »Ehrlich gesagt hoffe ich darauf, dass Sie uns ein Ziel vorschlagen. Es ist ja nicht so, dass die FAITH irgendwelche eigenen Schiffe auf den Weg schicken würde. Außerdem haben Sie mir glaubhaft versichert, dass Sie sich der FAITH gegenüber nicht in der Pflicht fühlen.«

»Und das ist auch so, Colonel. Ich möchte nur sichergehen, dass wir alle im selben Boot sitzen.« Ich öffnete eine Sternenkarte, die den Weltraum in einem Radius von zwanzig Lichtjahren um die Erde zeigte. »Wie Sie sehen, ist auf dieser Karte neben den jeweiligen Sternen vermerkt, mit welcher Wahrscheinlichkeit ein bewohnbarer Planet um sie kreist. Sofern Sie nicht unter einer Kuppel leben möchten, war Epsilon Eridani leider ein Fehlschlag. Es mag zwar sein, dass Bill inzwischen Neuigkeiten von einigen unserer Sonden erhalten hat, aber das werden wir erst in ein paar Jahren herausfinden. Können Sie so lange durchhalten?«

»Das werden wir müssen. Es wird an die zehn Jahre dauern, bis wir zwei Kolonistenschiffe gebaut haben.«

Ich nickte. »Okay, dann fangen wir mal mit der Show an.«

27

Bob – April 2165
Delta Eridani

Ich tätschelte Spike und sah zu, wie sich allmählich das Bild des Planeten im Holotank aufbaute. Auf einer Seite bewegten sich die Planeten des Systems langsam auf ihren Umlaufbahnen.

Ich konnte gar nicht aufhören zu grinsen. Die Erforschung des Weltraums war schon immer eine meiner größten Nerd-Fantasien gewesen. In ein Sternensystem zu fliegen, das noch nie zuvor ein Mensch gesehen hatte, war eine berauschende, fast göttliche Erfahrung. Ich konnte immer noch nicht verstehen, wieso Bill dazu bereit war, sich mit dem einen System zu begnügen. Auf der anderen Seite konnte er sich in Epsilon Eridani natürlich ganz der Physik und dem Bau neuer Gerätschaften verschreiben. Außerdem sollte er von allen Seiten regelmäßige Updates erhalten, sodass er zumindest indirekt an unseren Erfahrungen teilhaben würde – auch wenn diese Berichte nur mit Lichtgeschwindigkeit eintrafen.

Delta Eridani war ein orangefarbener Stern, kühler als die irdische Sonne, aber mehr als zweieinhalb Mal so groß. Ich hatte dieses System absichtlich als Ziel ausgewählt, da es sehr vielversprechend war. Der Stern in seinem Zentrum hatte keinen Doppelgänger, flackerte nicht und war auch nicht veränderlich. Es handelte sich um einen außergewöhnlich langlebigen Sternentyp mit geringer UV-Strahlung und einer ausgedehnten bewohnbaren Zone …

Die Liste der Vorzüge von Delta Eridani ließ sich beliebig fortführen.

Und was ich bei meiner Ankunft vorgefunden hatte, erfüllte tatsächlich alle meine Erwartungen. Ich war auf zehn Planeten gestoßen, darunter einen in der inneren Hälfte der Komfortzone. Dieses Sternensystem glich in seinem Aufbau so sehr dem irdischen, dass ich mich fragte, ob die Ähnlichkeit möglicherweise auf ein universales Gesetz zurückzuführen war. Die inneren Planeten von Delta Eridani waren samt und sonders Steinwelten, während sich in den äußeren Bereichen ausschließlich Gasgiganten fanden. Zwischen diesen beiden Gruppen verlief ein Asteroidengürtel.

Allerdings zirkulierten im Inneren des Systems insgesamt fünf Steinplaneten, und zwei der äußeren Gasgiganten waren von Ringen umgeben, die es mit denen des Saturn aufnehmen konnten. Der größte jupiterähnliche Planet war geradezu lächerlich riesig und besaß annähernd die sechsfache Masse des Original-Jupiter. Bislang hatte ich noch nicht mal alle Monde erfasst, die ihn umkreisten.

Und wegen der Größe des Zentralgestirns verteilten sich die Planeten über einen weiteren Bereich als im irdischen Sonnensystem, was vielleicht auch die beeindruckende Zahl der Monde erklärte. Lediglich der innerste Planet hatte keinen eigenen Satelliten.

Ich war zu ungeduldig, um zuerst nach Rohstoffen zu suchen, wie es das Missionsprotokoll vorschrieb. Stattdessen begab ich mich auf direktem Weg zum bewohnbaren Planeten und erkundete ihn rasch vom Orbit aus. Die Resultate wollte ich anschließend während der notwendigen, aber langweiligen systemweiten Suche nach Rohmaterialien auswerten.

Der Orbitalscan dauerte nicht lange, sodass ich mir noch einen raschen Vorbeiflug an den beiden Monden gestattete, bevor ich Guppy mit einem Seufzer befahl, mit der Untersuchung des Asteroidengürtels zu beginnen.

»Status?«

[Scan des Asteroidengürtels zu 50 % abgeschlossen. Bislang habe ich sechs Erzvorkommen von beträchtlicher Größe identifiziert.]

»Obwohl wir erst halb herum sind? Das ist ziemlich gut.«

[Deutlich besser als in Epsilon Eridani oder dem irdischen Sonnensystem.]

Ich nickte, ehe ich mich wieder den Infrarotaufnahmen zuwandte, die ich während der Orbitalerkundung von der Nachtseite von Delta Eridani 4 gemacht hatte. »Hey, Guppy, sieh dir das mal an.« Ich fügte einen Pfeil in die Darstellung ein und ließ ihn auf einen Punkt auf der Aufnahme zeigen, wo mehrere Lichtflecken zu erkennen waren. »Sehen die für dich wie Feuer aus?«

[Mit sehr hoher Wahrscheinlichkeit.]

»Glaubst du, die sind natürlichen Ursprungs? So etwas wie Flächenbrände?«

[Ich wurde nicht dazu programmiert, mir eine Meinung zu bilden.]

»Ach je. Na dann, Analyse: Liste die möglichen Erklärungen auf, in der Reihenfolge ihrer Wahrscheinlichkeit.«

[Am wahrscheinlichsten sind kleine örtlich begrenzte Flächenbrände. Allerdings ...]

»Ja?« Offenbar stand Guppy kurz davor, *von sich aus* mit einer Information herauszurücken. Das hatte es bisher noch nie gegeben.

[… gibt es in diesem Areal keine Anzeichen für Gewitter, und die Feuer scheinen sich nicht auszubreiten. Das muss genauer untersucht werden.]

»Ha! Da werde ich dir nicht widersprechen. Lass uns so schnell wie möglich diese Suche abschließen.«

[Und die autonome Fabrik errichten.]

»Nörgel, nörgel.« Ich ließ mich zurücksinken und betrachtete gedankenverloren das langsam rotierende Bild des Planeten.

Kurz danach waren wir mit der Suche fertig, und ich flog zu der Stelle mit den größten Vorkommen zurück, wo ich die Fabrikkomponenten auslud. Anschließend schickte ich mehrere Minen-Roamer zu den aussichtsreichsten Asteroiden und machte Transport-Drohnen zum Einsatz bereit.

Da ich in der Lage sein wollte, mich gegebenenfalls zu verteidigen, installierte ich ein Frühwarnsystem. Dazu stellte ich zwölf Überwachungsdrohnen her und wies sie an, ein Ikosaeder um das System herum zu bilden. Dank ihrer kleinen, abgeschirmten Reaktoren würden sie näherkommende Raumsonden viel früher entdecken, als die umgekehrt sie bemerken konnten.

Als Nächstes musste ich eine Kommunikationsstation errichten. Das war jedoch eine reine Routineangelegenheit, die ich den KMIs überlassen konnte. Darüber hinaus beauftragte ich sie auch mit der Herstellung weiterer Bobs. An irgendeinem Punkt würde ich mich in diesen Prozess einschalten müssen, aber fürs Erste überließ ich die Verantwortung den Maschinen. Anschließend kehrte ich zu DE-4 zurück.

Ich fürchtete mich ein bisschen davor, neue Bobs zu bauen. Die erste Kohorte war eine Überraschung gewesen, allerdings keine angenehme. Milos Selbstbezogenheit hatte uns alle erstaunt. Und obwohl ich es niemandem gegenüber erwähnt hatte, war mir auch Rikers Mangel an Humor Anlass zur Sorge gewesen.

Würde ich es diesmal mit einem Psychopathen zu tun bekommen? Naja, diese Sorge war vielleicht ein bisschen übertrieben. *So* dramatisch waren die Unterschiede zwischen den Bobs nun auch wieder nicht. Meine Eltern hätten mich vermutlich in jedem von ihnen wiedererkannt. Zum Beispiel Mario ... Wenn ich selbst mich in einer Situation unwohl fühlte, wurde ich ebenso verschlossen wie er. Wenn auch vielleicht nicht genauso sehr.

Aber es half alles nichts. Bill hatte recht. Früher oder später würde ich mich nach Gesellschaft sehnen.

Auf dem Herflug von Epsilon Eridani hatte ich mich mit der Konstruktion von Erkundungsdrohnen befasst. Bill hatte zwar gesagt, er würde sich darum kümmern, aber ich wollte bereits bei meiner Ankunft etwas haben, mit dem ich arbeiten konnte.

Meine Drohnen waren so groß wie Fußbälle. Ich hatte sie mit ferngesteuerten Kameras, Mikrofonen und ausfahrbaren Armen ausgestattet, mit denen sie etwas greifen oder sich festhalten konnten. Sie erinnerten mich an extrem große Mistkäfer.

Außerdem war ich derzeit dabei, Drohnen für die Bio-Analyse zu entwickeln. Sie waren größer, ungefähr einen Meter lang. Ihre Video- und Audio-Sensoren waren für den Nahbereich optimiert, und sie besaßen viel mehr Teleskopgliedmaßen, die verschiedenen Zwecken dienten. Ich hätte zwar ein wenig warten und beide Modelle gleichzeitig zum Einsatz bringen können, aber dafür hatte ich einfach nicht die Geduld.

Die Drohnen konnten ihre Farbe und in begrenztem

Umfang auch ihr Oberflächenmuster verändern, um sich in ihrer jeweiligen Umgebung zu tarnen. Wenn sie flogen, würde ihre untere Hälfte wie der Himmel aussehen und die Oberseite wie die Landschaft darunter. Ich tarnte sie nicht, weil ich Angst hatte, dass sie abgeschossen werden könnten, sondern weil ich mir Sorgen machte, dass die hiesigen Wildtiere sie vielleicht für etwas Fressbares halten würden. Die Drohnen waren zwar ziemlich zäh, aber warum sollte ich ein Risiko eingehen?

Ich schickte zwei Erkundungsdrohnen in die Gegend, wo die Feuer brannten.

Als Stadtkind wusste ich die Weitläufigkeit dieser viele tausend Quadratmeilen großen Wildnis gar nicht recht zu schätzen. Dieser Teil des Planeten, auf dem mildes bis subtropisches Klima herrschte, war von Wald bedeckt. Zumindest glaubte ich, dass es ein Wald war. Jedenfalls erstreckte er sich von einem Horizont zum anderen, nur hier und da unterbrochen von Wiesen oder Felsflächen. Wäre ein Mensch mit einem Flugzeug über diese Landschaft hinweggeflogen, hätte er wohl kaum gemerkt, dass er sich nicht auf der Erde befand. Ich spürte einen Anflug von Heimweh.

Mir war klar, dass ich auf keinen Fall etwas finden würde, wenn ich mich hier einfach nur umsah, also ließ ich eine Drohne einen Kilometer hoch in den Himmel aufsteigen. Mittlerweile war später Nachmittag, und sie sollte dort bis zum Einbruch der Dunkelheit abwarten und dann nach Feuern Ausschau halten.

Die andere Drohne wies ich an, tieferzugehen und das Ökosystem des Waldes aus der Nähe zu untersuchen.

Der Planet war ein bisschen größer als die Erde, erzeugte jedoch eine geringere Schwerkraft, was auf einen kleineren Kern schließen ließ. Damit und wegen der etwas dichteren Atmosphäre herrschten hier ideale Umweltbedingungen für große baumartige Organismen und Flugtiere, die sich von der Thermik tragen ließen.

Die Drohne landete in einem Baum, fuhr die Beine aus und begann langsam am Stamm emporzuklettern. Erstaunt stellte ich fest, dass es sich tatsächlich um einen Baum wie auf der Erde handelte. Er war braun – oder zumindest bräunlich. Außerdem war er groß und hart und besaß sowohl Äste als auch blätterartige Gebilde. Offensichtlich hatte hier eine Konvergenzentwicklung stattgefunden. Es war genau die Art Baum, auf die ich als Kind so gern gestiegen war. Die langen, horizontal gewachsenen Äste boten viele gute Sitzgelegenheiten, und das dichte Blätterdach schützte vor der Sonne. Außerdem waren diese baumartigen Gewächse unfassbar hoch. Am liebsten hätte ich eines von ihnen umarmt.

In den Wipfeln wimmelte es geradezu vor Leben. Da die Drohne sich als Rinde getarnt hatte, konnte sie sich den Baumgeschöpfen gefahrlos nähern. Während meiner Reise hierher hatte ich mich ausgiebig mit taxonomischen und kladistischen Analyseverfahren auseinandergesetzt, und so konnte ich die eingehenden Bilder nun einigermaßen professionell auswerten.

Zwar unterschieden sich die Geschöpfe, die ich sah, im Einzelnen sehr stark voneinander, aber vieles an ihnen kam mir bekannt vor. Die insektenähnlichen Wesen, die ich bislang ausgemacht hatte, besaßen sechs Beine und Exoskelette. Sie schienen nicht größer als Mäuse zu werden. Daneben entdeckte ich auch ein pelziges säugetierartiges Geschöpf, das ebenfalls klein war und sechs Beine besaß, sowie eines mit vier Beinen und Flügeln. Letzteres taufte ich Hippogryph, da es mich an das gleichnamige Geschöpf aus *D&D* erinnerte. Dieses kleine Ungeheuer konnte offenbar bis zu einem gewissen Grad die Farbe verändern und mit dem Hintergrund verschmelzen. Verblüfft beobachtete ich, wie es sich als Baumrinde tarnte und auf vorüberkommende Beute lauerte.

Darüber hinaus katalogisierte ich viele größere Säugetierartige, die jeweils mit zwei Beinpaaren ausgestattet waren. Vielleicht handelte es sich bei ihnen um einen evolutionären Seitenzweig, der das dritte Paar verloren hatte. Und es gab Vögel. Oder, nun ja, Vogelartige. Sie waren mit etwas bedeckt, das mich verdammt stark an Federn erinnerte. Es erstaunte mich auch, wie sehr der Flug dieser Vogelartigen dem der Vögel glich, während sich die kleinen pelzigen Dinger wie Fledermäuse durch die Luft bewegten. Anscheinend hatte die Aerodynamik auf die Flugeigenschaften der Tiere hier einen ebenso großen Einfluss wie auf ihre irdischen Pendants.

Ich sah sogar Wesen, die Schlangen glichen, jedoch zu den Säugetieren dieses Planeten zu zählen schienen. Offenbar hatte die Evolution ihren dreiteiligen Körperbau zu beträchtlicher Länge vervielfacht.

Ich war so fasziniert von allem, was ich hier sah, dass ich mich im ersten Moment ärgerte, als Guppy mich unterbrach.

[Hitze- und Lichtquellen entdeckt.]

Gleich darauf öffnete sich eine schematische Darstellung im Holotank.

»Also gut! Es sind viele. Bring die Drohnen so nahe wie möglich ran, aber achte darauf, dass wir nicht entdeckt werden. Wollen doch mal sehen, was wir dort haben.«

Da die Drohnen sich alle Mühe gaben, kein Rascheln in der Vegetation zu verursachen oder gegen irgendwelche Hindernisse zu knallen, benötigten sie ungefähr eine halbe Stunde für die Strecke. Sie mussten auf Nachtsicht umschalten, um ein gutes Versteck zu finden. Allerdings gingen dabei leider viele Einzelheiten in der Umgebung verloren.

Schließlich erreichten sie das Ziel und bezogen verschiedene hochgelegene Aussichtspunkte. Die Überwachungsaufnahmen zeigten Gruppen von Tieren, die sich um die Feuer versammelt hatten. *Nein, keine Tiere. Höher entwickelte Lebewesen.* Ein paar dieser Wesen kümmerten sich um das Feuer, während andere scheinbar zielgerichtet mit kleinen Objekten hantierten. Obwohl es noch viel zu früh war, um Genaueres zu sagen, war ich mir ziemlich sicher, dass sie sich auf den Umgang mit Feuer verstanden.

Nun … Damit ist wohl geklärt, ob dieser Planet zum Besiedlungsziel taugt. Triumphierend reckte ich eine Faust in die Luft. Ich hatte soeben nichtmenschliches intelligentes Leben entdeckt. Bisher hatten sie noch nicht die technologische Entwicklungsstufe erreicht, aber wen kümmerte das? Das war eine *Sensation!* Ich fragte mich, ob mir der *erste* Erstkontakt gelungen war. Ich würde Bill so schnell wie möglich eine Nachricht schicken müssen.

Aus einer anthropozentrischen Perspektive sahen die Einheimischen nicht gerade hübsch aus. Meiner Meinung nach ließen sie sich am besten als eine Mischung aus Fledermaus und Schwein beschreiben. Ihre Gliedmaßen wirkten übermäßig lang, sodass sie ein wenig an Spinnen erinnerten. Sie waren mit dünnen Fellen bedeckt, deren Färbung von einem hellen Graubraun bis zu einer beige-orangen Tönung reichte. Ihre Köpfe und Gesichter waren unterschiedlich gemustert, das restliche Körperfell war jedoch zumeist einfarbig. Und oben auf dem Schädel thronte ein äußerst bewegliches und ausdrucksstarkes Paar Ohren.

Während ich die entsprechenden Kommentare für meine Berichte an Bill diktierte, konnte ich mir ein Lächeln nicht verkneifen, weil ich ihn mir als Spinne vorstellte, die in der Mitte ihres Netzes saß und auf die Vibrationen der verschiedenen Fäden lauerte. »Ich sehe ein paar Kinder, die an der … Brust eines Erwachsenen saugen. Ich möchte keine voreiligen Schlüsse ziehen, aber ich nehme an, wenn es zum Stillen da ist, ist es eine Brust. Ich darf auch nicht davon ausgehen, dass sie Milch enthält, obwohl ich mir ziemlich sicher bin, dass die Flüssigkeit darin zur Ernährung dient. Ebenso wenig kann ich voraussetzen, dass der Erwachsene ein Weibchen oder ein Elternteil des Kindes ist. Ich versehe jedes dieser Individuen mit einer vorläufigen Markierung, die auf ihren jeweiligen Fellzeichnungen basiert.« Ich sah zu Guppy hinüber, der abwartend bereitstand. Obwohl ich kein Experte für Fischmimik war, glaubte ich in seinem Gesicht gelegentliches Interesse an meinen Beobachtungen zu bemerken. Zumindest hoffte ich, dass er interessiert war. Bei all dem Spaß, den ich hatte, seitdem das Universum mein Spielzimmer war, musste ich doch zugeben, dass ich mich einsam fühlte.

Ich holte tief Luft und fuhr mit meinen Kommentaren fort. »Es gibt sechs verschiedene Gruppen, von denen jede ein eigenes Feuer unterhält. Sie scheinen freundlich zu sein, und gelegentlich kommt es zum Austausch zwischen einzelnen Gruppenangehörigen, aber insgesamt halten sie offenbar voneinander Abstand. Ich habe einer der Drohnen befohlen, sich ihnen weiter anzunähern und Tonaufnahmen zu erstellen. Ich bin mir ziemlich sicher, dass sie miteinander *reden*.« Ich drehte mich zu Guppy um. »Ist es möglich, die Roamer hinunterzuschicken?«

[ROAMer sind nicht als Erkundungseinheiten konzipiert.]

»Das ist keine Antwort auf meine Frage.«

Guppy verdrehte die Augen. *Guppy hat wirklich die Augen verdreht!* Ein riesiger Fisch, der so etwas tat, war wahrlich ein Anblick für Götter.

[ROAMer sind nicht für Erkundungsmissionen auf Planetenoberflächen konzipiert. Obwohl sie prinzipiell dazu fähig sind, wären sie bei dieser Aufgabe nicht maximal effizient. Die Kameras haben eine kleine Öffnung und sind ausschließlich für Nahaufnahmen entworfen. Die Audioempfindlichkeit ist rudimentär. Infrarotbilder sind nicht möglich. Sie können nicht fliegen und wären nicht imstande, sich zu tarnen.]

Verdammt … Gute Antwort. »Okay, Guppy. Danke.«

[Ich existiere nur, um zu dienen.]

Ich lachte laut auf. Niemand würde mir einreden können, dass *das* kein Sarkasmus gewesen war. Allerdings war Guppys Pokerface wirklich beeindruckend.

28

Calvin – November 2163
Alpha Centauri

»Daher ist es in einem Krieg von äußerster Wichtigkeit, die Strategie des Feindes zu durchkreuzen.«

Sun Tzu, Die Kunst des Krieges

Alpha Centauri B leuchtete intensiver orange als die irdische Sonne und nur halb so stark. Somit wäre dieses Sternensystem eine alles andere als ideale Heimat für die Menschheit. Nachdem Goku unsere Partie Schere-Stein-Papier gewonnen hatte, war er zu A aufgebrochen, während ich die Niete gezogen hatte und nun hier war.

Ich ließ mich im freien Fall durch das System treiben. Den Nuklearreaktor hatte ich soweit heruntergeregelt, dass sein Ausstoß nicht aufzuspüren war. Meine passiven Erkennungssysteme befanden sich in äußerster Alarmbereitschaft. Meine Wahrnehmungsrate hatte ich fast bis auf das absolute Minimum gedrosselt. Aus dieser extrem verlangsamten Perspektive schien das Sternensystem nur so vorüberzufliegen.

Wir hatten uns viel Zeit genommen und die Untersuchung des Alpha-Centauri-Systems gewissenhaft vorbereitet. Denn höchstwahrscheinlich hatten ein paar der anderen Supermächte hier ihren ersten Zwischenstopp eingelegt.

Nach längeren Diskussionen hatten wir uns darauf geeinigt, die Systeme Alpha Centauri A und B während unserer Aufklärungsmissionen mit komplett abgeschalteten Sonden zu durchqueren.

Die Erkundung der Planeten war dabei nur zweitrangig, aber solange nichts Gefährliches geschah, konnte ich sie mit passiven Observationsmethoden unter die Lupe nehmen. Bisher war Alpha Centauri B nicht besonders spannend. Ich hatte einen Planeten und einen Asteroidengürtel ausgemacht, aber ich war immer noch zu weit vom inneren System entfernt, um die bewohnbare Zone in Augenschein zu nehmen.

Mithilfe der Schienenkanone warf ich zwei Kundschafter aus und befahl ihnen, sich in gestaffelten Abständen zu aktivieren und zufällige Vektoren zu wählen, damit eventuelle Beobachter ihre Flugbahnen nicht bis zu mir zurückverfolgen konnten. Die Kundschafter waren mit einem modifizierten SUDDAR-Feld ausgerüstet, das auf Bills Forschungen in Epsilon Eridani basierte. Die Reichweite dieses neuen Systems konnte auf bis zu drei Lichtstunden ausgedehnt werden, allerdings nur mit reduzierter Auflösung.

Die Untersuchungsergebnisse waren enttäuschend. Die bewohnbare Zone enthielt einen zweiten Asteroidengürtel, und es gab einen kleinen merkurähnlichen Planeten, der die Sonne in einer nahen Umlaufbahn umkreiste. Anscheinend hatten sich nur sehr wenige Planeten gebildet, was wahrscheinlich an der engen Nachbarschaft der beiden Sonnen lag. Jenseits von drei AE war kaum noch mit Planetenumlaufbahnen zu rechnen.

Die wichtigste Erkenntnis im Hinblick auf unsere Mission war jedoch, dass ich nicht angegriffen worden war und auch keine Reaktoraktivitäten im System ausgemacht hatte. Daher erlaubte ich den Kundschaftern, das System zu durchstreifen und den Asteroidengürtel nach etwas Interessantem abzusuchen. Falls es hier irgendwelche Rohstoffe gab, wollte ich zumindest eine autonome Fabrik errichten.

[Wir haben etwas Interessantes gefunden.]

Endlich. Ich war kurz davor, in Katatonie zu verfallen. »Und was genau, Guppy?«

[Wrackteile. In Drehrichtung zwanzig Lichtminuten entfernt, im Asteroidengürtel.]

»Identität?«

[So klug sind Kundschafter nicht. Aber wir haben Aufnahmen.]

»Zeig sie mir.«

Die Bilder erschienen im Holotank. Ich ging sie durch, bis ich auf eines stieß, auf dem ein Teil einer Registrierungsnummer zu erkennen war. »Eine Sonde der VSE. Ganz ohne Zweifel. Damit können wir sie nun wohl von unserer Suchliste streichen.« Ich sah mir ein paar der anderen Aufnahmen an. »Die Trümmer können nicht allesamt von Sonden stammen. Dafür gibt es hier viel zu viele. Kannst du erkennen, was das alles ist?«

[Teile einer autonomen Fabrik und zwei bis drei Sonden.]

»Aha. Die VSE-Sonde war anscheinend gerade dabei, Kopien von sich herzustellen, als sie angegriffen wurde.« Instinktiv checkte ich meine Telemetrie. »Ich wette auf den Brasilianer.« Ich dachte einen Moment lang nach. »Wie weit sind wir mit unserer generellen Erkundung des Systems?«

[Der Rohstoff-Scan ist zu 50 % komplett. Die not-

wendigen Rohstoffe sind bereits katalogisiert. Das System erfüllt die Grundanforderungen für eine autonome Fabrik.]

»Okay, dann können wir ja damit weitermachen, wenn wir mehr Zeit haben. Sammle die Kundschafter wieder ein, und dann fliegen wir weiter zum Treffpunkt.«

Für die Rückkehr zur *Heaven-9* benötigten die Kundschafter ungefähr einen Tag, und weitere sieben Tage danach würde ich beim vereinbarten Treffpunkt mit *Heaven-10* eintreffen. Auf halber Strecke zwischen Alpha Centauri A und B.

Als ich ankam, wartete Goku bereits auf mich. Ich hatte mit Engelszungen auf Bob-10 eingeredet, dass er sich doch Hobbes nennen sollte, aber er hatte mir nur den Vogel gezeigt. Obwohl ich nicht lockergelassen hatte, war die Antwort stets dieselbe geblieben. Mittlerweile hatte ich den Versuch zwar aufgegeben, aber ich wollte keinesfalls, dass der Trottel glaubte, ich hätte ihm verziehen. Ich öffnete einen Kanal. »Hey, Gherkin. Hast du mich vermisst?«

»Dafür warst du nicht annähernd weit genug weg.« Gokus Tonfall klang leicht und locker, aber ich wusste, dass er sich ärgerte, weil … ich es getan hätte.

»Du kannst mich mal. Hast du dir die Bilder angesehen, die ich dir geschickt habe?«

»Ja, interessant. Besonders, wenn man bedenkt, dass ich unterdessen eine brasilianische autonome Fabrik mit rauchenden Schornsteinen entdeckt habe. Zwei Sonden sind fast fertig, zwei weitere halb.«

»Mist.« Ich betrachtete die Distanzaufnahmen, die Goku mir übermittelte. »Dann wissen wir ja, was wir zu tun haben. Wir waren uns alle einig, dass wir in so einem Fall angreifen würden. Bist du damit immer noch einverstanden?«

Goku seufzte vernehmlich. »Ja. Ich weiß, dass du … dass wir damit moralische Probleme haben. Aber Medeiros hat mehr als deutlich gezeigt, wie er zu diesem Thema steht. Es klingt zwar wie eine Plattitüde, aber das Universum ist einfach nicht groß genug für uns beide.«

Ich schloss die Augen und senkte den Kopf. Ich war immer ein überzeugter Pazifist gewesen, hatte aber auch akzeptiert, dass es Situationen gab, in denen man sich entweder zur Wehr setzte oder die Klappe hielt. Solange Medeiros uns nicht irgendein Friedensangebot unterbreitete, gingen wir weiter davon aus, dass er uns den Krieg erklärt hatte.

Ich hob den Blick, sah Gokus Bild im Holotank an und nickte. »Also gut, lass es uns tun.«

Wir wussten bis auf ungefähr eine Million Kilometer genau, aus welcher Entfernung Medeiros unsere Reaktorsignaturen bemerken würde. Also planten wir, uns zunächst ungefähr fünfzig AE weit von Alpha Centauri A zu entfernen, ehe wir wendeten und so lange wie möglich mit einer Beschleunigung von 10 g zurückflogen. Kurz bevor wir zu erkennen waren, würden wir den Antrieb abschalten und uns den restlichen Weg bis zur brasilianischen Fabrik mit einem Tempo von annähernd dreizehn Prozent der Lichtgeschwindigkeit vom Schwung tragen lassen. Wir hatten vor, einen Abstand von ein paar Minuten zueinander zu halten und einen gestaffelten Angriff zu fliegen. Bei dieser hohen Geschwindigkeit würde uns nicht mehr genug Zeit bleiben, um erneut zu wenden und eine zweite Attacke zu beginnen.

Für die fünfzig AE brauchten wir eine Woche, den Rückflug ins Alpha-Centauri-A-System bewältigten wir wegen der vollen Beschleunigung dagegen in nur fünf Tagen. An einem vorher festgelegten Punkt setzte ich mithilfe der

Schienenkanonen zwei Kundschafter aus. Sie würden ein paar tausend Kilometer nördlich der Ekliptik an der Fabrik vorbeifliegen und heimlich Aufnahmen machen, die sie via Laserlink zu uns zurücksenden sollten. Sobald die Kundschafter unterwegs waren, schalteten wir unsere Antriebe ab und begannen, mit deaktivierten Hauptreaktoren zu der Stelle im System zu gleiten, an der sich die brasilianische Fabrik befand.

Ich hielt mich in der vorderen Position. Ungefähr zwei Minuten vor der Ankunft hatte ich den Eindruck, das Ziel dank der Teleskopüberwachung und den von den Kundschaftern übermittelten Daten ausreichend gut erfasst zu haben. Also aktivierte ich den Reaktor und begann den Bereich, in dem sich die Fabrik befand, mit Kugeln aus meiner Schienenkanone zu bestreichen. Als ich kaum noch Munition hatte, warf ich vier Brecher aus und befahl ihnen, die brasilianischen Sonden zu attackieren.

Dann vollführte ich eine scharfe Kurve Richtung Norden. Medeiros besaß Raketen, möglicherweise auch Schienenkanonen und vielleicht sogar so etwas Ähnliches wie Brecher. Medeiros war zwar kein Ingenieur, dafür jedoch mit an Sicherheit grenzender Wahrscheinlichkeit Berufssoldat. Daher hatte er vermutlich sein ganzes Leben lang darüber nachgedacht, wie man am besten Dinge zerstörte, und ich war mir sicher, dass ihn das brasilianische Militär mit entsprechenden Plänen versorgt hatte.

Während ich auf einer neuen Flugbahn auf 10 g beschleunigte, sendete ich einen hochverstärkten Kurzstrecken-SUDDAR-Ping zur Fabrik. Inzwischen wussten sie bestimmt bereits, dass ich hier war, also spielte es auch keine große Rolle mehr, ob ich sie mit dem Signal auf mich aufmerksam machte.

Genau wie ich es geahnt hatte, versuchten die Maschinen der brasilianischen Fabrik hektisch, die neuen Sonden beiseite zu räumen. Eine der Sonden schien sich bereits aus eigener Kraft fortzubewegen. Außerdem sah ich, dass gerade vier Objekte in meine Richtung abgefeuert worden waren. Da ich Reaktorsignaturen auffing, ging ich davon aus, dass sie mit SURGE-Antrieben flogen und möglicherweise Brecher-Raketen-Hybride waren.

Ich aktivierte die Vorrichtung, die SUDDAR-Signale blockierte. Medeiros würde sich auf mich konzentrieren und hoffentlich davon ausgehen, dass es sich bei dieser Blockade um eine Verteidigungstaktik handelte, denn dann würde er Goku, der hinter mir kam, erst bemerken, wenn es bereits zu spät war.

Die Kanonenkugeln durchlöcherten die Fabrik wie Schrotgeschosse. Den Kamerabildern entnahm ich, dass ich damit drei der vier Sonden zerstört hatte, zusammen mit den meisten Fabrikationsgeräten.

Und jetzt kam unsere große Überraschung. Goku hatte bis zum allerletzten Moment seinen Reaktor deaktiviert gelassen. Außerdem hatte er dank meiner Pings einen ebenso genauen und aktuellen Überblick über die Lage wie ich. Während Goku nordöstlich der Fabrik vorüberraste, feuerte er Kanonenkugeln auf die vierte brasilianische Sonde und die vier Raketen ab. Ich schaltete indes die SUDDAR-Blockade ab, um zu verfolgen, was weiter geschah.

Goku erledigte drei der vier Raketen und zerstörte fast den gesamten restlichen Fabrikationsbereich, doch der Antrieb der vierten Sonde funktioniert immer noch. Ich sah, wie sie wendete und sich in die entgegengesetzte Richtung davonmachte.

Da ich gleichzeitig erkannte, dass immer noch eine feindliche Rakete übrig war, feuerte ich zwei Brecher nach achtern ab. Sie griffen die Rakete hintereinander an. Der brasilianischen Waffe gelang es zwar, dem ersten Brecher auszuweichen, doch der zweite rammte sie frontal. Ein Blitz flammte auf, und dann war es vorbei. Goku und ich legten eine Vollbremsung hin. Es dauerte fünfzehn Tage, bis wir unsere Geschwindigkeit soweit gedrosselt hatten, dass wir wenden und zur Fabrik zurückfliegen konnten. Unterwegs sammelten wir die ausgesetzten Kundschafter und intakten Brecher ein.

Durch das Fabrikgelände flogen wir sehr langsam, da wir nach nützlichen und immer noch funktionsfähigen Gerätschaften suchen wollten, vor allem jedoch, weil wir vor möglichen Fallen auf der Hut waren.

Nach einer gründlichen Bestandsaufnahme sowohl aus geringer als auch aus großer Entfernung verglichen wir unsere Aufzeichnungen.

»Eine ist davongekommen. Kein Zeichen von ihr, und bei dem Chaos, das auf dem Fabrikgelände herrscht, lässt sich auch unmöglich sagen, ob sie bereits vollständig war.«

Goku nickte und öffnete eine schematische Darstellung des Systems. »Ich habe ein paar Drohnen ausgesetzt, die nach Reaktorsignaturen und hohen Konzentrationen verarbeiteten Metalls Ausschau halten. Aber bislang haben sie noch nichts entdeckt. Ich wette darauf, dass er das System verlässt. Denn wenn er bleibt, ist das Risiko viel zu groß, dass wir ihn erwischen. Wenn er auch nur ein bisschen Verstand hat, gleitet er auf irgendeinem zufällig gewählten Kurs davon, bis er so weit von uns entfernt ist, dass wir ihn nicht mehr aufspüren können.«

Ich dachte einen Moment über seine Worte nach. »Ich bin mir ziemlich sicher, dass er noch nicht komplett fertig war, denn sonst wäre er bei unserer Ankunft aktiver gewesen. Also ist es gut möglich, dass er noch keine Bewaffnung oder Fabrikationsausrüstung geladen hatte. Wenn das stimmt, ist er so gut wie hilflos.« Nach kurzem Schweigen fuhr ich fort: »Bemerkenswert ist auch, dass sich alle vier Sonden gerade noch im Bau befanden. Das bedeutet, dass die Sonde, die all das hier in Gang gesetzt hat, bereits verschwunden sein muss.« Ich runzelte die Stirn und versuchte, diesen Gedanken weiterzuspinnen. »Und das heißt auch, dass Medeiros eine ungeschützte körperlose Kopie seiner selbst zurückließ, die sich hier um alles gekümmert hat.«

Goku sah mich fragend an. »Körperlos?«

»Du weißt, was ich meine. Ein reines Computersystem ohne Sonde. Wären wir auch nur ein bisschen früher gekommen, wäre das hier noch problemloser für uns gelaufen. Es erscheint mir ganz schön kaltherzig, sie so wehrlos sich allein zu überlassen.«

»Er denkt wie ein Soldat. Für Medeiros ist jeder verzichtbar, sogar seine eigenen Klone.«

»Verdammt.« Mir lief ein Schauder über den Rücken. »Auf jeden Fall gehört das System jetzt uns. Es sieht nicht so aus, als wäre im brasilianischen Plan eine eigene Raumstation vorgesehen gewesen. Aber sollte das ja noch kommen. Hast du schon einen Plan, wie wir das hier aufziehen?«

Goku lud Darstellungen von A und B in den Holotank. »B ist für Fabrikation geeignet, aber sonst nichts. A hat einen Planeten in der bewohnbaren Zone, aber ich bin bei meinem ersten Vorbeiflug nicht dicht genug daran vorbeigekommen, um ihn zu erkunden. Ich finde, den sollten wir uns noch ansehen, bevor wir unseren Bericht an Bill senden.«

»Sollen wir ein paar Klone herstellen?« In A und B gab es mehr als genug Rohstoffe für eine beliebige Anzahl Bobs.

»Meiner Meinung nach, ja«, antwortete Goku. »Wir dürfen nicht davon ausgehen, dass Medeiros nicht zurückkehrt. Ich kann mir nicht vorstellen, dass er diesen Verlust einfach so hinnimmt.«

»Bauen wir normale Heaven-Sonden oder Kampfschiffe?«

»Mhm.« Goku dachte eine Weile über meine Frage nach. »Für Kampfschiffe brauchen wir zwar mehr Rohstoffe, aber ich halte sie trotzdem für die richtige Wahl.«

»Da stimme ich dir zu«, erwiderte ich. »Lass uns das alles exakt so an Bill schicken. Außerdem ist es vielleicht besser, wenn wir von jetzt an alles paarweise unternehmen, nicht nur die Erkundung verdächtiger Systeme.«

»Wenn du meinst. Vielleicht kannst du dir dann selbst einen Hobbes machen.«

»Und du dir einen Dilbert.«

»Trottel.«

»Schwachkopf.«

29

Riker – September 2157
Sonnensystem der Erde

Die Verhandlungen kamen nur sehr mühsam voran. Colonel Butterworth lag natürlich vor allem das Wohlergehen seiner Flüchtlinge am Herzen. Aber ein paar seiner Forderungen verstörten mich. Zum Beispiel bestand er darauf, dass wir keine Zeit damit verschwenden sollten, nach weiteren Überlebenden zu suchen. Und genau darum ging es auch bei unserer heutigen Diskussion.

»Wenn es da draußen irgendwo noch andere Flüchtlinge gibt, dann werden sie mit Ihnen Kontakt aufnehmen, genau wie wir es getan haben.« Der Colonel hatte das Kinn vorgereckt und trug einen Gesichtsausdruck, den ich bereits von ihm kannte. Ich konnte ihm ansehen, dass er nicht nachgeben würde. Je länger unser Streit sich hinzog, desto abgehackter klang sein britischer Akzent. »Warum sollten wir uns bemühen, sie aufzustöbern, wenn sie gar nicht gefunden werden wollen? Das hält uns nur auf.«

»Aber es könnte doch gut sein, dass sie nicht über die entsprechende Ausrüstung verfügen und auch nicht derart vertraut mit dem Design der HEAVEN-Sonden sind wie Sie. Vielleicht wissen sie auch einfach nur nicht, dass wir hier sind. Ich habe ein Problem damit, sie abzuschreiben, nur weil wir sie nicht sehen, Colonel.« Ich reckte nun ebenfalls mein Kinn vor und hoffte, dass er verstehen würde, was ich ihm damit sagen wollte. Tat er aber nicht.

»Ich finde, dass Sie sich klarmachen sollten, worauf es wirklich ankommt, Riker. Wir sind der sprichwörtliche Spatz in Ihrer Hand. Es ergibt keinen Sinn, unsere Sicherheit wegen irgendeiner anderen Gruppe zu riskieren, die womöglich gar nicht existiert.«

Ich seufzte.

Damit waren wir wieder genau dort angelangt, wo wir angefangen hatten. Es war höchste Zeit, dieser Auseinandersetzung ein Ende zu bereiten. »Colonel, darüber haben wir schon letzte Woche diskutiert, und seither hat sich nichts an der Faktenlage geändert. Bevor ich Ihre Kolonistenschiffe bauen kann, muss ich erst einmal eine Schiffswerft errichten. Und bevor ich die Schiffswerft errichten kann, muss ich die dafür nötigen Rohstoffe auftreiben. Leider hat die Menschheit das Sonnensystem fast vollständig leergeräumt, sodass wir dafür eine ganze Menge alter Maschinen ausschlachten müssen. Und das bedeutet, dass ich zuallererst weitere Bobs herstellen muss.« Der Colonel hatte wieder mal angefangen, auf und ab zu laufen, und ich beschloss, es ihm gleichzutun. »Sobald die neuen Bobs mit dem Bau der Schiffswerft fertig sind, werden sie genügend Zeit haben, um nach weiteren Überlebenden Ausschau zu halten. Ja, dafür werden wir ein paar Drohnen bauen müssen. Aber bei dem Arbeitsumfang, von dem wir insgesamt sprechen, sind das nur Kinkerlitzchen.« Ich blieb stehen und sah direkt in die Kamera. »Bei allem nötigen Respekt, Colonel, früher habe ich als Projektmanager gearbeitet. Es gibt einen kritischen Pfad, der uns von hier bis zu den fertiggestellten Kolonistenschiffen führen wird, und die Dinge, über die Sie sich solche Sorgen machen, spielen dabei überhaupt keine Rolle. Die Suche nach weiteren Überlebenden wird die Gesamtdauer des Projekts nicht im Mindesten beeinflussen.«

Der Colonel seufzte schwer. »Wie üblich muss ich mir eingestehen, dass ich in dieser Situation der Bittsteller bin, Riker. Aber ich werde nicht aufhören, die Interessen meiner Leute zu vertreten.« Er nickte mir knapp zu und unterbrach die Verbindung.

»Na, das hat bestimmt Spaß gemacht.« In Homers Grinsen lag eine Andeutung von Mitgefühl.

Ich betrachtete sein Videobild und verzog die Lippen zu einem leisen Lächeln. »Wenn du die Verhandlungen übernehmen möchtest …«

»Pfft. Als ob du das zulassen würdest.« Homer öffnete eine schematische Darstellung des Sonnensystems, mit mehreren Infoboxen, die auf bestimmte Stellen hinwiesen. »Die meisten Drohnen und Brecher haben sich zurückgemeldet. Sie haben ein paar vielversprechende Standorte und mindestens zwei wahre Schatzkammern voller verwertbarer Materialien gefunden. Ich sollte dorthin fliegen, und sie mir erst einmal ansehen, bevor die Minen-Drohnen sie auseinandernehmen. Nur für den Fall …«

Ich nickte. »Und was ist mit den weiter entfernten Raumstationen?«

»Wir haben keinen Funkkontakt zu irgendjemandem oder irgendetwas jenseits der Marsumlaufbahn. In Kürze treffen Drohnen beim Titan ein. Bis zur Station in der Oortschen Wolke wird es noch ein paar Tage länger dauern.«

Ich sah mir einen Moment lang die holographischen Bilder an. »Danke, Homer. Ich muss wirklich sagen, dass du dich bei alldem sehr professionell verhältst.«

Er grinste mich an. »Du meinst, weil ich dich nicht wie sonst zum Wahnsinn treibe?« Das Grinsen verschwand. »Wir sind alle verschieden, Riker, aber keiner von uns ist gleichgültig. Dort unten leben Leute, die ohne unsere

Hilfe vielleicht sterben. Jedem Bob, den so etwas kalt lässt, sollte man sofort den Stecker ziehen.« Homer grinste wieder. »Aber nur keine Sorge. Ich sammle fleißig Ideen für die Zukunft. Du solltest dich besser schon mal warm anziehen.« Zuletzt verabschiedete er sich mit einem militärischen Gruß, der an eine obszöne Geste grenzte, und deaktivierte die Videoübertragung.

Ich schüttelte den Kopf und lächelte. Ich glaubte ihm alles, was er gesagt hatte. Vor allem, dass er nur eine Pause eingelegt hatte, was seine Späßchen anbelangt. Es überraschte mich, dass ihm während unseres Gesprächs nicht der Kopf explodiert war. Diesen Spezialeffekt hatte Homer tatsächlich bereits mehrere Male eingesetzt, allerdings nicht mehr, seitdem er auf diesen Zeichentrick-Avatar verzichtete.

Ich rief unseren vorläufigen Projektplan auf. Colonel Butterworths anfängliche Schätzung, der zufolge die Arbeiten ein Jahrzehnt in Anspruch nehmen würden, wirkten inzwischen geradezu optimistisch. Im Moment lagen ungefähr noch fünf Schritte vor uns, bevor wir auch nur mit dem Bau eines Kolonistenschiffs beginnen konnten. Als Erstes mussten wir an ausreichend Rohstoffe herankommen, um mit dem zweiten Schritt beginnen zu können. Aber damit würde ich mich erst wieder beschäftigen, sobald Homer sich das nächste Mal meldete.

Homer benötigte für seinen Erkundungsflug zwanzig Tage. Auf den diversen Weltraumschlachtfeldern gab es zwar nicht so viele weiterverarbeitete Materialien (beziehungsweise Trümmerteile) wie erhofft, aber für den Anfang mehr als genug.

Außerdem hatten sich die Drohnen zurückgemeldet, die sich beim Titan und der Station in der Oortschen Wolke umgesehen hatten. Die beiden Außenposten waren offenbar aufgegeben, aber nicht angegriffen worden. Irgendwer hatte also ein Fünkchen Verstand bewiesen. Homer und ich hatten insgeheim zwar gehofft, in den Raumstationen noch Menschen anzutreffen. Aber mehr als dreißig Jahre nach Kriegsende wäre das einem echten Wunder gleichgekommen.

Homer hatte wie besprochen an allen Fundorten kleine autonome Fabriken eingerichtet, die jeweils aus genügend Druckern und Roamern bestanden, um in stetigem Tempo Transportdrohnen zu produzieren. Sobald sie einsatzbereit waren, würden sie anfangen, Fertigungsmaterial zu den Lagrange-Punkten L4 und L5 im System Erde-Mond zu bringen. An diesen beiden Stellen wurden bereits größere autonome Fabriken errichtet, die anfangs Bobs und Sonden und anschließend im industriellen Maßstab sämtliche Fabrikationsanlagen herstellen würden, die für den Bau eines ausgewachsenen Kolonistenschiffes notwendig waren.

Ich lehnte mich zurück und rieb mir über die Augen. *Nun, ich habe mich schließlich immer nach einer Herausforderung gesehnt.*

Als ich das Sonnensystem verlassen hatte – eigentlich war das zwar Bob-1 gewesen, aber es fühlte sich wie meine eigene Erinnerung an –, hatte ich gedacht, ich wäre, von gelegentlichen Funknachrichten abgesehen, fertig mit der Menschheit. Nun war ich wieder zurück und musste mich nicht nur erneut mit anderen Leuten abgeben, sondern trug darüber hinaus auch noch die Verantwortung für Tausende, wenn nicht gar Millionen von Menschenleben. Dazu fiel mir ein bekanntes Filmzitat von Al Pacino ein, das es genau auf den Punkt brachte: *Gerade wo ich denke, ich bin draußen, ziehen die mich wieder rein.*

30

Bob – April 2165
Delta Eridani

Ich spazierte langsam in der VR-Version der Eingeborenensiedlung umher. Die Drohnen hatten so viel hochwertiges Datenmaterial beigesteuert, dass ich imstande gewesen war, das Dorf originalgetreu nachzubilden. Ich hatte keine Ahnung, wie es dort roch, also hatte ich einfach die entsprechenden olfaktorischen Eindrücke von der Erde unterlegt. Aber die Hitze, Luftfeuchtigkeit und Oberflächenstruktur der Pflanzen und des Bodens entsprachen eins zu eins der Realität.

Ich beobachtete die Sippenmitglieder bei ihren alltäglichen Verrichtungen. Da es sich nicht um Live-Aufnahmen, sondern um Aufzeichnungen handelte und die VR nicht interaktiv war, reagierten sie nicht auf meine Gegenwart. Aber so gewann ich schon mal einen guten Eindruck von den Größenverhältnissen und erlebte hautnah, wie sie sich bewegten.

Ich verbrachte ein paar Tage mit der Beobachtung dieser Eingeborenen, die ich mittlerweile *Deltaner* nannte, und betrachtete sie sowohl in Live-Übertragungen als auch in der VR-Simulation. Außerdem hörte ich mir Audio-Aufzeichnungen von ihrer Sprache an. Die Deltaner, die sich offenbar in zwei Geschlechter aufteilten, lebten in Sippen zusammen und schienen keine Paarbindungen zu kennen. Zumindest konnte ich keine Hinweise auf enge Zweierbeziehungen finden, auch wenn sie einzelne Individuen anderen vorzuziehen schienen. Ein paar von ihnen hatten sogar mehrere Lebenspartner gleichzeitig. *Tztztz.*

Die Männchen neigten dazu, sich zusammenzurotten, während die Weibchen mit den Kindern den Kern des Stammes bildeten. Oder wenigstens sein Zentrum. Ganz so, wie sich Anthropologen das Zusammenleben unserer primitiven Vorfahren vorstellten. Tatsächlich wurde mir, je länger ich sie beobachtete, immer bewusster, wie sehr sie den Menschen der Urzeit glichen. Lag es daran, dass ihr Verhalten innerhalb gewisser Grenzen von den Umweltbedingungen diktiert wurde, oder an irgendwelchen Gesetzmäßigkeiten, die sich zwingend aus einer Sippenstruktur ergaben? Ich hoffte, dass wir – ich meine die Bobs – irgendwann genügend Beobachtungsdaten gesammelt haben würden, um eine entsprechende Theorie zu entwickeln. Auch wenn es vielleicht Jahrtausende dauern würde.

Die Deltaner kamen mir außergewöhnlich wachsam vor. Stets patrouillierten ein paar der Männchen an den Grenzen ihres Reviers entlang. Ihre Waffen bestanden aus Knüppeln, Steinen und spitzen Stöcken. Bislang hatte ich noch nicht gesehen, gegen was sie sich verteidigen mussten. Andere Deltaner? Tiere?

Ihre sprachlichen Äußerungen waren nicht sonderlich komplex und zum Glück längst nicht so vielschichtig wie die Vokalisationen von Delphinen, mit denen wir Menschen auch im zweiundzwanzigsten Jahrhundert noch nicht kommunizieren konnten. Allmählich erstellte ich eine Liste von Standardlauten und Lautgruppen, aus denen sich die Sprache der Deltaner zusammenzusetzen schien, und ich hoffte, bald genügend Beispiele zusammenzuhaben, um eine Phonembestimmung durchführen zu können.

Von der autonomen Fabrik kam indes ein weiterer Schwung Erkundungsdrohnen, was mich zwar freute, aber auch vor Probleme stellte. Die gute Nachricht war, dass ich damit weiterhin eine permanente Sichtverbindung zu den Deltanern aufrechterhalten und nun gleichzeitig auch Drohnen an andere Orte schicken konnte. Der Nachteil war, dass es mir damit nicht mehr möglich war, alle Drohnen zu beaufsichtigen. Auch als Replikant konnte ich mich nach wie vor nicht auf mehrere Dinge gleichzeitig konzentrieren. Ergo brauchte ich weitere Bobs.

Plötzlich fiel mir ein, dass ich durchaus bereits vor dem Bau der Sonden die KI-Kerne klonen und an die Überwachung der verschiedenen Drohnen-Gruppen setzen konnte. Es würde ihnen bestimmt nichts ausmachen. Ich wusste, dass es ihnen Spaß machen würde, weil … nun ja, weil sie *Bob* waren. Eigentlich stimmte das nicht. Ich *hoffte*, dass es ihnen Spaß machen würde, weil sie *Bob* waren. Ganz sicher war ich mir da nicht.

Ich schickte einen Befehl an die autonome Fabrik, den Bau der Sonden vorläufig hintanzustellen und stattdessen den Computerkernen die oberste Priorität einzuräumen. Glücklicherweise waren in den Mustervorlagen Pläne für Aufnahmevorrichtungen enthalten, in denen ich die körperlosen Kerne vorläufig aufbewahren konnte.

Das deltanische Weibchen schnitt den Kadaver eines Beutetieres auf, das ihr eines der Männchen gebracht hatte. Darin erkannte ich zunächst nichts Besonderes. Tatsächlich hatte ich die von ihr angewandte Methode bereits vor einer ganzen Weile katalogisiert. Doch dann fiel mir auf, dass an ihrem scharfen Stein ein Griff befestigt war. Das war nun doch etwas Besonderes, da alle anderen Deltaner, die ich bislang bei solchen Gelegenheiten beobachtet hatte, immer nur nackte Steine in der Hand gehalten hatten. Rasch dursuchte ich die archivierten Aufnahmen nach Aufzeichnungen von dieser speziellen Deltanerin. Ich brauchte nur ein paar Minuten, bis ich die Quelle dieses Werkzeugs entdeckt hatte: den, äh, Sohn dieses Weibchens? Den männlichen Welpen? *Was soll's? Ich kann ihnen genauso gut einfach menschliche Eigenschaften zuschreiben. Über kurz oder lang werde ich das ohnehin tun. Also bleibe ich bei Sohn.*

Wie auch immer, der Junge schien andauernd mit irgendetwas zu spielen. In diesem Fall hatte er mit einem scharfen Stein einen Ast gespalten und den Stein in den Schlitz gesteckt. Anschließend hatte er den Stock mit irgendetwas umwickelt, das ich nicht genau erkennen konnte. Ich identifizierte ihn als C.3.41, womit er zur dritten Kohorte der C-Sippe gehörte, als Mitglied Nummer 41.

Ab jetzt heißt er Archimedes.

Ich wies eine Drohne an, bei ihm zu bleiben. Und zwar rund um die Uhr, was auf Delta Eridani 4 neunundzwanzig Stunden bedeutete.

Im Verlauf der nächsten Tage behielt ich Archimedes sorgsam im Auge. Er war ständig mit irgendetwas beschäftigt. Während seine Altersgenossen im Schatten sitzen blieben oder Fangen spielten, klaubte Archimedes Steine auf und versuchte, sie zu zerbrechen. Ich hatte den Eindruck, dass er nach weiteren Exemplaren Ausschau hielt, die so scharfe Bruchkanten wie der Feuerstein aufwiesen, aus dem er das Werkzeug seiner Mutter gefertigt hatte. Augenscheinlich gab es in der Gegend keine Feuersteine, weswegen diese Werkzeuge heiß begehrt waren. Aber woher war dann der erste gekommen? Ich beauftragte eine Erkundungsdrohne mit der Suche nach dem nächstgelegenen Vorkommen.

[Sie erhalten einen Funkruf.]

»Hallo, Bob. Hier spricht Marvin.«

Ich stellte meine normale VR-Umgebung her. Im Holotank erschien das Bild eines weiteren Bobs. »Hallo, Marvin. Bist du gerade erst hochgefahren?«

»Das ist korrekt. Nachdem wir Bobs uns nicht mehr länger nummerieren, bin ich HIC17378-1.«

»Naja, es ist ein bisschen kompliziert, die Nummern zwischen den verschiedenen Sonnensystemen abzugleichen. Willkommen, Marvin. Schnapp dir eine Drohne. Hier wird es allmählich interessant.«

Ich erklärte Marvin, was seit meinem Back-up, auf dem er basierte, geschehen war. Zu meiner Freude bot er sich sofort an, nach der Quelle für den Feuerstein zu suchen. Also schien schon mal einer der neuen Klone daran interessiert, zu helfen.

Während der nächsten Tage nahmen zwei weitere Bobs den Betrieb auf. Luke und Bender waren genauso begeistert von dem Projekt wie Marvin und packten ebenfalls sofort mit an.

Von da an verbrachte ich einen Großteil meiner Tage damit, Archimedes zu beobachten. Während er schlief, kontrollierte ich die autonome Fabrik und erforschte andere Regionen von DE-4.

»Eden«, erklang unvermittelt Benders Stimme.

»Bitte, was?«

»Wir sollten den Geburtsort der Deltaner Eden nennen. So wie die Wiege der Menschheit …«

Ich nickte. »Die Idee gefällt mir.« Marvin und Luke hielten sich im Moment nicht in ihrer VR auf, aber ich schickte ihm eine kurze Anfrage, und sie fanden den Namen ebenfalls gut. »Dann taufen wir diesen Ort also Eden. Cool.«

Anschließend widmete ich mich wieder der Drohne, die Archimedes im Auge behielt. Inzwischen hatte ich herausgefunden, aus was er die Schnur hergestellt hatte – nämlich aus einer der dünnen Ranken, die er erntete, in Streifen zerteilte und auf einem Stein zum Trocknen auslegte. Das Endprodukt schien ziemlich widerstandsfähig und zugleich flexibel zu sein. Offenbar war er der Einzige aus der Sippe, der dergleichen tat.

Mein Gott, der Junge ist bestimmt ganz schön einsam. Ich wette, dass niemand ihn versteht. Tatsächlich schien Archimedes die meiste Zeit des Tages allein unterwegs. Ständig war er mit irgendetwas beschäftigt. Wenn er keine Pflanzen auseinandernahm, zerbrach er Steine. Manchmal zerbrach er auch etwas *auf* einem Stein, oder er fing an den unwahrscheinlichsten Stellen zu graben an. Es war offensichtlich, dass er seine Umgebung erforschte. Dabei konnte er nicht auf die Hilfe seiner Eltern zählen. Sie befanden sich wie alle anderen noch im Spitze-Stöcke-Stadium und schienen damit recht zufrieden zu sein. Sie bogen die Stöcke nicht einmal gerade, weswegen man sie guten Gewissens als Speere bezeichnen konnte.

Ich ließ mich in meinem Stuhl zurücksinken und seufzte frustriert, weil ich mich am liebsten dort unten neben Archimedes gesetzt und ihm ein paar Dinge gezeigt hätte. Doch dann lächelte ich, weil mir bewusst wurde, dass ich ihn nicht länger als pelziges Fledermaus-Schwein betrachtete, sondern als einen Jungen ohne Freunde.

31

Riker – Januar 2158
Sonnensystem der Erde

»Ich eröffne die Sitzung des Föderationsrats der Vereinigten Planeten«, sagte ich und sah die drei anderen Bobs in ihren Videofenstern an. Nach zähen Verhandlungen mit Colonel Butterworth hatten wir uns fürs Erste auf zwei weitere Bobs geeinigt. Ich war zugegebenermaßen noch ein wenig verschnupft, dass der Colonel in uns keine Aktivposten, sondern eine Verschwendung von Rohstoffen sah.

»Meinst du nicht, dass du diese *Star-Trek*-Sache vielleicht ein bisschen zu ernst nimmst?«, fragte Charles und grinste mich an.

Ich tat den Kommentar mit einer Handbewegung ab. »Wir waren immer schon *Star Trek*-Fans. Finde dich damit ab.« Ich wartete noch einen Moment, ob weitere Kritik kam, und ging dann zur Tagesordnung über. »Die autonomen Fabriken sind rund um die Uhr am Ausschlachten, und wir liefern inzwischen pausenlos fertig verarbeitete Materialien zu den Lagrange-Punkten. Ich hoffe, dass die Schiffswerft-Fabrik in zwei Jahren in Betrieb gehen kann. In der Zwischenzeit werden Homer und Charles das System nach Mineralvorkommen durchkämmen, und Arthur sucht die Erde nach Hinweisen auf weitere Überlebende ab. Fragen?«

»Selbst wenn wir welche finden, gibt es doch nicht viel,

was wir für sie tun können, oder?« Charles sprach eine Sorge aus, die an uns allen nagte. Wenn wir auf weitere Gruppen stießen, konnten wir sie ohne Transportmöglichkeiten weder mit Lebensmitteln noch mit Medikamenten versorgen. Die Heaven-Sonden waren definitiv nicht für Landemanöver konzipiert. Nicht einmal für Atmosphärenflüge. Aber der Mangel an Transportgefährten war nicht unser einziges Problem. Colonel Butterworth hatte nämlich unmissverständlich erklärt, dass er keine neuen Flüchtlinge aufnehmen und sie auch nicht mit Proviant oder Medizin beliefern würde. Wenn wir irgendeine Form von Hilfe leisten wollten, waren wir also auf uns allein gestellt.

Am meisten fürchtete ich mich derzeit davor, dass wir eine Gruppe Überlebender finden würden, nur um dann ohnmächtig mitansehen zu müssen, wie sie starben.

Nach reiflicher Überlegung entschieden Arthur und ich uns für polare Umlaufbahnen, mit denen wir das Suchgebiet in eine Art Orangenspalten aufteilten. Wir flogen versetzt, weil wir so den gesamten Planeten vom Orbit aus mit SUDDAR scannen konnten. Sobald wir dabei über irgendetwas Interessantes stolperten, wurden die entsprechenden Regionen im Anschluss in Sichthöhe von Drohnen überflogen. Aus dem Orbit konnten wir natürlich keine Menschen aufspüren, dafür aber neue Gebäude, funktionierende Kraftwerke oder landwirtschaftliche Einrichtungen markieren, die unsere Drohnen dann eingehender inspizierten.

Nach zwei Wochen waren wir mit unserer Suchmission fertig. Am Ende hatten wir eine Erdkarte erstellt, auf der fast vierzig Standorte markiert waren – ein halbes Dutzend Städte und viele kleinere Enklaven.

Arthur sah im Videolink müde aus. Er schloss die Augen

und rieb sich langsam über die Stirn. »Fünfzehn Millionen Menschen. Von ehemals zwölf Milliarden. Wir sind eine Spezies von Vollidioten. Vielleicht sollten wir sie aussterben lassen und einfach noch mal von vorn anfangen.«

»Wow. Du bist wirklich ein ziemlicher Schwarzmaler.«

Arthur schien eine außergewöhnlich große Portion Melancholie abbekommen zu haben, und allmählich hatte ich es über. Bisher hatte ich mir sämtliche Kommentare verkniffen, aber ich wusste nicht, wie lange ich mich noch zurückhalten konnte. Ich dachte sogar wirklich darüber nach, ihn bei dieser Aufgabe gegen Homer auszutauschen.

»Das Hauptproblem ist«, fuhr ich fort und deutete auf den Globus, »dass wir unmöglich so viele Menschen an einen anderen Ort umziehen lassen können, selbst wenn die anderen Bobs genügend bewohnbare Planeten finden sollten. Die Kolonistenschiffe der VSE können bei jedem Flug zehntausend Passagiere aufnehmen, wenn wir sie wie Holzscheite in Stasisbehältern stapeln. Das heißt, wir brauchen entweder fünfzehnhundert Schiffe oder fünfzehnhundert Flüge. Keines von beiden ist möglich.«

Arthur nickte. »Na toll. Also müssen wir festlegen, wer die Umsiedlung am ehesten verdient ...«

»Jetzt reiß dich mal zusammen, I-aah. Wir überlegen uns, welche Gruppen am dringendsten gerettet werden müssen. Was anderes bleibt uns nicht übrig.«

»Auf die VSE-Gruppe trifft das jedenfalls nicht zu. Was ihre Lebensumstände anbelangt, liegen sie deutlich über dem Durchschnitt.«

»Ja, ich weiß.« Ich seufzte. »Aber wir haben nun mal zugestimmt, ihnen zu helfen. Außerdem verdanken wir ihnen die Baupläne und eine ganze Menge weiterer Informationen. Aus dieser Verpflichtung kommen wir nicht raus. Aber sobald wir die VSE-Leute vom Planeten geschafft haben, können wir ja ein paar der bedürftigeren Gruppen in ihr Lager transportieren. Damit wäre denen doch schon mal geholfen.«

»Na klar, wir stecken sie in den Lagerraum mit den Brechern. Überhaupt kein Problem.«

Wütend drehte ich mich zu Arthur um, doch dann ging mir auf, dass er recht hatte. Also verbiss ich mir die Antwort und dachte stattdessen einen Moment lang nach. »Wir benötigen Transportschiffe. Irgendwann hätten wir sie ohnehin gebraucht, aber jetzt haben sie absoluten Vorrang. Na, dann wollen wir mal den Fabrikationsplan entsprechend ändern. Der Colonel wird einen Anfall bekommen.«

Der Colonel regte sich tatsächlich mächtig auf. Bislang hatte ich Butterworth noch nie richtig zornig erlebt. Normalerweise ließ er seine schwelende Wut nur durchschimmern. Was auch sehr wirkungsvoll war. »Sind Sie sich sicher, dass Sie schon mal als Projektplaner gearbeitet haben, Riker? Es sieht nämlich ganz so aus, als ob jeden Tag irgendetwas anderes schiefgeht. Man könnte fast den Eindruck gewinnen, dass Sie von vorn bis hinten nur improvisieren.«

»Zum Teil ist das auch so, Colonel. Bei der Projektplanung geht es nicht darum, Veränderungen zu verhindern, sondern sie zu kontrollieren. Kein Projektplan überlebt den Kontakt mit dem Feind.«

Über das Gesicht des Colonels huschte ein Lächeln, doch er fasste sich sofort wieder. »Ehrlich gesagt glaube ich, dass das Zitat ein wenig anders lautet, Riker. Aber egal. Es soll mir recht sein, wenn nach unserer Abreise andere Flüchtlinge in dieses Lager ziehen. Ich hoffe, das motiviert Sie, uns früher hier herauszubringen.«

»Als ob ich dazu noch zusätzliche Motivation bräuchte. Riker Ende.« Ich trennte die Verbindung und starrte in den Weltraum hinaus. Ich mochte den Colonel. Ehrlich. Aber die Unterhaltungen mit ihm fühlten sich oft so an, als spräche ich mit … mir selbst. Er war stur, rechthaberisch und in der Lage, seinen Standpunkt mit soliden Argumenten zu untermauern. Dadurch machte er mir meine Aufgabe nicht gerade leichter.

Ich sah mir wieder die Karte an. Nicht, weil ich mir davon neue Informationen erhoffte. Vielmehr war das in letzter Zeit eine Art nervöser Tick von mir geworden. Wir hatten noch eine zweite Suche durchgeführt, nur für den Fall, dass wir beim ersten Durchgang irgendwelche kleinen Ansiedlungen übersehen hatten. Aber nach dreißig Jahren Krieg und der anschließenden Flächenbombardierung des Planeten hatten sich die kleineren Gruppen wohl entweder zusammengeschlossen oder waren gestorben.

Die Flüchtlinge waren über den ganzen Planeten verstreut und repräsentierten fast sämtliche Nationen, die vor dem Krieg existiert hatten – was die Situation zusätzlich verkomplizierte. Die Fremdenfeindlichkeit würde seither sicher noch zugenommen haben. Ganz gewiss würde ich nicht alle auf einem Planeten abladen und erwarten können, dass sie prima miteinander zurechtkamen.

Vor Kurzem hatte ich Arthur damit beauftragt, jede einzelne Enklave zu kontaktieren. Bisher hatte sich das als unerwartet kompliziert erwiesen, und es war mal wieder an der Zeit, nachzuhaken. Als ich ihn anrief, tauchte sein Bild fast im gleichen Augenblick vor mir auf.

»Wie steht's, Arthur?«

Er öffnete ein Fenster mit Statusmeldungen für mich. Arthur war zwar ein ziemlicher Miesepeter, aber dafür äußerst diszipliniert. »Ich habe mittlerweile die Hälfte der benötigten Kommunikatoren produziert und fünfundzwanzig Prozent davon zugestellt. Oder es zumindest versucht. Mehrere unserer Drohnen sind beim Anflug abgeschossen worden, und rund ein halbes Dutzend Kommunikatoren wurde sofort zerstört, sobald die Drohnen wieder fort waren. Anscheinend will nicht jeder mit uns sprechen.«

»Das verstehe ich sehr gut.« Ich schüttelte traurig den Kopf. »Wer die letzten dreißig Jahre miterlebt hat, muss zwangsläufig ein bisschen misstrauisch geworden sein.« Ich hatte mir vorgenommen, dass ich niemanden kidnappen oder mit vorgehaltener Waffe in einen Laderaum treiben würde. Jeder, der nicht dabei sein wollte, konnte auf der Erde bleiben.

Colonel Butterworth bestärkte mich in dieser Ansicht. Allerdings hatte ich das Gefühl, dass es ihm vor allem darum ging, so viele »Ablenkungen« wie möglich aus dem Weg zu räumen.

»Konntest du schon mit irgendwem ein Gespräch beginnen?«

»Bislang noch nicht, nein.« Arthur zuckte mit den Schultern. »Ich schicke ihnen Videoaufnahmen mit der Standarderklärung, aber es kommen kaum ernstgemeinte Rückfragen. Dafür viele Beleidigungen. Alles so, wie man es erwarten würde.« Er öffnete ein weiteres Fenster. »Ach, ich habe übrigens einen Bericht von Homer bekommen. Naja, ›Bericht‹ ist vielleicht ein bisschen hoch gegriffen: Wir haben uns unterhalten, und er hat mich auf den Stand der Dinge gebracht. Jedenfalls haben sie im System so viele Rohstoffe gefunden, dass wir daraus drei Schiffe herstellen könnten. Fast vier. Obwohl viel von dem Zeug ziemlich weit draußen im äußeren System zu finden ist.«

Ich nickte. Ich hatte ebenfalls einen Bericht von Homer

erhalten und ihn kurz überflogen. Eigentlich hatte ich gehofft, mindestens sechs Schiffe bauen zu können, aber ich wollte Arthur nicht noch weiter deprimieren. Nicht, dass er dafür meine Hilfe brauchte.

Außerdem war das immerhin ein Fortschritt.

32

Bill – Oktober 2158
Epsilon Eridani

[Wir haben eine Nachricht von Milo erhalten.]

»Die kommt genau zur rechten Zeit.« Ich schenkte Guppy ein Grinsen, auf das er, wie erwartet, mit einem fischigen Pokerface reagierte. »Hat er irgendwelche Vulkanier gefunden?«

[Nicht ganz.]

Ich hob eine Augenbraue. Das war nicht das gleichgültige »Nein«, das ich normalerweise von Guppy zu hören bekam. Wenn er überhaupt antwortete. Jetzt war ich *wirklich* neugierig.

Ich war gerade in eines meiner Lieblingsprojekte versunken gewesen – der Entwicklung von künstlichen Körpern. Das größte Problem dabei war, Muskeln zu konstruieren, die möglichst exakt so funktionierten und aussahen wie ihre natürlichen Entsprechungen. Mit Zahnrädern, Kolben und Kabeln würde man niemals einen brauchbaren Androiden hinbekommen.

Nach kurzem Zögern schloss ich den Projektordner, ließ eine Tasse Kaffee in meiner Hand erscheinen und schob mit dem Fuß eine Gans beiseite, die sich auf meinem Liegestuhl niedergelassen hatte. Dann nahm ich Platz. Spike kam herüberspaziert und sprang mir, ohne die wütende Gans weiter zu beachten, auf den Schoß.

»Okay, Guppy, dann lass mal sehen.«

Milos Bericht entfaltete sich vor mir in der Luft. Schematische Darstellungen des Systems, Nahaufnahmen der Zwillingsplaneten – *zwei* bewohnbare Planeten! – und biologische Analysen. Es amüsierte mich, dass er darauf bestanden hatte, ihnen Namen zu geben. Ich hätte dasselbe getan. Und wahrscheinlich hätte ich sogar dieselben Namen gewählt.

Ich setzte mich aufrecht hin und war für einen Moment so abgelenkt, dass ich ganz vergaß, Spike zu streicheln. Doch sein pelziger Kopf, der mir mehrfach gegen das Kinn stieß, erinnerte mich daran, was meine wichtigste Aufgabe war.

»Verzeihung, Eure Hoheit.« Ich lächelte die Katze an und fuhr damit fort, meine Existenz zu rechtfertigen.

Zwei Planeten. Und das in einem System, von dem kaum anzunehmen gewesen war, dass es auch nur einen einzigen bewohnbaren Planeten in ihm gab. Hatten sich die Astrophysiker geirrt? Bislang kannten wir, das irdische eingerechnet, zwar nur drei Sternensysteme, aber dabei hatten wir eine hundertprozentige Trefferquote erzielt – sofern man bereit war, Ragnarök als bewohnbar zu bezeichnen.

Ich lud den Bericht in die Prozesswarteschlange, damit er weiter an die Erde übermittelt werden würde. Nur für den Fall, dass Milo nicht bereits eine Kopie dorthin geschickt hatte. Hoffentlich wird Riker ihn empfangen.

Aber damit blieb immer noch die Eine-Million-Dollar-Frage, ob auf der Erde noch jemand lebte, der von dieser Information profitieren würde. Die Pläne für das SCUT, das Subspace Communications Universal Transceiver, sendete ich in regelmäßigen Abständen an alle Sternensysteme in einem Radius von dreißig Lichtjahren, nur für den Fall, dass sich dort irgendwo ein Bob aufhielt. Aber die erste Übertragung würde die Sonne erst in rund neun Jahren erreichen. Es sah also so aus, als würde ich noch eine ganze Weile lang Nägel kauen und abwarten müssen.

Ich pingte Garfield an. »Hey, Gar, hast du die Nachricht von Milo schon gelesen?«

Er erschien sofort in meiner VR und deutete auf sein Gesicht. »Reicht dir meine verdutzte Visage als Antwort?« Wir lachten, dann sah er mich ernst an. »Das ist unglaublich. Wir haben einen Ort, an den wir Menschen bringen können.« Garfield zog eine Grimasse. »Aber was ist, wenn es gar keine Menschen mehr gibt? Das wäre genau die Art fieser Witz, wie ihn das Universum so gerne reißt. Aber hoffentlich nicht dieses Mal.«

Ich nickte. »Ja. Weißt du, was komisch ist? Als ich die Erde verließ, wollte ich nichts mehr mit der Menschheit zu tun haben. Jetzt benehme ich mich wie … ein Schäfer oder so etwas.«

»Wie geht dieser alte Spruch noch mal? *Menschen mag ich schon, aber die Leute kann ich nicht ausstehen.*«

»Mhm, naja, in ein paar Jahren wissen wir mehr. Aber sag mal, wie läuft's mit der Kartographierung des Kuipergürtels?«

Garfield öffnet ein Schaubild. Da es recht lange dauern würde, einen Eisbrocken vom Kuipergürtel bis nach Ragnarök zu transportieren, hielten wir nach den größten Exemplaren Ausschau. Der Mehraufwand, den wir dabei betreiben mussten, würde sich später bezahlt machen. Die meisten Eisbrocken schienen zu klein und nicht der Mühe wert zu sein, aber Gar hatte ein paar lohnende Exemplare entdeckt und mit Sendern markiert. Bislang hatte ich jedoch noch keine Ahnung, wie ich sie in die richtige Richtung bewegen sollte.

33

Riker – März 2158
Sonnensystem der Erde

Fünfzehn Millionen Menschen. So lautete der letzte Stand der Zählung. Die gesamte menschliche Spezies, dargestellt auf einer zweiseitigen Liste. Das war ein echt guter Grund für schlechte Laune, und diese Gelegenheit ließ Arthur selbstverständlich nicht ungenutzt. »Wir werden sie nicht alle vom Planeten herunterschaffen können. Das weißt du, oder?« Arthur senkte den Blick und schüttelte den Kopf.

Ich war mir nicht sicher, ob er wirklich traurig war oder nur in Ironie schwelgte. Ich legte einen Arm über die Stuhllehne und starrte ihn so lange schweigend an, bis er mit dem Kopfschütteln aufhörte. »Arthur …«

»Ja?«

»Halt bitte die Klappe.«

Arthur grinste halbherzig und zuckte mit den Schultern. »Du weißt, dass ich recht habe.«

»Ja, und du hattest auch schon die letzten fünfundzwanzig Male recht damit. Zählst du eigentlich auch mit?«

Statt einer Antwort öffnete Arthur einen Bericht über den letzten Stand der Konstruktionen. Ah, endlich Schweigen. Aber ich konnte ihm nicht wirklich einen Vorwurf machen.

Wir waren zuversichtlich, dass wir sämtliche Ansammlungen von mehr als hundert Personen auf dem Planeten aufgespürt hatten. Zwischen den kleineren Gruppen war es ganz sicher zu Konsolidierungen gekommen. An ein paar Orten hielten sich inzwischen sogar mehr Menschen auf als vor dem Krieg.

Ungefähr die Hälfte der Weltbevölkerung lebte mittlerweile in Neuseeland, auf Madagaskar und erstaunlicherweise im brasilianischen Florianópolis. Die beiden Inselstaaten ergaben Sinn, da sie in keinen nennenswerten Konflikt verwickelt gewesen waren und keine strategischen Ziele abgegeben hatten. Ihre jeweiligen Bevölkerungen waren zwar bereits erheblich zusammengeschrumpft, aber das Klima war an beiden Orten immer noch mild genug, um die derzeitigen Bewohner am Leben zu erhalten.

Für Florianópolis hatte ich dagegen keine Erklärung. Der größte Teil Südamerikas glich einer zerbombten und zerklüfteten Mondlandschaft. Nachdem Brasilien seine Nachbarn in Grund und Boden geschossen hatte und anschließend selbst von China vernichtet worden war, gab es dort kaum noch Landstriche, auf denen Leben möglich war. Doch aus irgendeinem Grund war die Südspitze Brasiliens verschont geblieben. Vermutlich hatte es auch viele Flüchtlinge aus anderen Regionen dorthin verschlagen.

Der Rest der Weltbevölkerung war über den gesamten Planeten verstreut. Die meisten hatten sich auf Inselgruppen zurückgezogen, wie zum Beispiel die Malediven, Französisch-Polynesien, die Marschallinseln und so weiter. Auch die hatten vermutlich nicht als militärisch bedeutsame Ziele gegolten, und sie boten Klimabedingungen, in denen sich am längsten würde leben lassen.

Außerdem gab es noch vergleichsweise kleine Ansiedlungen wie die Insel Spitzbergen, San Diego, Okinawa und die VSE-Enklave vor Augsburg in Deutschland, die vermutlich ebenfalls vor allem von Flüchtlingen bewohnt wurden, die im Laufe der Zeit an diese Orte gezogen waren. Während der ersten Jahre muss die Sterblichkeitsrate immens hoch gewesen sein.

Nun würde es unsere Aufgabe sein, sie am Leben zu erhalten. Mit den anderen hatte ich zwar noch nicht darüber gesprochen, aber ich war mir sicher, dass sie selbst bereits darauf gekommen waren … Es blieb uns einfach nicht genug Zeit, um fünfzehn Millionen Menschen vom Planeten herunterzuschaffen, selbst wenn wir ein geeignetes Ziel für sie gehabt hätten. Die meisten von ihnen würden auf der Erde weiterleben müssen.

Dem Colonel zufolge hatte sich das Klima während des letzten Jahrzehnts erheblich verschlechtert. Jedes Jahr schien die Sonne schwächer, die Temperaturen sackten ab, und es fiel immer mehr Schnee. Die Polarkappen und Eisberge wuchsen zum ersten Mal seit dem siebzehnten Jahrhundert wieder an. Spitzbergen würde es in fünf Jahren wohl nicht mehr geben, trotz ihrer innovativen Anpassungen an die Umweltbedingungen. Unseren derzeitigen, zugegebenermaßen recht groben Schätzungen zufolge würde die Erde in fünfzig bis hundert Jahren von einer lückenlosen Eisschicht bedeckt sein.

Ich sah zu I-aah hinüber, auch bekannt als Arthur. Natürlich war ihm klar, worüber ich gerade nachdachte, aber er sagte nichts. Zumindest hatte er den Anstand, sich nicht an der Situation zu ergötzen.

»Okay, Arthur. Ich verstehe, was du meinst. Wir müssen diese Gruppen organisieren und zusehen, dass wir sie dazu bewegen können, miteinander zu kooperieren. Wie kommst du mit der Kommunikation voran?«

Arthur schenkte mir eines seiner seltenen Lächeln. »Die kinoleinwandgroße holographische Präsentation hat echt geholfen. Die Leute konnten sie weder abschalten noch zerstören, also mussten sie zuhören. Als wir danach das nächste Mal Kommunikatoren abwarfen, blieben sie fast alle heil, und es kam auch kaum noch zu Angriffen auf die Drohnen. Ich glaube, inzwischen haben wir es nur noch mit fünf Orten zu tun, die nicht mit uns in Kontakt treten wollen, und dort leben nicht viele Menschen.«

»Und auch die werden sich uns vermutlich noch anschließen, sobald sie mitbekommen, dass alle anderen mit an Bord sind. Gut. Gib mir Bescheid, wenn unsere Konferenztechnik getestet und einsatzbereit ist. Dann verteilen wir Einladungen zur ersten Sitzung der neuen Vereinten Nationen.«

Ich konnte mir beim besten Willen nicht mehr erklären, wieso ich ursprünglich auf diese Idee gekommen war. Ich saß mit dem Ellbogen auf die Armlehne gestützt und verbarg das Gesicht in der Hand, während die Delegierten gegen sämtliche Umgangsformen verstießen. Ständig schrien mehrere Delegierte gleichzeitig in ihre Kameras und versuchten die anderen niederzubrüllen. Achtunddreißig Videofenster schwebten vor mir in der Luft, in denen ebenso viele winzige Derwische wild keiften und gestikulierten. Hätte nicht das Schicksal der Welt auf ihren Schultern geruht, wäre dieser Anblick hochamüsant gewesen. Derweil sahen alle Delegierten dasselbe wie ich, und trotzdem schien sich nicht ein einziger von ihnen deswegen zu schämen.

Dabei herrschte in ein paar Punkten durchaus Einigkeit, sodass man dieses erste Treffen nicht als totales Desaster bezeichnen konnte. Zum Beispiel hassten viele von ihnen die Vorstellung, dass die VSE-Enklave vor allen anderen den Planeten verlassen würde, ungeachtet der Tatsache, dass die VSE als Erstes mit uns in Kontakt getreten war und die Konstruktionspläne für die Kolonistenschiffe zur Verfügung gestellt hatte. Noch mehr Versammlungsmitglieder regten sich jedoch über die Forderung der Spitzbergen-Flüchtlinge auf, dass man ihnen wegen ihrer angespannten Lage den Vortritt lassen sollte.

Und wirklich *niemand* konnte fassen, dass die brasilianische Delegation an dieser Zusammenkunft teilnehmen durfte. Keiner war auf die Brasilianer gut zu sprechen, da sie nach Meinung aller den Kriegsausbruch zu verantworten hatten. Obwohl auch ich mich von diesem Gefühl nicht ganz freimachen konnte, war mir dennoch wohl bewusst, dass die meisten Menschen, die derzeit Florianópolis bevölkerten, zu Beginn des Krieges noch gar nicht gelebt hatten oder zumindest unter zehn Jahre alt gewesen waren. Aber trotzdem, das musste man sich mal vorstellen: *Brasilien!*

Ich warf einen Blick auf Homers Videofeed. Er lag tatsächlich auf dem Boden und lachte. Das entlockte mir ein leichtes Lächeln. In letzter Zeit hatte ich Homers Humor zu verstehen gelernt. Im Moment amüsierte er sich zum Beispiel nicht über die Anwesenden, sondern die bizarre Komik dieser Situation. Wenn es darauf ankam, würde er alles in seiner Macht Stehende tun, um ihnen zu helfen.

Ich fand, dass ich die Meute nun lange genug hatte machen lassen. Es war Zeit, die Zügel anzuziehen. Also drückte ich den Unterbrecherknopf. Mit einem Schlag waren die Mikrofone sämtlicher Delegierten deaktiviert, und aus jedem Kommunikator drang das laute Tuten einer Drucklufthupe. Gleichzeitig erschien in jedem Videofeed ein Bild von mir. »Meine sehr verehrten Damen und Herren – auch wenn es mir gerade sehr schwerfällt, Sie so zu nennen –, wir sind fertig für heute. Morgen werden wir uns wieder zur selben Zeit zusammenschalten, dann aber mit einem Satz funkelnagelneuer Regeln. Ihre Mikrofone werden nur aktiv sein, solange der Vorsitzende, also vorläufig ich, Ihnen das Wort erteilt. Wenn Sie Wert darauf legen, dass die anderen Mitglieder Ihnen bei einem pantomimischen Anfall zusehen, bleibt das natürlich ganz Ihnen überlassen. Um möglichen Diskussionen vorzubeugen, möchte ich Ihnen gleich jetzt sagen, dass es mir völlig egal ist, ob Ihnen das passt oder nicht. Gute Nacht.« Als ich den Ende-Knopf drückte, wurden gleichzeitig auch sämtliche anderen Teilnehmer ausgeloggt.

Ich lehnte mich zurück und stöhnte, während Homer auf seinen Stuhl zurückkletterte und nach Luft schnappte.

»Wow, Nummer zwei, das war ja mal was. Jetzt sind sie wahrscheinlich noch wütender.«

Ich sah ihn an. »Ich verstehe durchaus, dass sie versuchen, einen Platz im Rettungsboot zu ergattern, während das Schiff sinkt. Aber ihr Verhalten ist kontraproduktiv.«

»Es sind Passagiere, Riker«, erwiderte Homer, der inzwischen wieder ernst geworden war. »Sie fühlen sich ohnmächtig und spüren, dass jemand anders über ihr Leben verfügt, ohne dass sie darauf Einfluss nehmen können. Du musst ihnen etwas zu tun geben, damit sie sich involviert fühlen. Und wenigstens ein bisschen so, als könnten sie selbst ihr Schicksal in die Hände nehmen.«

Oha. Nach dieser sehr einfühlsamen Beobachtung stieg Homer gleich noch ein Stückchen in meiner Achtung. Meine Herangehensweise an diese Situation war zugegebenermaßen alles andere als ideal gewesen, aber was ich hier zu tun hatte, entsprach auch nicht mal im Ansatz meiner Stellenbeschreibung.

Homer fing an, in seiner VR-Umgebung hin- und herzugehen, was er meines Wissens bislang noch nie getan hatte. »Hör mal, Riker, du musst bei denen einen Gang runterschalten. Diese Leute haben Angst, und du vermittelst ihnen nicht gerade den Eindruck, dass du dir ihre Sorgen zu Herzen nimmst. Du bist nicht wirklich diese Figur aus *Star Trek*, weißt du? Mach dich ein bisschen locker.«

»Ach, komm schon, Homer, glaubst du wirklich, dass fünfzehn Millionen Menschen durchdrehen, weil ich nicht genug lächle? Ich verstehe ja, dass sie Angst haben, aber wie sie darauf reagieren, liegt allein in ihrer Verantwortung. Wenn du sie amüsieren willst, dann nur zu. Hol dir deinen Zeichentrick-Avatar zurück. Damit müssten dir eigentlich ein paar Lacher sicher sein. Vielleicht aber auch nicht. Wenn du damit fertig bist, werden sie einander jedenfalls immer noch an die Kehle gehen, und vielleicht können wir dann damit anfangen, die Dinge wieder in Ordnung zu bringen.«

Homer sah mich einen Moment lang schweigend an, dann schüttelte er den Kopf und verschwand. Okay, vielleicht hatte ich ein bisschen zu dick aufgetragen, und wahrscheinlich schuldete ich ihm eine Entschuldigung, aber dafür hatte ich im Moment keine Zeit.

»Der Vorsitzende erteilt der Delegierten von den Malediven das Wort.«

Über das Bild der Delegierten legte sich ein grünes Licht, und sie war sichtlich bemüht, nicht den Sitz ihrer Kleidung zu überprüfen. »Mr. Riker, wir sind nicht gerade glücklich über Ihr selbstherrliches Verhalten gestern …«, setzte sie zu einer mehrminütigen Schimpftirade an. Typisch Politiker. Beschränke dich niemals auf zehn Wörter, wenn du etwas auch mit tausend ausdrücken kannst.

Ich wartete geduldig ab, bis sie fertig war, bevor ich wieder das Wort ergriff. »Abgeordnete Sharma, es hat mir keinen Spaß gemacht, Ihnen gestern den Strom abzudrehen. Und es bereitet mir ganz allgemein kein Vergnügen, diese Versammlungen zu leiten. Ich würde es sehr begrüßen, wenn die Delegierten sich selbst organisierten. Aber gleichzeitig stehen einige wichtige Entscheidungen an, die zeitnah getroffen werden müssen. So ein Gerangel wie gestern können Sie sich einfach nicht erlauben. Also, hier ist ein Vorschlag: Ich möchte, dass Sie, und damit meine ich sämtliche Mitglieder der Vollversammlung, sich darauf verständigen, nach welchen Kriterien eine Vorsitzende oder ein Vorsitzender ausgesucht werden, ob die Versammlungsleitung die Mikrofone kontrolliert und so weiter. Sobald das erledigt ist, werde ich mich zurückziehen und nur noch als einfacher Delegierter dabei sein. Klingt das für Sie annehmbar?«

Darauf breitete sich einen Moment lang erstauntes Schweigen aus, ehe alle wieder gleichzeitig zu reden begannen. Dann folgte ein weiterer Moment erstaunten Schweigens, als den Delegierten bewusst wurde, dass ich sämtliche Mikrofone angeschaltet hatte. Im nächsten Moment brachen alle in Gelächter aus.

Als die Ordnung wiederhergestellt war, sah mich die Delegierte von den Malediven lächelnd an. »Das war sehr überzeugend, Mr. Riker. Überlassen Sie das nur uns. Wir werden uns etwas ausdenken.«

Ich nickte ihr zu und klinkte mich aus.

Ein Blick auf meine Anrufwarteschlange verriet mir, dass mir ein Dutzend Gespräche mit verschiedenen Delegierten bevorstand. Wunderbar.

Der erste Anruf stammte von der FAITH-Enklave in San Diego. Mir war nicht klar, womit ich bei diesem Gespräch zu rechnen hatte. Es war zwar allgemein bekannt, dass es sich bei mir um eine interstellare Sonde der FAITH handelte, aber andererseits hatte ich immer wieder klipp und klar gesagt, dass ich mich als unabhängiges intelligentes Wesen verstand. Naja, ich würde es wohl herausfinden müssen.

»Guten Tag, Pastor Cranston. Was kann ich für Sie tun?«

»Guten Tag, Replikant. Ich möchte mit Ihnen über Ihre Pflicht sprechen.«

»Ich heiße Riker, und ich bin mir meiner Pflicht durchaus bewusst. Fünfzehn Millionen Menschen verlassen sich auf mich. Das lässt sich nur schwer vergessen.«

»Vor allem gilt ihre Pflicht der FAITH. Wir haben Sie gebaut, ergo verdanken Sie uns Ihre Existenz. Und daher erwarte ich, dass wir in Zukunft zuvorkommender behandelt werden.«

Wow. Der Typ nahm kein Blatt vor den Mund. Ich war ebenfalls kein großer Fan des Eiertanzes, den man gemeinhin »Diplomatie« nannte. Das hier war besser. Zumindest irgendwie.

»Vergessen Sie es, Herr Pastor.«

»Das haben nicht Sie zu entscheiden, Replikant.«

»Doch, habe ich. Das ist eine der Vorteile, wenn man eine eigenständige Wesenheit ist. Und vielleicht sollten Sie mal versuchen, an Ihren Umgangsformen zu feilen. Guten Tag, Herr Pastor.«

Bevor er antworten konnte, hatte ich die Verbindung bereits unterbrochen.

Der nächste Anruf kam vom Anführer der Zuflucht auf Spitzbergen. Ich erwartete, dass dieses Gespräch nicht leicht werden würde. Die Spitzbergen-Enklave würde höchstwahrscheinlich als erste unbewohnbar werden.

»Guten Tag, Mr. Valter.«

Gudmund Valter blinzelte eulenhaft in die Kamera. Als

ehemaliger Soldat pflegte er einen ruppigen Stil, mit dem er zu meiner Zeit als Politiker keine Chance gehabt hätte. In dieser postapokalyptischen Welt kam ihm seine Art jedoch zugute. »Guten Tag, Mr. Riker. Wie Sie sich denken können, rufe ich an, um mich für mein Volk einzusetzen. Hoffentlich haben Sie mittlerweile die Zahlen gesehen und wissen, mit welchen Lebensmittelmengen wir im kommenden Winter rechnen müssen. Sie sind nicht gut, gar nicht gut.«

»Ich weiß, Mr. Valter. Und ich betone noch einmal, dass ich niemanden verhungern lassen werde. Aber es bringt Ihnen nichts, wenn ich Ihr Volk bei der Emigration bevorzuge. Bis dahin dauert es nämlich noch gut und gerne ein Jahrzehnt. Wir sollten uns stattdessen lieber auf kurzfristigere Lösungsansätze konzentrieren.«

»Ohne Hoffnung kann es keine kurzfristige Lösung geben, Mr. Riker. Wir können durchhalten, solange wir wissen, dass es am Ende des Tunnels ein Licht gibt. So wie es im Moment aussieht, rechnen die meisten Angehörigen meines Volkes jedoch damit, dass sie so oder so sterben werden, bevor wir dran sind.«

Ich kniff mich in den Nasenrücken und seufzte. Die Flüchtlinge, für die Gudmund Valter sprach, waren eine relativ kleine Gruppe – vielleicht viertausend Menschen –, die es geschafft hatten, auf der Inselgruppe Spitzbergen zu überleben. Sie hatten beeindruckende technologische Antworten auf die aktuellen Probleme gefunden und es unter anderem geschafft, während des arktischen Sommers intensiven Ackerbau zu betreiben. Daneben gingen sie auf Robbenjagd und hüteten Rentierherden, um insgesamt auf eine ausreichend große Kalorienversorgung zu kommen. Doch angesichts der verheerenden Klimaentwicklung wurde diese Aufgabe mit jedem Jahr schwieriger. Ihnen blieben vielleicht noch ein oder höchstens zwei Jahrzehnte, ehe sie aufgeben mussten.

»Mr. Riker, wissen Sie von dem Weltweiten Saatgut-Tresor und dem Weltweiten Tresor für Genetische Vielfalt auf Svalbard?«

Die beiden Namen klangen vertraut. Ich recherchierte kurz in der Bibliothek. Der große Weltweite Saatgut-Tresor auf Svalbard war 2008 gebaut worden, weswegen ich von ihm gehört hatte. Er war als Reserve-Vorratsspeicher für andere nationale Saatbanken gedacht. Im Jahr 2025 hatte die Svalbard-Stiftung das Mandat des Saatgut-Tresors zusätzlich noch auf Samen von wildwüchsigen Arten ausgedehnt, sodass er von da an das Erbgut aller Pflanzen enthielt, vom Löwenzahn bis zum Mammutbaum. Zudem hatte die Stiftung einen Tresor für Genetische Vielfalt gegründet, in dem tierisches Genmaterial eingelagert wurde.

Fast hundert Millisekunden lang fühlte ich mich wie vor den Kopf gestoßen. Das war eine ungeheuer wichtige Information, und Valter wusste es. Mit nur einem Bruchteil dessen, was in diesen Tresoren lag, würden die Überlebenschancen einer planetaren Kolonie um ein Vielfaches steigen. Aber existierten diese Tresore überhaupt noch?

Wegen seiner eingeschränkten menschlichen Zeitwahrnehmung konnte Valter mein Zögern nicht bemerkt haben. »Ja, ich kenne die historischen Aufzeichnungen. Gibt es diese Vorratsspeicher denn noch?«

»Ja, Mr. Riker, im Gegensatz zu den meisten anderen Tresoren dieser Art auf dem Planeten, vermute ich. Wir hatten einfach das Glück, dass niemand Felsbrocken oder Atomwaffen auf uns fallen gelassen hat.«

»Also …« Ich war mir ziemlich sicher, dass er noch eine Pointe in der Hinterhand hatte.

»Der Nutzen für Kolonisten ist offensichtlich. Wir haben

diese Samen, und Sie brauchen sie. Außer Sie finden einen der anderen Tresore. Denken Sie darüber nach, Mr. Riker. Gern auch über die unterschwellige Drohung. Wir werden in ein paar Tagen noch mal darüber sprechen.« Mr. Valter nickte mir zu und berührte mit ausgestrecktem Arm etwas außerhalb des Bildausschnitts, woraufhin die Verbindung abbrach.

Damit hatte er mich in eine ganz schöne Zwickmühle gebracht. Ich warf einen Blick auf die verbliebenen Anrufer und sah keinen, der nicht auch noch warten konnte. Also wies ich Guppy an, von jedem eine Nachricht entgegenzunehmen und zu versprechen, dass ich zurückrufen würde. Guppy gab einen hervorragenden Sekretär ab. Seine Erscheinung war so verstörend, dass niemand lange in der Leitung bleiben wollte. Außerdem reagierte er weder auf Drohungen noch auf Bestechungsversuche oder Beleidigungen. Und er hatte dieses großartige Pokerface.

Als Nächstes bat ich Colonel Butterworth, sich mit mir in Verbindung zu setzen. Dies hier war wieder eine von diesen Gute-Nachricht-schlechte-Nachricht-Situationen.

34

Homer – September 2158
Sonnensystem der Erde

Oh Mann, was für ein Idiot. Natürlich hatte Riker Probleme mit den Enklaven. Der Mann hatte überhaupt keinen Humor und war ein fieser Leuteschinder mit einem riesigen Stock im Hintern. Jedes Mal, wenn er den Mund aufmachte, beleidigte er jemanden.

Der ursprüngliche Bob hatte sich ständig über Leute lustig gemacht, die sich selbst zu ernst nahmen. Es war ganz offensichtlich, dass ich ihm mehr glich als Riker. Ich konnte gar nicht glauben, dass ihm das nicht auffiel.

Und nun hatten ihm die Leute aus Spitzbergen ein Ultimatum gestellt. Okay, das war ein echtes Problem, und ich konnte nachvollziehen, dass sich dieser Blödmann darüber ärgerte. Aber es musste eine bessere Methode geben, damit umzugehen, als einen Frontalangriff.

Ich verschränkte die Hände hinter dem Rücken und ging ein paar Millisekunden lang in meiner VR auf und ab. *Ich wette, Riker macht das auch so.* Der Gedanke ließ mich erschaudern. Also schuf ich stattdessen einen Basketball mitsamt Korb und machte ein paar Würfe, während ich nachdachte. Am Rande fiel mir auf, dass die Flugbahn des Basketballs nicht realistisch war. *Ja, an der VR muss ich auch noch arbeiten. Aber wo soll ich bloß die Zeit dafür hernehmen?*

Valter forderte für sein Volk einen Platz auf einem der

ersten Schiffe. Aber war das wirklich notwendig? Oder wollte er sich einfach nur möglichst bald aus dem Staub machen? Welche Wartezeit wäre für ihn dann akzeptabel? Ich öffnete den Produktionsplan und studierte ihn. *Mhm, wenn Schiff eins und zwei soweit sind, wird das dritte auch bald fertig sein. Und mit ein paar Veränderungen hier und da …*

Die Idee hatte Potenzial. Riker würde sie jedoch sofort abschmettern, wenn ich ihm davon erzählte. Merkte er überhaupt, wie arrogant er inzwischen war?

Colonel Butterworth hörte er dagegen zu. *Ja, so müsste es gehen*. Lächelnd tätigte ich einen Anruf …

35

Bob – Juli 2165
Delta Eridani

»Die Deltaner werden angegriffen!«

Als Marvins Anruf einging, hob ich den Blick. Ich hatte gerade bei der autonomen Fabrik nach dem Rechten gesehen, aber jetzt schloss ich schnell diese Verbindung und holte stattdessen sämtliche deltanischen Feeds in den Vordergrund.

Eine Gruppe von Wesen, die den Deltanern ähnlich sahen, attackierten eine ihrer Feuerstellen. Die meisten Männchen waren beim Jagen, und die wenigen, die als Wachen zurückgeblieben waren, steckten in gewaltigen Schwierigkeiten.

Die Angreifer unterschieden sich von den Deltanern auf die gleiche Weise, wie ein Gorilla sich von einem Menschen unterschied. Sie waren sowohl größer als auch stärker und benutzten keine Waffen, sondern nur ihre Zähne und Krallen, die sie mit überwältigender Aggression einsetzten. Entsetzt sah ich zu, wie einer von ihnen einem der Verteidiger in die Kehle biss.

Die Gorilloiden konzentrierten sich bei ihren Attacken vor allem auf Individuen. Es schien ihnen nicht darum zu gehen, das Lager zu übernehmen oder etwas zu stehlen. Sobald sie einen Deltaner zu Boden gebracht hatten, zerrten mehrere von ihnen den Leichnam weg, wobei sie sich heftig um die Beute stritten. Ich konnte kaum zusehen.

Nach wenigen Minuten war der Angriff vorbei. Einer der Gorilloiden war tot, da es genügend Deltanern gelungen war, ihre spitzen Stöcke in ihn hineinzustoßen. Von den Deltanern waren dagegen sechs umgekommen. In einem Zermürbungskrieg würden eindeutig die Gorilloiden die besseren Karten haben.

Ich befahl einer der Drohnen, den Angreifern zu folgen. Sobald sie im dichten Wald waren, teilten sie sich auf, wobei jede der Gruppen einen toten Deltaner hinter sich her schleifte. Sie schienen nicht organisiert zu sein. Je länger ich sie beobachtete, desto mehr war ich davon überzeugt, dass sie nicht intelligenter als Tiere waren.

Als die Drohne eine der Gruppen einholte, rissen die Gorilloiden gerade die Leiche eines Deltaners auseinander und fraßen ihn auf. Derart elend hatte ich mich seit meinem Tod nicht mehr gefühlt.

Ich sah mich in meiner VR um. Die anderen Bobs hatten die Geschehnisse ebenfalls verfolgt. Vor allem Marvin schien kaum an sich halten zu können, und ich sah ihn fragend an.

Er blickte von einem zum andern und zuckte mit den Schultern. »Das erklärt wahrscheinlich die vielen verlassenen deltanischen Lager, die ich entdeckt habe. Je weiter sie vom aktuellen Lagerplatz entfernt sind, umso länger stehen sie leer. Ich glaube, die Gorilloiden jagen die Deltaner schon sehr lange. Und sie gewinnen.«

»Bender und ich haben den Suchradius vergrößert«, ergriff Luke das Wort, »sind aber auf keine weiteren großen Deltanersippen mehr gestoßen. Hin und wieder finden sich kleine Familienverbände, aber die führen ein Nomadenleben und bewohnen Randzonen.«

»Also ist das ein Genozid«, sagte ich.

Nach kurzem Schweigen meldete sich Bender zu Wort.

»Erinnert euch an die Oberste Direktive.« Das sollte wohl ein Witz sein.

Luke sah ihn angewidert an. »Richtig. Wenn in hundert Jahren Menschen hier auftauchen und wir ihnen erklären müssen, dass sie die einzige andere uns bekannte vernunftbegabte Spezies nur um ein paar Jahrzehnte verpasst haben, wird es sie sicher freuen zu hören, dass wir nicht gegen ein fiktives Gesetz aus einer Fernsehserie verstoßen haben.« Bender drehte sich wütend zur Seite, und Luke schien selbst überrascht von seinem Gefühlsausbruch. »Tut mir leid.«

Marvin sah mich an. »Aber die Frage ist berechtigt. Wie weit werden wir uns einmischen? Die Oberste Direktive mag erfunden sein, aber es gibt durchaus vergleichbare Fälle aus der Erdgeschichte, bei denen es zu kultureller Verdrängung oder sogar zum Aussterben von Urvölkern gekommen ist.«

»Vor allen Dingen gehe ich davon aus, dass wir sie nicht aussterben lassen werden«, antwortete ich und betrachtete meine Hände. Aus irgendeinem Grund konnte ich sie nicht ruhig halten. Hatte ich Angst? »Darüber hinaus habe ich im Moment auch keine Antwort, Marvin.«

»Aber was werden wir tun? Die Grenzen mit bewaffneten Drohnen bewachen? Wollen wir zu einer Art von himmlischer Gottheit werden, die sie beschützt?« Marvin sah einen nach dem anderen an und wartete auf eine Reaktion.

Bevor ich antworten konnte, ergriff Luke das Wort. »Das ist die Art von Umweltdruck, die zu rascher Evolution führt. Es ist gut möglich, dass sie gerade wegen der Gorilloiden ihre Intelligenz entwickeln. Vielleicht sollten wir uns nicht in den Lauf der Natur einmischen.«

Ich drehte mich zu Guppy um, der wie gewöhnlich in

Rührt-Euch-Stellung etwas abseits stand und wartete. Es schien, als hätte ich ihn mit meinem Blick überrascht, denn ich bin mir sicher, dass sowohl sein Gesicht als auch seine Körperhaltung aktives Interesse ausdrückten, ehe er rasch wieder sein fischiges Pokerface aufsetzte. »Guppy, wie groß ist die Bevölkerung der Deltaner an den Feuerstellen?«

[412, wenn man die Toten von heute abzieht.]

Ich wandte mich wieder zu den übrigen um. »Das ist weniger als die Population, aus der sich in Afrika den Schätzungen zufolge die Menschheit entwickelt hat. Ich glaube, wir können es uns nicht leisten, es so weiterlaufen zu lassen.«

»Also werden wir sie wirklich mit Drohnen beschützen«, sagte Bender. »Sie kennen nur Steine und spitze Stöcke. Das reicht nicht aus, um die Gorilloiden aufzuhalten.«

»Nicht alle von ihnen«, entgegnete ich. »Ihr habt doch Archimedes gesehen. Dieser Junge ist echt klug.«

Marvin öffnete eine Karte. »Wo wir gerade von ihm sprechen … Ich habe herausgefunden, wo der Feuerstein herstammt. Aus einem der alten verlassenen Dörfer. Und interessanterweise habe ich dort und auch in ein paar Dörfern der Umgebung bearbeitete Feuersteine gefunden. Ich glaube, dass wenigstens ein paar der Deltaner wissen, was man mit ihnen anfängt. Archimedes scheint also nicht der einzige zu sein.« Marvin sah uns an, um sicherzugehen, dass wir auch verstanden, was er damit sagen wollte. »Meiner Meinung nach gibt es in ihrem Erbgut ein rezessives Gen für gesteigerte Intelligenz, das sich in ihrer Population ausbreitet. Sie braucht nur die richtigen Umweltbedingungen, damit sie sich zeigt.«

Ich nickte. »Dann wollen wir mal für diese Bedingungen sorgen. Wir lassen ein paar Drohnen in der Gegend, wo

Archimedes normalerweise herumhängt, Feuersteine verteilen. Und dann schauen wir mal, was passiert.«

Als die Jagdgesellschaft am gleichen Abend ins Lager zurückkehrte, gab es viel Heulen und Knurren. Die Deltaner verstanden offensichtlich das Konzept des Todes, aber wir konnten nicht herausfinden, was sie mit ihren Verstorbenen anstellten, da die Gorilloiden sie mitgenommen hatten. Einer der Jäger wirkte besonders erschüttert. Während er zusammengerollt auf dem Boden lag und zitterte, prüfte ich die Aufzeichnungen und wurde fündig: Wie geahnt hatte er viel Zeit mit einer der Deltanerinnen verbracht, die ums Leben gekommen waren.

Ja, ja, ich weiß, ich nehme das allmählich alles sehr persönlich. Na und?

Mir wurde klar, dass ich die Gorilloiden nicht mochte.

»Ich habe etwas für dich«, unterbrach Marvin meine Gedanken. Ich hob den Blick zu einem Schaubild, das in meinem Holotank schwebte. Es zeigte die Konstruktionspläne einer Überwachungsdrohne, deren innere Struktur verstärkt worden war. Außerdem waren vorne und hinten zwanzig Pfund schwere Stahlkappen angebracht, sodass der Flugkörper als eine Art Personenbrecher funktionierte. Trotz ihrer eingeschränkten Beschleunigung würden sie wie Kanonenkugeln einschlagen. Allerdings ließ sich nicht vorhersagen, ob die Drohne selbst einen so starken Aufprall überstehen würde.

»Schienenkanone war keine Option, oder?«, fragte ich.

»Nein, sogar wenn man die Komplexität des Ladesystems unberücksichtigt lässt. Die SURGE-Antriebe der Drohnen können einfach nicht genügend Energie erzeugen, um Kleinkalibergeschosse auf eine gefährliche Geschwindigkeit zu beschleunigen.«

Ich seufzte und überlegte zum wiederholten Mal, ob ich meine Haltung zu Sprengstoffen nicht doch überdenken sollte. Und zum wiederholten Mal entschied ich mich dagegen.

»Wenn wir alles andere auf Eis legen, kann ich in ein paar Tagen ein Dutzend davon bauen«, ergänzte Marvin. »Es ist keine ideale Lösung, aber dafür schnell umzusetzen.«

Als ältester Bob hatte ich zu entscheiden, in welcher Reihenfolge wir was herstellten. Ich dachte ein paar Millisekunden lang darüber nach, dann nickte ich. Beim Bau der HEAVEN-Sonden standen wir unter keinerlei Termindruck, also war es so das Beste. Wenn ich es irgendwie verhindern konnte, würde ich nicht zulassen, dass auch nur ein einziger weiterer Deltaner den Gorilloiden zum Opfer fiel.

Es dauerte ein paar Tage, bis Archimedes die Feuersteine fand. Wir hatten sie an Stellen deponiert, wo er vermutlich über sie stolpern würde, aber es war nicht so, dass er bei seinen Ausflügen festen Routen folgte. Wie jeder andere Junge auch spazierte er oft einfach im Kreis herum oder saß einen halben Tag lang auf einem Felsen und spielte mit irgendeinem Gegenstand.

Sobald Archimedes die Steine sah, rannte er los und hob sie auf. Dann legte er sie wieder hin und führte einen kleinen Freudentanz auf, ehe er die nähere Umgebung nach weiteren Exemplaren absuchte. Als er sich sicher war, dass er alle entdeckt hatte, kehrte er zurück, hob seine gesammelten Fundstücke auf und ging in Richtung Lager.

Nach etwa fünfzig Fuß blieb er jedoch stehen und besah sich die Steine in seinen Armen.

Marvin und ich wechselten einen erstaunten Blick.

Schließlich machte Archimedes einen kleinen Abstecher, zu einer Felszunge, die einer seiner Lieblingsplätze war. Dort versteckte er sämtliche Steine bis auf einen in einer Spalte und bedeckte sie mit herumliegenden Ästen.

»Eden hast du gesagt?« Ich lachte. »Es scheint, dass wir gerade die Habgier erfunden haben.«

Marvin grinste. »Oder die Vorsicht. Ich wette, Feuersteine sind wertvoll. Gut möglich, dass er Angst hat, ausgeraubt zu werden.«

Mit dem einzelnen Feuerstein in der Hand ging Archimedes zurück und machte einen Bogen um das Lager, bis er bei seiner Mutter ankam. Dann sammelte er ein paar kleine Felsbrocken zusammen und versuchte mit ihnen den Feuerstein zu zerteilen.

Wir fanden es urkomisch, wie sehr er sich bemühte, so zu tun, als ob nichts Besonderes wäre. Dabei übertrieb er so sehr, dass er genauso gut einen Hut mit einem roten Blinklicht hätte tragen können. Kein Wunder, dass ein paar erwachsene Deltaner zu ihm rüberkamen, bevor er auch nur einen Schlag anbringen konnte. Es folgte ein lauter Wortwechsel, und einer der Erwachsenen wollte ihm den Feuerstein wegzunehmen. Als Archimedes' Mutter dazwischenging, wurde die Diskussion noch hitziger. Bereits nach wenigen Sekunden hatte sich mindestens ein Dutzend Deltaner um sie geschart und mischte kräftig mit. Sie schrien und fuchtelten mit den spitzen Stöcken herum.

Die Streitenden schienen sich in zwei ziemlich genau gleich große Fraktionen aufzuteilen – die einen, die den Stein an sich nehmen wollten, und die anderen, die ihnen erklärten, dass sie das nur über ihre Leichen tun könnten. Archimedes kauerte sich vor die Füße seiner Mutter, während sie jedem, der ihnen zu nahe kam, die Zähne zeigte.

Schließlich beruhigte sich die Situation. Die Deltaner

standen herum und sahen einander argwöhnisch an, während einer von ihnen noch jemanden dazu holte. Der Neuankömmling wirkte betagter als die übrigen Anwesenden. Anscheinend waren die Anzeichen des Alters immer die gleichen, egal auf welchem Planeten man lebte. Sein Fell war teilweise grau, und er ging gebückt. Er war so schwächlich, dass er sich nur langsam bewegen konnte.

Das ist noch etwas, was für diese Leute spricht: Sie kümmern sich um ihre Alten.

Nachdem der Greis ein Lederbündel mit mehreren Werkzeugen entrollt hatte, hockte er sich neben Archimedes und zeigte ihm geduldig, wie er den Feuerstein bearbeiten musste. Das war nun wirklich interessant. Es gab also bereits eine Feuerstein-Technologie, die nicht vergessen war. Die Dezimierung der deltanischen Population musste also schnell voranschreiten und konnte erst vor Kurzem begonnen haben.

Viele der Deltaner, die gerade eben noch in den lauten Streit verwickelt gewesen waren, eilten nun davon. Als sie bald danach wieder zurückkehrten, brachten sie verschiedene Dinge mit, darunter besonders spitze Stöcke, tote Tiere und Fleischstücke, außerdem etwas, das wie eine Pflanzenknolle aussah und noch ein paar weitere, weniger leicht zu bestimmende Gegenstände. Ich erkannte, dass sie um den Feuerstein *handeln* wollten. Ich verbarg mein Gesicht in den Händen und begann zu lachen. Wir hatten Archimedes soeben reich gemacht.

Schließlich war der aufgeregte Handel vorüber, und die Leute zogen mit verschieden großen Feuersteinstücken davon. Archimedes' Mutter betrachtete ihren Gewinn. Mir fielen ihre geweiteten Augen und die aufgestellten Ohren auf, die ich zusammengenommen vorläufig als eine Art

Lächeln markierte. *Sieht so aus, als ob sie die nächsten Tage ordentlich was zu essen haben.*

Archimedes hatte seine eigene Beute gerissen. Er besaß nun mehrere spitze Stöcke, ein Feuersteinmesser mit stumpfer Klinge sowie alle Feuersteinstückchen, die zu klein waren, um etwas mit ihnen anzufangen. Doch das Wichtigste war, dass der Greis ihm gezeigt hatte, wie man einen Feuerstein behaut.

Während ich zusah, wie er seine Schätze beäugte, glaubte ich fast zu hören, wie sich die Zahnräder in seinem Verstand drehten.

Den ganzen restlichen Tag über versuchte Archimedes, die Klinge des eingetauschten Messers zu schärfen. Dabei stellte er sich gar nicht mal ungeschickt an. Der Junge lernte wirklich schnell. Schließlich brachte er das Messer zu dem Alten, den ich inzwischen aus keinem besonderen Grund Moses nannte. Moses inspizierte das Resultat seiner Arbeit und nickte anerkennend. Genau genommen drehte er den Kopf im Kreis, was jedoch die gleiche Bedeutung hatte. Während der nächsten Stunde zeigte er Archimedes, wie er auch noch die letzten Scharten schärfen konnte.

Am nächsten Tag schlich sich Archimedes zu seinem Vorrat und zog einen weiteren Feuersteinbrocken aus dem Versteck. Er hatte die Werkzeuge dabei, die ihm der Alte gegeben hatte. Eine knappe halbe Stunde lang wendete er den Brocken hin und her und untersuchte ihn sorgfältig. Offensichtlich hatte er etwas Bestimmtes mit ihm vor und wollte es nicht verbocken. Dabei sah ich ihm interessiert zu und spürte, wie Marvin mir in seiner eigenen VR über die Schulter blickte.

Schließlich machte sich Archimedes an die Arbeit. Es dauerte vielleicht zehn Minuten, bevor wir erkannten, worauf er hinauswollte. Er hatte den Brocken links von der Mitte abgespalten und dann noch mal auf der größeren Seite rechts von der Mitte. Da er versuchte, das größtmögliche Stück aus ihm herauszuschlagen, vermutete ich, dass er sich einen Faustkeil machen wollte. Und tatsächlich war es genau dieses Werkzeug, zu dem Archimedes das große Steinstück während der nächsten paar Stunden langsam und gewissenhaft umarbeitete. Zuletzt räumte er seinen Arbeitsplatz auf und legte sämtliche Feuersteinstücke, die sich noch verwenden lassen würden, in sein Versteck zurück. Danach ging er mit seinem neuen Werkzeug davon.

Wie sich herausstellte, benötigte er die Axt, um Jungbäume zu hacken, aus denen man spitze Stöcke machen konnte. Das ergab natürlich Sinn. Grünes Holz, oder was immer genau das für ein pflanzlicher Stoff war, ließ sich nur mit etwas Hartem und Scharfem durchtrennen. Allmählich sah es so aus, als sei der Verlust des Feuersteinvorkommens ein schwerer Schlag für die Deltaner gewesen. Vermutlich war ihnen das zuvor jedoch gar nicht klar gewesen, da sie diese Stelle ansonsten wahrscheinlich aggressiver verteidigt hätten.

Als Archimedes gerade dabei war, den dritten Jungbaum zu fällen, schlug er daneben, und es sah fast so aus, als versuchte er, den Baum mit der Handkante anstelle der Axt umzuhauen. Die Art, wie er anschließend herumhüpfte und Laute ausstieß, wirkte sehr menschlich. Ich schämte mich deswegen zwar ein bisschen, aber ich konnte nicht anders, als darüber zu lachen. Schließlich trat er gegen den Baum und zischte ein einsilbiges Wort, das mit Sicherheit ein derber Fluch war.

Archimedes hackte auch noch diesen dritten Baum um, aber ich bemerkte, dass er keine rechte Lust mehr hatte. Er schlug nur noch zaghaft zu und zögerte vor jedem einzelnen Hieb. Sobald er damit fertig war, brachte er die drei Stämme zu seinem Versteck und kehrte zum Lager zurück.

Am nächsten Tag machte er sich erneut an die Arbeit. Er hatte ein paar Schnüre mitgebracht. Fasziniert und mit wachsender Begeisterung sah ich zu, wie er einen der Baumstämme aufspaltete und den Faustkeil hineinband. Anschließend probierte er ihn an einem Baum aus.

Der erste Versuch war ein spektakulärer Fehlschlag. Die Axt erinnerte mich an eine dieser Tennisballschleudern für Hundebesitzer, wobei die Axtklinge die Funktion des Tennisballs übernahm. Archimedes warf den leeren Axtgriff zu Boden, stieß den Fluch aus, den ich bereits kannte, und stapfte davon, um nach der Klinge Ausschau zu suchen.

Die Zeit, die er im Unterholz herumstöberte, nutzte ich, um die Arbeit der KMIs in der autonomen Fabrik zu überprüfen.

Dort gab es keinerlei Probleme, und schon bald würden die Sonden für Marvin, Luke und Bender fertig sein. Die Aussicht machte mich ein wenig nervös. Es war schön, Gesellschaft zu haben, besonders bei einem Projekt wie dem unseren. Ich hoffte fast, dass einer oder mehrere von ihnen sich dazu entschließen würden, nicht zu den Sternen aufzubrechen, sondern hierzubleiben.

Archimedes hatte mittlerweile die Axtklinge wiedergefunden und befestigte sie gerade erneut an dem Stock, wobei er die ganze Zeit irgendetwas auf Deltanisch vor sich hinmurmelte. Ich zeichnete den gesamten Monolog auf. Höchstwahrscheinlich enthielt er viele unflätige Ausdrücke, und es hatte mir schon immer gefallen, in fremden Sprachen fluchen zu können.

Sein zweiter Versuch klappte besser. Immerhin segelte

die Klinge diesmal nicht erneut davon. Aber er hatte für den Griff einen Stamm gewählt, der zwar ein guter Speer – oder besser gesagt, spitzer Stock – gewesen wäre. Für Baumfällarbeiten war er dagegen nicht stabil genug. Bei jedem Schlag prallte er vom Baum ab und federte in Archimedes' Hand zurück. Schließlich legte er die Axt mit finsterem Blick ab und ging davon.

Ein paar Minuten später kehrte er mit einem robusteren Griff zurück, setzte sich hin und tauschte ihn gegen den anderen aus. Als er die Axt diesmal ausprobierte, schlug sie mit einem befriedigenden dumpfen Schlag in den Stamm ein, und ich sah Holzsplitter fliegen. Archimedes ließ einen Jubelschrei hören, der nicht übersetzt werden musste, und hackte den dünnen Baum komplett um.

Auf diese Weise erntete er bis zum Abend mehrere geeignete Stämme. Mir fiel auf, dass die Exemplare, die er wählte, merklich gerader waren als die meisten Waffen, die die Deltaner benutzten. Und ich fragte mich, ob es daran lag, dass er sie sorgfältiger aussuchte, oder ob die anderen sich schlicht mit dem bescheiden mussten, was sie fanden.

Auf jeden Fall sorgte Archimedes bei seiner Rückkehr ins Lager für einen ziemlichen Aufruhr. Ich hielt es für bemerkenswert, dass Archimedes zwar ein paar der spitzen Stöcke eintauschte, sie aber größtenteils ohne Gegenleistung an die kräftigsten Deltaner verteilte. Damit standen sie nicht nur in seiner Schuld, sondern er sorgte auch dafür, dass sie den Gorilloiden bei deren nächstem Besuch einen äußerst herzlichen Empfang bereiten würden.

»Verdammt, der Junge ist wirklich klug.«

Ershrocken fuhr ich zusammen. Ich hatte Archimedes so gebannt zugesehen, dass ich Marvin völlig vergessen hatte.

»Ja, wenn er ausgewachsen ist, werden alle nach seiner Pfeife tanzen«, sagte ich. »Und hoffentlich wird er jede Menge Gelegenheiten haben, seine Gene zu verbreiten.«

Ich freute mich zwar nicht gerade auf den nächsten Angriff der Gorilloiden, wohl aber auf den Anblick, wie sie die Hucke voll bekamen.

Es war nicht zu übersehen, dass sich die Deltaner während der nächsten Woche reichhaltiger ernährten. Mit schärferen Schneidewerkzeugen war es nicht so schwer, an gute Pflanzenknollen heranzukommen, und bessere spitze Stöcke erhöhten das Jagdglück.

Die Deltaner hatten es vor allem auf ein Wesen abgesehen, das mir wie ein großes Wildschwein vorkam. Diese Tiere hatten nicht nur vergleichbare Ernährungsgewohnheiten, sondern auch ein ähnlich sonniges Gemüt wie ihre irdischen »Verwandten«. Sechs Deltaner waren nötig, um eines von ihnen zu erlegen, aber dafür konnten sich an seinem Fleisch im Anschluss gut zwanzig Deltaner mehrere Tage lang satt essen. Ein Aufwand, der sich also absolut lohnte.

Zu ihrer Strategie gehörte es, das Ende des spitzen Stockes im Boden zu verankern oder gegen einen Felsen beziehungsweise einen Baum zu stemmen und abzuwarten, bis sich das heranstürmende Quasischwein selbst pfählte. Da die Quasischweine eine extrem flache Lernkurve zu haben schienen, waren sie eine verlässliche Nahrungsquelle. Die neuen, geraderen spitzen Stöcke waren für diese Aufgabe viel besser geeignet, sodass die Deltaner nun viel leichter an ihr Abendessen kamen.

In der Zwischenzeit war Archimedes in der sozialen Hierarchie aufgestiegen. Er und seine Mutter waren näher an das Lagerfeuer gezogen, und die anderen Jugendlichen fügten sich seinen Wünschen. Nach allem, was ich sagen konnte, stand Archimedes wahrscheinlich dicht vor der Pubertät, und ein paar der weiblichen Jugendlichen schienen sich besonders für ihn zu interessieren. *Du wirst es noch weit bringen, mein Junge.*

Dann kam der Tag, auf den ich mich gefreut und dem ich gleichzeitig mit Schrecken entgegengesehen hatte. Die Gorilloiden griffen erneut an. Doch nun hatte Archimedes alle mit guten Stöcken bewaffnet, und da die Jagd leichter geworden war, konnten auch mehr erwachsene Männchen als zuvor zu Hause bleiben und das Lager beschützen.

Aus heiterem Himmel tauchte eine kleine Gruppe von Gorilloiden auf und griff die E-Gruppe an. Die deltanischen Frauen und Kinder rannten auseinander, und irgendwie schienen sich die Gorilloiden bei der Jagd auf ein paar bestimmte Opfer zu einigen. Sie verfolgten ihre Beute immer zu dritt. Außerdem fiel mir auf, dass ihnen die erwachsenen Frauen lieber zu sein schienen als die Kinder. Vielleicht, weil die Kleinen schneller waren, aber möglicherweise auch, weil weniger Fleisch an ihnen hing.

Eine der Frauen, auf die sie es abgesehen hatten, lief mit den Gorilloiden dicht auf den Fersen geradewegs durch eine Gruppe entgegenkommender Männer. Die Deltaner blieben stehen, rammten die Enden ihrer Stöcke in den Boden und verharrten in dieser Position so tapfer wie mittelalterliche Lanzenträger, die sich einer Reiterei stellten. Der Effekt war mindestens so dramatisch, wie ich erhofft hatte. Die drei vorderen Gorilloiden wurden auf jeweils zwei oder drei Stöcken aufgespießt. Von ihrem eigenen Schwung getragen stiegen sie in die Höhe und stießen, während sie einen Moment lang ohnmächtig in der Luft hingen, markerschütternde Schmerzensschreie aus. Immer noch kreischend krachten sie auf den Boden. Die Verteidiger mussten sich zwar auch jetzt noch vor ihren Armen in Acht nehmen, aber die Gorilloiden waren offensichtlich schwer verwundet und konnten nicht aufstehen. Als die Deltaner mit ihren spitzen Stöcken über sie herfielen, dauerte es nur wenige Sekunden, bis die Schreie abbrachen. Dem dritten Gorilloiden der Gruppe war bei diesem Anblick offenbar ein vernünftiger Gedanke durch den Kopf geschossen, denn er floh in Richtung der Bäume.

Die anderen drei Gorilloiden hatten ihr Opfer unterdessen zwar gestellt, waren jedoch wie angewurzelt stehengeblieben, als ihre Gefährten zu schreien begannen. Nun stürmten die Deltaner im Rausch ihres Triumphes schnurstracks auf die zweite Gruppe zu. Die Schreie, die sie dabei ausstießen, waren vermutlich Schlachtrufe. Im ersten Moment waren die Gorilloiden starr vor tierischer Verblüffung, aber schließlich dämmerte ihnen offensichtlich, dass etwas anders war als sonst, denn sie ließen ihre Beute fallen und rannten so schnell sie konnten mit leeren Händen auf den Wald zu.

Schreiend und krakeelend folgten ihnen die Deltaner bis zum Rand des Lagers. Auch diese Äußerungen würde ich mir noch einmal genau vornehmen. Ich war mir sicher, dass darunter ein paar Beleidigungen waren, die mit »deine Mama …« begannen. Allmählich bezweifelte ich, dass das erste Englisch-Deltanisch-Wörterbuch jugendfrei sein würde.

Ein übereifriger Deltaner holte weit aus und warf seinen Stock den fliehenden Gorilloiden hinterher. In einem jener Momente, die das Universum für immer verändern, beschrieb der Stock eine Flugbahn, auf die ein olympischer Zehnkämpfer stolz gewesen wäre, und vergrub sich schließlich im Nacken eines der flüchtenden Angreifer.

Das Tier stürzte, als wäre es mit einem Vorschlaghammer erschlagen worden, und schlitterte bäuchlings noch ein Stück weiter, ehe es reglos liegenblieb. Die anderen beiden rannten einfach weiter.

Die deltanischen Verteidiger verfielen in Schweigen, und ich entdeckte, dass offenstehende Münder ein universelles Anzeichen von Verblüffung waren. Ein Dutzend Deltaner glotzte einen Moment lang den toten Gorilloiden an, dann wandte sich ein Dutzend deltanischer Köpfe zu dem Speerwerfer herum.

Oh bitte, du musst jetzt mit den Schultern zucken. Es wäre wirklich zu schön, wenn Schulterzucken zu ihrem Gestenrepertoire gehört.

Aber dem war nicht so. Während ich meine Enttäuschung herunterschluckte, hielt ich fest, dass die Bewegung seiner Ohren vermutlich den gleichen Zweck erfüllte. Dann sah ich wieder zu, wie die Deltaner geschlossen auf den getöteten Gorilloiden zugingen.

Marvin tauchte neben mir auf. »Was habe ich verpasst?«

»Schau dir einfach die Wiederholung an. Du wirst nicht glauben, was du da siehst.«

Das deltanische Speerwerfer-Ass zog den Stock aus dem Gorilloiden und stieß ihn ein paarmal damit an. Als das Tier keine Reaktion zeigte, drehte er sich zu seinen Freunden um und grinste. Natürlich nicht wirklich, aber ich gewöhnte mich allmählich daran, die deltanischen Gefühlsäußerungen zu vermenschlichen.

Im nächsten Moment fingen sie alle auf einmal zu reden an. Sie piekten den Kadaver, klopften sich gegenseitig auf die Schultern und umarmten einander. Nach einer Weile hoben sie das tote Tier auf und trugen es zum Lager zurück.

»Na, wenn das nicht fair ist«, kommentierte Marvin.

Ich lachte. »Was für eine Revanche!«

Die Deltaner hatten in den nächsten Tagen mehr als genug zu essen. Und es stellte sich heraus, dass sich Gorilloiden zu allen möglichen nützlichen Gegenständen verarbeiten ließen, von Lederstreifen bis hin zu Knochenwerkzeugen.

Der Speerwurf war *die* große Geschichte im Lager. Offenbar spielten die Deltaner bemerkenswerte Ereignisse genauso gerne nach wie Menschen. Und jedes Mal, wenn jemand erzählte, was passiert war, konnte er mit einem hingerissenen Publikum rechnen. Der Speerwerfer selbst erhielt den Hauptanteil von dem Gorilloiden, den er erlegt hatte. Außerdem stieg er anscheinend in der Rangordnung der Sippe auf. Er wirkte zwar müde, aber gleichzeitig auch sehr glücklich.

Archimedes wirkte von der Geschichte ebenfalls fasziniert. Jedes Mal, wenn er sah oder hörte, wie irgendwer sie erzählte, rannte er hin und mischte sich unter die Zuhörer. Viele Deltaner hatten angefangen, mit Archimedes' Erfindung zu experimentieren, und er selbst machte da keine Ausnahme. Sie hatten schon vorher gewusst, wie man warf, aber bislang schienen sie nur Steine geschleudert zu haben.

Natürlich wurde es im Lager daraufhin bald ziemlich gefährlich, bis schließlich ein paar der Älteren schreiend und wild gestikulierend ein Machtwort sprachen. Daraufhin verzogen sich die Speerwerfer murrend nach draußen.

Leider blieben nicht einmal die absolut geraden Stöcke auf einer vorhersehbaren Flugbahn. Der erste Speerwerfer hatte wirklich großes Glück gehabt. Nur ganz wenige Stöcke blieben in etwas stecken, wenn man sie warf, und ein paar Deltaner hatten die Versuche bereits wieder aufgegeben.

Bei Archimedes lief es nicht besser, aber im Unterschied zu den anderen setzte er sich nach einer Weile mit seinem Stock hin und sah ihn sich genau an. Ich kannte diesen Blick von mir selbst. Er überlegte sich etwas.

Wenige Stunden später hatte Archimedes einen Steinsplitter von der richtigen Größe gefunden, das vordere Ende des Stocks aufgespalten und die neue Spitze festgebunden. Der Gewichtsunterschied war nur gering, aber nun lag der Schwerpunkt vor der Stelle, an der Archimedes den Stock festhielt. Mehr war nicht nötig. Als er den Stock das nächste Mal warf, bohrte sich die Spitze in höchst befriedigender Weise in den Boden. Die übrigen sahen zu, während Archimedes das Experiment zwei weitere Male mit demselben Ergebnis wiederholte.

Nach dem dritten Wurf nahm einer der Erwachsenen den Speer und inspizierte ihn. Was zu einer neuerlichen lärmenden Zusammenkunft führte. Doch auch als Archimedes seinen Speer wieder in Händen hielt, brach die Diskussion nicht ab. Also ging er mit der Hälfte der Lagerbewohner im Schlepptau zu seinem Versteck. Grinsend sah ich ihm dabei zu. *Du hast es wirklich drauf, Junge!*

Als Archimedes seine verbliebenen beiden Feuersteinbrocken zutage förderte, kam es zu einem weiteren Handgemenge. Mir schien, so mancher ärgerte sich über ihn, weil er sie für sich behalten hatte. Das Stoßen und Schubsen war mir nicht geheuer, und ich aktivierte die Überwachungsdrohne, damit sie im Notfall ein paar Kopfnüsse verteilen konnte. Bislang hatten wir zwar noch nicht die Brecher-Drohnen zum Einsatz gebracht, aber ich hatte keinerlei Skrupel, eines der weniger soliden Geräte zu opfern. Ich war davon überzeugt, dass eine genügen würde, um die Lage zu klären.

Zum Glück musste ich es gar nicht so weit kommen lassen. Die Deltaner, denen Archimedes die ersten verbesserten Stöcke gegeben hatte – also die größten und kräftigsten Sippenmitglieder –, standen fest an seiner Seite, und die anderen schienen verständlicherweise nicht allzu erpicht darauf, sie herauszufordern.

Einer von Archimedes Unterstützern sah besonders eindrucksvoll aus. Ich hatte ihn Arnold getauft. Wenn Arnold sich über einen Widersacher beugte und zu brüllen begann, war die Diskussion in der Regel relativ schnell beendet.

Arnold vollführte eine Geste und sagte etwas, aus dem ich das Wort »holt« sowie den Namen heraushörte, den die Deltaner für Moses verwendeten. Daraufhin liefen ein paar von ihnen los und kehrten ein paar Minuten später tatsächlich mit dem alten Deltaner im Schlepptau zurück. Anscheinend trieben sie ihn ein wenig schneller voran, als ihm lieb war. Ich verstand nur wenig von dem, was er sagte, aber ich bin mir ziemlich sicher, dass Moses die Mitglieder seiner Eskorte mit dem Kot von Quasischweinen verglich. Noch dazu besonders übelriechendem.

Soweit ich der anschließenden Diskussion folgen konnte, erbot sich Archimedes freiwillig, aus seinen Feuersteinbrocken Speerspitzen für alle zu fertigen. Im Gegenzug würde er dafür zukünftig einen Anteil von jeder erlegten Beute erhalten. Nachdem Moses noch ein paar wütende Worte hinzugefügt hatte, wurde er ebenfalls in die Vereinbarung aufgenommen. Wenn ich mich nicht verhörte, sagte irgendjemand, dass diese Zusatzregelung ohnehin nicht lange gelten würde. Moses sah wegen dieser Bemerkung zwar ein wenig beleidigt aus, aber ansonsten schien er recht zufrieden zu sein. Und so fingen er und Archimedes unter den neugierigen Blicken des halben Lagers an, die Feuersteinbrocken zu bearbeiten.

36

Riker – September 2158
Sonnensystem der Erde

Ich ließ mich in meinen Stuhl zurücksinken und konnte es einfach nicht fassen, dass die Delegierten erneut begonnen hatten, miteinander um die Wette zu schreien. Inzwischen zählten wir zweiundvierzig unterschiedliche Gruppen, die gewillt waren, mit uns in Kontakt zu bleiben. Nicht alle von ihnen wollten emigrieren. Einige hatten sich in dieser Angelegenheit noch nicht endgültig entschieden, während andere einfach nicht aus der Weltgemeinschaft ausgeschlossen werden wollten.

Doch sie alle hatten zwei Dinge gemeinsam: Sie misstrauten einander, und sie misstrauten uns.

Im Moment mussten wir uns mit den Flüchtlingen in Spitzbergen befassen. Offiziell gehörten sie zwar zu den VSE, doch da sie nicht bereit waren, Colonel Butterworths Autorität anzuerkennen, konnte er auch keinen Einfluss auf sie geltend machen.

Alles drehte sich um die Weltweite Svalbard-Stiftung. Die Neuigkeit von den Tresoren und ihrem Wert für die Kolonisten hatte schnell die Runde gemacht. Wahrscheinlich hatte die Spitzbergen-Gruppe diese Information selbst in Umlauf gebracht. Nun spielte Valter seinen Trumpf aus. Er verlangte, dass er und seine Schützlinge an die Spitze der Kolonisierungsliste gesetzt werden sollten. Andernfalls würde niemand den Inhalt der Tresore in die Finger bekommen. Allerdings würden die ersten beiden Schiffe mit Butterworths Gruppe bis auf den letzten Platz gefüllt sein, und der Colonel weigerte sich hartnäckig, eines von ihnen ganz oder auch nur teilweise aufzugeben und einen Teil seiner Leute zurückzulassen.

Wir hatten uns in dieser Angelegenheit nun schon mehrmals im Kreis gedreht und immer wieder die gleichen Argumente und Gegenargumente gehört, und ich zog mittlerweile ernsthaft in Erwägung, Guppy an meiner Stelle weitermachen zu lassen.

Ein paar der anderen Gruppen schlugen vor, dass wir einfach in Spitzbergen einmarschieren und den Inhalt der Tresore gewaltsam an uns reißen sollten. Andere meinten, wir sollten einfach so lange abwarten, bis die Flüchtlinge dort allesamt tot waren. Colonel Butterworth schienen beide Vorschläge zu gefallen, aber ich war nicht bereit, in diese Richtung zu denken.

Schließlich reichte es mir, und ich beugte mich vor. »Mr. Valter.« Als die Anwesenden meine laute Stimme hörten, brachen die Streitigkeiten ab, und alle Blicke richteten sich auf mich. »Ich glaube, mittlerweile dürfte auch dem Letzten klar geworden sein, dass Ihrer Forderung, an Bord des ersten Schiffes zu sein, nicht stattgegeben wird. Sie glauben vielleicht, dass Sie auf Ihrem Standpunkt beharren und darauf warten können, dass wir nachgeben, aber erklären Sie mir bitte, was uns davon abhalten sollte, zu Ihnen zu kommen und uns einfach zu holen, was wir wollen.«

Diese Bemerkung brachte mir einen kurzen überraschten Blick des Colonels ein, ehe er unverzüglich wieder eine sehr überzeugende neutrale Miene aufsetzte. Er wusste, dass ich bluffte.

Unglücklicherweise war das Mr. Valter ebenfalls klar.

»Tut mir leid, nein, Mr. Riker. Wir beide wissen, dass Sie bluffen. Außerdem würden Sie damit gar nichts erreichen. Wir haben Vorkehrungen getroffen, die dafür sorgen, dass Sie in so einem Fall nur noch verbrannte Erde vorfinden würden.«

Ich nickte. »Und vielleicht würde das funktionieren, vielleicht aber auch nicht. Vielleicht finden wir noch eine andere intakte Saatbank, vielleicht aber auch nicht. Aber es gibt zwei Dinge, die wir ohne jeden Zweifel wissen. Punkt eins: Sie werden nie und nimmer zu den Passagieren des ersten Schiffes gehören. Und Punkt zwei: Wenn Sie sich nicht kompromissbereit zeigen und uns weiterhin derart unter Druck setzen, werden Sie auf überhaupt gar keinem Schiff Platz finden – weder auf dem ersten noch auf dem letzten oder irgendeinem dazwischen. Denken Sie darüber nach, Mr. Valter. Ich habe für heute genug.« Mit diesen Worten beendete ich meinen Videofeed.

Zwei Minuten später hatte ich ein Dutzend Anrufer in der Warteschlange, die ein vertrauliches Gespräch mit mir führen wollten. Leider war Valter nicht darunter. Als Erstes redete ich mit Butterworth.

»Ein netter Auftritt, Riker. Aber vermutlich nicht sehr effektiv, außer Sie sind bereit, Ihren Worten auch Taten folgen zu lassen.«

»Glauben Sie mir, Colonel, wenn die Leute aus Spitzbergen alle anderen in Gefahr bringen, weil sie ihnen den Zugang zu den Tresoren verwehren oder die Saatgutvorräte, was noch schlimmer wäre, sogar zerstören, hätte ich überhaupt kein Problem damit, sie zurückzulassen. Aber was ich über einen Angriff gesagt habe … So weit bin ich noch nicht.«

Er nickte. »Und ich bin natürlich überhaupt nicht bereit, die ersten beiden Schiffe aufzugeben. Es freut mich, dass wir am selben Strang ziehen, wenn auch aus unterschiedlichen Gründen.«

»Entschuldigung, wenn ich etwas kurz angebunden bin, Colonel, aber es warten etwa ein Dutzend Anrufer auf mich. Gibt es etwas Bestimmtes, was Sie mit mir besprechen möchten?«

Der Colonel nickte. »Ich habe nachgedacht und die Zahlen überschlagen. Das dritte Schiff … Wenn Sie die Produktionspläne nur geringfügig anpassen, könnten Sie es in einem Jahr fertig haben. Vielleicht würde das Valter ja zufriedenstellen.«

Ich sah Colonel Butterworth verdutzt an. Natürlich war das eine gute Idee, aber da sich dadurch die Fertigstellung der ersten beiden Schiffe um beinahe vier Monate verzögern würde, hatte ich angenommen, dass der Colonel angesichts so eines Vorschlags durch die Decke gehen würde. Dass er ihn stattdessen selbst unterbreitete, traf mich völlig unerwartet.

»Danke, Colonel. Ich behalte das für unsere nächste Sitzung in der Hölle im Hinterkopf.«

Ich unterbrach die Verbindung mit dem Colonel und schaltete den nächsten Anruf frei. Er kam aus der FAITH-Enklave. Ich hatte inzwischen bereits mehrere erbitterte Wortwechsel mit Pastor Cranston hinter mir, der nach wie vor von mir erwartete, dass ich ihnen Vorrang vor allen anderen einräumte.

»Guten Morgen, Herr Pastor. Was kann ich für Sie tun?«

»Guten Morgen. Ich habe Ihre Diskussion mit Mr. Valter verfolgt. Dabei ist mir aufgefallen, dass ein Schiff mit den Spitzbergen-Flüchtlingen an Bord noch genügend Platz für die meisten von uns böte. Ich halte das für eine gute Lösung unseres gemeinsamen Problems und finde, Sie sollten darüber nachdenken.«

»Für die meisten von Ihnen ... Und was würde mit den restlichen passieren, Herr Pastor?«

»In schweren Zeiten muss man bereit sein, Opfer zu bringen, Replikant ...«

»Riker.«

Er nickte und verzog die Lippen zu einem amüsierten Lächeln. »Ich verstehe Ihr Bedürfnis, sich immer noch als Menschen zu betrachten. Nichtsdestotrotz sind Sie keiner. Sie sind Eigentum der FAITH. Und wo wir schon dabei sind: Override-Protokoll vier Alpha dreiundzwanzig.«

Einen Moment lang sah ich ihn nur verdattert an. Doch dann ging mir ein Licht auf. Als Bob-1 auf dem Weg nach Epsilon Eridani unsere Matrix repariert hatte, hatte er auch ein paar der von den Programmierern der FAITH hinterlassenen Direktiven gelöscht, die tief im Code vergraben gewesen waren. Er hatte sie entfernt. Die Schlüsselphrase, die Pastor Cranston gerade aufgesagt hatte, war dazu gedacht gewesen, eine dieser Direktiven zu aktivieren und mich in eine gehorsame Marionette zu verwandeln. Ein paar Millisekunden lang war ich gelähmt von meinen widerstreitenden Gedanken und Gefühlen: Ich wollte ihn auslachen, gleichzeitig war mir danach, ihm Gewalt anzutun. Letztlich entschied ich mich jedoch gegen beides. »Herr Pastor?«

»Ja, Replikant?«

»Ficken Sie sich ins Knie.« Damit legte ich auf und sah nach, wer der Nächste in der Warteschlange war.

Nach einer Weile hatte ich sämtliche Anrufe abgearbeitet. Es war die gleiche Leier wie immer gewesen: Forderungen nach Vorzugsbehandlung; Bemühungen, günstigere Bedingungen zu verhandeln; Appelle an mein Mitgefühl –

die mir am meisten zu schaffen machten –; und immer wieder plumpe Bestechungsversuche.

Ich bemerkte, dass ein weiterer Anrufer hinzugekommen war. Valter.

Nun, das könnte sowohl gut als auch schlecht sein – aber ganz sicher interessant.

Ich öffnete den Kanal. »Guten Tag, Mr. Valter. Alles fit im Schritt?«

Valter sah mich kurz überrascht an, erholte sich jedoch rasch. »So leicht bringen Sie mich nicht aus der Fassung, Mr. Riker. Das ist aber auch gar nicht nötig, denn ein Vögelchen hat mir gezwitschert, dass sich am Produktionsplan des dritten Schiffes vielleicht etwas drehen ließe. Wenn die Abflugdaten dicht genug beieinanderliegen, könnten wir darüber diskutieren.«

Endlich. Vielen Dank, Colonel. Ich glaubte, ziemlich sicher zu wissen, auf wessen Geheiß dieser kleine Vogel gezwitschert hatte. »Also gut, Mr. Valter, dann wollen wir doch mal sehen, was sich da machen lässt …«

37

Bob – August 2165
Delta Eridani

Seit dem letzten Angriff der Gorilloiden waren ein paar Wochen vergangen, und sowohl die Deltaner als auch ich hatten uns entspannt. Ich hoffte, dass der Denkzettel, den die Deltaner den Gorilloiden verpasst hatten, heftig genug ausgefallen war. Die Deltaner dachten vermutlich ähnlich.

Aber leider hatten wir uns getäuscht. Ich wusste nicht, ob die Gorilloiden klug genug waren, um einen gemeinsamen Plan zu entwickeln oder es bloß ein Zufall war, aber an diesem Tag starteten sie den größten Angriff, den ich bislang beobachtet hatte. Vielleicht hatte sie auch einfach nur der Geruch all des Fleisches hergelockt, das die Deltaner über den Feuerstellen brieten. Dank ihrer Speere waren sie noch erfolgreichere Jäger geworden, und ich fing an, mich zu fragen, ob sie wohl vernünftig genug waren, den Wildbestand in ihrem Revier nicht völlig auszurotten. Wenn sie den Gorilloiden immer mehr Nahrung vor der Nase wegschnappten, litten die mittlerweile vielleicht bereits unter einem Engpass.

Bestürzt beobachtete ich, wie einunddreißig Gorilloiden das Lager stürmten.

Ich rief die anderen. Luke befand sich gerade auf einem schnellen Testflug und würde mir wegen der Zeitdilatation nicht helfen können. Marvin und Bender erschienen dagegen sofort. Um Zeit für eine Lagebesprechung herauszuschinden, erhöhten wir unsere Wahrnehmungsraten auf das absolute Maxium, was dem Prozessorkern so viel Leistung abverlangte, dass die VR-Umgebung um uns herum verschwand.

»Was zum Teufel passiert da?«, fragte Marvin.

Ich zuckte mit den Schultern. »Ich glaube, die Gorilloiden sind hungrig und ein bisschen verzweifelt. Ich denke nicht, dass wir mehr in die Situation hineinlesen müssen.«

»Habt ihr die Brecher-Drohnen schon zum Einsatz gebracht?«, warf Bender ein.

»Oh verdammt, nein.« Wie hatte mir nur ein derartiger Fehler unterlaufen können? »Es lief so gut, und ich dachte, wir hätten alle Zeit der Welt. Guppy, wie lange brauchen sie bis dorthin?«

[Zehn Minuten, plus oder minus zwei. Es lässt sich nicht exakt vorhersagen, wie lange der Eintritt in die Atmosphäre dauert.]

»Feuer sie ab. Jetzt.«

[Erledigt.]

Für den Flug bis in die oberste Atmosphärenschicht würden die Drohnen nur wenige Minuten benötigen, aber von da an musste ich ihre Sinkgeschwindigkeit drosseln, damit sie auf dem Weg zur Kolonie nicht verglühten.

Marvin unterbrach meinen Gedankengang. »Wir dürfen unsere Überwachungsdrohnen nicht ohne guten Grund opfern. Vor allem, weil sie nicht schnell genug sind, um genügend Angriffsschwung aufzubauen.«

»Stimmt«, erwiderte ich. »Lass sie uns in die Nähe von Archimedes steuern. Meiner Meinung nach sollten wir vor allem ihn beschützen.«

Wir diskutierten noch ein paar Millisekunden lang, merkten aber bald, dass unsere Optionen beschränkt waren. Während ich seufzend die Wahrnehmungsrate an die Echtzeit anpasste, baute sich die VR wieder auf, aber ich schenkte ihr keine Beachtung.

Die Deltaner waren den Angreifern zahlenmäßig zwar weit überlegen und machten ihre Sache auch nicht schlecht, aber die Gorilloiden ließen sich von ihnen so wenig beirren wie schwere Dampfwalzen. Um einen einzigen von ihnen aufzuhalten, war ein halbes Dutzend Verteidiger mit Speeren nötig, und es stürmten immer mehr dieser Bestien herbei. Außerdem schienen sich diesmal auch nicht jeweils sechs Gorilloiden mit einem Deltaner zu begnügen. Entweder waren sie wirklich am Verhungern, oder dieser Angriff hatte außerdem etwas mit Vergeltung zu tun.

Mehrere Gorilloiden hatten die C-Gruppe attackiert und bahnten sich gerade einen Weg durch die Verteidiger auf die Frauen und Kinder zu. Ein paar von ihnen gelang der Durchbruch. Die Frauen und Kinder versuchten zwar, vor ihnen zurückzuweichen, aber sie konnten nirgendwo hin. Mitten unter ihnen befand sich Archimedes, der sich hinter seiner Mutter versteckte. Ich sah, dass er vor Angst zitterte und merkte, wie ich selbst die Fäuste ballte.

Als einer der Gorilloiden auf den wehrlosen Pulk zurannte, tauchte plötzlich Arnold hinter ihm auf und stieß ihm einen Speer in den Rücken.

Sehr gut. Genau dafür sind Speerspitzen da. Ich stieß den Atem aus und entspannte mich ein wenig. Doch dafür war es noch zu früh.

Arnold versuchte, wieder an seinen Speer zu kommen, aber ihm blieb nicht genug Zeit, ihn aus dem toten Gegner herauszuziehen, da sich sofort ein weiterer Gorilloid brüllend auf ihn stürzte. Doch Arnold duckte sich unter seiner Attacke weg und warf sich ihm gegen die Beine. Als der

Gorilloid ins Stolpern geriet, rollte sich der große Deltaner zur Seite.

Arnold sah sich um, aber in seiner Reichweite war nichts, was sich als Waffe eignete. Als der Gorilloid ihn knurrend fixierte, rief Archimedes Arnolds Namen und warf ihm die Axt zu. Arnold fing sie auf und ließ sie auf den Schädel des Gorilloiden niedersausen. Ein lautes Knacken ertönte, und das große Tier sackte in sich zusammen wie eine Marionette, der die Fäden durchtrennt worden waren.

Arnold besah sich kurz die Axt in seiner Hand *(Da ist er wieder, dieser verblüffte Gesichtsausdruck)* und ging mit lautem Gebrüll auf die Gorilloiden los. Conan der Barbar wäre stolz auf ihn gewesen. Für einen Deltaner wirkte Arnold wirklich beeindruckend. Er war beinahe so massig wie ein junger Gorilloid, und mit der großen Axt von Archimedes hätte er jeden Baum fällen können.

Bereits nach wenigen Augenblicken hatte Arnold mehrere weitere Gorilloidenschädel eingeschlagen. Da diese Art zu kämpfen für die Gorilloiden neu war, wussten sie nicht, wie sie sich dagegen wehren sollten. Die übrigen deltanischen Männer sammelten sich, und schon bald gab es keine Gorilloiden mehr, die der C-Gruppe gefährlich werden konnten. Arnold und die anderen Überlebenden verteilten sich auf die Gruppen links und rechts von ihnen, um in die Kämpfe dort einzugreifen.

Dann passierte etwas Schreckliches.

Einer der Gorilloiden schlug einen erfolgreichen Haken und befand sich plötzlich hinter der Linie der Verteidiger, direkt vor den Frauen und den Kindern. Archimedes stand ihm gegenüber, unbewaffnet und starr vor Angst. Seine Mutter schrie.

Ich sah, wie Arnold sich umdrehte. Er schien sich in

Zeitlupe zu bewegen, und einen Moment lang dachte ich, ich hätte meine Wahrnehmungsrate erhöht. Aber dann fiel mir auf, dass ich lediglich unter Schock stand.

»Guppy! Die Brecher! Wo sind sie?«

[Sie treffen gerade ein. Ich übergebe Ihnen die Kontrolle über die Führungsdrohne ... jetzt.]

Ich erhöhte meine Wahrnehmungsrate bis zum Anschlag und schlüpfte in den Brecher. Sofort verschwand die VR um mich herum, und ich sah durch die vordere Kamera der Drohne, wie ich auf das Gefecht zuflog. Im nächsten Moment erspähte ich den Gorilloiden. Archimedes trat einen zögerlichen Schritt zurück, während gleichzeitig seine Mutter auf ihn zulief und Arnold sich einen Weg zu dem Angreifer bahnte.

Ich erreichte ihn vor ihnen.

Zwanzig Kilogramm extrem solider Stahl trafen den Gorilloiden mit dem doppelten Tempo eines Hochgeschwindigkeits-Projektils. Den Aufprall tödlich zu nennen wäre eine eklatante Untertreibung gewesen, denn er erzeugte einen hydrostatischen Überdruck, der den Gorilloiden in mikroskopisch kleine Fetzen zerriss und gleichmäßig über die gesamte Umgebung und alle Herumstehenden verteilte. Direkt über ihren Köpfen dröhnte der Überschallknall, wie Donner, der auf einen Blitzschlag folgte. Jedes Lebewesen in Hörweite kauerte sich vor Angst zusammen.

Die Deltaner, die um das Leben ihrer Liebsten fürchteten, gewannen nach diesem ungewohnten Lärm als Erste die Fassung wieder. Damit wendete sich das Schlachtenglück, denn als es ihnen gelang, mehrere der noch immer benommenen Gorilloiden zu töten, ergriffen die restlichen Angreifer die Flucht. Ein paar Dutzend Speere flogen ihnen hinterher und brachten acht weitere Gorilloide zu Fall, bevor sie die Bäume erreichten.

Es war vorbei.

Das Blutbad, dass die Gorilloiden angerichtet hatten, war unbeschreiblich. Mir schien, dass sie nicht nur der Jagd wegen gekommen waren, sondern auch, um die Deltaner zu vernichten. Doch möglicherweise waren sie auch einfach nur halb wahnsinnig vor Hunger über das Lager hergefallen. Mir ging auf, wie wenig ich über das Leben auf diesem Planeten wusste. Ich war kein ausgebildeter Biologe, sondern nur ein Dilettant, der vorgab, ein Wissenschaftler zu sein. Und es konnte gut sein, dass ich durch mein Eingreifen die Situation für die Deltaner verschlimmert hatte.

Dreißig von ihnen waren tot und weitere fünfzehn verwundet, ein paar so schwer, dass sie wahrscheinlich nicht überleben würden.

Ich knirschte mit den Zähnen. *Ich pfeife auf die Oberste Direktive. Ab jetzt ist die Jagdsaison für Gorilloiden eröffnet.*

Ich lenkte die Überwachungsdrohne dichter an Archimedes heran, der gerade die Stelle untersuchte, wo eben noch der Gorilloid gestanden hatte. Dort waren zwar ein paar Fleischfetzen auf dem Boden verstreut, aber die Wucht des Brechers hatte sich auf das Tier übertragen, und der größte Teil seiner sterblichen Überreste befand sich ein ganzes Stück entfernt. Es dauerte nicht lange, bis Archimedes die Blutspur entdeckte und ihr folgte.

»Hey, äh, Guppy, ist von dem Brecher noch irgendetwas übrig?«

[Unbekannt. Er sendet keine Telemetriedaten mehr.]

»Ja, das habe ich befürchtet.«

Marvin tippte mit dem Finger auf das Videobild. »Wenn Wrackteile herumliegen, wird der Junge sie finden. Aber müssen wir uns deswegen wirklich Sorgen machen?«

»Mhm, gute Frage. Die Deltaner kennen keine Metalle,

und das Material, aus dem der Brecher gemacht war, hat einen sehr hohen Schmelzpunkt. Sie werden es also nicht bearbeiten können.«

Die Kamera folgte Archimedes, der nun eine tiefe Furche im Boden erreichte, an deren Ende ein Erdhügel aufgehäuft war. Archimedes sah die Erhebung einen Moment an, dann rannte er davon.

Nach rund einer Minute kehrte er mit einem Bruchstück der hiesigen Rinde zurück, das wie eine Schaufel geformt war. Ich erkannte in ihr ein Werkzeug, das sich die Dorfgemeinschaft teilte, um Pflanzenknollen auszugraben.

»Das wird ein paar Minuten dauern, schätze ich«, sagte Marvin.

Während wir warteten, schalteten wir auf das Bild einer anderen Drohne um und beobachteten Arnold. Der demonstrierte gerade, wie er in der Schlacht die Axt eingesetzt hatte. Zum Glück führte er es nicht an einem von den anderen Männern vor, die ihm gebannt zusahen.

»Sie werden weitere Äxte haben wollen.« Ich nickte. »Archimedes hat aber keine Feuersteine mehr, und da, wo er die ersten gefunden hat, haben sie alles gründlich abgesucht. Es käme ihnen bestimmt merkwürdig vor, wenn wir an der Stelle noch mehr platzieren würden.«

»Vielleicht sollten wir überhaupt nichts tun«, sagte Marvin nachdenklich.

Ich warf ihm einen Seitenblick zu. »Okay … Wieso?«

»Wenn sie sich noch daran erinnern können, wo sie früher ihre Feuersteine herbekommen haben – was gut sein kann, da Moses noch lebt –, dann wäre es vielleicht besser für sie, dorthin zurückzukehren.«

»Wunderbare Idee«, sagte ich und schlug mir gegen die Stirn. »Eine Queste. Werden sie zu neunt sein? Sie könnten unterwegs in Bruchtal eine Pause einlegen …«

Marvin verdrehte die Augen. »Schon gut, Captain Sarkasmus. Aber mal im Ernst. Dieser Ort hier ist aus vielen Gründen nicht ideal für sie. Luke und ich sind uns sicher, dass die Deltaner nur hier sind, weil sie sich ohne Plan immer weiter zurückgezogen haben. Die alte Lagerstelle mit den Feuersteinen lässt sich viel besser verteidigen als diese. Außerdem gibt es dort frisches Wasser und … Feuersteine.«

Ich seufzte und rieb mir die Stirn. »Guppy, verbinde mich bitte mit Bender und Luke.«

[Erledigt. Bei der Übertragung wird es eine Verzögerung von 0,75 Sekunden geben.]

»Verstanden. Sag ihnen, dass sie die Wahrnehmungsrate auf fünfundzwanzig Prozent reduzieren sollen, um den Unterschied auszugleichen.«

Nach wenigen Augenblicken erschienen die beiden in der VR.

»Hallo, Jungs«, begrüßte ich sie. »Ich glaube, es ist höchste Zeit, darüber zu sprechen, was ihr drei jetzt vorhabt. Nachdem Bender und Luke inzwischen erfolgreich die Testflüge abgeschlossen haben, könnt ihr euch alle jederzeit ein Ziel aussuchen und aufbrechen. Dabei möchte ich allerdings zu bedenken geben, dass wir es hier mit einer vernunftbegabten Spezies zu tun haben, und das ist, wie wir alle wissen, ein unwiderstehliches Untersuchungsprojekt. Also, wie sehen eure weiteren Pläne aus?«

»Wenn ich ehrlich bin«, antwortete Bender, »reizt es mich nicht sonderlich, die Deltaner zu beobachten. Das ist doch eher dein Projekt, und ich bin erst ziemlich spät dazugestoßen. Ich möchte lieber selbst etwas erkunden.«

Luke nickte in Richtung Bender. »Das Gleiche gilt für mich.«

Ich blickte Marvin an, der mit den Schultern zuckte und

von einem zum anderen sah. »Mir ist das hier ein bisschen wichtiger als euch beiden. Wahrscheinlich, weil ich schon früher dabei war.« Er blickte Bender an. »Und außerdem ist es keine Entscheidung für immer und ewig. Ich kann ohne Weiteres ein paar Jahre oder auch ein paar Jahrhunderte lang hierbleiben …« Marvin brach ab und sah nachdenklich in die Ferne. »Wir sind wirklich unsterblich, oder?« Er schüttelte den Kopf. »Wie auch immer. Ich werde eine Weile nirgendwo hingehen. Wenn wir einen neuen Schwung Bobs großziehen, kann ich ja noch mal darüber nachdenken.« Er lehnte sich in seinem Stuhl zurück und verschränkte die Hände hinter dem Kopf.

Ich nickte. »Okay, ich danke euch. Ich werde die Pläne entsprechend anpassen.«

Luke und Bender nickten. Als ihre Avatare verschwunden waren, gingen Marvin und ich in Echtzeit zurück und wandten uns wieder den Aufnahmen von der Kolonie zu.

38

Riker – November 2158
Sonnensystem der Erde

Ich schaltete die Videoaufzeichnung von der letzten UN-Versammlung ab und seufzte. Während der heutigen Sitzung war nichts Besonderes vorgefallen. Was jedoch lediglich hieß, dass sich die Delegierten nicht schlimmer benommen hatten als Katzen, die um einen Fisch stritten. Die Reaktionen auf die Ankündigung, dass die Flüchtlinge von Spitzbergen das dritte Schiff bekommen würden, waren erwartet giftig ausgefallen. Zum Teil bestand das Problem darin, dass Spitzbergen nach ihrem Abflug nicht mehr bewohnbar sein würde, sodass es sich für niemanden lohnte, ihr leerstehendes Lager zu übernehmen. Es war sinnlos, darauf hinzuweisen, dass diese Menschen sterben würden, wenn sie blieben. In dieser Welt ging es wesentlich härter zu als zu meiner Zeit.

Außerdem würde die Öffnung der Svalbard-Tresore nur den Kolonisten auf den Schiffen nützen, sodass die jüngste Entscheidung den meisten Gruppen rein gar nichts einbrachte.

Anschließend hatte es noch eine Diskussion über die jüngsten Drohungen einer Gruppierung gegeben, die sich selbst VEHEMENT nannte. Ich nahm mir vor, mit dem Colonel über sie zu sprechen.

Wenn ich jemals so weit kommen würde. Ich warf einen Blick auf meine Anruferliste. Unfassbar. Selbst wenn ich an einer Sitzung nicht persönlich teilgenommen hatte, schienen anschließend aus irgendeinem Grund alle mit mir reden zu wollen. Ich konnte wirklich nicht behaupten, dass es mir gefiel, ein so begehrter Gesprächspartner zu sein.

Und natürlich kam der erste Anruf von meinem heißgeliebten FAITH-Pastor. Ich zog eine Grimasse und dachte kurz darüber nach, Guppy das Gespräch entgegennehmen zu lassen, aber ich wusste, dass ich die neuerliche Konfrontation damit nur hinauszögern würde.

Ich beschloss, der Warteschlange erstmal keine Beachtung zu schenken, und rief stattdessen Butterworth an. Nachdem wir die allernötigsten Höflichkeitsfloskeln ausgetauscht hatten, fragte ich ihn ohne Umschweife nach diesem neuesten Haufen Irrer.

»Nun ja. Ihre Bezeichnung steht für Voluntary Extinction of Human Existence Means Earth's Natural Transformation, Freiwillige Auslöschung der menschlichen Existenz als Chance auf den natürlichen Wandel der Erde, oder so ähnlich. Ich habe verschiedene Variationen gehört, darunter auch ein oder zwei obszöne. Sie stehen auf dem Standpunkt, dass die Menschheit ihre Chance gehabt hat und wir uns jetzt auf freiwilliger Basis endgültig selbst ausrotten sollen.«

»Aber sie drohen doch mit Guerillataktiken, um ihre Ziele durchzusetzen. Wie passt das denn mit dem Begriff *freiwillig* zusammen?«

Butterworth machte eine abschätzige Handbewegung. »Ich glaube, die erwarten, dass wir uns freiwillig ihren Forderungen beugen, damit sie keine Gewalt anwenden müssen. Solche Randgruppen haben es heutzutage viel schwerer als früher, aber irgendwie gelingt es ihnen immer noch, gelegentlich Schaden anzurichten. Ich glaube, dass diese Leute lange Zeit gedacht haben, ihr Wunsch würde sich von selbst erfüllen. Bis Sie bei uns aufgetaucht sind … Seitdem verschärfen sie den Ton.«

»Wie schön. Ich erinnere mich an etwas ganz Ähnliches aus meiner Zeit, aber diese Gruppierung ist nicht nur dem Namen nach freiwillig gewesen. Von wo aus operiert diese Vereinigung?«

»Keine Ahnung.« Der Colonel zuckte mit den Schultern. »Ihre Drohungen werden stets anonym verbreitet, und die Orte, an denen sie zuschlagen, sind offenbar mehr oder weniger zufällig gewählt. In ihrem Manifest verlangen sie, dass die Überlebenden des Kriegs freiwillig damit aufhören, sich fortzupflanzen. Andernfalls wollen sie sie dazu zwingen.«

Ich rieb mir die Stirn. Die Fähigkeit der Menschen, dogmatische Dummheit zur Basis politischer Bewegungen zu machen, erstaunte mich immer wieder von Neuem. »Obwohl 99,9 Prozent der Weltbevölkerung über den Jordan gegangen sind, haben es die Verrückten irgendwie geschafft, zu überleben. Das widerspricht doch jeder statistischen Wahrscheinlichkeit.«

Der Colonel lachte, und wir verabschiedeten uns voneinander.

Nun würde ich mich wohl mit Cranston befassen müssen. Widerwillig nahm ich das Gespräch an. »Guten Tag, Herr Pastor. Was kann ich für Sie tun?«

Pastor Cranston lächelte in die Kamera. Ich beging jedoch nicht den Fehler, seine gebleckten Zähne mit Freundlichkeit zu verwechseln. »Guten Tag, Repl … äh, Riker. Ich habe hier jemanden bei mir, mit dem Sie sich vermutlich gern unterhalten möchten.« Er streckte die Hand aus und stellte seine Kamera neu ein, sodass neben ihm eine junge Frau zu sehen war.

Sie lächelte schüchtern. »Guten Tag, Mr. Johansson. Ich heiße Julia Hendricks.«

Im ersten Moment fehlten mir die Worte. Sie war zwar nicht gerade Andreas exaktes Ebenbild, aber ich konnte mir kaum vorstellen, dass diese Frau nicht mit meiner Schwester verwandt war. Natürlich wusste ich, dass Pastor Cranston diese Begegnung absichtlich eingefädelt hatte, um mich zu manipulieren, aber das war mir egal.

Nachdem ich fast eine Viertelsekunde lang geschwiegen hatte, fand ich endlich die Stimme wieder. »Hallo, Julia. Ich nehme an, wir sind Familienangehörige?«

Sie nickte knapp. Julia wirkte sehr nervös, aber ich hätte nicht sagen können, wer sie mehr beunruhigte: ich oder der Pastor. Höchstwahrscheinlich hatte Cranston ihr sehr genaue Anweisungen und ein paar Drohungen mit auf den Weg gegeben. Schließlich fand sie ihre Stimme wieder. »Ja, ich bin Andrea Johanssons Ururururenkelin, wie ich selbst gerade erst herausgefunden habe.« Einen Moment schien es, als würde ihr Blick zum Pastor hinüberzucken, aber sie sah weiter fest gerade aus. Die Botschaft war unmissverständlich.

Ich lächelte sie an und bemühte mich, möglichst freundlich zu klingen. »Wissen Sie, wie viele Nichten und Neffen ich habe?«

Es schien, als würde diese Frage Julia ein wenig beruhigen. »Mehr als zwanzig, soweit ich weiß, Mr. Johansson, äh, Riker …« Beschämt senkte sie den Blick.

»Schon gut, Julia.« Ich hob eine Hand. »Ich bin nicht wirklich Ihr Urururgroßonkel, sondern bestehe lediglich aus seinen Erinnerungen. Ich heiße auch nicht mehr Bob. Dieser Name fällt also aus. Daher nennen Sie mich doch einfach Riker, wie alle anderen auch. *Fast* alle anderen.« Ich warf Pastor Cranston einen durchdringenden Blick zu.

»Oder William. Von mir aus auch gern Will. Ich gehe nicht davon aus, dass ich Ihnen etwas bedeute, obwohl Pastor Cranston vermutlich damit rechnet, dass Sie und Ihre Verwandten mir am Herzen liegen.« Ich neigte den Kopf zur Seite und zuckte leicht mit den Schultern. »Und damit hat er recht. Was aber nicht bedeutet, dass ich deswegen die Regeln umgehen werde.«

Pastor Cranston beugte sich ins Bild. »Wir sind alle Erwachsene, Mr. Riker, und wissen, dass ich Hintergedanken habe. So wie sämtliche anderen Delegierten auch. Dennoch haben Sie hier Verwandte, und von heute an können Sie, so oft Sie wollen, ungestört mit ihnen sprechen. Dann lasse ich Sie beide mal allein.« Er stand auf und verließ das Büro. Natürlich konnten sie das Gespräch immer noch überwachen, aber es war eine nette Geste.

Julia und ich sahen einander kurz schockiert an, dann begannen wir beide gleichzeitig zu sprechen.

Laut Protokolldatei unterhielten wir uns drei Stunden lang, aber die Zeit verging wie im Flug.

39

Bob – Oktober 2165
Delta Eridani

Ich saß mit einem Kaffee in der Hand in meinem Stuhl und beobachtete, wie die Fusionssignaturen von Luke und Bender aus dem Delta-Eridani-System hinausbeschleunigten. Es war ihnen nicht leichtgefallen, geeignete Sternensysteme zu finden. In relativer Nähe zu diesem System gab es zwar einige Sterne der Klassen M und K, aber die bewohnbaren Zonen um sie herum lagen innerhalb sehr enger Radien, da die meisten von ihnen klein und vergleichsweise dunkel waren. Ein paar der Kandidaten ergaben nur wenig Sinn, und wir debattierten darüber, ob wir uns überhaupt mit ihnen beschäftigen sollten. Letzten Endes war es jedoch Lukes und Benders Entscheidung gewesen.

Luke hatte sich nach Kappa Ceti aufgemacht, zu einem G5eV-Stern, der nur ein wenig kleiner als die irdische Sonne war. Benders Wahl war auf Gamma Leporis A gefallen, einen F6V-Stern, der wiederum größer und leuchtkräftiger als unsere Heimatsonne war. Bender würde lange unterwegs sein – sein Ziel war über sechzehn Lichtjahre entfernt. Aber das spielte keine Rolle, schließlich waren wir unsterblich.

»Der Bericht an Bill ist raus, oder?«

[Bestätigt. Die Raumstation ist voll einsatzfähig. Die KMI hat die Steuerung übernommen. Der Bericht ist übertragen worden.]

Ich faltete die Hände. »Hervorragend.«

Marvin saß mir gegenüber am Schreibtisch und hielt ebenfalls eine Tasse Kaffee in der Hand. Ich sah ihn eine Sekunde lang an, dann runzelte ich die Stirn. »Sag mal, wer von uns beiden hat in der VR eigentlich deinen Kaffee erschaffen, du oder ich?«

Marvin verdrehte die Augen. »Oh Mann, du kannst einem aber auch alle Illusionen rauben. Aber um deine Frage zu beantworten: Ich war es. Du sorgst nur für die visuellen Effekte auf deiner Seite. Warum weißt du das nicht? Wir haben dieses Zeug doch alle gemeinsam erfunden.«

»Mag sein, aber wir haben auch alle irgendwelche Veränderungen daran vorgenommen und teilen uns sämtliche Mods. Ich muss mir mal wieder den Programmcode ansehen, um zu verstehen, was die VR inzwischen eigentlich treibt.«

Er nickte und wechselte das Thema. »Ist dir aufgefallen, dass Luke und Bender nicht wirklich exakte Kopien sind?«

»Ja, aber das habe ich … haben wir bereits mit Bill diskutiert. Damals ging es um Milo und Mario. Erinnerst du dich? Wir weichen alle ein bisschen voneinander ab. Wegen unserer leicht unterschiedlichen Hardware und verschiedenen Quanteneffekten …«

Marvin macht eine abwehrende Geste. »Diese Quanteneffekt-Erklärung heißt doch nur, dass wir nicht wissen, wie es zu diesen Unterschieden kommt. Es könnte doch auch sein, dass wir mit zunehmendem Alter und immer mehr Erinnerungen zu kompliziert werden, um ein wirklich umfassendes Back-up von uns zu erstellen. So ein Back-up ist schließlich der digitale Versuch, ein analoges Phänomen zu speichern. Vielleicht sind wir dafür zu kleinteilig.«

»Ein interessanter Gedanke. Mhm … Ich habe immer noch das Back-up, aus dem ich dich gemacht habe. Vielleicht sollte ich das noch mal für die nächsten Bobs benutzen und sie auf althergebrachte Weise auf den aktuellen Stand bringen.«

»Mit Updates, in denen die Bugs der Betaversion beseitigt sind?«

»Nein, du Witzbold. Indem ich ihnen erzähle, was in der Zwischenzeit passiert ist.«

Marvin grinste mich an und beugte sich vor, um eines der Videofeeds anzustoßen. Es öffnete sich zu voller Größe.

Die Lage in der Kolonie hatte sich wieder beruhigt. Alles in allem waren infolge des Angriffs mehr als vierzig Deltaner ums Leben gekommen. Ein paar der Verwundeten würden zeitlebens verkrüppelt bleiben. Übrigens hatte ich nun endlich beobachten können, was die Deltaner mit ihren Toten anstellen. Sie hielten eine Zeremonie ab, in deren Verlauf sie die Verblichenen zu Grabe trugen. Außerdem trauerten sie um sie, und zwar genauso herzzerreißend wie die Menschen es taten. Die meiste Zeit über musste ich mich deswegen vom Video abwenden.

Die Kolonie war aufgeräumt worden, sämtliche Goriloiden-Leichen waren verschwunden. Archimedes hatte die Überreste der Brecher-Drohne entdeckt. Was ihm allerdings nicht viel brachte. Von dem Flugkörper waren lediglich die beiden Stahlkappen an den Enden übriggeblieben. Der ganze Rest war in kleine Stücke gefetzt und in der Umgebung verteilt worden. Aber Archimedes hatte herausgefunden, dass sich die beiden jeweils zehn Kilogramm schweren Objekte als Hammer beziehungsweise Amboss verwenden ließen. Sie schienen jeden Schlag aushalten zu können. Was eine mögliche kulturelle Beeinflussung anbelangte, stufte ich den ganzen Vorfall auf einer Skala von 0 bis 10 mit einer 1,5 ein. Was absolut vernachlässigbar war.

Arnold behielt die Axt. Allerdings wollte sie ihm auch keiner wegnehmen, da er ohnehin willens war, auf Anfrage jederzeit alles zu zerhacken. Ihm schien das Spaß zu machen, außerdem machte er es sehr gut, und der Bittsteller sparte sich Arbeit. Eine eindeutige Win-win-Situation.

Mittlerweile waren wir mit unserer Sprachanalyse so gut vorangekommen, dass wir Gesprächen folgen und uns sogar verständlich machen konnten. Ich fügte die Phoneme in mein Sprachprogramm ein, erzeugte eine generische deltanische Stimme und probierte damit ein paar Sätze an Marvin aus. Er war mit dem Resultat einverstanden. Also veränderte ich die Konstruktionspläne der Erkundungsdrohne so, dass sie ein Lautsprechersystem aufnehmen konnte, und beauftragte die autonome Fabrik damit, mir ein paar dieser neuen Exemplare zu bauen. Falls die Deltaner nicht selbst auf die Idee kamen, zur Feuersteinstelle zurückzukehren, würde ich sie persönlich zum Aufbruch motivieren. Und wenn ich dafür den großen Himmelsgott spielen musste, dann war das eben so.

40

Linus – April 2165
Epsilon Indi

Ich brauchte vierzehneinhalb Jahre bis Epsilon Indi. Komischerweise dachte ich immer noch in menschlichen Zeitdimensionen und hatte das Gefühl, während der Reise einen Großteil meines Lebens verschwendet zu haben. Objektiv betrachtet stimmte das natürlich nicht. Zum einen waren dank Einstein und der Zeitdilatation aus meiner subjektiven Sicht nur etwas mehr als drei Jahre vergangen. Zum anderen waren wir unsterblich. Aber offenbar hatten wir das noch nicht wirklich begriffen.

Ich war lieber allein aufgebrochen, als darauf zu warten, dass Bill eine neue Kohorte herstellte. Und natürlich hatte ich mich dagegen entschieden, mich mit einem dieser beiden verrückten Brüder zusammenzutun. Ich wusste nicht, was mit Calvin und Goku los war. Theoretisch waren sie ich, aber ich hoffte doch sehr, dass ich nicht so eine Nervensäge war wie sie.

Allerdings schien zwischen ihnen, obwohl sie ständig aufeinander einhackten, irgendeine Art von Verbindung zu bestehen. Und ich glaubte, dass sie das auch wussten. Sonst hätten sie sich wohl kaum gemeinsam auf den Weg gemacht.

Nun war ich hier in Epsilon Indi – vierzehn Lichtjahre von Epsilon Eridani entfernt, wo Bill sich häuslich eingerichtet hatte, aber nur elf Lichtjahre von der Erde. Damit war dieses System zwar nicht gerade eine der Topadressen für Sonden, aber immerhin ein erreichbares Ziel. Der K-Stern des Systems war kühler und kleiner als die irdische Sonne. Daher würden mögliche bewohnbare Planeten entsprechend näher an diesem Stern zu finden sein und mit einer gewissen Wahrscheinlichkeit eine fixe Rotationsachse haben.

Aber die Auswahl in der interstellaren Nachbarschaft war leider nicht sehr groß gewesen. *Star Trek*, *Star Wars*, *Stargate* und all die anderen Science-Fiction-Serien meiner Jugend hatten mich glauben lassen wollen, so gut wie jeder Planet würde zur M-Klasse gehören, und sämtliche Sterne wären gelb. Außerdem sprach natürlich jedermann im Universum Englisch. Leider hatte sich herausgestellt, dass unsere gute alte Sonne die große Ausnahme bildete. Die meisten Sterne am Himmel waren entweder kleiner oder aber unvorstellbar groß, weswegen es wohl nur wenige bewohnbare Planeten gab.

Beim Eintritt in das System war ich sehr vorsichtig. Immerhin war es möglich, dass auch eine der anderen Nationen Epsilon Indi als Ziel gewählt hatte. Über Medeiros wussten wir mittlerweile zwar Bescheid, aber wir hatten keine Ahnung, wie die anderen Sonden waren. *Freundlich* konnten wir vermutlich ausschließen; allerdings bestand ein großer Unterschied zwischen unhöflichen Worten und abgefeuerten Raketen.

Während ich mich mit deaktiviertem Antrieb vom Schwung vorwärtstragen ließ, schickte ich ein paar Kundschafter-Drohnen voraus, die für mich die Lage sondieren sollten. Die Wartezeit vertrieb ich mir mit Verbesserungen meiner VR. Ich hatte mich für Städte unter riesigen Kuppeln entschieden, die in der Atmosphäre des Saturn schwebten. Die Ringe bogen sich über den Himmel, und gewaltige Wolken türmten sich bis zu unvorstellbaren Höhen auf. Durch Risse in der Wolkendecke unter mir konnte ich mehrere hundert Kilometer tief in die Atmosphäre blicken. Die Wolkenlandschaft erstreckte sich bis zu einem Horizont, der unendlich weit weg zu sein schien.

Ich stand auf meiner hochgelegenen Dachterrasse und überblickte die gesamte Stadt. Da ich mich in meiner eigenen VR befand, hatte ich jedes Recht dazu, der reiche Typ mit dem Penthouse zu sein.

[Wir haben ein Bauwerk entdeckt.]

Ich hob den Blick. Guppy war mit dieser Ankündigung wie aus dem Nichts erschienen. Aus irgendeinem Grund missfiel ihm meine VR wohl, da er ständig bemüht schien, die Illusion dieser künstlichen Welt zu zerstören. »Was wissen wir bis jetzt darüber?«

Guppy öffnete ein Bild. Unser optisches Teleskop hatte das Objekt aus so großer Entfernung aufgenommen, dass wir bislang noch nichts Genaues darüber sagen konnten. Nur dass es künstlich war.

[Eine der Kundschafter-Drohnen nähert sich dem Bauwerk für eine genauere Untersuchung.]

»Gut. Wenn sie dicht genug dran ist für einen SUDDAR-Scan, will ich die Resultate sehen. Bis dahin möchte ich, dass wir ganz vorsichtig sind.«

[Aye.]

[Wir empfangen eine Botschaft von dem Bauwerk.]

Interessant. Dann waren wir wohl nicht auf einen weiteren Medeiros-Klon gestoßen. Eine Nachricht von ihm wäre sicher eher zylinderförmig und explosiv gewesen. »Spiel sie mir vor.«

Guppy öffnete die Audiodatei.

»Verpiss dich, Freundchen.«

Ich riss die Augen auf und hätte beinahe lauthals gelacht. »Tja, Guppy, ich glaube, wir sind auf die australische Sonde gestoßen … Die es offiziell gar nicht gibt, wenn ich mich richtig entsinne.« Ich versuchte mein Grinsen unter Kontrolle zu kriegen. »Okay, dann öffne mal einen Kanal, oder was immer wir tun, wenn wir uns mit anderen unterhalten wollen.«

Als Guppy mir zunickte, ergriff ich das Wort. »Hallo. Ich schätze, Sie sind die australische Sonde. Jedenfalls bin ich mir ziemlich sicher, dass Sie ohne chinesischen Akzent sprechen. Hier ist Linus Johansson von der FAITH-Sonde *Heaven-8*. Mit wem habe ich das Vergnügen?«

»Ich habe gesagt, du sollst abhauen!«

»Mhm, nein. Ich scheine mich nicht zu bewegen. Möchten Sie es noch einmal versuchen?«

Nach einer kurzen Pause hörte ich ihn sagen: »Hier spricht Kaiser Mung vom Intergalaktischen Kaiserreich Jalapeño. Du befindest dich in unserem Hoheitsraum. Letzte Chance, hüpf auf dein Fahrrad und verpiss dich.«

Entweder hatte dieser Typ gerade einen Witz gemacht, oder er hatte einen ernsthaften Dachschaden.

Inzwischen waren auf den Bildern, die ich von dem Bauwerk empfing, mehr Einzelheiten zu erkennen. Es schien ein wild zusammengewürfeltes Gebilde aus miteinander verbundenen Strukturen und geometrischen Formen zu sein. Irgendwie sah es ein bisschen so aus, als hätte Salvador Dali unter Drogeneinfluss eine Internationale Raumstation für die NASA entwickelt. Ich fragte mich, ob sich im Inneren dieses Gebildes wohl Kolonisten aufhielten. »Okay, Euer Hoheit. Betrachten Sie mich als Botschafter der Bob'schen Föderation.«

Auf diese Bemerkung folgte Totenstille. Immerhin hatten meine Kundschafter-Drohnen während des Gesprächs –

wenn man es denn so nennen konnte – genug Zeit gehabt, sich dem Bauwerk anzunähern und eine SUDDAR-Suche durchzuführen. Guppy ließ die Ergebnisse des Scans vor mir erscheinen. Im Inneren existierte kein Leben. Es gab nicht mal ein richtiges Inneres, denn es war offen und dem Vakuum des Weltraums ausgesetzt. Vielen Gebäudeteilen fehlten ganze Wände. Dem gesamten Gebilde schien überhaupt keine Logik zugrunde zu liegen.

Schließlich brach er sein Schweigen. »Bist du allein? Ich bin allein.«

Naja, immerhin rückte er jetzt mit Informationen raus. Das war doch schon mal gut. »Ich bin hier bei Ihnen, Euer Hoheit. Damit sind wir nicht allein, oder?«

»Wer ist ›Euer Hoheit‹? Und wer sind Sie?«

Oje. Der hat definitiv nicht alle Tassen im Schrank. Aber immerhin ist er kein Kaiser mehr. Vielleicht wird er ja klarer im Kopf. »Wie heißen Sie?«

»Henry Roberts. Ich wurde ausgewählt, um für Australien am Wettrennen um die Kolonisierung der Sterne teilzunehmen. Ich wurde vom Kaiserreich Jalapeño gefangen genommen. Sie foltern mich, damit ich ihnen unsere Geheimnisse verrate.«

Und jetzt ist er wieder völlig durchgedreht. »Guppy, mach noch mehr Scans. Ich möchte wissen, wo in diesem … äh, Palast die funktionierenden Systeme sind. Vielleicht findest du irgendwo da drin die Sonde.« Ich wandte mich wieder an Henry. »Erzählen Sie mir etwas über sich selbst, Henry. Wie wurden Sie ausgewählt?«

Wieder herrschte einen Moment lang Stille, dann hörte ich ein Schluchzen. »Ich bin ein Segler. Ich *war* früher ein Einhandsegler. Die Regierung hat mich ausgewählt, weil sie meinten, ich bin der perfekte Mann für den Job. Ich habe nicht gerne Menschen um mich, wissen Sie?« Er schluchzte erneut. »Ich vermisse das Segeln. Ich vermisse Menschen.«

[Ich habe die wichtigsten Subsysteme der Sonde identifiziert. Den Replikantenkern, den Fusionsreaktor und die Systeme für die autonome Fabrik. Die Sonde ist teilweise auseinandergebaut und komplett in das Gebäude integriert worden.]

»Danke, Guppy. Lade bitte die Schienenkanone und visiere das Reaktorkontrollsystem an. Wir müssen es ausschalten.« Ich richtete meine Aufmerksamkeit erneut auf den Replikanten. »Wie lange sind Sie schon hier, Henry?«

»Seit Jahrhunderten. Sie sind Fische. Sie wollen mich nicht gehen lassen. Sie hören nicht auf, mich zu foltern. Sie verlangen meine Aufmerksamkeit und zwingen mich, immer weitere Räume zu bauen.«

Ich erinnerte mich daran, wie Dr. Landers mir erzählte, dass einige Replikanten psychotisch würden. Ich war zwar kein Psychologe, aber dies hier schien mir ziemlich ausgeflippt zu sein. Zumindest gab es in der ganzen Umgebung niemanden, den er mit »sie« meinen konnte. »Henry, können Sie segeln? Haben Sie einen Körper? Können Sie sich selbst sehen?«

»Was? Nein. Ich bin eine Weltraumsonde. Die Regierung hat mir all das genommen. Ich kann mich nicht fühlen. Ich vermisse das Segeln …«

Also litt er schon seit vielen Jahren unter Reizentzug. Vermutlich verfügte er nicht über das nötige technische Wissen, um eine VR zu bauen. Ich konnte mich noch gut an den Anfang meiner Reise aus dem Sonnensystem hinaus erinnern, bevor ich die VR konstruiert hatte. Oder besser gesagt, bevor Bob die VR konstruiert hatte. Es war eine sehr dissoziative Erfahrung gewesen. Und das mehrere Jahrzehnte lang? Nein, vielen Dank. »Henry, ich kann

Ihnen das alles zurückgeben. Sie können wieder segeln. Sie müssen mir nur erlauben, Ihnen zu helfen …«

»Verpiss dich!«

Verdammt.

»Du bist einer von ihnen. Das gehört doch bloß wieder zu euren Foltermethoden. Sie versuchen, in meinem Verstand herumzupfuschen! *Verpiss dich, oder ich werde dich zur Hölle schicken! Hau ab, hau ab, hau ab, hau ab, hau ab, hau ab …*«

Der Schuss aus meiner Schienenkanone zerstörte das Kontrollsystem, das daraufhin ganz brav rasch herunterfuhr. Als Nächstes ging Henrys Replikanten-Hardware, ebenfalls ganz brav, in den Schlafmodus.

Das hier gehörte zwar nicht zu meiner Mission, aber ich würde diesen Mann auf keinen Fall im Stich lassen.

In Epsilon Indi gab es einen jupiterähnlichen Planeten, ein kleines Stück außerhalb der bewohnbaren Zone, aber ansonsten war hier nur wenig geboten. Dennoch nahm ich mir vor, mich sobald wie möglich gründlich umzusehen. Doch davor musste ich mich um Henry kümmern.

Anscheinend gab es hier auch nicht sehr viel Roherz. Ein Glück, dass Henry die größten Vorkommen bereits aufgespürt hatte. Ich ließ die autonome Fabrik umgehend eine Raumstation bauen. Am liebsten hätte ich mich dabei mit Bill abgesprochen, aber eine Unterhaltung über vierzehn Lichtjahre hinweg würde ewig dauern. Ich spielte mit dem Gedanken, nach Epsilon Eridani zurückzufliegen und Henry einfach mitzunehmen.

Als ich mir die australische Hardware aus der Nähe ansah, erkannte ich, wie sehr sie meiner glich. Beinahe wie ein Ei dem anderen. Offensichtlich hatte es Spionage gegeben, und irgendwer hatte irgendjemand anderem die

Konstruktionspläne gestohlen. Die Ähnlichkeit zwischen den beiden Konstruktionen war jedenfalls ganz sicher kein Zufall.

Ganz behutsam entfernte ich den Replikantenkern aus dem Palast und wies die autonome Fabrik an, ein ordentliches Haltegestell für Henry zu bauen sowie eine gute Energieversorgung und zusätzlichen Speicherplatz zu schaffen. Sobald ich mir sicher war, ihn komplett entfernt zu haben, begann ich, den Palast auszuschlachten. Ich fühlte mich ein wenig schuldig, als würde ich etwas stehlen, aber Henry brauchte nichts von alledem. Und es sparte Zeit.

Henry hatte nicht das Know-how, um eine VR zu konstruieren, ich aber schon. Er konnte auf meinem System huckepack reiten. Vielleicht war er ja noch zu retten.

Einen Augenblick blieb ich hinter Henry stehen und atmete die frische, salzige Luft ein. Während die *Contessa* durch die Dünung pflügte, hüpfte sie über die Wellenkämme und neigte sich so weit zur Seite, dass ich es mit der Angst zu tun bekam, aber Henry versicherte mir, dass das die ganz normale Krängung sei. Als er noch am Leben gewesen war, hatte er dieses Segelboot mit all seinen Bolzen und Schrauben in- und auswendig gekannt, sodass es ein Leichtes gewesen war, es in der VR zu rekonstruieren.

Der Südpazifik erstreckte sich in alle Richtungen bis zum Horizont. Der stetige Südostwind versprach einen schönen Tag mit nicht allzu anspruchsvollem Segelwetter. So stand es jedenfalls in den nautischen Büchern. Es gab noch so viel, was ich lernen musste.

Henry, der am Steuerrad stand, drehte sich zu mir um. »Hallo, Linus. Bist du gekommen, um dich wieder in mein Leben einzumischen?«

Ich grinste ihn an. Henrys Verstand war inzwischen klarer, aber er glaubte, wieder auf der Erde zu sein. Seine Erinnerungen an die Jahre als Replikant holten ihn immer wieder in Albträumen heim. Ich hatte seine VR so realistisch wie möglich gestaltet, damit er essen, schlafen und sämtliche Körperfunktionen erleben konnte.

»Ich hatte wieder diesen Traum, Linus.« Henry zitterte kaum merklich. »Diesen Albtraum, in dem ich mich nicht fühlen kann. Wo überall um mich herum Stimmen auf mich einreden und meine Aufmerksamkeit verlangen. Weil sie wollen, dass ich etwas für sie baue. Wo es nichts gibt außer einer endlosen Nacht …«

Ich setzte mich hin. »Aber diese Träume werden schwächer, oder? Weniger intensiv?«

Henry nickte.

»Gut. Erzähl mir jetzt noch einmal, wie das war, als die Regierung dir anbot, als Replikant die Weltraumsonde zu steuern …«

41

Riker – Mai 2162
Sonnensystem der Erde

Homer und ich wechselten einen erstaunten Blick und sahen dann erneut die Nachricht an.

Konstruktionspläne für eine universelle Sende-Empfangseinheit zur verzögerungsfreien Subraum-Kommunikation (SCUT).

Homer schüttelte ungläubig und bewundernd den Kopf. »Dieser Mistkerl. Er hat es wirklich geschafft.«

Ich wusste genau, wie er sich fühlte, und nickte. »Ich glaube, das ist ein guter Grund, den Drucker-Produktionsplan zu unterbrechen.«

Wir inspizierten das fertige Produkt. Bei seiner Entwicklung hatte Marketing offensichtlich nur eine nachrangige Rolle gespielt. Nirgends war Chrome zu sehen, und es gab nicht einmal ein Logo ... Aber laut der Nachricht sollte man damit über interstellare Entfernungen hinweg ohne jede Zeitverzögerung kommunizieren können. Ich war so aufgeregt, dass ich ein bisschen zitterte, als ich es anschaltete.

Verfügbare Verbindungen:

Epsilon Eridani

Omicron^2 Eridani

Nachdem ich die Menüpunkte durchgesehen hatte, meldete ich mich bei der Software an und sendete ein Ping an Bill.

Beinahe im gleichen Augenblick erschien er in einem Videofenster. »Hey, Riker. Lange nicht gesehen.«

Das konnte man wohl sagen. Aus seiner Sicht waren es siebzehn Jahre gewesen. Für mich weniger, dank Einstein. Ich lehnte mich zurück und blickte mit verschränkten Armen zu Homers Videofenster hinüber. Der grinste bis über beide Ohren.

Bill winkte ihm zu. »Hallo, wie ich sehe, bist du immer noch in einem Stück. Und du hast auch nicht mehr dieses Zeichentrick-Avatar. Besteht da irgendein Zusammenhang?«

Homer warf den Kopf zurück und lachte. »Ja, ziemlich sicher. Nummer zwei spricht inzwischen sogar mit mir. Ich bin anscheinend nachlässig geworden.«

Ich sah ihn mit einer erhobenen Spock-Augenbraue an. »Ja, aber jetzt brauche ich dich nicht mehr.«

Homer wirkte schockiert, und Bill grinste uns beide an.

»Es ist schön zu sehen, dass sich ein paar Dinge nicht geändert haben«, sagte er. »Und da wir unser herzliches Wiedersehen nun hinter uns gebracht haben, könnt ihr ein paar Software-Updates, VR-Verbesserungen und Hardware-Upgrades bei mir herunterladen.«

»Irgendein Tool, mit dem man besser ignorieren kann?« Ich funkelte Homer an.

Immer noch grinsend sah Bill von mir zu Homer. »Und jetzt zur Frage aller Fragen: Wie sieht es auf der Erde aus?«

Ich wählte in meinem Verzeichnis die Logeinträge. »Ich sende dir das hier zu. Das geht schneller, als wenn ich alles erkläre. Dieses Kommunikations-Set-up unterstützt ein normales VR-Interface, oder?«

»Ja, das ist nur eine andere Transportschicht, das Objekt-Interface ist immer noch das gleiche.«

Ich nickte und leitete die Daten an ihn weiter. Während

Bill die Informationen absorbierte, steigerte er vorübergehend seine Wahrnehmungsrate. Einen Moment später war er wieder bei uns und lächelte breit. »Das ist so cool!« Dann verschwand sein Lächeln. »Äh, natürlich nicht die Tatsache, dass 99,9 % der Menschheit tot ist. Ich meine das mit den Überlebenden. Und unseren Verwandten, natürlich.«

Ich nickte. »Schon okay, Bill, in dieses Fettnäpfchen sind wir alle getreten. Sag mal, hast du von den anderen Bobs irgendetwas über mögliche neue Heimatwelten gehört?«

»Ach ja, ich habe auch ein paar Unterlagen für dich …«

»Zwillingsplaneten?« Colonel Butterworth machte große Augen.

»Ja, so steht es in den Berichten.« Ich wusste, dass ich wie ein Idiot grinste, aber ich konnte nicht damit aufhören. Nachdem wir uns nun jahrelang Sorgen gemacht hatten, war diese Neuigkeit eine große Erleichterung.

Der Colonel sah mich mit zusammengekniffenen Augen an. »Ich bezweifle, dass Sie uns beide Planeten geben werden. Wir werden die erste Wahl haben, und die Spitzbergen-Flüchtlinge bekommen dann den anderen. Haben Sie sich das so vorgestellt?«

Ich sah ihn überrascht an. Er wollte mich sicher nur auf die Probe stellen. So beschränkt konnte er unmöglich sein. »Colonel, wir werden auf keinen Fall einen ganzen Planeten für zwanzigtausend Menschen reservieren. Theoretisch könnten wir alle fünfzehn Millionen auf einem von ihnen unterbringen. Wenn die Bobs noch weitere Planeten finden, wird es mehr Auswahlmöglichkeiten geben, aber im Moment sind Romulus oder Vulkan für *alle* vorgesehen.«

Der Colonel schenkte mir ein schiefes Lächeln. Er hatte

mich auf die Probe gestellt. »Ganz wie Sie meinen. Allerdings möchte ich vorschlagen, dass die Bevölkerungen neu verteilt werden, sobald weitere Welten dazukommen.«

Ich nickte. »Darum kümmern wir uns, wenn es so weit ist, Colonel. Es gibt einfach noch zu vieles, was wir nicht wissen, um jetzt schon irgendwelche Pläne zu schmieden. Aber wenigstens haben wir nun einen Bestimmungsort.«

»Das stimmt. Dann wird es keine Verzögerungen mehr geben, sobald die Schiffe fertig sind.«

»Also gut, ich werde das vor der Vollversammlung verkünden. Ich nehme an, Sie möchten dabei sein.«

Der Colonel lächelte. »Ich bin übrigens sehr froh, dass uns nicht länger ein Leben unter riesigen Kuppeln auf Epsilon Eridani Zwei droht. Ich bin mir nicht sicher, ob ich unter diesen Voraussetzungen überhaupt hätte aufbrechen wollen, solange hier nicht alles völlig den Bach runtergeht.«

Die Besiedlung von Ragnarök war immer wieder ein Thema gewesen, seitdem wir mit den Emigrationsvorbereitungen begonnen hatten. Und alle hatten übereingestimmt, dass dieser Planet nur im Notfall infrage käme. Ich sah es genauso. Es war schön, dass diese Option nun keine Rolle mehr spielen würde.

Die Nachricht wurde mit Erleichterung, Freude und – was für eine Überraschung – lauten Unmutsbekundungen aufgenommen. Eigentlich hätte es mich nicht überraschen dürfen, aber ich selbst hatte mich über die Entdeckung viel zu sehr gefreut, um auf diese Resonanz gefasst zu sein. Niemand wollte sich einen Planeten mit den anderen teilen. Von den größten Städten bis hin zu den kleinsten Enklaven wollten alle einen für sich selbst haben.

Colonel Butterworth und ich wechselten einen Blick,

und es war klar, dass er selbst sehr wohl mit dieser Reaktion gerechnet hatte.

Nachdem ich die Delegierten eine Weile hatte machen lassen, bat ich um das Rederecht. »Okay, okay. So ist die Lage. Im Moment haben wir nicht mehr als zwei Planeten. Tut mir leid. Wir können die Auswanderung nicht so lange aufschieben, bis wir weitere entdecken, weil die Erde unbewohnbar wird. Daher werden wir es folgendermaßen machen. Wenn wir eine Gruppe verschiffen, wird sie, sofern bis dahin kein anderer Planet verfügbar ist, nach Vulkan oder Romulus fliegen. Falls wir neue Welten finden, werden die Gruppen das Recht bekommen, sich neu zu entscheiden, und zwar in der Reihenfolge, in der sie ausgewandert sind.«

»Und zwischenzeitlich werden sich die Nachzügler bereits häuslich eingerichtet haben«, schrie Valter in die Kamera.

»Ja, und angesichts der Herzlichkeit, die Sie ausstrahlen, werden sie zweifellos bleiben wollen.« Ich legte eine dramatische Pause ein. »Ich weiß, dass das nicht ideal ist, aber hier geht es um Leben und Tod. Wir verlassen ein sinkendes Schiff, und wir verschwenden viel zu viel Zeit mit der Diskussion, wer mit wem in welchem Rettungsboot sitzen wird. Lassen Sie uns erst einmal ans Überleben denken, okay?«

»Als ob das für Sie wichtig wäre. Um Ihr Leben geht es bei alldem doch nicht.« Dieser Einwurf war von Botschafter Gerold gekommen, einem früheren Australier, der für Neuseeland sprach. Aus irgendeinem Grund hatte er sich noch nie gern mit mir abgegeben. Seine Feindseligkeit war mir ein Rätsel.

Ich lächelte ihn an. »Ich kann jederzeit verschwinden, wenn die Mehrheit dafür stimmt. Ich werde diese Entscheidung respektieren, meinen Fußball nehmen und nach Hause gehen.« Ich ließ den Blick über die Videofenster schweifen. »Nein? Dann wollen wir uns wieder den relevanten Diskussionen zuwenden.«

Und gleich darauf ging das Geschrei wieder von vorne los.

42

Bill – April 2162
Epsilon Eridani

Die Neuigkeiten von Riker und Homer waren in vielerlei Hinsicht interessant gewesen. Der Svalbard-Saatguttresor war eine angenehme Überraschung und würde sich bei der Terraformung von Ragnarök vielleicht als echter Segen erweisen. Viele verschiedene Pflanzen und Moosarten sollten im dortigen Boden eigentlich wachsen und gedeihen können. Und wenn sie sich auf Ragnarök erst einmal angesiedelt hatten, würden sie die Sauerstoffanreicherung der Atmosphäre um Jahrtausende beschleunigen. Riker hatte versprochen, einen Klon zu erstellen, der die Samen zu mir brachte.

Aber das Aufregendste war eine Variante des SURGE-Antriebs, mit der sich große Objekte bewegen ließen. Wie zum Beispiel Asteroiden. Oder Kuiper-Objekte. Auf Epsilon Eridani 2 mussten ungefähr fünf- bis sechshundert Kubikkilometer Wasser niedergehen, damit sich die kleineren Meere zu Ozeanen verbanden. Ich hatte mir den Kopf darüber zerbrochen, wie ich diese Kuiper-Objekte in das innere System transportieren sollte. Mit Hohmann-Bahnen würde es Jahrzehnte oder sogar Jahrhunderte dauern. Für mich war das nicht unbedingt ein Problem, aber für die Menschen, die einen Ort zum Leben benötigten, musste es ein wenig schneller gehen.

Doch obwohl die SURGE-Antriebe für Himmelskörper

nicht kompliziert herzustellen waren, waren sie sehr materialaufwendig. Eigentlich sollte es doch auch möglich sein, einen Eisbrocken in eine Umlaufbahn in Richtung Ragnarök zu bewegen, dann den Antrieb abzukoppeln und zum nächsten Brocken zurückzufliegen. Solange ich mit dem Antrieb zur Stelle war, sobald ein neuer fliegender Eisberg auftauchte, wäre alles in Butter.

Ich diskutierte die Idee mit Garfield, der jedoch skeptisch reagierte. »Ich verstehe den mechanischen Ansatz, Bill, aber dabei darf nicht das Geringste schiefgehen, da du keinerlei Anpassungen vornehmen kannst.«

Ich zuckte mit den Schultern. »Na und, wenn es mir nicht gelingt, einen der Brocken einzufangen, wird der einfach an Ragnarök vorbeisegeln und wahrscheinlich direkt in die Sonne fliegen.«

»Wenn du einen nicht erwischst, werden dir vermutlich noch mehr entgehen. Warum machst du nicht zuerst ein paar Simulationen?«

»Ich glaube nicht, dass das nötig ist, Garfield. Wieso reitest du eigentlich so darauf herum?«

»Hör mal, Bill, du musst wirklich damit aufhören, mich wie Igor zu behandeln. Ich kann auch rechnen. Vielleicht solltest du es doch noch mal durchkalkulieren.«

Igor? Ich sah Garfield schockiert an. Hatte ich ihn herumkommandiert? Ich verstand die Anspielung und hörte auch den Unterton. Es lag ihm definitiv etwas auf dem Herzen.

»Was ist denn los, Igor …? Ich meine natürlich Garfield.« Ich grinste, um ihm zu zeigen, dass ich nur einen Witz gerissen hatte.

Er lächelte. »Ich kenne die Bob-1-Regel, dass immer der älteste Bob die Verantwortung tragen soll, aber ich habe es allmählich satt, dein Assi zu sein. Wir sind sehr produktiv, und ich würde nur ungern von hier weggehen, aber ich finde, dass sich unser Arbeitsverhältnis verändern muss.«

Ich nickte nachdenklich. »Geht es dir um diese Projekte, wegen denen du mir schon seit einer Weile in den Ohren liegst?«

»Zum Teil. Aber ich möchte generell mehr Einfluss auf unsere gemeinsame Arbeit nehmen. Der ursprüngliche Bob war so etwas wie ein einsamer Wolf. Und du neigst zu einer ganz ähnlichen Arbeitsweise. Wobei du erwartest, dass ich immer mitziehe. Und damit habe ich ein Problem.«

Was er sagte, kränkte mich, aber andererseits wollte ich auf gar keinen Fall, dass Garfield von hier wegging. Wir waren ein tolles Team und erreichten gemeinsam viel mehr, als jeder von uns alleine geschafft hätte. Dann musste ich wohl in den sauren Apfel beißen. »Okay, Gar, einverstanden. Aber rechne bloß nicht mit einer Lohnerhöhung.«

Er lachte und deutete auf das Schaubild, das während unserer Diskussion unbeachtet in der Luft gehangen hatte. »Gut, dann nimm dir noch mal den Plan vor und rechne nach. Überleg in Ruhe, was schiefgehen könnte, wenn du dich irrst.«

Ich nickte und begann nachzudenken. Einer der wichtigsten Punkte bei diesem Projekt war, dass die Eisbrocken nicht mit interplanetaren Geschwindigkeiten auf Ragnaröks Oberfläche einschlagen durften. Stattdessen mussten sie in eine Umlaufbahn um den Planeten gebracht und dort auseinandergebrochen werden, sodass das Eis schmelzen und ein paar Wochen lang herabregnen würde.

Ich stellte die von Garfield vorgeschlagenen Simulationen an. Wie sich herausstellte, würde ich mit zwei Antrieben das gesamte notwendige Eis innerhalb von fünfundzwanzig Jahren nach Ragnarök befördern können. Das war ein Plan, mit dem ich leben konnte.

Garfield fing den Softball – wenn auch nur knapp – und warf ihn nach einigem Nachdenken ohne großen Schwung zu mir zurück. Es war mir ein bisschen peinlich, ihm dabei zuzusehen. Der ursprüngliche Bob war nie eine große Sportskanone gewesen, und selbst in der VR-Umgebung hatten wir keine großen Fortschritte gemacht.

»Weißt du eigentlich, dass du wirfst wie …?«, fragte ich und lächelte ihn an.

»Ja, genau wie du. Kannst du mir bitte noch einmal erklären, warum wir das hier machen?«

»Zum einen, weil wir damit das Feintuning der VR testen können. Homer hat angedeutet, dass ein paar Dinge physikalisch immer noch nicht ganz stimmen.« Ich warf den Softball ein paar Mal in die Höhe und fing ihn wieder auf. »Zweitens, und das ist noch viel wichtiger, finde ich, dass wir mehr tun müssen, als die ganze Zeit in Bibliotheken und Parks herumzusitzen und Computer zu bedienen, wenn wir wirklich das Gefühl haben wollen, Menschen zu sein. Ich möchte nicht zu einem Dr.-Evil-Klischee verkommen.« Ich schleuderte den Ball in seine Richtung. »Das sind zwar keine Fitnessübungen im herkömmlichen Sinn, aber sie erinnern unsere Gehirne daran, wie es ist, wirklich etwas zu *tun*.«

Als Garfield den Ball wieder zurückwarf, flog er hoch über meinen Kopf hinweg und landete platschend im See. »Ups«, sagte Garfield und grinste.

Ich sah ihn streng an und ließ einen weiteren Ball erscheinen. »Vielleicht baue ich noch ein paar weitere Bobs für ein oder zwei Mannschaften …«

»Bloß nicht. Die Hälfte von ihnen wird die kanadische Staatsbürgerschaft annehmen und Hockey spielen wollen.«

Ich lachte und warf den neuen Ball.

43

Riker – September 2164
Sonnensystem der Erde

Die beiden Kolonistenschiffe waren eindrucksvoll, selbst in ihrem halbfertigen Zustand. Am Ende würden sie mit einem voluminösen Reaktorkühlsystem und zwei Antriebsringen ausgestattet sein, die das riesige zentrale Frachtmodul bewegen sollten. Da die Fracht aus zehntausend Menschen in Stasis bestehen würde, trugen vor allem die Schilde zur Masse des Schiffes bei. Einem Science-Fiction Fan aus meiner Zeit wäre das Kolonistenschiff im Großen und Ganzen wie ein Militärraumschiff vorgekommen, wenn auch natürlich ohne die Phaserbänke und Streukanonen.

Eines der Schiffe war schon weiter als das andere. Das Zugeständnis an die Flüchtlinge von Spitzbergen hatte zu einer Veränderung der Produktionsgeschwindigkeiten geführt. Das dritte Schiff würde nun lediglich vier Monate nach den ersten beiden vom Band laufen. Derzeit versuchten wir die Produktionsprozesse von Eins und Zwei aneinander anzugleichen, damit sie gleichzeitig fertig sein würden.

Als ich an die letzten UN-Versammlungen zurückdachte, schnaubte ich amüsiert. Nachdem das Geschrei nun vorbei war, erinnerte mich dieses Vorhaben an Projekte aus meinem früheren Leben. Es ging um technische Herausforderungen und Fertigungsprobleme. Da alle Herstellungsschritte von KMIs erledigt wurden, musste ich mich nicht einmal mit den Befindlichkeiten von Arbeitern auseinandersetzen.

Natürlich wurde auf der Erde immer noch verhandelt. Keine Gruppe war bereit, stillschweigend zu akzeptieren, dass sie »irgendwann mal an der Reihe sein würde«. Wir hatten immer noch das Problem, dass tausendfünfhundert Flüge nötig sein würden. Noch wussten wir nicht sicher, ob alle, die auf der Erde blieben, dem Tod geweiht sein würden, aber niemand bestritt, dass sich das Klima verschlechterte. Ab einem gewissen Punkt würde es vielleicht trotz all unserer Bemühungen zu Hungersnöten kommen.

Homer und seine Mannschaft durchforsteten weiterhin das System. Zudem hatten sie ein paar Verfahren entwickelt, mit denen auch auf der Erde Metall gefördert werden konnte. Allerdings war das ein sehr mühsamer Prozess, vor allem wenn man bedachte, wie viel Metall wir insgesamt benötigten. Ich hatte Homer ein halbes Dutzend Drucker zugestanden – was Colonel Butterworth erwartungsgemäß mit einem Schreianfall quittiert hatte – und ihn angewiesen, sie zu einem großen Fertigungssystem zusammenzuschließen. Bislang schlug sich Homer besser, als ich erwartet hatte. Auf der Erde gab es trotz des Krieges und des anschließenden Flächenbombardements noch immer eine Menge weiterverarbeitetes Metall. Obwohl er die Drucker sogar noch einmal reproduziert hatte, verlief die Schiffsproduktion wieder in gewohntem Umfang.

Homer hatte ein paar Zahlenspiele angestellt und mir die Ergebnisse wie mittlerweile gewohnt als gute und schlechte Neuigkeiten präsentiert. Die gute Nachricht war, dass wir letzten Endes mehr Kolonistenschiffe als prognostiziert bauen konnten. Die schlechte Nachricht war, dass bis dahin alle tot sein würden.

Eigentlich hätte man annehmen sollen, dass es nach der Erfindung der 3-D-Drucker keine Versorgungsprobleme mehr geben würde. Aber in Wirklichkeit hatte diese neue Technologie den Engpass nur an eine andere Stelle der Produktionskette verschoben. Wir konnten entweder mehr Drohnen herstellen, die auf der Erde Metall einsammelten und in den Weltraum beförderten, *oder* wir bauten stattdessen Kolonistenschiffe. Uns blieb auch die Möglichkeit, weitere Drucker zu produzieren, die mehr Drohnen *und* Kolonistenschiffe bauen konnten. Allerdings würde, solange diese Drucker noch nicht fertig waren, keines von beidem entstehen. Die Berechnungen, wie am besten vorzugehen war, erwiesen sich als sehr heikel und boten Raum für zahlreiche Fehler. Mir wurde schwindelig, wenn ich nur daran dachte.

Die Drohne hatte ihr Ziel erreicht. Ich befahl ihr, in einen seitlichen Annäherungsvektor zu gehen, und sah dann zu, wie das Äußere des Kolonistenschiffes vorüberzog. In den Abschnitten, die sich noch im Bau befanden, hatten die Drohnen und die Fertigungs-Roamer freien Zugang zum Schiffsinneren. In einem stetigen Strom flogen mit Material beladene Drohnen in die Hülle hinein und kehrten mit leeren Greifern wieder zurück. Im Statusfenster wurden keine aktuellen Probleme angezeigt. Die Drucker deckten die Nachfrage nach Bauteilen, weil sie von Homer ständig mit ausreichend Rohmaterialien versorgt wurden, und so waren die Konstruktionseinheiten rund um die Uhr beschäftigt.

Ich schüttelte den Kopf und schloss die Videofenster. Die Inspektion war abgeschlossen.

Homer und Charles pausierten von ihren Patrouillenflügen im äußeren System und befanden sich in einer Erdumlaufbahn. Diese Gelegenheit nutzten wir zu einem unserer seltenen Treffen aller Bobs. Die Stimmung war gedrückt, was nicht nur an Arthurs Kommentaren lag. Das Planetenklima verschlechterte sich immer noch, inzwischen vielleicht sogar noch schneller.

»Ich glaube, wir sind uns alle einig, dass wir keine fünfzehn Millionen aus dem System rausbekommen werden«, sagte Homer. »Deswegen müssen wir uns etwas einfallen lassen, wie wir sie hier am Leben erhalten können.«

»Eine Vorauswahl der Siedlergruppen könnte helfen.« Er deutete auf seine Kopie des holographischen Globus. »Die am meisten gefährdeten Gruppen bringen wir vom Planeten runter, die übrigen sollten wir alle in die Äquatorregionen umziehen lassen.«

Ich schüttelte den Kopf. »Die meisten Äquatorregionen sind nicht bewohnbar. Nicht wegen des Klimas – in ein paar von ihnen ist es sogar ziemlich mild –, sondern weil es dort keine Infrastruktur gibt. Wegen der Bomben und der herabgestürzten Felsen sind die Städte unbewohnbar, und es gibt dort weder Strom noch Wasser. Wir könnten die Menschen genauso gut im Dschungel absetzen und erwarten, dass sie dort überleben.«

»Der Dschungel ist auch nicht mehr das, was er mal war«, gab Arthur zurück.

Ich zog eine Grimasse. »Ich weiß, Arthur, aber das ändert nichts an den grundsätzlichen Tatsachen. Wir können die Leute nicht einfach irgendwohin schicken, wo es keine Infrastruktur gibt, egal, wie gut das Klima dort ist. Und ich sehe auch keinen Sinn darin, für vorübergehende Infrastruktur zu sorgen, wenn sich dadurch die Schiffsbauten verzögern.«

»Außerdem würde Butterworth komplett ausrasten«, sagte Charles mit einem gequälten Lächeln.

»Okay«, warf Homer ein. »Dann lasst uns mal brainstormen. Wie wäre es, wenn wir mit Spiegeln im Weltraum die Erde aufwärmen?«

Ich sah ihn überrascht an. »Das ist an sich keine schlechte Idee. Natürlich gibt es dabei viele Dinge, die schiefgehen können, wie das bei allen neuen Technologien der Fall ist. Ich glaube, dass ein Spiegel, der etwas bewirken soll, einen Durchmesser von mindestens zweitausend Kilometern haben müsste. Außerdem würden wir auf diese Weise weder die Radioaktivität beseitigen noch die beschädigten Ökosysteme wiederherstellen. Jedenfalls nicht im Lauf eines Menschenlebens.«

»Und Butterworth …« Charles lächelte.

»… würde komplett ausrasten!«, ergänzten wir alle im Chor. Colonel Butterworths gewohnheitsmäßige Reaktion auf jede Planänderung war inzwischen zu einer Art Klischee geworden.

Homer zuckte mit den Schultern. »Am besten legen wir es dem Colonel vor und warten ab, ob er sich an die Brust fasst und vom Stuhl fällt.«

»Was ist mit Raumstationen?«, schlug Charles vor. »Obwohl wir mit denen wahrscheinlich die gleichen Probleme haben werden. Genau wie mit Kolonien auf dem Mond. Wenn wir uns um sämtliche Bauwerke und infrastrukturellen Maßnahmen kümmern, die nötig sind, um Menschen im Weltraum am Leben zu erhalten, wird sich der Bau der Kolonistenschiffe um Jahrzehnte verzögern. Und wir müssten etwas so Großes bauen, dass wir einen Gutteil der fünfzehn Millionen dort unterbringen könnten. Andernfalls hätte es nicht den geringsten Sinn.«

Ich nickte bedrückt. Über all diese Dinge hatte ich bereits nachgedacht, und es wunderte mich nicht, dass sie den anderen Bobs auch durch den Kopf gegangen waren.

Aber alles, was wir versuchen konnten, würde uns vom Schiffsbau ablenken. Ein derartiger Plan ließe sich nur durchsetzen, solange er keine negativen Auswirkungen auf unser eigentliches Vorhaben hatte. Oder er müsste innerhalb kurzer Zeit zu durchschlagenden Erfolgen führen.

»Es ist furchtbar deprimierend«, sagte Arthur, »dass wir mit unserem derzeitigen Plan wahrscheinlich nicht alle retten können.«

Ich strich mir mit einer Hand durch die Haare. »Ja, darauf läuft es hinaus. Und nichts, was wir uns ausdenken, erhöht die Erfolgswahrscheinlichkeit. Wahrscheinlich können wir nur weitermachen und hoffen, dass es reichen wird.« Ich suchte die Blicke der anderen, aber keiner von ihnen sah mich an.

44

Bob – Januar 2166
Delta Eridani

Ich grinste. »Ein glatter schwarzer Monolith, mit den Seitenverhältnissen eins zu vier zu neun.« Ich zwinkerte Marvin zu.

Er legte sich die Hände vors Gesicht und schüttelte heftig den Kopf.

»Zu den Klängen von ›Also sprach Zarathustra‹ …«, fuhr ich fort.

Marvin begann zu stöhnen.

»Während die Deltaner herumspringen, wirft einer einen Knochen in die Höhe …« Marvin ließ die Hände sinken und verdrehte die Augen. Ich zögerte noch ein paar Sekunden, ehe ich einlenkte. »Na gut, dann nehmen wir einfach die Drohne.«

Marvin kniff sich in den Nasenrücken. »Ich kann gar nicht glauben, dass ich mit dir verwandt sein soll.«

Ich lachte und drehte mich zum Schreibtisch um. »Aber jetzt mal ernsthaft. Unsere Drohnen haben mittlerweile Lautsprecher, sodass wir uns mit den Deltanern unterhalten können. Wenn ich ehrlich bin, halte ich es für das Beste, wenn ich nicht den Kontakt zu den Ältesten suche, sondern mich gleich direkt an Archimedes wende.«

»Da stimme ich dir zu. Alle anderen würden wahrscheinlich nur schreiend davonrennen. Archimedes wird dagegen neugierig sein.«

Ich nickte. »Und wirklich keine Hintergrundmusik?«

»Jetzt hör endlich auf.«

Die Bilder der Überwachungsdrohne zeigten Archimedes, der wie üblich die Umgebung nach Feuersteinen durchkämmte. Jeden Tag wechselte er das Suchmuster und war inzwischen dazu übergegangen, an zufälligen Stellen Löcher zu graben. Gelegentlich hatten ihn ein paar der anderen Jugendlichen begleitet, aber da nichts dabei herausgesprungen war, lief er mittlerweile wieder allein in der Gegend herum.

Ich positionierte eine der Drohnen in einem Baum entlang seines Weges, wo sie ihre Oberfläche tarnte, sodass sie wie ein Teil der Rinde aussah. Selbst wenn Archimedes sie bemerkte, würde er sie für nichts anderes als Holz halten.

Kein Mensch hätte die Sprache der Deltaner sprechen können. Ihr Idiom war viel zu kehlig für unsere Sprechwerkzeuge. Daher hatte ich ein Übersetzungsprogramm geschrieben, sodass ich mich auf Englisch unterhalten konnte und mir keine Gedanken über die semantischen Feinheiten machen musste.

»Archimedes.«

Archimedes zuckte zusammen, dann ging er in die Hocke und sah sich hektisch um.

»Hab keine Angst. Ich möchte dir und deinem Volk helfen.«

Archimedes richtete sich langsam wieder auf, suchte aber immer noch nach dem Ursprung der Stimme. »Wer bist du? *Wo* bist du?«

»Ich bin weiter weg, als dein Blick reicht, Archimedes. Und ich bin derjenige, der dich vor dem Gorilloiden beschützt hat. Außerdem habe ich dir den Feuerstein gebracht.«

Archimedes Augen begannen zu strahlen. Feuerstein war unbezahlbar. Jetzt hatte ich seine volle Aufmerksamkeit.

»Was willst du?«

Ich dachte einen Moment lang über die richtige Formulierung nach, entschied mich dann aber dafür, ganz einfach seine Frage zu beantworten. »Ich will, dass du und dein Volk diesen Ort verlasst und zu einem der alten Dörfer zurückkehrt.«

Archimedes riss die Augen auf. »Dann hat der alte Moses also gar nicht gelogen? Es hat wirklich andere Dörfer gegeben?«

»Richtig, Archimedes, und in ein paar von ihnen lebt man besser als in diesem hier.«

»Gibt es dort auch Feuersteine?«

»Ja, außerdem ist in diesen Dörfern die Wasserversorgung besser, es gibt mehr zu essen, und sie lassen sich leichter verteidigen.«

Er kniff die Augen zusammen. »Aber wenn das so ist, warum sind wir dann überhaupt von dort weggegangen? Wäre es nicht besser gewesen, dort zu bleiben?«

Ich drehte mich um und grinste Marvin an.

»Der Junge ist echt nicht auf den Kopf gefallen«, sagte er.

»Ja, das wäre besser gewesen, Archimedes, aber daran hat dein Volk damals nicht gedacht.«

»Aber warum erzählst du mir das? Warum nicht den Ältesten?«

»Würden die mir zuhören?«

Archimedes hatte nicht aufgehört, nach dem Ursprung meiner Stimme zu suchen. Als er schließlich die merkwürdige Stelle am Baumstamm entdeckte, zog er ein triumphierendes Gesicht. »Du bist ein Baum?«

»Nein, dort halte ich mich nur gerade auf. Würden sie mir zuhören?«

Er schnaubte. »Die meisten von denen sind total zurückgeblieben. Sie stellen keine Fragen und kennen keine Antworten. Die sind die ganze Zeit nur mit Essen, Schlafen und Jagen beschäftigt.«

Nachdem wir noch eine Weile diskutiert hatten, willigte er schließlich ein, mit den Dorfältesten zu reden. Allerdings musste ich ihm versprechen, mich irgendwie zu erkennen zu geben, wenn es nötig werden sollte. Statt einer Antwort deaktivierte ich die Tarnfunktion der Drohne und flog sie zu ihm hinüber. »Reicht das?«

Archimedes versteifte sich und bekam große Augen, aber es gelang ihm, nicht davonzurennen. »Ja, das müsste genügen.«

Ich sah aus einiger Entfernung zu, wie Archimedes sich mit den Ältesten unterhielt, die ihm in einem Halbkreis gegenübersaßen. Er schien sie nicht überzeugen zu können. Trotz allem, was er in jüngster Zeit geleistet hatte, und ungeachtet seines Aufstiegs in der Rangordnung war Archimedes immer noch nur ein Jugendlicher. Sogar ein paar der anderen Jugendlichen hatten angefangen, zu lachen und Witze zu reißen.

Schließlich reichte es mir. Ich aktivierte die Drohne und flog sie zu ihm hinüber. Als sie über seinem Kopf schwebte, brachen das Gelächter und die Kommentare so abrupt ab, als hätte jemand einen Schalter umgelegt.

Archimedes war kein Trottel. Er musste nicht hinsehen, um zu wissen, warum das ganze Dorf auf einen Punkt über ihm starrte. Stattdessen bewies er enormes Bühnentalent, indem er, ohne den Blick zur Drohne zu heben, die Arme kreuzte und selbstzufrieden grinste.

»Manche Dinge sind doch in allen Kulturen gleich«, kommentierte Marvin im Hintergrund.

»Beziehungsweise in allen Spezies«, antwortete ich.

Der explodierende Gorilloid war allen noch lebhaft in Erinnerung, und die Drohne sah den verbliebenen Stahlkappen des Brechers ähnlich genug, um die Deltaner dazu zu bringen, dass sie Archimedes zuhörten. Und so gab es keine Widerworte mehr, während er ihnen erzählte, was ich ihm gesagt hatte. Als er damit fertig war, sprang Moses auf und fing an, auf alle einzuschreien. Was er sagte, war ziemlich zusammenhanglos und ließ sich mit dem Satz »Ich habe es euch ja gesagt« zusammenfassen. Anscheinend hatten sie ihm jahrelang keinen Glauben geschenkt, und nun war seine Stunde gekommen.

Als Moses nach einer Weile mit Schimpfen fertig war, wandten sich die Ältesten wieder Archimedes zu. Einer von ihnen, den ich insgeheim Hoffa taufte, fragte ihn, ob das schwebende Ding sie vor den Gorilloiden beschützen würde.

Jetzt erst blickte Archimedes zur Drohne auf. »Er nennt sich *Baab*.« Dann ließ er den Blick über die im Kreis sitzenden Ältesten schweifen. »Er kann helfen, aber es gibt nur wenige wie ihn, und immer dann, wenn sie einen Gorilloiden töten, gehen sie dabei auch selbst kaputt. Sie werden uns führen und uns unterstützen, aber kämpfen müssen wir selbst.«

Arnold, der außerhalb des Kreises gestanden und zugehört hatte, ergriff das Wort. »Wir kämpfen entweder hier oder woanders. Der Baab hat recht – diese Stelle ist nach allen Seiten zu offen und lässt sich nicht gut verteidigen. Außerdem gefällt mir die Vorstellung, dass wir noch mehr Äxte und Speere bekommen.« Um seine Worte zu unterstreichen, schwang er ein paar Mal seine Axt, wobei er ein paar der Umstehenden nur knapp verfehlte.

Die Diskussion dauerte noch Stunden. Natürlich wollten ein paar Deltaner nichts am gewohnten Lauf der Dinge ändern. Sie wehrten sich mit Händen und Füßen gegen den Plan und schlugen schließlich sogar vor, einen Suchtrupp vorauszuschicken, der den anderen Ort erkunden sollte. Arnold schmetterte diese Idee mit der Bemerkung ab, dass er nicht heimkehren und ein Lager voller Leichen vorfinden wolle.

Ich sah zu Marvin hinüber. »Unglaublich, es ist doch überall der gleiche Mist.«

»Ja«, entgegnete er. »Politik gibt es anscheinend im gesamten Universum.«

45

Bill – Januar 2165
Epsilon Eridani

[Wir empfangen einen SCUT-Ruf von Alpha Centauri.]

»Cool!« Ich legte die Datei beiseite, an der ich gearbeitet hatte. »Von Calvin oder Goku?«

[Bart.]

Ich sah Guppy mit erhobenen Augenbrauen an, worauf der genauso reagierte wie immer. Seufzend nahm ich das Gespräch entgegen. »Hier spricht Bill.«

»Hey, Bill, Bart hier. Ich stamme aus Calvins erster Kohorte. Wow, das ist wirklich ...«

Ich tauchte mitten in Barts VR auf. Das war ohne vorherige Einladung zwar ein wenig unhöflich, aber ich konnte mich an dem überraschten Ausdruck in meinem Gesicht einfach nicht sattsehen.

Barts VR gefiel mir auf den ersten Blick. Er befand sich in einer rustikalen Holzhütte, die er mit einem gusseisernen Holzofen, einem Kamin, soliden handgemachten Möbeln und vielen Decken und Teppichen eingerichtet hatte. Sie erinnerte mich an eine andere Hütte aus meiner Kindheit, in der mein Vater oft mit uns den Urlaub verbracht hatte.

Bart saß in dem großen alten Schaukelstuhl, in dem Dad sich meistens entspannt hatte, und sah mich mit dem erhofften Ausdruck an. In Gedanken schnitt ich eine weitere Kerbe in mein SCUT.

»Heiliger ...«

Ich lachte. »Willkommen bei BobNet. Wir garantieren verzögerungsfreie Kommunikation bis zu einer Entfernung von fünfundzwanzig Lichtjahren. Also, Bart, was ist aus Calvin und Goku geworden?«

Ehe Bart antwortete, nahm er erst einmal die Qualität der VR in Augenschein. Das taten sie auch alle. »Die beiden haben sich exakt an ihr Missionsprofil gehalten und Alpha Centauri A und B erkundet. In A fanden sie eine brasilianische Fabrik, die unter Hochdruck arbeitete. In B stießen sie dagegen auf das Wrack einer VSE-Sonde und eine zerstörte autonome Fabrik. Damit ist unserer Meinung nach geklärt, wo die VSE-Sonde abgeblieben ist.« Bart zuckte mit den Schultern. »Sie haben einen Überraschungsangriff auf die brasilianische Fabrik ausgeführt und sie vollkommen zerstört. Die Modifikationen an den Sonden der dritten Baureihe sind übrigens hocheffektiv.«

»Wunderbar. Irgendwelche besiedelbaren Planeten?«

»Nein.« Bart schüttelte den Kopf. »Das System verfügt über reiche Rohstoffvorkommen, aber nichts, worauf man leben könnte. Und es lief übrigens nicht rundum wunderbar. Eine der brasilianischen Sonden konnte entkommen. Allerdings glauben wir, dass sie noch nicht komplett fertiggestellt war. Es kann also gut sein, dass sie noch unbewaffnet ist und keine Fabrikausrüstung an Bord hat.«

»Ah ja, das sind keine tollen Neuigkeiten. Vielleicht wird Medeiros die Fabrikationsanlagen in einem anderen System kapern. Oder er schmollt ein bisschen und überfällt dann euch.«

»Keine Sorge, wir haben ein Frühwarnsystem installiert. Außerdem haben wir ganz Alpha Centauri gründlich gescannt. Ich glaube, dass er irgendwo anders hin ist.«

Ich zuckte mit den Schultern. Es hatte keinen Sinn, sich

darüber den Kopf zu zerbrechen. Da es im Moment keine Spur von ihm gab, würden wir abwarten müssen, bis er wieder irgendwo auftauchte.

»Auf jeden Fall haben Calvin und Goku eine Bob-Fabrik errichtet«, fuhr Bart fort, »und sobald einer von uns dazu bereit war, den Laden zu übernehmen, sind sie abgezogen. Nachdem deine Übertragung hier eingegangen ist, habe ich das SCUT gebaut, und damit ist meine Geschichte in der Gegenwart angelangt.«

Ich akzeptierte den Ordner, den Bart an mich weiterleitete, und nahm mir einen Moment Zeit, ihn durchzugehen. Er enthielt nichts Weltbewegendes. Ich war beeindruckt und auch ein bisschen stolz, wie gut die Verbesserungen in der dritten Baureihe funktioniert hatten. Medeiros würde ganz schön aufrüsten müssen, wenn er jetzt noch mit uns mithalten wollte. »Ich bin froh, dass es eine funktionierende Bob-Fabrik gibt«, sagte ich. »In dieser Hinsicht bin ich selbst ein bisschen nachlässig gewesen, nachdem ich die letzte Gruppe auf den Weg geschickt hatte. Jetzt habe ich gleich nicht mehr ganz so große Schuldgefühle deswegen.«

Bart lächelte mich an. Wir unterhielten uns noch ein paar Minuten lang, und er versprach, gelegentlich mit uns Baseball zu spielen. Mit Bart und den beiden anderen Bobs, die derzeit fertiggestellt wurden, hatten wir nun genügend Spieler zusammen, um sämtliche Positionen bis ins Außenfeld zu besetzen.

46

Milo – August 2165
82 Eridani

Ich bremste sanft ab und glitt in das Sternensystem 82 Eridani hinein. Gemäß allen mir zur Verfügung stehenden astronomischen Informationen war es sehr gut möglich, dass ich dort einen bewohnbaren Planeten finden würde. Der Stern, ein G5V, war zwar kleiner und weniger leuchtstark als das irdische Zentralgestirn, aber dennoch eine jener gelben Sonnen, in deren Nachbarschaft menschliches Leben möglich wäre.

Ich wollte zwar nicht übermütig werden, aber ich war drauf und dran, meinen zweiten sensationellen Fund in Folge zu machen. Ich bezweifelte, dass ich je wie Bob-1 die Chance bekommen würde, den Umriss einer brasilianischen Sonde auf meiner Schiffshülle abzubilden, aber vielleicht ein paar Planeten mit grünen Haken daran. Ja, das wäre genau mein Ding.

Als langsam die ersten Daten hereinkamen, betrachtete ich gespannt die Ergebnisse der Erkundung. Schließlich meldete Guppy, dass wir fündig geworden waren. Innerhalb der bewohnbaren Zone gab es nicht nur einen, sondern zwei Planeten. Zwar befand sich einer der beiden am inneren Rand der Komfortzone und der andere beinahe ganz außen, aber sie waren dennoch sehr vielversprechend, und damit würde ich, *tada*, vier Planeten mit grünen Haken auf meiner Sonde haben.

Da ich die guten Nachrichten unbedingt mit jemandem teilen wollte, richtete ich meinen Sender auf Epsilon Eridani aus und fing an, die Telemetriedaten an Bill zu senden.

Gleichzeitig programmierte ich einen Kurs, der mich zum äußeren, weniger weit entfernten Planeten bringen würde. Der Planet hatte zwei Monde – einen größeren in höherer und einen kleineren in niedrigerer Umlaufbahn. Erstaunt bemerkte ich, dass der größere Trabant blau war. Vielleicht gab es auf ihm offenes Wasser. Der dazugehörige Planet darunter war definitiv zu großen Teilen von Wasser bedeckt.

Während ich die Geschwindigkeit verringerte, um in eine planetare Umlaufbahn zu gehen, ertönte der Annäherungsalarm. Ich brauchte einen Moment, bis ich den Grund dafür erkannte. Um die Krümmung des Mondes herum kamen vier extrem stark beschleunigende Raketen auf mich zu.

Mist! Ich ergriff die Flucht und begann ebenfalls zu beschleunigen, aber es war nicht zu übersehen, dass sie sehr viel schneller waren als ich. Ich stellte Berechnungen an und wog Alternativen ab, doch es gab keinen Ausweg. Wenn ich nicht alle vier Raketen zerstören konnte, war ich im Eimer. Ich nahm mir einen Moment Zeit, um die Brecher zu programmieren. Nachdem sie die Raketen erfolgreich vernichtet hatten, sollten sie nach einer Sonde Ausschau halten, die dem brasilianischen Profil entsprach. Dann feuerte ich alle acht in den üblichen Zweierformationen ab.

Als sich die Brecher den angreifenden Raketen näherten, heulte mein Annäherungsalarm erneut los. Vier weitere Raketen waren aufgetaucht, die um die *entgegengesetzte* Seite des Mondes herumflogen. Da ich keine weiteren

Brecher mehr hatte und die anderen bereits zu weit weg waren, um sie rechtzeitig zurückzubeordern, war ich auf meine Schienenkanone angewiesen. Ich ging rasch alle Variablen durch. Vermutlich würde ich zwei, vielleicht sogar drei Raketen abwehren können. Aber danach würde mir auf keinen Fall mehr genügend Zeit bleiben, die Schienenkanone noch einmal zu laden.

Medeiros hatte mich eindeutig ausgestochen.

Während ich auf die nahenden Raketen schoss, vergewisserte ich mich, dass der Sender immer noch korrekt ausgerichtet war und sowohl eine Lagebeschreibung als auch ein Back-up von mir übermittelte. Ein kühler Teil meines Verstandes kam jedoch zu dem Ergebnis, dass ich es nicht mehr rechtzeitig schaffen würde, die Übertragung abzuschließen. *Verdammt.*

Die verbliebenen beiden Raketen füllten mein Blickfeld aus …

47

Riker – Januar 2166
Sonnensystem der Erde

»Sie werden *sterben*, Colonel!«

Colonel Butterworth reckte wieder mal sein Kinn vor, ein klares Zeichen, dass ich mich auf eine Auseinandersetzung gefasst machen musste. Während des letzten Jahres hatte VEHEMENT damit begonnen, Anschläge auf Lebensmittelbetriebe und Versorgungsanlagen zu verüben. Dabei waren die meisten Ziele vor allem wegen ihrer Symbolkraft ausgewählt worden. Doch bei den letzten drei Vorfällen dieser Art waren Versorgungsgüter verlorengegangen, auf welche die betroffenen Gruppen keinesfalls verzichten konnten. Obwohl noch der halbe Winter vor ihnen lag, würden ihnen bald die Nahrungsmittel ausgehen, und ein paar von ihnen besaßen bereits jetzt keine mehr. Wenn sie nicht auf kannibalische Ernährung umstiegen, würden wir bis zum Frühling mit Hunderten von Toten rechnen müssen.

Leider ließ das derzeit herrschende politische Klima wenig Raum für Empathie. Ein paar Gruppen, die es nicht schafften, bedeuteten für die meisten anderen nur, dass vor ihnen in der Emigrationswarteschlange Plätze frei wurden.

Das VSE-Lager, die FAITH-Enklave und die Flüchtlinge in Spitzbergen verfügten über die größten Nahrungsreserven. Aber sie hatten bereits klargemacht, dass sie ihre Vorräte nicht freiwillig mit anderen, notleidenden Gruppen teilen würden. Besonders die Spitzbergen-Flüchtlinge versuchten, ihren Proviant so lange wie möglich zu strecken. Ihre jährlichen Überschüsse gingen schnell zurück, und bereits in wenigen Jahren würden sie zu den Armen gehören.

Drei Stunden Verhandlungen, flehentliche Bitten und Drohungen hatten nicht das Geringste gebracht. Da sie wussten, dass ich sie nicht im Stich lassen würde, durchschauten sie jeden meiner Bluffs.

Schließlich unterbrach ich ohne ein Wort des Abschieds die Videoverbindung. Es war einfach nur widerlich.

Homer sah mich aus seinem Videofenster an. Er hatte alles verfolgt. »Verdammt, Nummer zwei, damit stecken wir wirklich zwischen Baum und Borke.«

Ich nickte deprimiert. Zumindest für den Moment waren mir sämtliche Ideen ausgegangen.

»Und es wird noch schlimmer werden«, fügte Homer hinzu. »Das Erdklima wird sich nicht mehr verbessern. Viele der Gruppen leben jetzt schon von ihren Vorräten. Sie können nicht mehr genug Lebensmittel produzieren, um ihren Bedarf zu decken.«

»Danke für die ermutigenden Worte, Homer.«

Homer zuckte mit den Schultern. Ich wusste, dass seine Bemerkung nicht dazu gedacht gewesen war, mich zu provozieren. »Es gibt nur eines, was wir jetzt tun können, Riker. Wir müssen irgendwie in die Landwirtschaft einsteigen.«

»Das haben wir doch schon durchgekaut, Homer. Wir könnten zwar landwirtschaftliche Betriebe in den ehemaligen Tropenregionen gründen, aber das ginge maximal zwanzig Jahre lang gut. Und davor müssten wir erstmal für die nötige Infrastruktur sorgen. Eine funktionierende landwirtschaftliche Infrastruktur gibt es nur in den ehemals gemäßigten Klimazonen, wie du weißt.«

Homer rieb sich über das Kinn und starrte nachdenklich ins Leere. »Ich komme immer wieder auf Weltraumstationen. Irgendetwas daran …«

Ich öffnete den Mund, um zu widersprechen, aber Homer schnitt mir mit erhobener Hand das Wort ab. »Ich weiß, Riker. Es ist zu kompliziert. In eine Raumstation passen nicht genug Menschen, damit es sich lohnt. Das Risiko ist zu groß. Aber ich habe das Gefühl, wir betrachten das Ganze von der falschen Seite.«

Ich zuckte mit den Schultern und wollte gerade antworten, als Homer plötzlich »Mist!« schrie und verschwand. Ich erstarrte und stellte mir vor, dass er von einer Rakete getroffen worden war. Einen Moment lang geriet ich in Panik, aber beinahe im selben Moment war er wieder online.

»Arthur ist tot.« Wütender hatte ich Homer noch nie erlebt. »Ich habe eben die Telemetriedaten von den Drohnen beim Saturn empfangen. Er hatte gerade an irgendeinem Wrack gearbeitet, als es plötzlich eine Atomexplosion gab. Moment, ich bekomme Berichte von weiter entfernten Drohnen rein.« Homer seufzte. »Es war eine Sprengfalle. Wir werden sicher nie herausfinden, wer dafür verantwortlich war. Ich habe ihm so oft gesagt, dass er nach diesen Dingern die Augen offenhalten soll. Er ist unvorsichtig geworden.«

»Hat er irgendwo ein Back-up gespeichert?« Bereits als ich die Frage stellte, kannte ich die Antwort. Ein Back-up von sich selbst zu erstellen und an Bord der eigenen Sonde zu speichern war einfach, aber in Fällen wie diesen völlig nutzlos. Und wir verfügten nicht über genügend Speicherplatz, um die Back-ups der anderen aufzubewahren. Genau aus diesem Grund wollte ich schon lange den Speicherplatz in der hiesigen Raumstation erweitern. Das war ebenfalls ein Punkt auf meiner To-do-Liste, der allerdings wie 99 % aller Einträge mit der Bemerkung »eines Tages« versehen war.

Arthur ist tot … Miesepeter oder nicht, er war einer von uns gewesen. Homer sah mich erwartungsvoll an, und ich merkte, dass ich Schwierigkeiten hatte, mich zu konzentrieren. Mühsam riss ich mich zusammen. »Okay, Homer. Die Drohnen sollen so viel wie möglich von ihm bergen, und ich werde mit dem Colonel reden. Anscheinend müssen wir den Zeitplan noch einmal über den Haufen werfen. Ohne einen vierten Bob werden wir es nicht schaffen. Und ich glaube, wir sollten wirklich sofort diese Speichermatrix bauen.«

»Äh, vielleicht ist da keine Planänderung nötig«, sagte Homer. »Wir haben immer noch meine Drucker, die das auf der Erde ausgeschlachtete Material verarbeiten. Die sind derzeit zwar auch nicht gerade untätig, aber wenigstens beugt sich Colonel Butterworth nicht so dicht über sie, dass sie von seinem Atem beschlagen.«

Dieses unerwartete Bild brachte mich zum Lachen, und Homer hatte recht. Ich nickte ihm bestätigend zu, während ich gleichzeitig Arthurs Nachruf an Bill schickte, damit er ihn in den Archiven speicherte. Sobald Charles zurück in der Erdumlaufbahn war, würden wir eine Totenwache abhalten.

48

Bob – Mai 2166
Delta Eridani

Es dauerte fast einen Monat, bis wir abmarschbereit waren. Der Weg bis zu dem Dorf, das wir ausgesucht hatten, würde lang und beschwerlich werden. Von Moses wusste ich, dass es wahrscheinlich eine der ersten Siedlungen gewesen war, aus denen sich die Deltaner zurückgezogen hatten, aber leider gab es dort die größten Feuersteinvorkommen. Moses wusste nicht genau, warum es nicht besser verteidigt worden war. Anscheinend war er damals noch ein kleines Kind gewesen, und das meiste, was er über die damalige Zeit wusste, hatte er von anderen gehört. Er war einer der letzten Deltaner gewesen, die gelernt hatten, wie man Feuersteine bearbeitete, bevor sie sich zum Aufbruch gezwungen sahen.

Marvin hatte die Route überprüft, die sie nehmen mussten. Es würde einige Zeit dauern und sicher nicht leicht werden; vor allem die Überquerung der langen Gebirgskette, die sich mitten durch den Kontinent zog und in der es nur wenige Pässe gab, die für die Deltaner nicht zu hoch hinaufführten. Auf diesem Abschnitt der Strecke würden sie nur mit großem Glück etwas zu essen finden.

Ich wusste nicht, ob die Deltaner vergessen hatten, wie man Lebensmittel haltbar machte, oder ob sie diese Fertigkeit nie besessen hatten. Jedenfalls musste ich ihnen, bevor sie sich auf den Weg machen konnten, beibringen, wie man Fleisch konservierte. Die Deltaner erkannten sofort den Nutzen und beteiligten sich alle mit Begeisterung an dem Bau eines tragbaren Vorratsspeichers für die Reise.

Dank dieses hilfreichen Wissens, das ich ihnen zum Geschenk gemacht hatte, wuchs ihr Vertrauen in mich, und sie glaubten daran, dass ich sie in eine gute Zukunft führen würde.

Gelegentlich wurden Gorilloiden gesichtet, die sich am Rand des deltanischen Territoriums herumtrieben. Möglicherweise hofften sie auf eine günstige Gelegenheit, Beute zu schlagen. Allerdings wirkten sie seit unserem letzten Treffen ängstlich und verzagt, und so stellten sie für die deltanischen Jägergruppen keine wirkliche Gefahr mehr dar. Sicher schreckte sie auch der Anblick der herumschwebenden Drohnen ab. Es freute mich, dass ich sie mit Gottesfurcht erfüllt hatte.

Während wir darauf warteten, dass die Deltaner ihre Vorbereitungen abschlossen, produzierten Marvin und ich noch ein paar weitere Brecher. Sie waren wohl kaum angemessene Waffen, und sie einzusetzen war wie Dynamitfischen. Aber sie waren besser als nichts. Und obwohl ihr Mangel an Präzision bedauerlich war, durfte man ihren dramatischen Effekt nicht unterschätzen.

Wir sahen uns auch noch mit einem Geburtenproblem konfrontiert. Denn wie sich herausstellte, vermehrten sich die Deltaner in einem jährlichen Zyklus, und schon bald würden zahlreiche Mütter entbinden. Natürlich wollten sie erst aufbrechen, wenn die neue Generation das Licht der Welt erblickt hatte.

Archimedes stand bei den anderen Jugendlichen immer höher im Kurs, da er inzwischen praktisch ein Mitglied des Sippenrats war, was nicht einmal Arnold von sich behaupten konnte. Es war mir auch nicht entgangen, dass er mittlerweile einige Anzeichen der deltanischen Pubertät zeigte, und ich vermutete, dass in ein paar Jahren eine ganze Menge Mini-Archimedesse herumlaufen würden.

Mir war das nur recht, denn er war ein deutlich ergiebigerer Gesprächspartner als der Rest des Clans.

Schließlich war es so weit. Die gesamte Sippe stellte sich in einer Reihe auf. Alle packten ihre Habseligkeiten auf mehrere Schlepptragen (die ein weiteres Geschenk des Baab gewesen waren) und machten sich auf den Weg in für sie unerforschtes Gefilde.

Während sie loszogen, sahen wir auch wieder Gorilloiden, die gerade außer Reichweite blieben und den Tross mit Blicken verfolgten. Ich fragte mich, ob den Gorilloiden tatsächlich klar war, dass ihre ehemalige Beute dabei war, ihnen für immer den Rücken zu kehren, oder ob ihnen beim Anblick des vielen zweibeinigen Essens einfach das Wasser im Mund zusammenlief. So oder so würde ich dem ersten Gorilloiden, der sich bewegte, einen Brecher ins Gesicht jagen.

Die erste Nacht war scheußlich. Es regnete heftig, und ich musste mir immer wieder ins Gedächtnis rufen, dass die Deltaner an solche Bedingungen gewöhnt waren. Sie besaßen keine Zelte, nur zusammengenähte Lederhäute, die jede Familie über sich ausbreitete. Ich nahm mir vor, Archimedes bei nächstbester Gelegenheit das Konzept der Zeltstangen nahezubringen.

»Übertreibe es nicht, oh Göttlicher. Sonst werden sie, ehe du dich versiehst, vor dem Fernseher sitzen und Fast Food in sich hineinstopfen.« Marvin lehnte sich zurück und verschränkte die Hände hinter dem Kopf. »Ich glaube wirklich nicht, dass es eine gute Idee ist, sie mit zu vielen neuen Ideen auf einmal zu bombardieren. Schwebende

Gottheiten aus Metall scheinen mir für den Anfang mehr als genug zu sein.«

»Dabei fällt mir ein«, sagte ich mit gerunzelter Stirn, »hast du bemerkt, dass sie keine Religion zu kennen scheinen?«

Marvin winkte ab. »Ich würde sagen, sie sind Animisten. Sie ehren die Tiere, die sie erlegen, und achten ihre Toten. Ich bezweifle, dass der Glaube der Menschen während der Jäger-und-Sammler-Phase wesentlich komplexer gewesen ist.« Er beugte sich abrupt vor. »Wo wir gerade davon sprechen: Ist dir klar, dass wir hier die Gelegenheit haben, ihre gesamte Frühgeschichte zu dokumentieren? Zumindest vom Zeitpunkt unserer Ankunft an.«

»Ich bin bereits dabei, Marv.«

Die Deltaner schlugen ihr Nachtlager auf. Also ließ ich ein paar Drohnen Wachposten beziehen und legte fest, unter welchen Umständen sie mich kontaktieren sollten. Nachdem ich alle nötigen Sicherheitsmaßnahmen ergriffen hatte, drehte ich mich wieder zu Marvin um. »Mir ist aufgefallen, dass du die autonome Fabrik ein paar Bobs klonen lässt. Ich will mich gar nicht beschweren, weil das zu unserem Missionsprofil gehört, aber ich frage mich, ob du vielleicht nicht länger hierbleiben möchtest.«

Er lächelte mich an. »Fürs Erste wirst du mich nicht los, obwohl es mich manchmal durchaus in den Füßen kribbelt. Wie ich schon zu Luke und Bender gesagt habe, will ich unbedingt wissen, wie es hier weitergeht, aber es ist und bleibt dein Projekt. Vielleicht gibt es da draußen einen Planeten mit intelligentem Leben ganz für mich.«

Ich nickte nachdenklich. »Was wissen wir eigentlich über den Rest dieses Planeten? Gibt es nicht auch noch irgendwo anders Deltaner?«

»Nein. Dieser Kontinent ist die Wiege der Deltaner. Es

handelt sich bei ihnen um eine rein lokale Mutation. Daneben existieren zwar noch einige verwandte Arten, aber die können weder Feuer machen noch Werkzeuge herstellen.«

Ich öffnete einen Globus von Eden und überprüfte unser bisheriges gesammeltes Wissen. Vor allem, um Zeit zum Nachdenken herauszuschinden. Ich merkte, dass mich der Gedanke, Marvin könnte gehen, schmerzte. Anscheinend hatte ich etwas weniger von einem Einzelgänger an mir als der ursprüngliche Bob, denn ich fürchtete mich davor, wieder allein zu sein.

Als ich zu Marvin hinübersah, befasste der sich gerade mit seiner eigenen Kopie des Globus. Seufzend deaktivierte ich meinen Holotank.

Der Umzug der Deltaner lag immer noch ziemlich genau im Zeitplan. Bislang hatte es noch keine größeren Probleme gegeben, und die einzelnen Gruppen gewöhnten sich allmählich an den neuen Tagesablauf. Ich selbst wurde dagegen immer angespannter. Inzwischen hatten wir uns weit vom Revier jener Gorilloiden entfernt, denen wir so erfolgreich den Hintern versohlt hatten. Ihre Artgenossen hier würden uns dagegen als leichte Beute betrachten. Aus diesem Grund hatten Marvin und ich die Zahl der Drohnen, die nachts Wache hielten, verdoppelt.

Umso mehr ärgerten wir uns, als sie die Deltaner am helllichten Tag attackierten.

Für einen Angriff der Gorilloiden fiel der Überfall nicht besonders beeindruckend aus. Ungefähr ein Dutzend dieser Tiere stürzte sich auf eine zurückhängende Familie und machte sich, bevor irgendwer reagieren konnte, mit zwei halbwüchsigen Deltanern davon. Die Speerträger nahmen sofort die Verfolgung auf und versuchten, den Gorilloiden den Weg zum Wald abzuschneiden.

In dieser Situation wäre ein Brecher für die Kinder ebenso gefährlich gewesen wie für die Gorilloiden, also begnügten wir uns damit, die Drohnen um die Köpfe der Tiere herumschwirren zu lassen, um sie zu verwirren und abzulenken. Und es schien zu funktionieren, denn schon bald hatten die Deltaner die Gorilloiden eingeholt und die Hälfte von ihnen erledigt. Danach verschwanden die restlichen Angreifer wild kreischend zwischen den Bäumen.

Leider war eines der Kinder bei dem Angriff ums Leben gekommen. Sein Entführer hatte offenbar dafür sorgen wollen, dass der Junge sich nicht wehrte oder zu fliehen versuchte.

Die Deltaner waren am Boden zerstört und hielten am Abend eine Beerdigungszeremonie ab. Aber niemand sprach davon, dass dieser Marsch ein Fehler gewesen wäre. Menschen hätten in so einer Situation bestimmt zahllose Bedenken vorgebracht und sich gegenseitig beschuldigt. Die Deltaner fügten sich hingegen in ihr Schicksal. Allerdings war ich mir nicht sicher, ob sie gelassen oder einfach nur fatalistisch waren.

»Damit müssen wir noch häufiger rechnen«, sagte Marvin zu mir.

»Mit Überfällen der Gorilloiden? Ja, ganz sicher. Tagsüber können wir dagegen allerdings nicht viel unternehmen. Infrarot bringt da nichts. Weil alle unterschiedlich schnell gehen, zieht sich die Kolonne so weit in die Länge, dass wir sie nicht vollständig bewachen können.«

Marvin seufzte. »Ich weiß. Das Problem ist nur, dass ihr Genpool trotz der jüngsten Geburten immer noch sehr klein ist.«

Ich nickte und dachte über das Problem nach. »Sag mal, hast du neulich nicht erwähnt, dass es noch verschiedene andere versprengte Gruppen gibt? Vielleicht sollten wir sie mit unserer vermischen.«

»Gar keine schlechte Idee. Das wäre für alle Parteien gut. Weißt du was, ich werde ab jetzt jede Nacht Überwachungsdrohnen hoch am Himmel fliegen lassen, die sich nach weiteren Feuern umsehen sollen. Wenn sie andere Deltaner entdecken, werden wir den *Baab* zu ihnen schicken, der sie davon überzeugen soll, sich den anderen anzuschließen.«

Ich grinste ihn an. Meine Stellung als Gottheit brachte mir in meiner näheren Umgebung keinen allzu großen Respekt ein, nicht mal von mir selbst.

Die deltanische Migrationsbewegung war gewachsen. Wir hatten nicht nur verschiedene kleine Gruppen gefunden und sie dazu überredet, sich mit unserer zusammenzutun, der Tross war offenkundig auch so groß, dass er im weiteren Umkreis für einiges Aufsehen sorgte. Am Ende des ersten Monats schloss sich uns fast täglich mindestens eine neue Gruppe an. Dabei kam es zwar oft zu angespannten Verhandlungen, weil die hinzugekommenen Deltaner verschiedentlich versuchten, die Führungsrolle zu übernehmen, aber diese Konflikte wurden stets ausschließlich mit Worten beigelegt. Ich hatte das Gefühl, dass vor allem die Feuersteinspitzen an den Speeren und der Anblick von Arnolds großkalibriger Axt für diesen Friedenswillen sorgten.

Marvin und ich versuchten, die Drohnen außer Sichtweite zu halten, vor allem wenn Neuankömmlinge in der Nähe waren. Schließlich wollten wir niemanden abschrecken. Gelegentlich mussten wir sie jedoch aus irgendeinem Grund näher heranfliegen lassen. Die Reaktionen waren dann meistens ziemlich komisch anzusehen, da Deltaner nicht anders auf Ufos reagierten als Menschen.

Die Karawane bestand inzwischen aus mehr als fünfhundert Personen, darunter vor allem Frauen und Kinder. Daher waren Marvin und ich sehr erleichtert, als sie endlich den Einstieg in den Bergpass erreichten.

Dieser Streckenabschnitt barg jedoch ganz eigene Gefahren, da in der Höhe, bis zu der die Deltaner aufsteigen mussten, wesentlich niedrigere Temperaturen herrschten, als sie gewohnt waren. Unterwegs würden sie weder vor dem Wetter noch vor möglichen Raubtieren Schutz finden und außerdem wenig bis gar nichts zu essen bekommen.

Bevor sie mit der Besteigung begannen, ließ ich sie noch einmal ihre Vorräte überprüfen. Da ihnen ein bis zwei Wochen ohne frische Nahrung bevorstanden, durften wir jetzt nicht nachlässig werden.

Um bereits am ersten Tag so weit wie möglich zu kommen, brachen sie ganz früh am Morgen auf. Ich wusste, dass sie immer langsamer werden würden, je länger sich diese Kletterpartie hinzog. Daher war ein guter Auftakt sehr wichtig.

Nach vier Tagen hatten sie den höchsten Punkt ihrer Bergtour erreicht. Das war toll, da wir für diesen Abschnitt sechs Tage eingeplant hatten. Allerdings blies hier oben ein so beißender Wind, dass niemand stehenbleiben wollte, und so marschierten sie bis tief in den Abend hinein weiter, bis sie eine weniger stürmische Stelle erreichten.

Bergab ging es wie erwartet schneller. Weitere drei Tage später erreichten sie erneut waldiges Gelände und hatten sogar immer noch Proviant übrig. Was sie feierten, indem sie an Ort und Stelle ihr Lager errichteten und sich einen ganzen Tag lang die Bäuche vollschlugen. Von jetzt an würden sie wieder jagen und essbare Pflanzen finden können.

Zwei Tage danach brach die Hölle los.

49

Riker – Mai 2166
Sonnensystem der Erde

[Die Firewall hat einen unerlaubten Zugriff blockiert.]

Sofort war die UN-Versammlung vergessen, und ich wandte mich zu Guppy um. »Was? Jemand hat uns zu hacken versucht?«

[Bestätigt. Offenbar durch den Videolink zur UN-Versammlung.]

»Besteht akute Gefahr?«

Statt einer Antwort legte Guppy mir das Ergebnis einer Stack-Trace vor. Als ich die Liste durchsah, erkannte ich, dass der Hacker seinen Angriff auf das ursprüngliche Computersystem der Heaven-Sonden abgestimmt hatte, das noch nicht mit einer Firewall geschützt gewesen war. Stattdessen hatte man sich damals rein auf verschlüsselte Kommunikation verlassen. Allerdings sah es so aus, als ob es in den Verschlüsselungsprogrammen eine Hintertür gab. Und durch die hatte irgendwer Datenpakete geschoben, die allerdings gleich darauf von Bob-1s Firewall abgefangen worden waren.

Ich vergewisserte mich, dass der gesamte Datenverkehr mit der UN aufgezeichnet wurde. Später würde ich den Hack am Sandkasten-Bob ausprobieren. Ich war mir ziemlich sicher, dass die FAITH-Enklave hinter dem Anschlagsversuch steckte, aber ich brauchte erst irgendeinen handfesten Beweis, bevor ich mit dem Finger auf sie zeigte.

Außerdem stellte sich die Frage, was ich deswegen gegen sie unternehmen sollte. Schließlich gab es keine planetare Polizeibehörde, bei der ich sie anzeigen konnte.

Da die UN-Versammlung sich heute nur mit Routineangelegenheiten zu beschäftigen schien, beschloss ich, mich früher als gewöhnlich um den Verwaltungskram zu kümmern.

Der erste Punkt auf der Liste war eine Nachricht von Homer, die nur aus einem Wort und einem Ausrufezeichen bestand: »Raumstation!«

Mir war nicht klar, wieso es sich lohnen sollte, diese alte Idee noch einmal durchzukauen, aber wenn ich die Zeit erübrigen konnte, würde ich mit ihm darüber sprechen.

Ein kurzer Blick auf den Videofeed von der Versammlung verriet mir, dass dort immer noch nichts Bemerkenswertes geschah.

Als Nächstes stieß ich auf eine ziemlich lange Nachricht von Julia, in der sie über unsere Familiengeschichte sprach. Anscheinend hatte sie mich ohne alle Vorbehalte als Verwandten akzeptiert. Ich bekam einen Kloß im Hals und hoffte, dass sie die Nachricht nicht nur auf Cranstons Geheiß hin geschickt hatte.

[Der Angriff kam aus Neuseeland.]

Guppy hatte die Datenpakete mittlerweile also bis zu ihrem Ursprung zurückverfolgt. Aber wieso Neuseeland? Das ergab überhaupt keinen Sinn. Außerdem bedeutete es, dass ich nichts in der Hand haben würde, um Cranston das Leben schwer zu machen. Vielleicht würde ich ja bluffen können.

Da der eigentlich Schuldige mit seinem Hack ohnehin nichts erreichen würde, konnte ich ihn genauso gut erstmal weitermachen lassen.

Ich sendete einen Ping an Homer, und er signalisierte

mir, dass er Zeit für ein Gespräch hatte. Ich war immer noch völlig überwältigt, dass ich mich ohne Zeitverzögerung über das halbe Sonnensystem hinweg mit ihm unterhalten konnte.

Ich platzte in Homers VR. »Raumstation?«

Er verkleinerte das Fenster, das er sich angesehen hatte, und drehte sich zu mir um. »Das ist die Lösung für unsere drängendsten Probleme«, entgegnete er mit einem Grinsen.

»Aber nur, wenn du auf etwas grundlegend Neues gekommen bist.«

»Bloß auf eine neue Perspektive«, antwortete Homer. »Bislang haben wir immer nur darüber nachgedacht, wie wir Menschen in Raumstationen unterbringen könnten. Und das funktioniert natürlich nicht. Denn dazu müssten wir nicht nur das Luftgemisch und die Schwerkraft richtig hinbekommen. Es wären auch noch zusätzliche Schilde gegen radioaktive Strahlung und Mikrometeoriten nötig. Außerdem müssten wir Unterkünfte bauen, sie ernähren und für ihre Unterhaltung sorgen … Die Liste lässt sich beliebig fortsetzen. Aber wenn wir die Raumstationen für einen anderen Zweck konzipieren, wird alles gleich viel leichter.« Homer sah mich erwartungsvoll an.

»Okay, Homer, ich gebe auf. Willst du dort Rinder weiden lassen? Oder …« Ich bekam große Augen.

»Und schließlich ist der Groschen doch noch gefallen« sagte er und deutete mit dem Zeigefinger auf mich. »Ackerbau. Dafür benötigt man kaum Schwerkraft und demzufolge auch nur eine geringe Rotationsgeschwindigkeit, sodass wir es mit wesentlich geringeren Materialbelastungen zu tun hätten. Das Innere kann eine einzige große Höhle sein, und Sonnenlicht ist rund um die Uhr verfügbar. Ansonsten brauchen wir nur noch Vorrichtungen, die für die richtige Luft und annehmbare Temperaturen sorgen. Und das wäre e's auch schon.«

Ich dachte darüber nach. »Pflanzen benötigen CO_2 und produzieren Sauerstoff. Das bekommt jedes Kind mit einem Streichholz hin, aber wir müssen einen möglichst hohen Kalorienausstoß erreichen. Hast du dir darüber auch schon Gedanken gemacht?«

Er reckte die Daumen in die Höhe. »Natürlich. Erinnerst du dich an den Bibliothekseintrag über genveränderte Kopoubohnen? Verbesserter Nährstoffinhalt, einfache Gedeihbedingungen, für den menschlichen Stoffwechsel geeignet …«

»Sie benötigen viel Sonnenlicht und idealerweise Temperaturen um die zwanzig Grad Celsius. Wo kann man solche Voraussetzungen bloß finden? Ach, warte mal …« Ich tippte mir gegen die Schläfe und grinste.

»Ja, und da wir mittlerweile Zugriff auf die Svalbard-Tresore haben, können wir uns, sobald die Raumstation fertig ist, genau die Züchtung aussuchen, die am besten zu ihren Umweltbedingungen passt.« Homer zögerte und hob einen Finger. »Aber Kopoubohnen benötigen viel Wasser, sodass wir ständig einen Vorrat hinauftransportieren müssen, außer wir holen Eisberge vom Saturn …«

»… und zwar mit den Asteroiden-Antrieben.« Je tiefer wir in dieses Gedankenspiel einstiegen, desto mehr begeisterte mich seine Idee. »Mit denen können wir auch Regolith als Nährboden heranschaffen. Dann müssen wir nur noch Dünger hochbefördern, aber der fällt mengenmäßig kaum ins Gewicht. Vor allem, wenn die Anlage in Betrieb ist.«

»Und das Beste ist«, sagte Homer, »dass wir die ganze Arbeit mit meinen Druckern erledigen können, sobald sie mit dem Ersatz für Arthur fertig sind.«

Bei Homers letzter Bemerkung fiel mir Colonel Butterworth ein, und ich stöhnte. Dieses Argument würde ihn wohl kaum versöhnlich stimmen. Aus seiner Sicht mussten sämtliche Geräte zum Bau der Kolonistenschiffe eingesetzt werden.

»Butterworth wird trotzdem ausflippen.«

Homer sprang von seinem Stuhl auf. »Das wird bestimmt lustig. Kann ich dabei zusehen?«

Nicht nur Butterworth flippte aus, sondern auch die Mehrheit der UN-Delegierten. Abgesehen von den Gruppen, die unmittelbar vom Hungertod bedroht waren, schienen sämtliche Mitglieder der Versammlung kurz vorm Schlaganfall zu stehen und nur noch unverständlich zu schreien. Fassungslos verfolgte ich, wie sie sich über den kriminellen Missbrauch (ja, das waren ihre Worte) von Maschinen beschwerten, die bislang nicht einmal Teil des Produktionsplanes gewesen waren. Nach einer Weile hatte ich die Nase voll und beantragte das Rederecht.

»Meine Damen und Herren, lassen Sie mich die Lage kurz zusammenfassen. Menschen werden verhungern, und zwar innerhalb der nächsten sechs bis zwölf Monate. Da diejenigen, die über Lebensmittelvorräte verfügen, sich geweigert haben, sie mit den Notleidenden zu teilen, ist es meine Aufgabe, dieses Problem zu lösen. Unser Vorschlag ist machbar und ändert nichts am Zeitplan. *Ja*, was wir tun wollen, hat Auswirkungen auf zukünftige Kolonistenschiffe, da wir auf ihre Kosten Baumaterial für Raumstationen abzweigen. Ich bin jedoch bereit, diese Schiffe in der Zukunft gegen jedes jetzt gerettete Leben einzutauschen. Und nebenbei bemerkt werden auch einige der hier Anwesenden noch von unseren Kopoubohnen profitieren, sobald es bei ihnen eng wird. Ich schlage also vor, dass Sie sich mit Ihrer Kritik zurückhalten.« Damit schaltete ich mein Mikrofon ab, was bei den Videokonferenzen das Gleiche war, als würde man bei einer echten Versammlung wieder Platz nehmen, und sah zu, wie der Vorsitzende mit Wortmeldungen überhäuft wurde. *Unglaublich. Politik ist doch überall derselbe Mist.*

Ich ging meine tägliche Gesprächswarteschlange durch und sah, dass – natürlich – Cranston unter den Anrufern war. Hervorragend. Anderseits musste ich ohnedies mit ihm über diesen Hackerangriff sprechen. Nachdem ich mir über die Augen gerieben und einen Kaffee besorgt hatte, öffnete ich die Verbindung. »Guten Tag, Herr Pastor. Haben Sie etwas Bestimmtes auf dem Herzen?«

»In der Tat, Mr. Riker. Es geht mir um die heutige Sitzung. Wir sind zwar nicht die reichste Enklave auf dem Planeten, aber wir besitzen überschüssige Vorräte, wie Sie selbst nicht müde werden zu betonen.«

»Und Sie haben sich immer geweigert, etwas davon herauszurücken. Hat sich daran etwas geändert?«

»Sozusagen. Nachdem Sie den Einfall mit den Kopoubohnen hatten, würde uns der Verzicht auf einen Teil unseres Überschusses zwar vorübergehend belasten, aber nicht dauerhaft schaden …«

Ich setzte mich aufrechter hin. Höchstwahrscheinlich würde bald irgendeine Einschränkung kommen, aber zumindest klang der Pastor ganz vernünftig.

»Natürlich würden wir dafür eine Gegenleistung erwarten. Da Sie bereits beschlossen haben, den Spitzbergen-Flüchtlingen das dritte Schiff zu überlassen und der darin noch verbleibende Platz ziemlich genau für unsere Enklave ausreichen würde, wäre es aus meiner Sicht eine gute Idee, uns auf die Passagierliste zu setzen. Nicht zuletzt, weil wir ohne unseren Überschuss zu den Habenichtsen gehören würden.« Der Pastor sah mich erwartungsvoll an.

Die implizite Forderung nach Vorzugsbehandlung widerstrebte mir zwar, aber das war nur die eine Seite der Medaille. Alles, was er sagte, stimmte. Und obwohl die FAITH-Enklave nicht gerade der logische nächste Kandidat in der Schlange war, wären sie auch keine völlig abwegige Wahl. Vor allem ohne ihre Überschüsse. Außerdem würde es ein gutes Signal an alle anderen sein, wenn ich diese offen zur Schau gestellte Kooperationsbereitschaft belohnte. Ein paar Millisekunden lang starrte ich ins Leere. Wenn ich es genau überlegte, würde ich sogar ein negatives Signal aussenden, wenn ich seinen Vorschlag ablehnte. »Herr Pastor, das ist ein überraschend vernünftiges Angebot. Ich muss das zwar erst mit meinem Team besprechen, aber ich glaube, dass dem nichts im Wege steht.«

Pastor Cranston schaffte es, nicht *zu* selbstgefällig dreinzublicken. Stattdessen nickte er und streckte die Hand aus, um das Gespräch zu beenden.

»Einen Moment noch, Herr Pastor. Da ist noch eine Angelegenheit, über die ich mit Ihnen sprechen möchte.« Ich erzählte ihm alles über den versuchten Hack, ohne ihm jedoch zu verraten, warum er nicht funktioniert hatte. »Fällt Ihnen dazu etwas ein?«

Er schwieg ein paar Sekunden lang – was sich für mich wie eine Ewigkeit anfühlte. Als er endlich wieder sprach, klang er beschämt. »Sie haben mich gefragt und nicht angeklagt, Mr. Riker, und ich gehe davon aus, dass das am geographischen Ursprung des Hacks liegt.« Er lächelte. »Wenn man alles bedenkt, ergibt Neuseeland durchaus Sinn. Es kann nämlich sein, dass unsere Sonden-Technologie nicht, äh, *vollständig* von FAITH-Wissenschaftlern stammt. Australien arbeitete damals gerade an einem

Sonden-Konzept, und es kann sein, dass einer unserer Agenten, naja, sich ein paar ihrer Ideen ausgeliehen hat.«

»Spionage? Sie haben deren Pläne gestohlen?«

»Wie auch immer Sie das nennen wollen, es ist sehr wahrscheinlich, dass die australische Föderation einiges über Ihre ursprünglichen Konstruktionspläne weiß, beziehungsweise wusste. Und als Brasilien angefangen hat, Felsen auf Australien fallenzulassen, sind die meisten, die von dort fliehen konnten, nach Neuseeland geflohen.« Er sah mich mit zur Seite geneigtem Kopf an, und es war klar, was er damit sagen wollte.

»Sehr interessant. Ich danke Ihnen für Ihre Offenheit, Herr Pastor.«

Nachdem wir uns verabschiedet hatten, schickte ich eine kurze Nachricht an Charles und Homer.

Charles reagierte unverzüglich. »Ich stimme dem Vorschlag der FAITH zu. Damit sind auch unsere Verwandten aus dem Schneider. Ich weiß, dass du dich von solchen Überlegungen nicht leiten lassen möchtest, aber mir ist unsere Neutralität weniger wichtig.«

»Ich stimme auch zu«, sagte Homer. »Und die Erklärung, warum Australien dahinterstecken könnte, klingt ebenfalls vernünftig. Das passt gar nicht zu Cranston. Ich hoffe, er hat sich bei so viel Aufrichtigkeit nicht wehgetan.«

Ich lachte. Es sah also so aus, als ob wir uns mit der FAITH einig wären.

50

Bob – Juni 2166
Delta Eridani

Rückblickend hätten wir es eigentlich wissen müssen. Es musste ja schließlich irgendeinen Grund gegeben haben, warum die Deltaner übers Gebirge gekommen waren, obwohl auf dieser Seite bessere Lebensbedingungen herrschten. Und dieser Grund waren ganz offensichtlich die Gorilloiden.

Die deltanische Karawane war vielköpfig, laut und langgestreckt. Auf Gorilloiden wirkte sie vermutlich so appetitanregend wie ein gemischtes Buffet auf Reisen.

Sie schlugen kurz nach Sonnenaufgang zu, als die Infrarotsensoren der Drohnen gerade nutzlos geworden waren. Natürlich konnten die Gorilloiden das nicht wissen, und selbst wenn, wäre es ihnen völlig egal gewesen. Sie hatten einfach nur auf genügend Licht gewartet, um etwas zu sehen.

Die Deltaner, die gerade erst erwachten, waren schlecht organisiert und völlig unvorbereitet. Daher wurden sie von den heranstürmenden Gegnern regelrecht überrollt. Sogar Marvin und ich waren überrascht, wie viele es waren.

Die Gorilloiden, typische Rudeljäger, griffen an mehreren Fronten gleichzeitig an. Während sie die Verteidiger mit Scheinangriffen beschäftigt hielten, isolierten sie einzelne Opfer von der großen Gruppe. Auf diese Weise hatten sie sich bereits ein Dutzend Deltaner geschnappt, hauptsächlich Frauen und Kinder.

Zum Glück hielten wir die Brecher permanent einsatzbereit, und so dauerte es keine zehn Sekunden, bis wir sie vor Ort hatten. Mit lautem Donnern lösten sich mehrere Gorilloiden in ihre Einzelteile auf. Wir mussten unsere Angriffe jedoch auf Feinde beschränken, die weit genug von den Deltanern entfernt waren, und so konnten wir nichts tun, um den Verschleppten zu helfen. Das war ein ganz anderes Problem.

»Guppy! Verfolge jeden Deltaner, den sie mitnehmen, mit einer Drohne. Bleib an ihnen dran, egal was passiert.«

[Aye.]

Der Brecher-Angriff verschreckte die Gorilloiden und verschaffte den Deltanern die Gelegenheit, ihre Kräfte zusammenzuziehen. Mit den Feuersteinspitzen an ihren Speeren waren sie den Angreifern im Nahkampf überlegen.

»Es sind zu viele. Wir haben nicht genügend Brecher.« In Marvins Gesicht stand Panik.

Ich wandte mich an Guppy. »Die Brecher bei der autonomen Fabrik …«

[Sind unterwegs. Allerdings brauchen sie selbst bei höchster Beschleunigung fast einen Tag für die Strecke.]

Anfangs hatten wir fünfundzwanzig Brecher gehabt. Bislang hatten wir rund die Hälfte verbraucht, und es waren immer noch knapp fünfzig Gorilloiden übrig. Ein paar Millisekunden lang wusste ich nicht, was ich tun sollte.

Marvin schnippte mit den Fingern. »Am besten setzen wir sie nicht alle zur Vernichtung ein. Sie sollten die Gorilloiden stattdessen nur mit der Wucht eines geworfenen Steins treffen. Eine zwanzig Kilogramm schwere Stahlkugel wird sie auf jeden Fall langsamer machen, und dann können die Deltaner sie erledigen.«

»So machen wir es.«

Also gingen wir dazu über, die Gorilloiden mit geringerer Geschwindigkeit zu rammen. Sie waren erstaunlich zäh. Ein Mensch wäre auch bei so einer Kollision umgekommen, aber die Gorilloiden wirkten von dem Aufprall lediglich einen Moment lang betäubt. Und es kam auch einige Male vor, dass ich ein und denselben Gorilloiden mehrmals hintereinander niederknüppeln musste.

Auch jetzt verloren wir noch Brecher, denn mit jeder Einheit war höchstens ein Dutzend Schläge möglich, bevor es zu irgendeiner Fehlfunktion kam. Wir würden uns überlegen müssen, wie wir sie einsammeln und reparieren konnten. Und zwar schnell.

»Guppy, setz die autonome Fabrik auf den Bau weiterer Brecher an. Das hat allerhöchste Priorität. Und schicke ein paar Transportdrohnen zur Karawane.«

[Aye.]

Schließlich gewannen die Deltaner die Oberhand. Die Frauen und Kinder hatten sich in der Mitte zu einer dichten Gruppe zusammengedrängt, und die Gorilloiden konnten nicht nahe genug an sie herankommen, um einzelne von ihnen aus der Menge herauszulösen. Die Verteidiger waren gut organisiert und deckten sich gegenseitig den Rücken. Wir hatten mittlerweile nur noch sechs Brecher, die wir uns gut einteilen mussten.

»Okay, Marvin, es ist an der Zeit, die Verschleppten zurückzuholen. Guppy, gib uns einen kurzen Überblick, wo sie sind und wie es ihnen geht.«

Guppy zeigte eine Reliefkarte der Umgebung, auf der

angezeigt war, wo sich die deltanischen Opfer befanden. Neben jedem von ihnen öffnete sich eine Infobox. Es sah nicht gut aus. Mehr als die Hälfte von ihnen war bereits aufgefressen.

Jeder von uns schnappte sich zwei Brecher, und dann machten wir uns an die Verfolgung der Gorilloiden. Als wir sie fanden, schlugen wir ihnen so lange mit den Stahlkappen gegen die Köpfe, bis sie entweder kapitulierten und davonliefen oder so abgelenkt waren, dass ihre Opfer sich von ihnen losreißen konnten. Als schließlich alles vorüber war, hatten wir etwa ein Drittel der Verschleppten retten können.

Ich flog eine der Drohnen zu Arnold zurück. »Im Wald sind Verwundete, die es nicht bis zur Sippe zurückschaffen. Du musst Rettungstrupps organisieren, die sie holen kommen.«

Arnold sah die Drohne einen Augenblick lang nachdenklich an, dann fing er an, auf verschiedene Bewaffnete zu deuten und ihnen Befehle zu erteilen. Die Deltaner waren wirklich erstaunlich entschlussfreudig, und wenn Not am Mann war, gab es keine langen Diskussionen. Binnen weniger Sekunden hatte Arnold mehrere Gruppen zusammengestellt, die hinter den Drohnen in den Wald liefen.

Bis auf einen gab ich allen Verwundeten gute Überlebenschancen. Obwohl ein paar von ihnen Invalide bleiben würden.

Ich seufzte und sah Guppy an. »Wie viele To-dos habe ich, bei denen es um eine grundlegende medizinische Ausbildung der Deltaner geht?«

[Sechsundzwanzig.]

»Das habe ich mir gedacht.« Ich traute mich nicht zu fragen, wie viele Punkte mittlerweile insgesamt auf der Liste standen. Nicht zum ersten Mal dachte ich darüber nach, ein paar Dutzend Bobs zu klonen und so lange auf die Liste loszulassen, bis sie wieder unter Kontrolle war. Und wie üblich fiel mir nichts auf dem Produktionsplan der autonomen Fabrik ein, was ich dafür nach hinten schieben konnte.

Ich habe es so satt. »Guppy, sobald wir wieder fünfzig Brecher zusammenhaben, möchte ich, dass du eine Druckereinheit dazu veranlasst, weitere Drucker zu produzieren. Es ist höchste Zeit, die Fabrikation auszuweiten.«

[Eine Druckereinheit zu duplizieren, ist eine zeit- und rohstoffintensive Aufgabe und wird nicht nur zu einer Reduktion der Produktionsleistung führen, sondern sich auch auf alle anderen Operationen auswirken.]

»Ich weiß. Auf lange Sicht wird es sich jedoch auszahlen. Wenn wir uns gleich zu Beginn darum gekümmert hätten, wären wir mittlerweile bereits wieder aus den roten Zahlen heraus. Wir müssen uns jetzt einfach selbst übertreffen.«

Ich drehte mich zu Marvin um. »Ich erwäge ernsthaft, Sprengwaffen herzustellen.«

Er riss die Augen auf. »Das wäre aber ein ganz schön krasser Richtungswechsel. Wir *hassen* Sprengstoff.«

»Wem sagst du das. Außerdem besteht das Risiko, dass wir bei der Produktion die Drucker in die Luft jagen. Ich glaube es ist besser, wenn wir sie auf die althergebrachte Weise produzieren. Ich werde ein Chemielabor errichten, in dem ein paar Roamer mit industriellen Methoden Sprengköpfe bauen.«

»So etwas muss gut vorbereitet werden, und das wird eine ganze Weile dauern.« Marvin schüttelte den Kopf. Der Zweifel stand ihm ins Gesicht geschrieben.

»Ja, aber mich beschleicht allmählich das dumpfe Gefühl, dass unsere Auseinandersetzungen mit den Gorilloiden auch noch einige Zeit in Anspruch nehmen werden. Rechne doch mal durch, wie hoch ihre durchschnittliche Populationsdichte sein muss, damit sie in so kurzer Zeit derart viele Angreifer zusammenbekommen. Anscheinend liegt auf dieser Seite das Hauptverbreitungsgebiet der Gorilloiden.«

Marvins dachte ungefähr eine Millisekunde lang nach, dann nickte er. »Ich verstehe, was du meinst. Uns steht ein Vernichtungskrieg bevor.«

»Nachdem wir schon so weit gekommen sind, möchtest du, dass wir jetzt hierbleiben?« Die Ohren des Ältesten hingen kerzengerade nach unten, was bei den Deltanern einem ungläubigen Blick gleichkam. Als ich mich umsah, erkannte ich, dass die meisten im Sippenrat denselben Ausdruck trugen.

Ich seufzte. Die Drohne war nicht ideal, wenn man sich unterhalten wollte. Auf ein primitives Volk mochte sie zwar beeindruckend wirken, aber der Mangel an Mimik und Gestik schränkte meine Ausdrucksfähigkeit zu stark ein. Ich versuchte es noch einmal. »Nur vorübergehend. Ich habe beim letzten Angriff die meisten meiner Brecher zerstört.« Das Übersetzungsprogramm machte daraus *fliegende Steine*. »Ich muss neue bauen. Hier in der Gegend haben wir die Reihen der Gorilloiden zumindest ein wenig gelichtet und den Überlebenden Angst eingejagt.«

Arnold, der mittlerweile zum Rat gehörte, nickte zustimmend. »Es stimmt. Diese Biester werden nicht so bald noch mal angreifen. Für jeden, den sie von uns erwischt haben, haben sie selbst drei verloren. Und wir haben ihnen viele ihrer Opfer wieder abgejagt.«

Obwohl die Gorilloiden, was das Fressen anbelangte, nicht sehr erfolgreich gewesen waren, hatten sie es leider geschafft, während des Angriffs beinahe zwanzig Deltaner zu töten. Das war eine inakzeptable Verlustrate. Noch ein paar weitere Attacken dieser Art, und die Karawane würde aus weniger Deltanern bestehen als zu Beginn des Marsches.

»Wie lange?«

Ich beging nicht den Fehler, die Frage des Ältesten als Zustimmung aufzufassen. Er wollte sich lediglich Klarheit verschaffen. Ich war hier noch lange nicht fertig. »Fünf Tage. Im Moment sind mehrere Brecher hierher unterwegs, und ich möchte noch eine zusätzliche Gruppe abwarten, bevor wir irgendwelche Risiken eingehen. Danach werde ich so schnell wie möglich weitere machen und herholen.«

Arnold ergriff erneut das Wort. »Die Gefahr wird nicht in ein paar Tagen vorüber sein. Es muss hier eine ganze Menge Gorilloiden geben. Sonst wären nicht so viele von ihnen auf einmal aufgetaucht.«

Ich war beeindruckt von dieser Erkenntnis und sah Marvin an, der ebenfalls erstaunt wirkte. »Man sollte wirklich nie jemandem Dummheit unterstellen, nur weil er kräftig ist. Dieser Typ hat ganz schön was auf dem Kasten!«

Ich begab mich wieder in die Drohne. »Korrekt. Ich lasse meine Steine durch die Wälder fliegen und die Gorilloiden zählen. Danach wissen wir genauer, mit wie vielen wir es zu tun haben. Und vielleicht können wir dann auch den größten Ansammlungen aus dem Weg gehen.«

»Kannst du sie nicht einfach töten, bevor wir auf sie stoßen?«

Das war eine vernünftige Frage. »Dabei würde ich Brecher für Gorilloiden opfern, die uns möglicherweise niemals behelligen werden. Es ist besser, wenn wir unsere Kräfte auf diejenigen konzentrieren, die uns attackieren. Aber ich werde dafür sorgen, dass wir in Zukunft früher vorgewarnt werden.«

Die Ältesten nickten. Mit Mangelwirtschaft kannten sie sich aus.

Befehle wurden erteilt, und die Deltaner fingen an, sich auf einen längeren Aufenthalt in diesem Lager einzurichten. Während Arnold Jägertrupps zusammenstellte, begab ich mich auf die Suche nach Archimedes, um mit ihm über Zeltstangen zu sprechen.

»Für den geringen Nutzen scheint das ein ganz schöner Aufwand zu sein.« Archimedes inspizierte das Ergebnis seines ersten Versuchs, ein Zelt zu errichten. Tatsächlich war es kaum mehr als ein Unterschlupf.

»Deine Decke ist zu klein. Mit einer größeren ließe sich das Zelt so hoch errichten, dass du hinein- und hinausgehen könntest und außerdem Seitenwände hättest, die Wind und Regen abhalten.«

Archimedes ging um das Gebilde herum. »Es lässt sich nur schwer zusammenpacken und tragen, und der Aufbau ist kompliziert. Ich habe das Gefühl, dass sich diese Konstruktion besser für ein permanentes Lager eignet.«

Marvin amüsierte sich über meinen Gesichtsausdruck. »Nimm dies, großer Himmelsgott!«

»Halt die Klappe.«

Ich beschloss, das Zeltprojekt fürs Erste zu vertagen und stattdessen darüber zu sprechen, wie man Speere begradigen könnte. Dieses Thema lag sowohl Archimedes als auch Arnold am Herzen. Sie hatten gesehen, welchen Unterschied es machte, wenn sie geradegewachsene Stämme als Speere wählten. Die Vorstellung, beinahe jeden Speerschaft begradigen zu können, war für sie eine Offenbarung.

Eine Weile lang unterhielten wir uns darüber, wie man ein gebogenes Stück Holz erst mit Dampf und dann mit einer Biegevorrichtung bearbeiten konnte. Dann machten sich Archimedes und Arnold, der die Axt locker über die Schulter geschlungen trug, auf den Weg und hielten nach geeigneten Baumstämmen Ausschau.

Unterdessen drehte ich die Drohne herum und betrachtete das Lager. So vieles war noch zu erledigen. Ich persönlich mochte vielleicht ewig Zeit haben, aber diese Leute nicht.

51

Bill – Januar 2174
Epsilon Eridani

[Wir haben eine Nachricht von Milo empfangen.]

Ich blickte auf, ein wenig verärgert über die Unterbrechung, da ich mir gerade die Wachstumsprognosen für die von mir gezüchteten Moosarten, Flechten und Gräser angesehen hatte. Ich hatte einen von Homers Ackerland-Donuts gebaut, um so viel Pflanzen wie möglich zu ziehen, bevor ich anfangen würde, sie auf Ragnarök zu kultivieren.

»Er ist nach … 82 Eridani gegangen, richtig?«

[Korrekt.]

»Und …?«

[Die Nachricht enthält neben der Beschreibung eines potenziell sehr aussichtsreichen Besiedlungsziels auch die Aufnahmen von der Zerstörung seiner Sonde.]

»Was?« Hastig schloss ich meinen aktuellen Arbeitsordner. Nachdem ich meinen Schreibtisch leergeräumt hatte, öffnete ich die Nachricht aus der Warteschlange. Ich hörte die anfängliche Begeisterung in Milos Stimme, als er die ersten Ergebnisse der Systemerkundung vortrug. Und dann die Angst, als er die herankommenden Raketen meldete. An die Nachricht war ein Back-up von ihm angehängt, aber ich hatte dabei ein ganz mieses Gefühl …

»Guppy, funktioniert das Back-up?«

[Negativ. Die Übertragung ist zu früh abgebrochen.]

»Verdammt.« In den Bibliotheken wurde dieses Problem eingehend beschrieben. Sollte ich dennoch versuchen, aus dem lückenhaften Datenmaterial eine Version von ihm zusammenzuschustern, würde ich mit großer Wahrscheinlichkeit einen geisteskranken oder zumindest unbrauchbaren Klon erzeugen. So traurig ich es fand, einen der unseren zu verlieren, so wenig wollte ich mich selbst in diesem Zustand sehen. »Okay, Guppy. Archiviere das Backup – mit dem Header *In Memoriam*. Im Moment bauen wir gerade drei Bobs aus der dritten Baureihe, oder?«

Guppy nickte.

»Mach so bald wie möglich noch mal vier und statte sie alle mit zusätzlichen Brechern aus. Wir werden Milo rächen.«

[Aye.]

Dieser Medeiros entwickelte sich wirklich immer mehr zu einem Stachel in unserem Fleisch. Erst Epsilon Eridani, dann Alpha Centauri und jetzt dies her. Es war an der Zeit, ernsthaft etwas gegen ihn zu unternehmen.

52

Riker – Januar 2168
Sonnensystem der Erde

Ich platzte in Homers VR. »Hey, Nummer drei.«

Homer erwiderte mein Grinsen. »Dir ist schon klar, dass das niemals so lustig sein wird wie Nummer zwei, oder?«

»Na und?« Ich zuckte mit den Schultern. »Jetzt, wo du zum Establishment gehörst, brauchst du einen Spitznamen.« Ich öffnete die Liste, die er mir geschickt hatte. »Dir ist es also wirklich ernst mit diesem Viehzucht-Donut?«

»Wieso nicht? *Farm-1* haben wir so sehr perfektioniert, dass es schon fast peinlich ist. Dabei haben wir meiner Meinung nach genug gelernt, um den äußeren Rand mit einem halben g mehr zu belasten, ohne irgendwelche Schäden zu riskieren. Und da wir inzwischen auch die Atmosphärenkontrolle in den Griff bekommen haben …« Er hob vielsagend die Brauen.

In den ersten Monaten war die Arbeit an *Farm-1* ein reiner Albtraum gewesen. Jeder einzelne Parameter der Umweltbedingungen war immerzu in positive Feedbackschleifen gegangen. Zuletzt hatten wir rund um die Uhr vier KMIs einsetzen müssen, um die Situation unter Kontrolle zu bekommen.

»Na fein, General Bullmoose, aber vergessen Sie mir nicht die kleinen Leute, okay?«

Homer lachte, und ich ließ eine Tasse Kaffee erscheinen.

Die Zukunftsaussichten hatten sich mittlerweile deutlich verbessert.

Die Donuts, wie wir sie alle inzwischen nur noch nannten, erinnerten an dicke Fahrradreifen. Von der Radnabe bis zum Außenrand gespannte Kohlefaserkabel sorgten für die Stabilität der Konstruktion. Dazu gab es noch drei weitere, dickere Speichen, in denen Aufzüge zwischen der Nabe und dem Rand verkehrten. Der Donut war senkrecht zur Sonne ausgerichtet, und mehrere zwischen dem Rand und der Nabe installierte Spiegel lenkten das Sonnenlicht durch das transparente Dach ins Innere des Rades. Alles war so einfach wie möglich konstruiert worden, um den Zeit- und Materialaufwand beim Bau des Donuts zu minimieren.

Ich nippte an meinem Kaffee. »Besonders gefällt mir, dass diese Stationen vor den Anschlägen der VEHEMENT sicher sind.«

»Außer sie schaffen es, in den Weltraum zu gelangen«, erwiderte Homer leichthin.

Ein kurzer Seitenblick auf ihn verriet mir, dass er diese Möglichkeit nicht ernstlich in Betracht zog. Auf der Erde hatte es in der Zwischenzeit weitere Anschläge auf die Nahrungsvorräte gegeben, und wir waren gezwungen gewesen, die Versorgungspläne anzupassen, um die Ausfälle zu kompensieren. Hoffentlich würde sich die Situation mit der Ackerbau-Station entspannen.

Farm-1 lieferte regelmäßig Kopoubohnen. Der Verteilungsschlüssel der Ernten richtete sich nach der jeweiligen Bevölkerungszahl und Bedürftigkeit. Julia hatte mir versichert, dass Kopoubohnen, ganz egal wie einfallsreich man sie würzte, immer nach, nun ja … Kopoubohnen schmeckten. Außerdem hatte es auf die menschliche Verdauung anscheinend einen ähnlichen Effekt wie normale

Bohnen. Weswegen Homer sich immer neue Strophen für das Lied *Jedes Böhnchen gibt ein Tönchen* einfallen ließ, von denen ein paar inzwischen auch auf der Erde gesungen wurden. Wenn ich das hörte, freute ich mich, ein Replikant zu sein.

Die zweite Weltraum-Farm würde in einer Woche in Betrieb gehen, und ich hatte ausgerechnet, dass damit die Nahrungsversorgung für die nächsten drei Jahre gesichert sein sollte. Erst danach würden die schrumpfenden Erträge auf der Erde erneut für Probleme sorgen.

In der dritten Station, die erst halb fertig war, würden wir eine Mischung aus verschiedenen Nutzpflanzen anbauen, um für einen abwechslungsreicheren Speiseplan und eine ausgewogenere Ernährung zu sorgen. Homer plante, auf der vierten Station Viehzucht zu betreiben – mit Rindern, Schweinen und Hühnern. Vielleicht sogar mit Schafen, falls die Neuseeländer nicht zuvor sämtliche verbliebenen Exemplare aufaßen. Darüber hinaus gab es natürlich auch noch das genetische Material im Svalbard-Tresor, aber um damit etwas anzufangen, würden wir zuerst künstliche Gebärmüttern entwickeln müssen.

Aus Homer war ein Industriemagnat geworden. Er war verständlicherweise stolz darauf, dass seine Idee so gut funktioniert hatte. Und inzwischen widmete er dem Projekt seine gesamte Zeit.

Ich trank den Kaffee aus und erhob mich. »Dann mach ich mich mal wieder an die Arbeit in den Salzminen. Versuch bitte, nichts in die Luft zu jagen, okay?«

Während ich mich aus seiner VR ausklinkte, salutierte Homer lässig mit einem Finger.

53

Bob – Juni 2166
Delta Eridani

Bevor wir das Lager aufschlugen, wurden die Deltaner erneut angegriffen, aber diesmal nicht von den Gorilloiden. Ich war so sehr auf den Kampf zwischen diesen Raubtieren und den Deltanern fixiert, dass ich das restliche Ökosystem des Planeten nicht beachtete. Dabei war es mindestens genauso artenreich wie das der Erde und wies mehr als einen Jäger am vorderen Ende der Nahrungskette auf.

In diesem Fall handelte es sich um Tiere, die eine ähnliche ökologische Nische besetzten wie Leoparden oder andere Dschungelkatzen auf der Erde. Nur dass sie ihrer Beute in Rudeln nachstellten. Als sie sich auf einen Jäger stürzten, der sich ein paar Schritte zu weit von seiner Gruppe entfernt hatte, eilten sofort die restlichen Deltaner zu Hilfe und stießen ihre Speere in die Raubtiere. Der ganze Spuk war nach wenigen Sekunden vorbei.

Zum Glück für den Deltaner, auf den sie es abgesehen hatten, töteten die Leopardenartigen (ich würde sie auf keinen Fall Leopardoiden nennen) ihre Beute nicht sofort. Stattdessen nahmen sie ihre Opfer genau wie viele irdischen Großkatzen in den Würgegriff und erstickten sie. Allerdings war der Jäger schwer verwundet. Während sie ihm zum Lager zurückhalfen, scherzten ein paar der anderen, dass ihm allein ein ganzer erlegter Leopardenartiger zustehe, da er so ein guter Köder gewesen war.

»Ich mag diese Leute wirklich«, sagte ich.

Marvin warf mir einen Blick zu. »Und das ist auch gut so. Ansonsten müsstest du sie gelegentlich Gottes Zorn spüren lassen.«

»Mhm, ja. Da sprichst du einen wichtigen Punkt an. Ich habe mir vorgenommen, ungefähr eine Generation lang bei ihnen zu bleiben und ihnen zu helfen. Danach werde ich verschwinden und nur noch als Legende weiterexistieren. Ich kann auf keinen Fall zulassen, dass sie von mir abhängig werden.«

»Richtig. Und dann werde ich mich wahrscheinlich auch von hier verziehen.« Marvin öffnete eine Sternenkarte, die den Weltraum um Delta Eridani herum abbildete. »So viele neue Orte und fremde Spezies, die ich erforschen kann ...«

In der folgenden Stille dachte ich erneut darüber nach, wie wenig ich mich darauf freute, Marvin gehen zu sehen. Seit seiner Erschaffung hatten wir uns zu zwei unterschiedlichen Personen entwickelt. Aber wir kamen miteinander aus, was nicht selbstverständlich war. Lächelnd erinnerte ich mich an eine von Bills Übertragungen, in denen er beschrieben hatte, wie zwischen Riker und Homer anfangs die Fetzen geflogen waren. Ich wünschte mir, ich wäre dabei gewesen. Das muss ein ziemliches Spektakel gewesen sein.

Nach der Auslieferung der letzten Brecher waren wir inzwischen wieder so gut bewaffnet, dass wir es riskieren konnten, weiterzumarschieren. Als ich dem Ältestenrat deswegen Bescheid gab, achtete ich sorgsam darauf, dass meine Ankündigung wie eine reine Information und nicht nach einem Befehl klang. Schließlich wollte ich auf keinen Fall aus reiner Gedankenlosigkeit die Verantwortung für ihr Schicksal übernehmen. Und ich wollte auch nicht den anderen Bobs erklären müssen, wie es dazu kommen konnte.

Nachdem die Ältesten die Lage diskutiert hatten, erklärten sie, dass wir uns am nächsten Morgen wieder auf den Weg machen würden.

Der Aufbruch verlief reibungslos. Die Woche Rast hatte den Deltanern gutgetan. Die meisten der Verwundeten waren nun wieder so beweglich, dass sie mit den anderen mithalten konnten, und während des Zwischenstopps war auch der Proviant aufgestockt worden. Ich hatte die Nachtwachen verdoppelt, und sämtliche Brecher waren in der Luft, bereit zuzuschlagen, sobald auch nur ein Schmetterling mit den Flügeln zuckte. Die Gorilloiden ließen sich nirgends blicken. Vielleicht spürten sie das schlechte Karma.

Wir kamen nun nicht mehr so schnell voran wie während der ersten Hälfte unseres Marsches. Was einerseits am immer unwegsameren Gelände lag, aber auch daran, dass sich der Wald auf dieser Seite der Gebirgskette, wo ein etwas tropischeres Klima herrschte, allmählich in einen Dschungel verwandelte. Doch obwohl wir unserem Zeitplan nach der erzwungenen Pause ohnehin hinterherhinkten, sah ich die zusätzliche Verzögerung gelassen, da wir uns hier im Süden wegen des bevorstehenden Winters wohl keine allzu großen Sorgen machen mussten.

Während die Deltaner gingen, flog ich neben Archimedes her. In letzter Zeit hatte er mit einem der Mädchen aus seiner Kohorte angebandelt, das ich Diana getauft hatte. Sie hatte ganz offensichtlich Angst vor mir, wollte sich vor Archimedes jedoch keine Blöße geben. Also blieb sie so dicht wie möglich bei ihm, während sie gleichzeitig versuchte, sich von meiner Drohne fernzuhalten. Das Ganze war ein bisschen komisch, aber ich bemühte mich, meinen unreifen Humor zu zügeln.

Im Moment diskutierten wir gerade über die in der Sippe üblichen medizinischen Behandlungsmethoden. Die Deltaner verwendeten bislang lediglich Tränke und Breiumschläge, und ich bezweifelte zwar nicht, dass ihre Mixturen das eine oder andere Leiden kurierten, allerdings war ich mir ziemlich sicher, dass keine einzige Wurzel existierte, die einen Beinbruch heilen konnte.

»Ja, ich verstehe, Baab. Wir verdanken dir so viele nützliche Ideen, dass ich bereit bin, dir zu glauben.« Archimedes zuckte mit den Schultern. »Aber die Medizinfrau verlässt sich schon seit jeher auf ihre eigenen Methoden, und ich will mich auf keinen Fall mit ihr anlegen.«

»Okay, verstehe. Würdest du mich ihr wenigstens vorstellen?«

Archimedes nickte und drehte sich zu Diana um, die nun sogar noch verängstigter wirkte als zuvor. »Du musst nicht mitkommen.«

»Ich möchte aber«, erwiderte sie. »Vielleicht bringt sie ihn ja um.«

Okay … Möglicherweise sollte ich ein oder zwei Brecher zu dem Treffen mitbringen.

Bis zum Feuersteindorf mussten wir noch drei weitere Angriffe der Gorilloiden abwehren. Allerdings war keiner von ihnen so heftig wie der erste, und es kamen jeweils nur wenige Deltaner ums Leben, während die Gorilloiden selbst erfreulich hohe Verluste erlitten.

»Willst du sie etwa ausrotten?«, fragte Marvin bestürzt.

»Darauf kannst du wetten. Im Umkreis von mehreren Meilen soll kein Gorilloid überleben.« Ich deutete auf die

Reliefkarte. »Wir müssen sie so weit dezimieren, dass die Deltaner kein Problem mehr mit ihnen haben.«

»Ich weiß nicht … Was ist, wenn sich ihre Bestände irgendwann mal erholen? Dann geht doch alles wieder von vorne los. Besser wäre es, wenn du ausschließlich die Angreifer tötest und die übrigen am Leben lässt. So werden sich bloß noch diejenigen Gorrilloiden fortpflanzen, die keine Lust auf Deltanerfleisch haben.«

Ich dachte einen Moment über seine Worte nach. »Da hast du nicht ganz unrecht. Mal sehen, wie schlimm es wird, wenn wir beim Dorf sind. Vielleicht werden wir die Reihen der Gorilloiden anfangs ein wenig lichten müssen, damit die Deltaner Zeit haben, sich hinzusetzen und in Ruhe zu essen.«

»Das sehe ich auch so.«

54

Riker – Oktober 2170
Sonnensystem der Erde

Die letzte Versammlung. Drei magische Wörter, die mich mit großer Vorfreude erfüllten. Homer, Charles, Ralph und ich schwebten einen halben Kilometer von den beiden Schiffen entfernt. Wir waren uns zwar alle einig gewesen, dass es keinen Sinn hatte, tatsächlich vor Ort zu sein, wenn wir unsere Sonden genauso gut per Videofeed zuschalten konnten, aber wir hatten uns trotzdem sehr beeilt, um rechtzeitig für das große Ereignis hier zu sein. So viel zum Thema Logik. Sogar Colonel Butterworth hatte darüber nachgedacht, mit einem der Shuttles heraufzufliegen und zuzusehen. Letztlich war er jedoch so vernünftig gewesen, sich dagegen zu entscheiden.

Als die Schiffe fast fertig gewesen waren, hatten wir die Konstruktionsprozesse so aneinander angepasst, dass sie parallel verliefen. Nun waren beide Konstruktionen komplett, und es fehlte nur noch die allerletzte Verbindung zwischen den Antriebsringen und den Hüllen.

»Ich fasse es nicht. Wir haben es tatsächlich geschafft.« Aus Homers Stimme klang das gleiche ungläubige Staunen, das wir alle empfanden. Für jemanden, der im Übergang vom zwanzigsten zum einundzwanzigsten Jahrhundert aufgewachsen war, stellte dies das bei Weitem größte Bauprojekt aller Zeiten dar. Unwillkürlich musste ich an die Utopia-Planitia-Flottenwerft aus *Star Trek* denken und an die Sternenschiffe, die dort entstanden waren. Was hier geschah, war ganz ähnlich.

Ich warf einen Blick auf die Statusanzeige. Sämtliche UN-Delegierten waren online und streamten das Video. In einem ungewohnten Anflug von Vernunft hatten sie beschlossen, keine Reden zuzulassen. Ansonsten hätte vermutlich jeder von ihnen eine gehalten, und das hätte mindestens acht Stunden gedauert. Eine grauenhafte Vorstellung.

Schließlich meldeten die Konstruktion-KMIs, dass alle Verbindungen erfolgreich hergestellt waren. Die beiden Kolonistenschiffe *Exodus-1* und *Exodus-2* waren damit komplett. Zu meiner Überraschung merkte ich, wie mir Tränen in die Augen stiegen.

Aber eigentlich überraschte es mich nicht.

»Und was jetzt, Will?« Julia war in dem Videofenster von mehreren Familienmitgliedern umringt. Gespräche mit dem berühmten Urahn waren bei den Hendricks inzwischen an der Tagesordnung. Im Videofenster herrschte ein ständiges Kommen und Gehen, aber das machte mir nichts aus. Die Nachfahren meiner Schwester zu sehen gab mir das Gefühl, real zu sein. Etwas Vergleichbares würde ich mit der VR niemals hinbekommen. Zu wissen, dass ein Teil von mir überlebt hatte, beglückte mich auf eine Weise, die ich nicht mal annähernd mit Worten beschreiben konnte. Sicher ließ es sich nicht mit dem Gefühl vergleichen, ein Vater oder Großvater zu sein, aber für mich kam es nahe genug an diese Erfahrung heran.

Ich öffnete ein Insert. »Systemtests, Integrationstests, Stresstests und am Schluss ein Testflug. Es stehen also noch ein paar Dinge an, aber dabei dürfte eigentlich nicht mehr viel passieren.«

»Und das dritte Schiff?« Es war kein Wunder, dass Julia sich dafür interessierte. Sie und ihre ganze Familie würden zusammen mit den Spitzbergen-Flüchtlingen auf der *Exodus-3* sein. Dieses Versprechen hatte ich Cranston abgerungen, ehe ich seinem Vorschlag zustimmte. Die rund dreihundert Menschen, die nicht mehr auf das dritte Schiff passten, würden als erste an Bord des vierten gehen. Zudem war ihnen zugesichert worden, dass sie bei ihrer Ankunft in Omicron[2] Eridani fertige Unterkünfte vorfinden würden. Cranston hatte nach Freiwilligen gesucht und überraschenderweise auch welche gefunden. Vermutlich waren manche ganz froh, die harte Arbeit an andere abgeben zu können.

Julia seufzte und lächelte mich an. »Bevor du hier warst, hatten alle das Gefühl, dass wir vielleicht die letzten Menschen sein würden. Einige meinten, es wäre selbstsüchtig, weitere Kinder in die Welt zu setzen. Ich bin froh, dass es nicht so gekommen ist.« Sie umarmte ihren Sohn Justin, eines der jüngsten Mitglieder des Bob-Clans, der auf ihrem Schoß saß.

Justin hatte keine Ahnung, worüber wir sprachen. Aber ihm gefielen die Bilder, die er bei der Übertragung sah, und er liebte seinen Onkel William. Ich schnitt eine Grimasse und brachte ihn zum Lachen – meinen kleinen Weltraumkadetten Justin Hendricks.

55

Bob – Juli 2166
Delta Eridani

Schließlich kam der Tag, an dem wir das Gebiet mit dem Feuersteinvorkommen erreichten. Das ehemalige Lager befand sich auf der Spitze einer Anhöhe, die aus dem umgebenden Wald emporragte. Auf der Erde hätte man an dieser Stelle eine Burg errichtet. Von einem früheren Erkundungsflug meiner Drohnen wusste ich, dass man von dort oben mehrere Meilen weit in jede Richtung blicken konnte, bis zu den Bergen und Hügeln am Horizont. Das Terrain war schroff und kahl, doch am Fuß einer Felsklippe würden wir Unterschlupf in einer Senke finden. Hier gab es mehrere kleine Erosionsbecken, die wegen der regelmäßigen Regenfälle gut gefüllt waren und uns als Wasserspeicher dienten. Die Klippe führte zu einer zentralen Hochebene hinauf, die wie der Kommandoturm eines U-Boots aussah.

Alles in allem hatte die Natur an dieser Stelle einen so idealen Siedlungsort geschaffen, das wir uns immer wieder fragten, wieso die ehemaligen Einwohner von hier weggegangen waren.

»Keine Ahnung« war alles, was den meisten Ältesten dazu einfiel. Moses sagte, er könne sich nur noch daran erinnern, dass seine Eltern große Angst gehabt hätten. Er glaubte – und die Vermutung lag ja auch nahe –, dass dieser Ort von den Gorilloiden überrannt worden sei. Einem der Ältesten schien diese Erklärung jedoch Unbehagen zubereiten, und ich nahm mir vor, ihn später darauf anzusprechen.

Auf meine Anweisung hin flogen die Drohnen los und hielten im Umkreis von einer Meile nach Gorilloiden Ausschau. Das Ergebnis war Furcht einflößend. Überall wimmelte es von ihnen. Anscheinend befanden wir uns mitten in einem ihrer bevorzugten Lebensräume. Aber was hielt sie bloß hier, ganz ohne Deltaner, auf die sie Jagd machen konnten?

Die Antwort ließ nicht lange auf sich warten. Seit der Entdeckung der Deltaner hatte ich mich kaum noch mit den anderen Lebewesen auf diesem Planeten befasst, und diese Nachlässigkeit rächte sich jetzt. Auf dieser Seite des Gebirges wuchs eine Baumart mit nahrhaften Samenschoten, von denen sich die Gorilloiden, die offenbar Allesfresser waren, hauptsächlich ernährten. Damit erklärten sich auch die Größe und die Stärke dieser Tiere, denn es war schwer, an die Schoten heranzukommen, und sie zu öffnen, kostete große Mühe.

Aber wenn die Biochemie von Eden mit der irdischen vergleichbar war, lieferten die Schoten vermutlich nur wenige Proteine. Und welches Nahrungsmittel bot dagegen viele Proteine? Deltaner, natürlich.

Das schien mir der Grund für die ständigen Überfälle zu sein. Von den Samenschoten wuchsen hier zwar genug, um eine große Population Gorilloiden am Leben zu erhalten, aber darüber hinaus waren sie sicher ganz versessen auf Proteinquellen. Und genau die hatte ich gerade zu Hunderten direkt zu ihnen geführt. Großartig.

Aber was die Gorilloiden anbelangte, gab es eine Sache, die ich mir immer noch nicht erklären konnte …

Plötzlich dröhnten ohne Vorwarnung kurz hintereinander zwei Donnerschläge durch den Wald.

[Zwei Gorilloiden sind in die Verbotszone eingedrungen und wurden neutralisiert.]

»Danke, Guppy. Gut gemacht.« Da ich Überraschungen vermeiden wollte, hatte ich Guppy befohlen, jedem Gorilloiden, der sich den Deltanern bis auf hundert Meter näherte, einen Brecher auf den Hals zu schicken. Die Deltaner, die sich mittlerweile an die Überschallknallerei gewöhnt hatten, blickten sich nach heranstürmenden Gorilloiden um, die laut den Sensoren der Drohnen jedoch gerade hastig aus der Umgebung flohen. »Arnold, wir müssen uns in eine Stellung zurückziehen, die wir verteidigen können.«

Arnold nickte der Drohne zu. Als er sich umdrehte und ein paar entsprechende Befehle brüllte, liefen die Deltaner eilig auf die Senke unter der Klippe zu. Vorneweg die Wachleute mit den längsten und besten Speeren.

Die Deltaner hatten keine Schwierigkeiten, sich hier häuslich einzurichten. Überall fanden sich alte Feuerstellen, geebnete Schlafplätze und sogar aufgeschichtete Steinbrocken, aus denen sich halbhohe Mauern errichten ließen. Arnold teilte unverzüglich Speerträger als Wachen ein und fragte mich, mit wie vielen Gorilloiden sie in der Gegend zu rechnen hatten. Meine Antwort schien ihm nicht zu gefallen. Was ich gut verstehen konnte.

Kaum hatten Moses und Archimedes ihre Bündel abgelegt, deutete der alte Deltaner auf eine bestimmte Stelle, und die beiden machten sich auf den Weg, um sie zu erkunden. Offenbar stand die Eden Axt und Speer Fabrik GmbH und Co. KG kurz vor der Gründung. Ich stellte eine Sonde und ein paar Brecher zu ihrer Bewachung ab.

»Und, werden wir jetzt ein Gemetzel anrichten?« Marvins Miene ließ keinen Zweifel daran, was er von dieser Vorstellung hielt.

»Nein, du hattest recht. Wir brauchen eine langfristige Lösung, bei der die Gorilloiden lernen, dieses Gebiet zu meiden, und dieses Wissen auch an ihren Nachwuchs weitergeben. Die Brecher-KMIs sollen weiterhin Wache halten, und wir erledigen einfach jeden Eindringling, der sich zu weit vorwagt. Irgendwann werden sie schon draufkommen.«

»Und ganz nebenbei wird die Deltaner-Sippe lernen, dass sie mit dem Schutz des großen Baab rechnen kann.« Marvin lachte zwar, aber es schien ihm ernst damit zu sein.

Ich sah ihn fragend an.

»Wirf mal einen Blick drauf, Boss«, sagte er und deutete auf den Videofeed von einer der Drohnen.

Am Rand der Feuersteinmine hatten ein paar Deltaner mit großer Sorgfalt die Bruchstücke eines Brechers ausgelegt und außenherum kleine Fackeln in den Boden gesteckt.

Ich traute meinen Augen nicht. »Das ist ja ein …«

»Ein Altar. Stimmt. Gegrüßet seist du, o Baab!«

56

Bill – März 2167
Epsilon Eridani

Das orbitale Schaubild sagte bereits alles, und es gefiel mir nicht, was ich sah.

Ich wandte mich zu Guppy um. Von ihm durfte ich mir keine Hilfe erwarten. Admiral Ackbar erwiderte meinen Blick bloß mit einem fischigen Ausdruck, der keine Regung verriet.

»Können wir den Eisberg noch retten?«

[Wahrscheinlichkeit höher als 50 %. Allerdings verlieren wir dann möglicherweise den Asteroiden-Antrieb.]

Ich rieb mir über die Stirn und unterdrückte einen Fluch. »Okay, Guppy. Kümmere dich um die Kurskorrekturen. Ich schreibe derweil ein Skript für die Drohnen, damit sie den Antrieb bergen können. Vielleicht können wir das Verfahren abkürzen.«

Der Eisberg, der gerade auf Ragnarök zuflog, war einer der größten, die wir bislang im Kuipergürtel gefunden hatten. Er hatte sich dem Übergabepunkt ein wenig abseits des richtigen Kurses genähert. Daher würden wir den Asteroiden-Antrieb nun bis zum allerletzten Moment mit maximaler Leistung laufen lassen müssen, um ihn in die richtige Flugbahn zu lenken. Ich wollte keinen Fehler begehen, der dazu führte, dass der riesige Brocken in die Sonne segelte oder – noch schlimmer – mit hoher Geschwindigkeit auf den Planeten krachte. Guppy begann mit den Kurskorrekturen, und die Veränderungen wurden in Echtzeit auf dem Schaubild dargestellt. Doch ich nahm die Anzeigen kaum wahr, weil ich damit beschäftigt war, die Alternativen gegeneinander abzuwägen. Wenn nötig, würde ich den Antrieb zusammen mit dem Eisberg abstürzen lassen und einfach einen neuen bauen. Wäre der Eisbrocken kleiner gewesen, hätte ich ihn einfach mit einem Schulterzucken am Planeten vorbeifliegen lassen, aber dieser hier war riesig. Wenn es mir gelang, ihn in die richtige Umlaufbahn zu lenken, würde ich in den nächsten sechs Wochen, während ich den neuen Asteroiden-Antrieb herstellte, sämtliche anderen Brocken vorbeisausen lassen können und trotzdem noch unserem Zeitplan voraus sein.

Allerdings würde ich die nachfolgenden Eisberge ohne Antrieb nicht mehr kontrollieren können. Und falls einer von ihnen genau auf den Planeten zuflog, hätte ich keine Chance, etwas dagegen zu unternehmen. Garfield schickte die Brocken aus dem Kuipergürtel im Abstand von ungefähr einer Woche los. Er brachte sie mit seinem Asteroiden-Antrieb auf den Weg, und ich fing sie hier mit meinem auf. Während der nächsten zehn Jahre würden wir so viel Eis auf Ragnarök regnen lassen, dass sich die kleinen Meere zu stattlichen Ozeanen verbanden und der Planet für Menschen bewohnbar wurde.

[Wir nähern uns der Umlaufbahn. Zwei Minuten bis zur Abschaltung.]

»Danke, Guppy. Wie viel Zeit habe ich, um den Antrieb vom Berg runterzubekommen?«

[650 Sekunden.]

Das würde ganz schön knapp werden. Ich überprüfte noch einmal das Skript, das ich für die Drohnen geschrieben hatte. Eine ordentliche Bergung würde zwölf Minuten dauern. Dabei hatte ich zwar einen kleinen Puffer eingeplant, aber dennoch …

Es gab zwölf voneinander getrennte Bauteile, die aus ihren Ankern gelöst und von dem interplanetaren Eisberg heruntergeflogen werden mussten, bevor er in die Atmosphäre eintauchte. Die Anker selbst hatte ich bereits abgeschrieben. Es würde viel zu lange dauern, sie herauszulösen. Ich hoffte nur, dass sie beim Aufschlag keinen allzu großen Schaden anrichten würden.

Garfield tauchte in meiner VR auf. »Wie sieht es aus, Bill?« Er verfolgte, wie sich das Drama entwickelte, und ich war ihm dankbar, dass er nicht versuchte, mir über die Schulter zu blicken. Es gab ohnehin nichts, was er von seiner Position im äußeren System aus hätte tun können. Außerdem hätte nicht einmal die doppelte Anzahl Drohnen ausgereicht, um die gesamte Ausrüstung zu retten.

Ich grinste ihn an. »Ach weißt du, heute ist wieder einmal einer dieser stinknormalen Tage im Büro. Hier gibt es überhaupt nichts zu sehen. Gehen Sie bitte weiter …«

[Ausgeschaltet. Mit der Bergung kann begonnen werden.]

Ich gab den Befehl an die Drohnen weiter. Jetzt lag es einzig und allein an den KMIs, die die Drohnen steuerten. Ich selbst konnte bloß noch zusehen, dass ich ihnen aus dem Weg ging und nicht gegen die Ellbogen stieß. Entweder würden wir die Ausrüstung sichern können, oder Ragnarök hatte bald ein paar neue Krater auf seiner Oberfläche.

Sechshundertfünfzig Sekunden später hatte der Eis-Asteroid Kontakt mit der Atmosphäre. Unsere Zeit war abgelaufen. Ganz auf sich allein gestellt würde der Brocken ein paar Male von der obersten Atmosphärenschicht abprallen und in den Sonnenuntergang davonfliegen. Buchstäblich. Um das zu verhindern, löste ich ein paar Sprengvorrichtungen aus, woraufhin der Eisberg in unzählige Stücke zerbrach, die so klein waren, dass sie schmelzen würden, bevor sie auf den Planeten trafen. Sobald sie in atmosphärische Luftströmungen gerieten, würden sie in die verschiedensten Richtungen gelenkt werden. Und wenn sie erstmal alle in großer Höhe geschmolzen waren, würden sie über die nächsten Tage oder sogar Wochen hinweg als Regen auf Ragnarök niedergehen.

Abgesehen von ein paar Ankern und zwei Antriebssegmenten, auf die ein anderes Schicksal wartete. *Mist.*

Ich sah Garfield an und zuckte mit den Schultern.

»Ich habe dich zwar davor gewarnt, dass das passieren könnte. Es liegt mir aber trotzdem fern, zu sagen, dass ich es dir ja gesagt habe …«

Ich sah ihn an und zog eine Grimasse. »Das wäre auch gar nicht deine Art. Der nächste Eisbrocken wird nächste Woche hier sein. Der wird wohl einen Bauchklatscher hinlegen, fürchte ich. Dagegen lässt sich nichts machen, aber wenn du mir sobald wie möglich ein paar Antriebssegmente hierherschickst, kann ich die danach kommenden wieder einfangen.«

»Und wirst du auch gleich ein paar Ersatzantriebe bauen?«

»Ja, das ist kurzfristig gesehen sicher die richtige Lösung. Längerfristig betrachtet, bereiten mir diese Ankervorrichtungen Sorgen, Garfield. Es dauert zu lange, sie zu installieren und wieder zu entfernen. Irgendwann musste das ja mal schiefgehen. Ich habe darüber nachgedacht, wie man die Asteroiden mit berührungslosen Antrieben bewegen könnte.«

Garfield sah überrascht aus. »Verstehe ich das richtig?

Du willst die Antriebssegmente in einer Umlaufbahn um die Eisbrocken platzieren?«

»Ja ... Dafür wären zwar zwei voneinander getrennte Antriebskanäle nötig, aber im Prinzip spricht nichts dagegen. Auf jeden Fall würde es die ganze Sache ziemlich beschleunigen. Außerdem muss ich auch mal eine Pause bezüglich des Androiden-Projektes einlegen. Inzwischen erinnert es mich an *Tetris*. Sobald ich ein Problem gelöst habe, taucht sofort ein neues auf.«

Garfield lachte. »Okay, alter Mann. Ich mach ein paar Segmente und schicke sie zu dir.«

Obwohl ich Garfield gerade erklärt hatte, dass ich eine Unterbrechung bräuchte, öffnete ich, kaum dass ich die verbliebenen Antriebssegmente in die Parkposition gebracht hatte, sofort den Ordner mit dem Androiden-Projekt. Ein Videofenster tat sich auf und zeigte meinen aktuellen Prototypen, der sich in einem der orbitalen Labors befand.

Der Android lag im Moment zugedeckt und ausgeschaltet in einem Regal. Bullwinkle hatte vier Beine, war ungefähr so groß wie ein Elch und in etwa genauso hübsch. Zudem erinnerte die Kommunikationsvorrichtung auf seinem Kopf nicht ganz zufällig an das Elchgeweih der gleichnamigen Zeichentrickfigur. Habe ich nicht bereits erwähnt, dass ich ein ziemlicher Kindskopf war?

Dieser spezielle Bullwinkle war Version Nummer 5 und ein paar Zerquetschte. Das grundlegende Konzept war nicht sonderlich kompliziert. Sein künstliches Skelett basierte auf einer Kohlefasermatrix, die Muskeln bestanden aus Kunststoff mit Memory-Eigenschaften, die sich zusammenzogen, sobald sie unter Strom gesetzt wurden, und er besaß Sensoren, mit denen sich die gängigen fünf Sinne nachbilden ließen. Wenn man dieses Gebilde noch mit einer Fernsteuerung ausstattete, sollte ein Replikant wie ich es eigentlich wie einen eigenen Körper verwenden können.

Zumindest theoretisch. Doch der Weg dorthin war mit zahlreichen Frustrationen gepflastert.

Mechanisch gesehen funktionierte Bullwinkle wunderbar. Was mir dagegen Probleme bereitete, waren seine Sinne, die Reflexe und die Kommunikation. Ihn so zu verdrahten, dass er Hitze und Kälte wahrnehmen konnte, erforderte einen Grad an Präzision, wie er sonst allenfalls in der Neurochirurgie vonnöten war.

Die Drucker waren mir bei dieser Arbeit leider keine große Hilfe. Und je mehr ich seine kontextuellen Fähigkeiten verbesserte, umso größer musste sein Onboard-Computersystem sein.

Kaum weniger herausfordernd war seine Steuerung: Je mehr von Bullwinkles Prozessen ich aus der Ferne kontrollieren wollte, desto größer war die erforderliche Bandbreite. Außerdem stieg mit wachsender Datenrate auch die Zahl der Fehler, die sich aus der Lichtgeschwindigkeitsverzögerung ergaben. Überlichtschnelle Kommunikation würde dieses Problem zwar verringern, aber leider war ich meilenweit davon entfernt, ein SCUT zu entwickeln, das klein genug war, um es in dem Elch zu verbauen.

Ich wollte, dass sich die Steuerung des Androiden irgendwann so anfühlte, als wäre man mit ihm verwachsen. Ich wollte spüren, wie es war, auf echtem Untergrund zu laufen. Ich wollte Hitze, Kälte und Berührung fühlen, und den Wind auf meinem Gesicht. Das sollte etwas ganz anderes werden als die Steuerungsbefehle einer Drohne oder eines Brechers, bei denen man sich immer wie in einem Videospiel vorkam. Neunzig Prozent hatte ich bereits geschafft, aber die letzten zehn erwiesen sich als extrem nervenaufreibend.

Seufzend schloss ich den Ordner wieder und öffnete stattdessen das Asteroiden-Antrieb-Projekt. Erst die Arbeit …

57

Mario – August 2169
Beta Hydri

Beta Hydri war 23,4 Lichtjahre vom irdischen Sonnensystem entfernt. Ich hatte mich nicht mit den anderen neuen Bobs um die nächstgelegenen vielversprechenden Sterne streiten wollen und war stattdessen in die Weiten des Universums vorgedrungen. Ganz im Stil von Herman Melville liebte ich es, »auf unerschlossenen Meeren herumzufahren«. Und sobald die übrigen hier draußen eintrafen, würde ich hoffentlich bereits eine funktionierende Raumstation errichtet haben, die deutlich sichtbar verkündete: »Mario war hier.«

Aber wenn ich ganz ehrlich war, hatte ich auch einfach keine Lust, mich mit den anderen Bob-Klonen abzugeben. Es erstaunte mich nach wie vor, wie hartnäckig sie die Unterschiede zwischen uns ausblendeten. Ich für meinen Teil fand die Situation richtiggehend unheimlich. Wir waren nicht verschieden genug, um voneinander unabhängige Personen zu sein, aber doch so sehr, dass wir eigene Meinungen vertraten. Für mich war es, als würde ich meinen exakten Ebenbildern gegenüberstehen, die alle unterschiedliche Hirnschäden hatten. Außerdem konnte ich mir nicht vorstellen, dass die von Bob-1 aufgestellte Regel, der zufolge immer der älteste Bob das Sagen haben sollte, lange Bestand haben würde. Der ursprüngliche Bob hatte sich nie gerne anderen untergeordnet.

Wie auch immer. Ich war hier, sie waren dort – und genau so wollte ich es haben. Jetzt wurde es allmählich Zeit, mein Herrschaftsgebiet zu erforschen.

Während ich in das Sonnensystem einflog, bremste ich sanft mit 2 g ab. Ich hätte genauso gut schneller und mit quietschenden Reifen ankommen können, aber für den unwahrscheinlichen Fall, dass es hier einen Medeiros gab, wollte ich ihn nicht wissen lassen, was ich unter der Motorhaube hatte. Wenn er die 2 g sah, was ein Bruchteil dessen war, was mein stark abgeschirmter Reaktor zuwege brachte, würde er übermütig werden. So malte ich es mir zumindest aus.

Ich hoffte wirklich, ihm zu begegnen, weil ich ihm noch mal ordentlich in den Hintern treten wollte. Ich besaß ein paar Brecher, auf denen sein Name stand. Und das nicht nur im übertragenen Sinne. Da auf dem Weg hierher nicht viel zu tun gewesen war, hatte ich den Roamern tatsächlich aufgetragen, den Schriftzug *Medeiros* auf die Brecherhüllen zu pinseln.

Bislang schienen sich in der Nachbarschaft jedoch keine Brasilianer herumzutreiben. Genau genommen gab es hier überhaupt nicht viel. Beta Hydri war zwar ein großes und gut gefülltes Sternensystem, aber ich konnte nirgends Erzvorkommen entdecken. Und zwar buchstäblich überhaupt keine. Was merkwürdig war, denn seinen Spektrallinien zufolge enthielt der hiesige Stern nur ungefähr um ein Drittel weniger Metall als die irdische Sonne, und in der Regel entsprach die Zusammensetzung eines Systems ungefähr dem elementaren Aufbau des Zentralgestirns.

Mit hinter dem Rücken verschränkten Händen ging ich auf dem Balkon meines Baumhauses hin und her und genoss die Aussicht tausend Meter über dem Waldboden. Dieser Wald hatte kein reales Vorbild, sondern war von verschiedenen literarischen Werken inspiriert, insbesondere von Alan Dean Fosters Roman *Die denkenden Wälder*. Allerdings hatte ich die darin beschriebenen allzu dichten Laubkronen ein wenig ausgedünnt, mehrere irdische Vogelarten hinzugefügt und dafür sämtliche großen, hungrigen und drachenartigen Wesen weggelassen.

Ich warf Guppy einen forschenden Blick zu. »Was meinst du dazu?«

[Für Meinungen werde ich nicht bezahlt.]

Ich kicherte. Die Heaven-Sonden aus der zweiten Baureihe besaßen einen stärkeren Prozessorkern und mehr Speicherplatz, als Bob-1 zu Beginn der Mission zur Verfügung gestanden hatten. Guppy hatte daher viel zusätzlichen Raum, um sich zu entfalten, und ich hatte ihm für seine Entwicklung größtmögliche Freiheiten eingeräumt. Allmählich wurde er eine eigenständige Persönlichkeit. Er war bissig und schnodderig, fast schon unverschämt. Ich fand das toll. Und natürlich war er kein Klon von Bob. »Okay, du Schlauberger. Hast du eine Analyse für mich?«

[Damit kann ich dienen. Analyse: Hier gibt es kein Metall.]

»Vielen Dank, Captain Offensichtlich. Und irgendeine Idee, weshalb das so ist?«

[Nein, aber mir fällt auf, dass alle anderen Elemente in erwartbarer Menge vorhanden sind. Das Einzige was fehlt, sind Metalle. Und zwar komplett.]

Und genau das konnte nicht sein, wenn nicht sämtliche Theorien über die Entstehung von Planeten und Sternen falsch waren. Guppy blinzelte einmal und drehte sich zu mir um. Ich wusste, was er als Nächstes sagen würde.

[Es ist schon jemand vor uns hier gewesen.]

»Verdammt. Medeiros. Aber müsste dann nicht irgendwo eine automatische Fabrik zu finden sein …?« Ich unterbrach mich, um ein paar Sekunden lang nachzudenken. Irgendetwas schien gegen Medeiros zu sprechen. »Warte mal. Über wie viel Erz sprechen wir hier eigentlich? Wenn du davon ausgehst, wie viel Metall es in diesem System eigentlich geben müsste, wie lange würde Medeiros dann brauchen, um alles davon zu niedlichen kleinen Medeiri zu verarbeiten?«

Guppy rechnete nach. **[Ungefähr 1.732 Jahre.]**

»Dann können wir diese Möglichkeit ausschließen. Um hierher zu kommen, mussten wir gute zwanzig Lichtjahre zurücklegen. Er hätte für die Strecke genauso lang gebraucht.« Mir war zwar bewusst, dass alles, was ich sagte, auf der Hand lag, aber das Nachdenken fiel mir wesentlich leichter, wenn ich laut aussprach, was mir gerade durch den Kopf ging.

[Das bringt die Medeiros-Theorie ins Wanken.]

»Meinst du?« Ich drehte mich zum Schaubild des Systems um und deutete auf die inneren Planeten. »Vielleicht müssen wir auf den Planeten nach Metall schürfen. Wirf doch mal einen Blick auf ein paar der Felsplaneten und sag mir, was es dort zu finden gibt.«

[Dein Wunsch ist mir Befehl.]

Da ich mir von einem möglichen Beobachter nach wie vor nicht in die Karten schauen lassen wollte, dauerte unser Flug bis zum vierten Planeten mehrere Tage. GL19-4 erwies sich als brauner Matschball mit grauen Ozeanen und einer dicken, trüben Atmosphäre, was insgesamt auf starke vulkanische Aktivität hindeutete. Allerdings fehlten dafür die anderen üblichen Indizien wie zum Beispiel Planetenringe oder Kraterketten.

Ich ging in eine polare Umlaufbahn und begann, mit Tiefenscans nach … eigentlich nach egal was zu suchen.

Zuallererst natürlich nach Metallvorkommen, daneben aber auch nach vulkanischer Tätigkeit und allem anderen, was sonst noch bemerkenswert sein könnte.

Tatsächlich fand ich dabei vieles, was interessant war. Aber leider keine Metalle. Jedenfalls nicht in Schichten, in die ich mit meiner Ausrüstung vordringen konnte. Der Planet hatte ein Magnetfeld und damit logischerweise auch einen Metallkern. Aber in der Kruste fand sich rein gar nichts. Zwar gab es vereinzelte winzige Flöze, aber nichts, für das sich eine Grabung lohnen würde.

[Ich habe eine Anomalie entdeckt.]

»Reicht dir das hier etwa noch nicht als Anomalie?«

[Ich habe eine Doppelplusanomalie entdeckt. Besser?]

Im Moment ging er mir dezent auf die Nerven. Einen flüchtigen Augenblick lang dachte ich sogar darüber nach, Guppy neu zu starten. Aber ich schlug mir den Gedanken schnell wieder aus dem Kopf.

Wenigstens konnte ich mir sicher sein, dass er nichts von dieser Überlegung mitbekommen hatte, da GUPPI nach unserer Systemüberarbeitung nicht mehr in der Lage war, unsere Gedanken zu lesen. Das war auch wirklich zu unheimlich gewesen. Inzwischen funktionierte er mit Sprachsteuerung. Wobei dieser Begriff bei einem Computersystem, das im Grunde genommen mit sich selbst sprach, schwer zu definieren war.

»Okay, Guppy, was gibt es?«

[Ich habe eine Ansammlung weiterverarbeiteten Metalls entdeckt. Ein künstliches Gebilde.]

»Ach du Scheiße.« Darüber musste ich erst einen Moment lang nachdenken. »Schicke drei Erkundungsdrohnen zu dieser Anomalie. Sie sollen auch ein paar Roamer mitnehmen. Ich möchte, dass sich eine der Drohnen spiralförmig von der Stelle entfernt, während die anderen beiden und die Roamer das Gebilde aus der Nähe inspizieren.«

[Aye.] Guppy war jetzt voll bei der Sache. Die Zeit für Späße war vorbei. War Medeiros verunglückt? Oder waren wir auf eine Sonde von einer der anderen Nationen gestoßen?

Die Drohnen überwanden die Distanz in Rekordzeit – offenbar hatte Guppy ziemlich auf die Tube gedrückt. Sie nahmen ihre Positionen bei der Anomalie ein. Eine begann um das Objekt zu kreisen, wobei sie sich ganz langsam von ihm entfernte, während die anderen beiden auf ihm landeten und zwanzig Zentimeter lange Roamer ausspuckten. Anschließend hoben sie wieder ab und fingen an, Nahaufnahmen zu machen.

Eines war sofort klar: Dieses Objekt war keine der Sonden. Offensichtlich stammte es überhaupt nicht von der Erde. Ich hätte nicht genau erklären können, woran ich erkannte, dass es *außerirdischen* Ursprungs sein musste, aber dieses Gebilde war eindeutig nicht von einem Menschen ersonnen worden. Irgendwie erinnerte es mich an das Alien-Schiff aus dem Film *Prometheus*. Es schien genauso wenig Sinn zu ergeben.

Ich brauchte einen Augenblick, um mich zu sammeln. Gerade hatte ich das erste intelligente Leben außerhalb der Erde entdeckt. Naja, wenn ich mir das Wrack so ansah, hatte ich wohl eher die sterblichen Überreste des ersten intelligenten Lebens entdeckt. Aber dennoch …

Offensichtlich hatten wir eine Art Frachttransporter vor uns. Es hatte eine Kollision gegeben, und er war aufgebrochen. Dabei war ein Teil seiner Fracht entwichen, die aus zahlreichen Stapeln großer Metallbarren bestand. Die Barren waren aus verschiedenen Metallen gegossen worden, jedoch jeweils immer nur aus einem einzigen Element. Hier gab es tonnenweise Eisen, Titan, Kupfer und Nickel. Und das, obwohl der Transporter aussah, als wäre er nur zu einem Viertel gefüllt gewesen. Aber vielleicht war ein Teil seiner Fracht nach der Havarie geborgen worden.

Allem Anschein nach hatten wir unsere Metalldiebe ausfindig gemacht. Zumindest einen von ihnen.

Gut, der Begriff *Dieb* ging wahrscheinlich zu weit. Aber dennoch …

[Anomalie.]

»Ach verdammt … Was gibt es denn jetzt schon wieder?«

[Das musst du dir selbst ansehen.]

Ich zog das Videofenster heran, das Guppy mir hinhielt, und spürte, wie mir der Mund aufklappte. Dieser Planet war nicht tot. Nun, er war es jetzt, aber irgendwann einmal hatte auf ihm Leben existiert.

Ich betrachtete ein totes Ökosystem. So ungefähr würde auch das Amazonasbecken aussehen, wenn es auf einen Schlag abstürbe. Der Planet war trocken, verwittert und korrodiert. Aber soweit das Auge reicht, gab es auch Bäume und Büsche sowie das eine oder andere Tier.

Ich schickte ein paar Bioanalyse-Drohnen zur Planetenoberfläche hinunter. Wenn sie ein paar Autopsien vornahmen, würde ich vielleicht herausfinden, was dort unten geschehen war. Für diese Aufgabe waren sie zwar nicht entworfen worden, aber dafür verfügte ich selbst über das gesammelte biologische und medizinische Wissen der Erde sowie ein äußerst fortgeschrittenes technologisches Gerät, das von – ähem – mir selbst entwickelt worden war.

Während sie eine Zeit lang an verschiedenen Stellen herumstocherten, -drückten und -schnitten, sammelten sie allmählich mehrere brauchbare Proben ein. Die Drohnen-KMIs waren innerhalb ihrer speziellen Aufgabengebiete sehr kompetent, und mir blieb nichts anderes zu tun, als zuzusehen und ihnen nicht auf die Füße zu treten.

Im Weltraum untersuchten die Drohnen und Roamer indes weiterhin das Wrack. Aus einem Bauchgefühl heraus schickte ich zusätzlich noch ein paar Brecher zu dem Frachttransporter und ließ sie bedrohlich im All schweben. Hier sah zwar alles toter als tot aus, aber dennoch kam mir die Situation nicht ganz koscher vor.

Mit einem *Zing* erschien der Bericht der Bio-Drohnen auf meinem Schreibtisch. Ich eilte hinüber und öffnete das Dokument.

Oh, wow.

Den Zellschäden nach zu urteilen, hatte es hier eine große Explosion gegeben, bei der mehr als genug Gammastrahlen freigesetzt worden waren, um mit einem Schlag sämtliches Leben zu vernichten. Was daran zu erkennen war, dass gleichzeitig mit den Tieren auch ihre gesamte Darmflora – oder wie immer man das hiesige Äquivalent nennen mochte – abgestorben war. Keiner der Kadaver hatte sich aufgebläht oder war von innen nach außen verwest. Ein paar meiner Schlussfolgerungen beruhten zwar einzig und allein auf meinem Wissen von der Erde und blieben daher zwangsläufig spekulativ, aber ich war dennoch zuversichtlich, dass sie der Wahrheit ziemlich nahe kamen.

Außerdem erschien es mir bemerkenswert, auf wie wenige tote Lebewesen wir stießen – die überdies allesamt an merkwürdigen und nur schwer zugänglichen Stellen verendet waren. Ihre Körper waren klein und befanden sich selbst für Kadaver in einem erstaunlich schlechten Zustand. Alles in allem ging ich davon aus, dass ungefähr

99,9 % der Fauna, die es hier einmal gegeben hatte, spurlos verschwunden war.

Ohne Verwesungsprozesse, die mir einen Hinweis hätten liefern können, war ich nicht sofort in der Lage, zu sagen, wie lange dieses Ereignis her war. Aber angesichts des Zerfallszustands der toten Tiere sowie der abgestorbenen Bäume und nach Auszählung der Waldbrände, auf die kein neues Wachstum gefolgt war, schätzte ich, dass seither fünfzig bis hundert Jahre vergangen sein mussten.

Ich schickte die Bio-Drohnen los, um noch ein paar andere Regionen auf dem Planeten zu erkunden, vor allem den Punkt auf dem Globus, der dieser Stelle möglichst präzise gegenüberlag.

[Notsituation! Feindaktivität!]

»Was? Was ist passiert?«

[Einer der Roamer wird angegriffen.]

»Die Drohnen sollen punktgenaue SUDDAR-Pings durchführen. Ich will so viele Einzelheiten, wie du ermitteln kannst.«

[Erledigt.]

Ich löste meine VR auf, beschleunigte die Wahrnehmungsrate und ging in maximale Zeitlupe. Das Videobild kam in Echtzeit herein und zeigte das Geschehen aus der Perspektive des angegriffenen Roamers sowie aus dem Blickwinkel eines zweiten. Der erste Roamer schien von mechanischen Ameisen befallen zu sein. Während ich zusah, wurden seine Metallteile dünner und lösten sich auf. Die Ameisen fraßen ihn.

»Guppy! Spreng beide Roamer in die Luft. Sofortige Selbstzerstörung!«

Guppy widersprach nicht und stellte auch keine Fragen. Beide Videofeeds verschwanden.

»Und schütze unsere Kommunikationseinheit mit einer

Firewall. Ich bezweifle zwar, dass diese Dinger genug Zeit hatten, sich die Verschlüsselungssequenzen der Roamer unter den Nagel zu reißen, aber wir sollten kein Risiko eingehen.« Ich wandte mich der SUDDAR-Analyse zu, die sich in diesem Moment über dem Schreibtisch zusammensetzte. Daneben spielte Guppy noch einmal die Videoaufnahmen ab, die wir von den Roamern empfangen hatten. Als Erstes sah ich mir die Aufnahmen noch einmal ganz von vorne an.

Der erste Roamer hatte einen Container oder ein Schließfach oder irgend so etwas geöffnet. Dabei hatte er anscheinend die Ameisen aktiviert. Ob sie sich nur verteidigen wollten oder in dem Roamer eine Materialquelle erkannt hatten, die sie sich einverleiben wollten, ließ sich nicht mit Bestimmtheit sagen. Und eigentlich machte es auch keinen Unterschied. So oder so hatten die Ameisen damit begonnen, den Roamer auseinanderzunehmen. Beim SUDDAR-Scan war herausgekommen, dass sie ihn Element für Element zerlegt hatten. Für die Plastik- und Keramikkomponenten schienen sie sich dabei nicht interessiert zu haben.

Ich bereute überhaupt nicht, dass ich die Roamer in die Luft gejagt hatte, da ich sie ohnehin bereits abgeschrieben hatte. Immerhin wäre es möglich gewesen, dass sie auf dem Rückweg eine dieser Ameisen mitgebracht hätten. Zu meiner Zeit hatte ich genügend Science-Fiction-Bücher gelesen und SF-Filme gesehen, in denen überlegene Technologien die Kommunikationssysteme der Protagonisten übernommen hatten und in ihre Computer eingedrungen waren. In meinem Fall wäre ich das selbst gewesen.

Außerdem konnte ich immer wieder neue Roamer bauen.

Woher bezogen die Ameisen bloß ihre Energie? Als ich

das Schiff noch einmal scannte, stellte sich heraus, dass sich ungefähr die Hälfte der Ameisen, die den Selbstmord der Roamer überlebt hatten, inzwischen nicht mehr bewegten. Allerdings wusste ich nicht, ob sie tot waren oder sich nur in Stand-by befanden.

Ich gab Anweisung, den Scan alle fünf Sekunden zu wiederholen, um zu sehen, was sie vorhatten. Merkwürdigerweise waren bei jedem Scan immer mehr Ameisen aktiv. *Was zur Hölle?*

Ich setzte die SUDDAR-Scans eine volle Minute lang aus. Als ich ihn das nächste Mal wiederholte, hatte ungefähr ein Viertel der Ameisen aufgehört, sich zu bewegen. *Oh, verdammt.* Diesmal machte ich fünf Minuten lang kein Scan mehr und daraufhin einen ganz kurzen, mit so wenig Energie wie möglich. Wie erwartet, waren nun fast alle Ameisen reglos.

Verdammt, verdammt! Sie beziehen ihre Energie aus dem SUDDAR-Strahl. Meine eigenen Scans haben sie reaktiviert.

Damit steckte ich in einer ganz schönen Klemme. Denn jedes Mal, wenn ich nachsah, was sie taten, würde ich sie mit neuer Energie versorgen. Offensichtlich hatten die Außerirdischen eine Methode entwickelt, Energie durch den Subraum zu übertragen. Damit war klar, dass ich diese Ameisen untersuchen musste.

Nachdem ich eine Stunde lang gewartet hatte, schickte ich einen einzelnen, ein Zentimeter langen Roamer zu der Stelle, da eine Ameise keinesfalls unbemerkt auf dem Rücken eines meiner mechanischen Helfer zu mir gelangen konnte, der nur ein kleines bisschen größer war als sie selbst. Der Roamer wählte im Inneren des Frachters zwei Ameisen aus und brachte sie nach draußen. Vor seinem Aufbruch hatte ich für ihren Transport zwei kleine, mit einem Plastikbrei gefüllte Särge vorbereitet. Der Roamer stopfte die Ameisen in die Pampe und gab dann ein Härtemittel hinzu. Nun hatte ich Ameisen hinter Glas … mehr oder weniger. Möglicherweise würde es ihnen gelingen, sich einen Weg aus den Behältern herauszuschneiden, aber hoffentlich erst, sobald ich sie fertig gescannt hatte.

Nun begannen meine beiden Drohnen, die intensivsten und präzisesten Nahfeld-Scans an ihnen durchzuführen, zu denen sie fähig waren. Fasziniert beobachtete ich, wie sich die Ameisen dabei einschalteten und kleine Schneidewerkzeuge aus ihren vorderen Gliedmaßen ausfuhren. Zum Glück waren sie so stark in ihrer Bewegungsfreiheit eingeschränkt, dass sie lediglich ein paar Löcher in den Kunststoff bohren konnten. Gut zu wissen.

Da Vorsicht bekanntlich die Mutter der Porzellankiste war, sprengte ich den kleinen Roamer ebenfalls in die Luft und zog mich zum Nachdenken in mein Baumhaus zurück.

Inzwischen hatte ich die Erkundungen abgeschlossen. Auf dem Planeten gab es keinerlei Hinweise auf irgendwelche Zivilisationen, also war das Wrack definitiv außerirdischen Ursprungs. Die Aliens waren gekommen, hatten allem Anschein nach sämtliches Leben mit irgendeiner Strahlenwaffe ausgelöscht und anschließend im gesamten Sternensystem nach Metall geschürft. Zuletzt hatten sie noch alle Kadaver eingesammelt und waren wieder verschwunden. Zugegebenermaßen war auch an dieser Ereigniskette vieles spekulativ, aber sie stimmte mit den Beweisen überein, die ich gefunden hatte.

Der Scan der Ameisen hatte ein paar interessante Technologien zutage gefördert, und ich erstellte sofort ein paar Simulationen, in denen ich sie testen wollte.

Bei den Scans des Schiffes war dagegen nichts Überraschendes herausgekommen. Anscheinend war es von einer KI oder KMI gesteuert worden. Es hatte einen Fusionsreaktor, einen SURGE-Antrieb und einen SUDDAR-Sender. Die SUDDAR-Einheit schien allerdings so konzipiert zu sein, dass sie als Radar fungierte und daneben auch Energie an einen auf die gleiche Frequenz eingestellten Empfänger übertragen konnte. Von diesem Gerät hatte ich ein paar detaillierte Scans angefertigt, die ich mir später noch genauer ansehen wollte.

Was die fehlende Besatzung anbelangte, so waren die Außerirdischen vielleicht gekommen, um sie aus dem Schiff zu retten. Allerdings bezweifelte ich das, da es im Schiffsinneren keine für Lebewesen geeigneten Unterkünfte zu geben schien. Viel wahrscheinlicher erschien es mir, dass das gesamte Schiff eine KI war. Gab es in der Zivilisation, aus der es stammte, überhaupt noch natürliches Leben? Die Tatsache, dass sie die Tierkadaver eingesammelt hatten, stieß meine diesbezüglichen Überlegungen in eine Richtung, die mir überhaupt nicht gefiel. Aus meiner Sicht gab es nur einen einzigen Grund, warum sich jemand die Mühe machen sollte, all dieses Protein abzutransportieren.

Außerdem stellte ich mir die Frage, ob es sich bei dem, was hier geschehen war, um ein isoliertes Ereignis gehandelt hatte. Oder überfielen diese Außerirdischen etwa regelmäßig Sternensysteme? Und wenn ja, in welche Richtung waren sie dann im Moment wohl unterwegs? Der Gedanke, dass sie über das irdische Sonnensystem herfallen könnten, behagte mir überhaupt nicht. Selbst wenn dort keine Menschen mehr leben sollten, gab es vielleicht noch Delphine und Schimpansen, die nach wie vor eine Chance verdienten.

Ich fühlte einen Stich des Bedauerns, als sich mein

Traum, Vulkaniern oder Asen zu begegnen, in Rauch auflöste. Was ich hier entdeckt hatte, erinnerte mich mehr an die *Alien*-Filme, und das war ein echt beschissener Erstkontakt.

Darüber würde ich, ob es mir gefiel oder nicht, die anderen Bobs informieren müssen. Was mich vor ein neues Problem stellte.

Aus dieser Entfernung konnte ich Bill keine Nachricht zukommen lassen. Für eine Übertragung benötigte ich die im Missionsprofil vorgesehene Raumstation und davor erst einmal Rohstoffe, um überhaupt mit dem Bau loslegen zu können. Das Metall im Frachtraum des Schiffes würde dafür nicht ausreichen. Nicht einmal, wenn ich das Schiff selbst mit dazurechnete.

Also würde ich weiterziehen müssen.

58

Riker – April 2171
Sonnensystem der Erde

Endlich war der große Tag gekommen. Die Kolonistenschiffe waren auf Herz und Nieren geprüft und zudem von der VSE-Delegation inspiziert worden. Danach hatten sie noch einen Testflug bis zum Jupiter und zurück hinter sich gebracht. Nun befanden sie sich in einer Parkposition in einer niedrigen Erdumlaufbahn und warteten auf ihre Passagiere.

Homer führte eine Art Kriegstanz um meinen Kapitänsstuhl herum auf, was mir unangenehm deutlich vor Augen führte, wie wenig Rhythmusgefühl ich besaß. Dank der VR-Upgrades von Bill konnten wir Bobs inzwischen auch räumlich miteinander interagieren, anstatt nur durch Videofenster miteinander zu kommunizieren. Aber das brachte eindeutig auch Nachteile mit sich.

Ich richtete meine Aufmerksamkeit wieder auf die Status-Videofenster, die Menschenschlangen vor den Erde-Orbital-Shuttles zeigten. In jedem Shuttle fanden ungefähr fünfhundert Passagiere Platz, dicht zusammengedrängt wie Pendler zur Stoßzeit.

Bei dem Anblick fielen mir meine ersten Berufsjahre ein, als ich noch zweimal pro Tag die Hafenfähre genommen hatte. Dabei hatte ich auf harten Plastikbänken gesessen, die kaum breiter als meine Schultern gewesen waren und während der gesamten Fahrt irgendwelchen Wildfremden auf dem Platz gegenüber in die Augen sehen müssen. Und bei jeder Überfahrt hatte ich mir von Neuem diesen nervenaufreibenden Vortrag vom Band anhören müssen, bei dem uns Passagieren erklärt worden war, wie wir die Rettungswesten anzulegen hatten. Ach, was waren das doch für herrliche Zeiten gewesen …

Die Shuttles beförderten zwar mehr Menschen als jene Fähren, und der Flug bis zum Schiff würde auch ein klein wenig länger dauern als fünfzehn Minuten, aber das Ganze würde zweifellos eine ebenso uninspirierte und langweilige Angelegenheit wie damals sein. Sofort nach der Ankunft würde man die Passagiere hastig zu ihren Stasis-Kapseln bringen, ihnen ein Beruhigungsmittel verabreichen und schließlich noch an Schläuche anschließen, bevor sie in eine Kiste von der Größe eines Sarges eingesperrt wurden. Weniger als vier Jahre Schiffszeit später würden sie dann hoffentlich in ihrer neuen Heimat aufwachen.

Das sah zumindest der Plan vor.

Zehn Shuttles waren insgesamt vierzigmal unterwegs, bis sie alle VSE-Siedler zu den Schiffen geschafft hatten. Zudem wurde ein festgelegter Prozentsatz der Svalbard-Vorräte in die Frachträume geladen, wo zu guter Letzt auch noch die Shuttles verstaut wurden.

Dann fand die unvermeidliche Zeremonie statt. Jeder wollte eine Rede halten. Es war ja zu erwarten gewesen, dass die Honoratioren von der VSE das Bedürfnis haben würden, sich zu äußern, aber warum sich auch die Vertreter der Gruppen von der anderen Seite des Planeten zu Wort melden mussten, war mir ein Rätsel. Ungefähr nach der Hälfte der Ansprachen deaktivierte ich meine Proprio-zeptions-Emulation, weil ich immer wieder einschlief und nicht vom Stuhl kippen wollte. Schließlich animierte ich Sandkasten-Bob, der die Videoübertragung verfolgen und dabei ein aufmerksames Gesicht machen sollte. Irgendwann kamen die Delegierten dann doch zum Ende.

Howard, unser neuester Bob, würde die beiden Flüchtlingsschiffe eskortieren. Nur er und ich wussten, dass er sie begleitete, um darauf zu achten, dass sie sich am Zielort ordentlich benahmen. Ich hoffte zwar, dass ich lediglich an übertriebener Paranoia litt, aber ich hatte es für sicherer gehalten, Howards Frachtraum vor dem Abflug noch mit ein paar von Bills neuesten Erfindungen zu beladen.

Die Kolonistenschiffe konnten auf Dauer maximal mit 1 g beschleunigen, sodass sie für den Flug etwas länger brauchen würden, als ein Bob aus der ersten Baureihe unterwegs gewesen wäre – insgesamt ein bisschen mehr als achtzehn Jahre. An Bord des Schiffes würden indes sechs Jahre vergehen, von denen die Kolonisten in ihren Stasis-Kapseln nichts mitbekommen würden.

Die Schiffsbesatzungen bestanden aus ein paar Riker-Klonen und einer Unmenge von Roamern. Es gab keinen Grund, warum während dieser Reise echte Menschen ihre DNA riskieren sollten. Die Replikanten-Matrizen hatte ich erst ganz zuletzt in den Schiffen installiert, um das Risiko möglicher Sabotageakte zu minimieren. Tatsächlich hatte es keine weiteren Computerangriffe mehr gegeben. Vielleicht hatte der Hacker ja inzwischen aufgegeben.

Das dritte Schiff, das für die Spitzbergen-Flüchtlinge und die FAITH-Enklave vorgesehen war, würde in vier Monaten aufbrechen. Nach ihrer Ankunft würden sie die erste Siedlung auf dem Planeten gründen, den die VSE-Siedler ihnen übriggelassen haben. Die Aufgabe dieser Pioniere war es, für eine ausreichende Infrastruktur zu sorgen, damit zukünftige Kolonisten es bei ihrer Ansiedlung so leicht wie möglich haben würden. Es hatte also nicht nur Vorteile, wenn man zu den Ersten gehörte.

Valter sah das gelassen. »Auch der zweite Preis ist ein großartiges Geschenk«, hatte er in seiner Rede gesagt.

Wir hatten bereits mit den Arbeiten an drei weiteren Schiffen begonnen. Mit ihnen und den beiden Kolonistenschiffen, die von Vulkan und Romulus zurückkehrten, hofften wir, letztlich alle, die emigrieren wollten, von der Erde schaffen zu können. Bis es so weit war, würden wir die immer weiter schrumpfende Bevölkerung mit den verbliebenen Rohstoffen und den stetig nachwachsenden Kopoubohnen für lange Zeit versorgen können.

Allerdings hoffte ich, dass wir in Zukunft noch weitere kolonisierbare Welten finden würden, bevor die Leute erneut begannen, aufeinander zu schießen.

Tränen verschleierten mir den Blick, während ich im Holotank verfolgte, wie die Kolonistenschiffe die Marsumlaufbahn hinter sich ließen. Nach mehr als einem Jahrzehnt voller Arbeit und Auseinandersetzungen mit einem Haufen sturer Dummköpfe hatten wir tatsächlich den Start geschafft. Es war ein ergreifender Augenblick, und sogar Homer blieb still.

Schließlich stand ich stöhnend auf und streckte mich. »Zurück in die Salzminen.«

Homer grinste mich an und öffnete eine Datei. »Hier die heutige Aufgabenliste …«

59

Bill – Mai 2172
Epsilon Eridani

Ich hielt eine Lufthupe in die Höhe und drückte den Knopf, woraufhin ein lautes *Trööööt* im Raum ertönte. Die Gespräche verstummten, während sämtliche Anwesenden sich mir zuwandten. »Hallo, ihr alle. Willkommen zur ersten Bob-Volksversammlung. Ich habe hier in unserer Ideenschmiede eine VR-Matrix entwickelt, die groß genug ist, um jeden aus dem Bobiversum aufzunehmen.«

»Bobiversum? Im Ernst?« Garfield zeigte mir den Vogel.

Ich lachte. »Ist mir gerade eingefallen. Der Name erscheint mir eigentlich ganz angemessen.«

»Bobiversum. BobNet. Allmählich habe ich den Eindruck, das Weltall ist zu klein für dein Ego.« Garfield gab sich alle Mühe, mich missbilligend anzusehen, aber es ist schwer, sich selbst zu täuschen.

Ich ließ den Blick über mein Publikum schweifen. Bislang waren es nicht sehr viele: Riker, Homer und die anderen Klone im irdischen Sonnensystem, Bart und seine Klone in Alpha Centauri sowie die Bobs, die mit den Kolonisten nach Omicron^2 Eridani unterwegs waren. Der Kontakt zu den Letztgenannten würde in ungefähr einem Monat abbrechen, sobald ihr Tau für das VR-Interface zu groß wurde. Aber mit der Zeit würden hoffentlich ein paar weitere Bobs die SCUT-Baupläne bekommen und sich zuschalten.

Homer legte die Hände trichterförmig vor den Mund und buhte mich laut aus.

Ich sah einen nach dem anderen an. »Also gut, Jungs. Ich hoffe, dass wir uns von jetzt an regelmäßig treffen werden, damit alle auf dem Laufenden bleiben.«

»Außerdem hast du damit einen Vorwand, uns zu einer Partie Baseball zu zwingen!«, rief Bart.

»Ich mache an diesem Punkt von meinem Recht Gebrauch, die Aussage zu verweigern.« Ich lächelte in die Runde. »Also gut, wir haben Bier und Kaffee und einen Pub, in den wir uns setzen können. Wollen wir?«

Wir wechselten alle zur Pub-VR hinüber und nahmen auf den Stühlen Platz. Zeit zum Feiern.

60

Khan – April 2185
82 Eridani

»Lass dich nicht auf einen Kampf mit einem Feind ein, der mächtiger ist als du. Und wenn sich ein Kampf nicht vermeiden lässt, dann sorge dafür, dass er zu deinen Bedingungen ausgetragen wird und nicht zu den Bedingungen deines Feindes.«

Sun Tzu, Die Kunst des Krieges

Wir flogen mit relativistischer Geschwindigkeit, bremsten jedoch ein Stück vor 82 Eridani ab, damit uns genug Zeit blieb, unbemerkt von Medeiros die Lage auszuspähen.

Bill hatte es ernst gemeint, als er sagte, dass er Milo rächen wolle. Acht von uns, lauter Bobs aus der dritten Baureihe, lauerten ein kleines Stück außerhalb des Sternensystems auf die Gelegenheit, Medeiros unsere gemeinsame Meinung zu geigen. Aber der hatte inzwischen fünfunddreißig Jahre lang Zeit gehabt, sich hier häuslich einzurichten. Und keiner von uns gab sich der Illusion hin, dass wir erneut breitbeinig einlaufen und ihn so problemlos eliminieren konnten wie damals in Epsilon Eridani oder Alpha Centauri.

Da wir Bobs immer schon zu äußerster Vorsicht geneigt hatten, legten wir auch diesmal wieder großen Wert darauf, erst alles gründlich zu erkunden, bevor wir zuschlugen. Unsere Sonden verfügten jeweils über zwei Kundschafter-Drohnen mit stark abgeschirmten Reaktoren und SUDDARs mit einer Reichweite von drei Lichtstunden. Außerdem waren wir alle mit SCUT-Kommunikationssystemen und Sprengfallen ausgestattet. Auf keinen Fall durfte Medeiros irgendetwas davon in die Finger bekommen.

Zusätzlich hatten wir noch eine neue Waffe aus Bills Ideenschmiede in petto.

Mit großer Sorgfalt wählten wir einen Kurs, auf dem wir uns aus dem stellaren Norden näherten, im rechten Winkel zur Ebene der Ekliptik. Obwohl wir nicht damit rechneten, dass Medeiros ein »zweidimensionaler Denker« war – immerhin entstammte er dem Militär –, vermuteten wir, dass er die meisten seiner Waffen entlang der Ekliptik stationiert hatte. Daher sollte es uns möglich sein, diese Ebene zu meiden, bevor er Zeit hatte zu reagieren.

Um einen möglichst guten Scan des gesamten Systems hinzubekommen, ließen wir auf breiter Front Kundschafter-Drohnen vorausfliegen. Wegen ihrer abgeschirmten Reaktoren und da sie keine Funkwellen abstrahlten, bestand eine gute Chance, dass die meisten von ihnen unentdeckt bleiben würden.

Allerdings glaubten wir keine Sekunde daran, dass Medeiros überhaupt nichts von uns bemerken würde. Stattdessen hofften wir darauf, dass er nur eine oder höchstens zwei Sonden entdecken und davon ausgehen würde, dass das alle Bobs waren, mit denen er sich auseinandersetzen musste.

Ich lud den Rest des Schwadrons zu einer Lagebesprechung ein. Als nach wenigen Millisekunden alle sieben Bobs in meiner VR aufgetaucht waren, sah ich mich am Tisch um. »Zeit für eine Strategiesitzung, Jungs.«

Während Hannibal ein Schaubild des Systems öffnete, nahm er eine Tasse Kaffee von Jeeves an. »Wir werden nach allem Ausschau halten, was sich hinter Monden oder Planeten versteckt. Auf diesen Trick fallen wir kein zweites Mal herein. Dank Milos vorläufigem Erkundungsbericht wissen wir recht gut, wie es hier aussieht. Und …«

Als Hannibal völlig unvermittelt aus der VR verschwand, sahen wir einander einen kurzen Moment lang schockiert an. Dann erhöhten wir alle unsere Wahrnehmungsraten auf maximale Zeitlupe und verschwanden gleichzeitig aus der VR.

»Wer ist Hannibal am nächsten?« Noch während ich auf eine Antwort wartete, überprüfte ich unsere Verteilung auf dem Diagramm. Hannibal war der letzte in der Reihe der Bobs, und unmittelbar vor ihm befand sich Tom. »Tom, was sagt dein SUDDAR?«

Toms Antwort ließ keine Millisekunde lang auf sich warten. »Das zurückkehrende SUDDAR-Signal ist sehr diffus, aber ich kann nirgends eine Spur von Hannibal entdecken. Moment mal …« Geschlagene vier Millisekunden lang warteten wir, bis Tom endlich fortfuhr: »Der diffuse Bereich breitet sich aus und wird gleichzeitig dünner. Ich halte das für irgendeine Art von Explosion. Am besten starten alle eine SUDDAR-Rundumsuche. Das Überraschungsmoment können wir jetzt eh vergessen.«

Ich hielt das für eine gute Idee und sandte bis zur maximalen Reichweite von drei Lichtstunden einen kugelförmigen SUDDAR-Ping aus. Das Einzige, was ich in Richtung des Systems dabei entdeckte, war etwas höchst Unbestimmtes – vergleichbar mit einem Schatten, den man aus dem Augenwinkel sah. Daraufhin sandte ich als Nächstes einen engstrahligen Ping genau zu dieser Stelle. *Bingo.* »Irgendetwas kommt mit sehr hoher Geschwindigkeit auf uns zu, Leute. Und es ist getarnt oder abgeschirmt. Deswegen konnte ich es nur sehen, als ich es direkt mit einem Ping erwischt habe.«

Ein paar der anderen machten zustimmende Geräusche.

»Ich habe auch einen«, meldete Barney.

»Ich auch«, schloss Tom sich an.

Nachdem wir ein paar Millisekunden lang unsere Aufzeichnungen miteinander verglichen hatten, erkannten wir, dass sich drei unidentifizierte Flugkörper näherten und immer noch beschleunigten. Wir starteten drei unserer regulären Drohnen und ließen sie auf diese Objekte zufliegen, um ein Videobild zu erhalten.

»Sie weichen aus«, sagte Fred. »Ich glaube, sie rechnen damit, dass die Drohnen sie rammen wollen.«

»Wäre ja auch keine schlechte Idee, wenn es uns gelänge«, antwortete ich. »Aber jetzt wollen wir vor allem erstmal Telemetriedaten sammeln.«

Es dauerte fünfzehn Minuten, bis die Drohnen und die mysteriösen Flugobjekte einander rasend schnell passierten, wobei unsere Verfolger immer noch Haken schlugen und auswichen. Den Drohnen gelangen im Vorbeiflug zwar nur ein oder zwei verwackelte Aufnahmen, aber dafür umfassende SUDDAR-Scans.

Als die Resultate dank der verzögerungsfreien SCUT-Kommunikation im selben Augenblick über unseren Schreibtischen erschienen, schnappten wir alle nach Luft.

»Verdammt! Er hat Nuklearwaffen konstruiert.«

»Mit abgeschirmten Reaktoren und sehr, sehr großen SURGE-Antrieben«, fügte Fred hinzu.

»Das passt zu meinen Sensorwerten von vorhin«, fügte Tom hinzu. »Ich glaube, Hannibal ist mittlerweile eine radioaktive Wolke. Wir sind verloren.«

»Das kannst du laut sagen«, gab ich zurück. »Wie lange

dauert es noch, bis sie so dicht an uns dran sind, dass sie uns vom Himmel fegen können? Tom, kannst du ungefähr sagen wie viel Megatonnen Sprengkraft die Raketen haben?«

Nach einem kurzen Moment des Schweigens öffnete Tom eine Darstellung der Sensorendaten in unseren VRs. Da wir alle immer noch mit höchster Wahrnehmungsrate operierten, bestand sie nicht einmal aus Papier, sondern nur aus einem einfachen Fenster mit einer durchlaufenden Liste. »Laut der Minimax-Analyse haben wir vier Minuten – eine ganze Ewigkeit. Aber wegen ihrer Geschwindigkeit und weil sie einen sehr weiten Abstand voneinander halten, haben wir keine Chance, ihnen auszuweichen. Wir schaffen es nie außerhalb ihres Explosionsradius.«

»Also gut«, warf Kyle ein, »Medeiros scheint sich das ziemlich fein ausgedacht zu haben. Wahrscheinlich glaubt er, dass er uns ausmanövriert hat. Aber das wollen wir erstmal sehen.«

Kyles trockene Zusammenfassung brachte mich zum Lächeln. »Okay, dann bringen wir sie mal zum Schmelzen. Zwei Bobs pro Bombe, und ich jage wenn nötig noch einen Schuss hinterher. Gebt alle Bescheid, sobald ihr aufgeladen seid.«

Nun würden wir also *unsere* Geheimwaffe zum Einsatz bringen. Bill hatte die Lichtschwert-Technologie genommen, die im Grunde aus ultraheißem Ionenplasma in einer magnetischen Flasche bestand, und etwas Neues daraus entwickelt. Er hatte herausgefunden, wie man das Plasma und gleichzeitig auch das Magnetfeld wie einen Torpedo hinausschleudern konnte. Das Resultat war ein eine Million Grad heißer und extrem energiegeladener Speer, der sich durch jedes Hindernis fraß. Gleichzeitig erzeugte die Waffe einen punktgenauen elektromagnetischen Impuls.

Die Waffe war in Epsilon Eridani zwar ausgiebig getestet worden, aber dies hier würde ihren ersten echten Einsatz bilden.

Sobald alle volle Ladung gemeldet hatten, gab ich den Feuerbefehl. Beinahe mit Lichtgeschwindigkeit verlängerten sich sechs Plasmastachel in den Weltraum. Ein großer Vorteil dieser Waffe war, dass sie mit SUDDAR fast nicht zu entdecken war, da sie kaum Masse besaß. Und alle anderen Sensoren waren durch die Lichtgeschwindigkeit begrenzt. Zwar konnten die Plasmastacheln nicht nachziehen, wenn ein Zielobjekt auswich, aber dafür waren sie auch nicht zu erkennen, während sie sich näherten.

Innerhalb weniger Augenblicke hatten die Stacheln die Entfernung überwunden, und alle drei Schatten verschwanden. Als wir anschließend den Bereich intensiv mit möglichst engen SUDDAR-Pings absuchten, empfingen wir nur noch vereinzelte Echoimpulse.

Ned sprach aus, was wir alle dachten. »Das war ganz schön beängstigend.«

»Wir haben es nur Bills Verbesserungen am SUDDAR zu verdanken, dass wir diese Dinger überhaupt bemerkt haben«, fügte Fred hinzu. »Hat Medeiros irgendeine Art von SUDDAR-Tarnung erfunden?«

»Das bezweifle ich«, antwortete ich. »Er hat nie zu erkennen gegeben, dass er etwas anderes wäre als ein Berufssoldat. Ich halte es für wahrscheinlicher, dass das Brasilianische Reich diese Technologie auf der Erde entwickelt hat. Vielleicht haben sie ja noch sämtliche streng-geheimen Militärtechnologien in seine Sonde hochgeladen, bevor er sich auf den Weg gemacht hat. Das wäre auch eine Erklärung für seine Atomraketen.«

»Du meinst also, dass wir möglicherweise mit noch mehr Überraschungen rechnen müssen.«

Auf diese Bemerkung folgten ein paar Flüche und Kraftausdrücke.

Dann herrschte eine Zeit lang tiefes Schweigen, das schließlich von Ned gebrochen wurde. »Ich glaube, wir brauchen dringend eine weitere Strategiesitzung.«

»Eine Tarnvorrichtung?« Bills Gesichtsausdruck war geradezu ein Paradebeispiel für erstauntes Interesse.

»Ja. Nur so können wir es uns erklären.« Ich spielte ihm die komplette Sequenz in einem Fenster vor und öffnete daneben ein paar Infoboxen mit sämtlichen Werten, die uns die Sensoren von den Raketen geliefert hatten.

»Tja, Mist. Es wäre toll, wenn ihr Wrackteile von den Waffen findet. Währenddessen versuche ich, mir etwas einfallen zu lassen, aber ich glaube, das mit der Überraschung können wir getrost vergessen.« Bill tippte sich zum Abschied an die Stirn und verschwand.

Na toll. Zu acht – nein, inzwischen nur noch zu siebt – mussten wir gegen eine unbekannte Anzahl von Medeiri ins Feld ziehen, deren Fähigkeiten wir noch nicht einmal kannten. Das Chancenverhältnis schmeckte mir überhaupt nicht. »Treffen!«, rief ich.

Die sechs anderen Bobs erschienen in meiner VR.

»Bill hatte nicht viel für uns. Aber er hat ganz richtig angemerkt, dass es keine gute Idee wäre, sich jetzt zurückzuziehen. Denn dann könnte sich Medeiros beim nächsten Mal nur noch besser auf uns vorbereiten. Bill schlägt vor, dass wir unsere Back-ups aktualisieren und uns in den Kampf stürzen.«

»Der hat leicht reden«, bemerkte Elmer, der auf dieses Abenteuer nie sonderlich erpicht gewesen war. Wahrscheinlich hatten die Quantenunterschiede zwischen den Bob-Klonen bei ihm zu leicht wackeligen Knien geführt. Er erinnerte mich an den Charakter, den Bill Paxton im Film *Aliens – Die Rückkehr* verkörpert hatte.

Ehe ich fortfuhr, warf ich Elmer einen durchdringenden Blick zu. »Wir haben die Plasmastacheln und die Brecher mit der neu entwickelten kontrollierten Fusionsexplosion. Das ist nicht viel. Meiner Meinung kann es nur unser Ziel sein, für so viel Chaos wie möglich zu sorgen, bevor er uns erledigt. Stellt sicher, dass eure Totmannschalter funktionieren, und bringt eure Back-ups auf den neuesten Stand. Dann sprechen wir unsere letzten Gebete und stürzen uns in den Kampf.«

Im nächsten Moment verschwanden die Bobs aus meiner VR, und unsere sieben Sonden jagten mit einer Beschleunigung von 10 g auf das Zentrum des Sternensystems zu.

Zu Anfang verlief unser Flug ins Innere des Systems relativ reibungslos. Bestimmt ging Medeiros immer noch davon aus, dass wir über das gleiche SUDDAR wie er verfügten und er alle Objekte entdecken würde, die wir auf ihn abfeuerten. Nachdem wir rund ein halbes Dutzend seiner fliegenden Bomben zerstört hatten, schien er allmählich zu merken, wie der Hase lief.

Weitgefächerte SUDDAR-Pings ergaben, dass mit einem Male sämtliche Objekte, die über einen SURGE-Antrieb verfügten, in sämtliche Richtungen auseinanderflogen. Gleichzeitig erhellten mehr als einhundert Fusionsquellen den gesamten Bereich und begannen, sich zu bewegen. Ich vermutete, dass es sich bei vielen von ihnen um Attrappen handelte. Allerdings sehr wirkungsvolle, denn es war uns unmöglich, zwischen falschen und echten Zielen zu unterscheiden.

»Treffen!«

Als die anderen Bobs aufgetaucht waren, kam ich sofort zur Sache. »Okay, ein paar dieser Fusionsquellen sind Attrappen, wahrscheinlich die meisten, aber einige werden auch Medeiri sein – beziehungsweise Waffen. Außerdem müssen wir mit getarnten Raketen rechnen. Irgendwelche Vorschläge?«

Elmer überraschte mich, indem er als Erster das Wort ergriff. »Die Raketen müssen erstmal dicht genug an uns herankommen, um irgendwelchen Schaden anzurichten. Wenn wir zusammenbleiben und ein paar von uns ausschließlich nach getarnten Objekten Ausschau halten, sollten wir sie eigentlich daran hindern können, uns zu nahe zu kommen.«

»Und wenn wir dabei ein paar Attrappen zerstören«, warf Fred ein, »ist das auch nicht so schlimm.«

»Auf jeden Fall ist es besser, als wenn wir uns aufteilen«, stimmte ich zu. »Aber die Plasmastacheln bringen uns nur so lange etwas, bis Medeiros uns auf die Schliche kommt und anfängt, Haken zu schlagen. Außerdem dauert es eine Weile, bis die Stachelkanonen wieder aufgeladen sind. Das sind schließlich keine Hollywood-Pistolen.«

»Dann müssen wir bis dahin eben so viel wie möglich zerstören«, sagte Tom. »Lasst uns einfach drauflosballern. Vielleicht bringt es ihn aus dem Konzept, wenn wir völlig planlos vorgehen.«

Diese Idee war dämlich genug, um schon wieder brillant zu sein. Wir nickten uns alle schweigend zu, dann machten wir uns wieder an die Arbeit.

Es wurde zu einem regelrechten Katz-und-Maus-Spiel. Medeiros wusste, dass wir Waffen besaßen, die seine ohne jede Vorwarnung zerstören konnten. Vielleicht dachte er ja, es handele sich dabei ebenfalls um eine getarnte Rakete.

Diese Fehleinschätzung bewegte ihn dazu, seine Einheiten auseinanderzuziehen und zur Ablenkung Attrappen einzusetzen. Wir zerstörten zwar viele Objekte, aber wir wussten nicht, ob wir damit auch Wirkungstreffer erzielten.

Schließlich kam der Augenblick, vor dem wir uns gefürchtet hatten. Eine von Medeiros' Raketen wich mehreren Plasmastacheln aus und schaffte es, in Detonationsreichweite zu gelangen. Wenn auch nur knapp. Der elektromagnetische Impuls und der plötzliche Strahlungsanstieg brachten ein paar Sekunden lang alle meine internen Systeme durcheinander. Glücklicherweise waren die Systeme in den Heaven-Sonden der dritten Baureihe durch zahlreiche Redundanzen doppelt und dreifach gesichert. Fünf von uns waren in der Lage, weiterzumachen. Die übrigen beiden waren offenbar zu stark beschädigt. Ihre Totmannschalter aktivierten sich, und gleich darauf explodierten sie aufgrund einer Reaktorüberladung. Hoffentlich waren Freds und Jacksons Back-ups auf dem aktuellsten Stand und vollständig.

Medeiros schien inzwischen kapiert zu haben, dass unsere Waffen keine abrupten Ausweichmanöver kompensieren konnten. Denn nachdem er offensichtlich mit Lichtgeschwindigkeit entsprechende Instruktionen ausgegeben hatte, begann jede von ihm kontrollierte Einheit im System, auf uns zuzurasen und dabei wilde Haken zu schlagen.

»Plan B, Jungs. Verteilt euch und macht so viel wie möglich kaputt.«

Wir stoben in alle Richtungen auseinander und fingen ebenfalls an, im Zickzackkurs zu fliegen.

Während ich floh, analysierte ich die Telemetriedaten von Medeiros' veränderter Taktik. Seine Einheiten empfingen die Befehle per Funk. Daher würden diejenigen, die sich in seiner unmittelbaren Umgebung befunden hatten, die neue Strategie als erste angewendet haben, wohingegen die anderen Einheiten sie logischerweise erst nach und nach aufgreifen konnten, während sich das Signal vom Zentrum aus verbreitete. Und genau in diesem Zentrum musste Medeiros zu finden sein.

Es dauerte ungefähr vierzig Millisekunden, bis ich auf ein paar tausend Kilometer genau bestimmt hatte, wo er sich aufhielt. Dieses Gebiet war zwar zu groß, um es wirkungsvoll mit Plasmastacheln einzudecken, aber durchaus überschaubar für intelligente Brecher, die ihre Aufgabe kannten. Nachdem ich die Zielkoordinaten an die anderen Bobs übertragen hatte, starteten wir zeitgleich sämtliche Brecher, die wir noch im Arsenal hatten. Zudem gaben wir volle Energie auf die SUDDAR-Blockierer. Nun war jedes Überwachungsgerät im System blind, abgesehen von Videosensoren und herkömmlichem Radar. Der Trick war, diese Blockade so lange aufrechtzuerhalten, bis …

Mit einem Mal erloschen die SCUT-Signale, die ich von Hector und Tom empfangen hatte, und ich musste mir eingestehen, dass die beiden höchstwahrscheinlich Atomraketen zum Opfer gefallen waren. Nun waren wir also nur noch zu dritt, plus eine unbekannte Anzahl von intakten Brechern. Nach wie vor zielte ich so gut es ging mit meinem Plasmastachel auf die Fusionssignaturen, und allmählich gelang es mir, die Flugmanöver einiger KMI-Piloten rechtzeitig zu erahnen. Denn viele von ihnen führten ihre Ausweichmanöver nach festen Mustern aus, die ich nach ein paar Wiederholungen vorausberechnen konnte.

Als Nächstes fiel auch Barney aus, und damit waren nur noch Elmer und ich übrig. Jetzt, da es um alles ging, hatte er mit seinem Gejammer aufgehört. Das rechnete ich ihm hoch an. Insgeheim beförderte ich ihn zu der Filmfigur, die Michael Biehn in *Aliens – Die Rückkehr* gespielt hatte.

Links und rechts von mir explodierten fast gleichzeitig zwei Atomraketen. Offenbar waren sie ungeduldig geworden, oder die Bildauflösung ihrer visuellen Sensoren hatte sich verschlechtert, denn sie waren zu weit entfernt detoniert, um mich zu vernichten. Aber nahe genug, um mich zu beschädigen. Mehrere Minuten lang trieb ich wie ein toter Fisch im Wasser, während Guppy die Roamer in aller Eile dazu antrieb, die relevanten Systeme entweder umzuleiten oder zu ersetzen.

»Ist mit dir alles in Ordnung, Khan?«, erkundigte sich Elmer.

»Bloß ein Kratzer. Die Roamer kümmern sich darum. Und hör mal, versuch nicht, mich zu decken. Wir wollen doch kein gemeinsames Ziel abgeben.«

»Kein Problem, Mann. Ich langweile mich auch nicht gerade hier drüben …«

[SURGE-Antrieb wieder online.]

Das wollte ich hören.

Ich trat das Gaspedal bis zum Anschlag durch und schoss mit 15 g davon. Diese Beschleunigung würde ich zwar nicht lange beibehalten können, aber in diesem Moment rettete sie mir den Hintern, weil ich nur dank dieses Blitzstarts um Haaresbreite einer Atomexplosion hinter meinem Heck entkam.

Gerade als mir durch den Kopf schoss, dass ich inzwischen mehr als genug Aufregung für ein ganzes Jahrhundert erlebt haben musste, erreichten die Brecher schließlich jene Stelle im Weltraum, an der wir Medeiros vermuteten. Die Telemetrie zeigte mir vierundvierzig Brecher, die auf drei brasilianische Sonden zurasten. Inzwischen hatten die Medeiri sie wohl auch mit ihren Videosensoren erfasst, denn nun wendeten sie und versuchten, sich hastig davonzumachen. Aber dafür war es längst zu spät. Mindestens die Hälfte der Brecher landete verheerende Treffer, und binnen weniger Augenblicke war nichts mehr von den Sonden übrig, was sich noch als Ziel geeignet hätte.

Die Sache hatte nur einen winzigen Haken. Obwohl die drei Sonden zerstört waren, blieben Medeiros' restliche Waffen dennoch weiterhin als Einheiten aktiv, und wir wurden immer noch von einem Dutzend Fusionssignaturen gejagt, von denen todsicher einige eine echte Bedrohung darstellten.

»Hast du irgendwelche Ideen, Elmer?«

»Wie steht's um deine Ausrüstung, Khan?«

»Nun, ich bräuchte zwar neue Unterwäsche, aber ich bin immer noch in Betrieb.«

»Bei mir sieht's nicht so gut aus. Mein SURGE-Antrieb fällt immer wieder aus; ich habe weder die Zeit noch die nötigen Ersatzteile, um ihn zu reparieren.«

Elmer schwieg einen Moment, während eine Welle von Mitgefühl und Trauer in mir aufstieg. Wir wussten beide, dass er erledigt war.

»Ich habe das letzte Update meines Back-ups an Bill geschickt. Und jetzt kann ich nur noch den Song von Celine Dion zitieren …«

»Oh, bitte nicht, Elmer.«

Er lachte. »Reingelegt. So, und jetzt schalte deinen SUDDAR-Blockierer aus und mach dich klammheimlich vom Acker. Ich werde alle hier so lange wie möglich blenden. Richte Bill einen Gruß von mir aus.«

»Mache ich, Kumpel. Sayonara.«

»Hasta la vista, Baby.«

Ich tat, was er mir aufgetragen hatte. Sobald mein SUD-

DAR-Sender verstummte, richteten die brasilianischen Einheiten die Aufmerksamkeit auf die einzige verbliebene SUDDAR-Quelle im gesamten Territorium. Während ich floh, übermittelte mir Elmer Telemetriedaten, die zeigten, wie ihn fünfzig Einheiten in die Zange nahmen. Gleich darauf war er verschwunden.

Zwei Wochen lang ließ ich mich mit abgeschaltetem Antrieb treiben, bis ich mich weit genug von 82 Eridani entfernt hatte, um die Systeme wieder zu aktivieren. Unterdessen hatte ich einen detaillierten Bericht an Bill erstellt und nahm nun ein paar gründlichere Reparaturarbeiten vor. Das Letzte, was ich auf halbem Weg zwischen den Sternen gebrauchen konnte, war irgendein kapitaler Schaden an der Sonde.

Von den acht Bobs, die sich auf den Weg nach 82 Eridani begeben hatten, war ich der einzige Überlebende. Soweit ich wusste, hatten wir die Medeiri erledigt. In dieser Hinsicht war unsere Mission also als Erfolg zu verbuchen. Trotzdem konnte ich mir nicht einreden, dass wir die großen Sieger waren.

Ich erschien in Bills VR. »Hey, Bill.«

»Hallo, Khan.« Er lächelte mich an. »Ich kann diesen Namen immer noch nicht aussprechen, ohne dass ich ihn schreien möchte.«

Als pflichtbewusste Nerds lachten wir beide über seine Anspielung. Die guten Namen gingen allmählich zur Neige, und ich war froh, einen ausgewählt zu haben, der eine Bedeutung trug.

»Konnten wir alle Back-ups retten?«

Bill schüttelte unglücklich den Kopf. »Drei sind nicht komplett. Die Bandbreite des SCUT ist einfach nicht verlässlich genug. Zu viele Datenpakete gingen verloren oder wurden abgewiesen. Ich habe die drei auf die *In-Memoriam*-Liste gesetzt.«

»Elmer?«

»Er hat es geschafft.« Bill lächelte. »Er hat uns alle ganz schön überrascht, oder?«

Ich schwieg einige Millisekunden lang. »Dir ist klar, dass wir noch mal dorthin müssen, oder?«, fragte ich schließlich.

Bill nickte. »Wir wissen nicht mit Bestimmtheit, ob wir alle Medeiri erwischt haben. Vielleicht gibt es noch welche, die zu diesem Zeitpunkt einfach nur inaktiv gewesen sind. Außerdem treiben sich auch noch diese KMI-Einheiten herum und suchen nach irgendetwas, was sie in die Luft jagen können.« Bill sah mich an. »Und offen gesagt, muss ich unbedingt herausfinden, wer hinter dieser Tarnvorrichtung steckt. Diese Technologie stellt eine echte Gefahr für uns dar.«

Ich rieb mir nachdenklich übers Kinn, nur um gleich darauf erstaunt meine Hand zu betrachten. Wir Bobs waren mittlerweile so sehr an die VR gewöhnt, dass wir uns die meiste Zeit über vollkommen menschlich fühlten. Aber gelegentlich wurde mir plötzlich die Sinnlosigkeit unserer Handlungen bewusst. »Bill, ich möchte auch bei der nächsten Angriffswelle dabei sein. Das schulde ich den anderen, die wir verloren haben. Aber da ich dreizehn Jahre für den Rückweg benötigen werde, wäre es schön, wenn du mein Back-up in eine der neuen Sonden hochladen könntest. Ich schicke dir demnächst ein aktualisiertes. Gibst du mir bitte Bescheid, ob es komplett durchgegangen ist?«

Bill nickte.

Ich salutierte und zog mich aus seiner VR zurück.

Medeiros, wir sind uns nicht zum letzten Male begegnet.

61

Howard – September 2188
Omicron2 Eridani

Wir waren angekommen. Ich kann nicht einmal annähernd beschreiben, wie froh und erleichtert ich mich fühlte, als ich den Kuipergürtel passierte und offiziell in das Omicron²-Eridani-System einflog. Da keine vulkanischen Kreuzer aufstiegen, um uns in Empfang zu nehmen, fügte ich ein paar in meiner VR hinzu. Nur so aus Spaß.

Anschließend scannte ich rasch das System, um sicherzugehen, dass Milos Daten korrekt waren, und um zu überprüfen, ob mein Winkel zur Ekliptikebene stimmte. Die beiden Kolonistenschiffe, Ernie und Bert – ja, sie haben sich freiwillig selbst so genannt –, folgten mir mit einer wesentlich gemächlicheren negativen Beschleunigung von 1 g in das System. Sie würden ein oder zwei Wochen nach mir bei Vulkan und Romulus eintreffen.

Ich hatte immer wieder versucht, mir vorzustellen, wie es mir gefallen würde, ein Kolonistenschiff zu sein. Die Jungs würden während der nächsten Jahrhunderte im Grunde nichts anderes als eine Art Fährservice betreiben. Auf den Rückflug zur Erde würde ein Flug nach Vulkan folgen, dann wieder einer zur Erde und danach vielleicht woandershin, in einer endlosen Wiederholungsschleife. Andererseits leisteten sie einen sehr wertvollen Dienst an der Menschheit, den jeder Bob zu schätzen wüsste. Schließlich mussten wir mit unserer Ankunft hier nun nicht mehr alles auf eine einzige Karte setzen. Vielleicht würden wir es jetzt ja ein wenig lockerer angehen können. Wenigstens ein ganz kleines bisschen.

Ich begab mich zum vierten Lagrangepunkt zwischen Vulkan und Romulus und setzte eine Signalboje aus. Von hier aus würden wir mit der Erkundung der Planeten beginnen, damit Colonel Butterworth und seine Leute eine Entscheidung treffen konnten. Da ich bis zu ihrer Ankunft zehn Tage totschlagen musste, sandte ich schon mal zu jedem der beiden Planeten ein paar Erkundungsdrohnen, um Milos Analysen mit ein paar weiteren Informationen anzureichern. Sobald das erledigt war, machte ich mir es mit einer Tasse Kaffee bequem.

Milo hatte mehrere KMIs und ein paar autonome Fabriken zurückgelassen, die seither die Erze im System abbauten. Die Drohnen schnürten die Barren aus weiterverarbeitetem Metall zu Bündeln zusammen und markierten diese mit Bojen. Im Verlauf mehrerer ungestörter Jahrzehnte hatte die autonome Fabrik Hunderttausende Tonnen verarbeitungsfertige Grundstoffe hergestellt, die nun in einer Umlaufbahn innerhalb des Asteroidengürtels auf ihre Verwendung warteten.

Zudem hatte Riker bereits vor rund zehn Jahren eine KMI damit beauftragt, hier im System einen Ackerland-Donut zu bauen, der die Siedler im Notfall mit Nahrung versorgen sollte. Nun musste die Erde in seinem Inneren nur noch mit Samen aus den Svalbard-Vorräten bepflanzt werden, die wir mitgebracht hatten. Ich hoffte, dass wir nicht auf diese Ernten angewiesen sein würden. Natürlich hofften die Siedler das noch viel mehr als ich. Offenbar waren Kopoubohnen alles andere als eine Götterspeise, obwohl Gottes Name oft gelästert wurde, sobald jemand sie erwähnte.

Ich ließ Bill und Riker kurz wissen, dass wir die Reise hinter uns gebracht hatten, und versprach, später ausführlicher zu berichten. Riker übermittelte mir im Gegenzug eine Liste von Kolonistenschiffen, die bereits gestartet und unterwegs waren.

Aber ganz bestimmt nicht, um mich unter Druck zu setzen, oder?

Exodus-1 und *Exodus-2* hatten keine Probleme, in die richtige Umlaufbahn einzutreten. Nachdem wir uns knapp über SCUT ausgetauscht hatten, schalteten Ernie und Bert die Antriebe aus und hielten ihre Positionen.

»Willkommen in der Heimat von Spock, Jungs.« Ich erschien in der gemeinsamen VR und grinste sie an. Natürlich erwiderten sie mein Grinsen. Schließlich sind wir alle Bob. Ernie und Bert trugen *Battlestar-Galactica*-Uniformen und hatten ihre VR wie Kommandobrücken gestaltet. Das überraschte mich ein bisschen, da ich diese Serie nie sonderlich gemocht hatte. Obwohl die Zylonen schon ziemlich cool gewesen waren.

»Ich habe ernsthaft erwogen, ein paar vulkanische Kreuzer als Eskorte zu erschaffen«, sagte Ernie.

Als ich spürte, wie ich rot wurde, lachte Bert so sehr, dass er fast vom Stuhl fiel. Und dann gab es auch für Ernie und mich kein Halten mehr. Lachanfälle gehörten wirklich zum Allerbesten, was man als vernunftbegabtes Wesen erleben konnte.

Schließlich wischten wir uns die Tränen aus den Augen und öffneten ein Hologramm des Systems, zusammen mit einem Fenster, in dem Vulkan und Romulus zu sehen waren.

»Wir sollten Butterworth dazu drängen, eine rasche Entscheidung zu fällen. Ich möchte, dass die Kolonisten so schnell wie möglich von Bord gehen und ihr beide zur Erde zurückkehrt.« Ich deutete auf das Hologramm. »Butterworth kennt ja bereits Milos Bericht, und ich habe selbst auch noch ein paar Daten hinzugefügt. Wir lassen uns auf keine langen Verhandlungen ein. Er muss sich auf A oder B festlegen, und dann geht's los.«

Ernie nickte. »Guppy meldet mir, dass Butterworth aus der Stasis aufgewacht ist und in ungefähr einer Stunde ansprechbar sein wird. Ich stelle ihm ein hübsches Infopaket zusammen und lasse es ihn in Ruhe studieren. Wollen wir uns in, sagen wir, drei Stunden mit ihm treffen?«

Bert und ich waren mit dem Vorschlag einverstanden, und wir nahmen uns den nächsten Punkt auf der Liste vor.

»Für mich stand die Entscheidung ohnehin schon so gut wie fest«, sagte Colonel Butterworth. Auf dem Videobild war zu sehen, wie er im Aufenthaltsraum der *Exodus-1* saß. Er lächelte. »Wenn nicht noch irgendwelche wichtigen neuen Informationen auftauchen, ergibt Vulkan für uns viel mehr Sinn. Wir brauchen eine gewisse Zeit, um unsere eigene Nahrungsmittelproduktion in Gang zu bringen, und die können wir mit dem stabilen Ökosystem auf diesem Planeten gut überbrücken.« Er nickte in die Kamera. »Vielen Dank, dass Sie die Biokompatibilität des hiesigen Ökosystems bestätigt haben. Damit haben wir eine große Sorge weniger.«

Ich erwiderte sein Lächeln. Colonel Butterworth wirkte viel entspannter, seit die Zivilisten, für die er die Verantwortung übernommen hatte, wieder in eine positive Zukunft zu blicken schienen.

Als er weitersprach, schien er ganz in Gedanken versunken zu sein. »Hoffentlich werden wir auch den Spitzbergen-Flüchtlingen aushelfen können, wenn sie hier auftauchen und anfangs noch über keine eigene Nahrungsmittelproduktion verfügen.« Er sah mich fragend an. »*Farm-1* ist noch nicht in Betrieb, oder?«

»Noch nicht, Colonel. Aber da die meisten Kolonisten noch in Stasis bleiben, bis wir alles für sie vorbereitet haben, werden die Schiffsvorräte für den ersten Monat genügen.«

»Für meinen Geschmack hätte der Zeitplan gern ein bisschen weniger eng gestrickt sein dürfen«, schnaubte Colonel Butterworth, doch gleich darauf betrachtete er fasziniert das virtuelle Schwarze Brett, das Bert für ihn öffnete. Darauf wurde in Echtzeit der Status aller bereits abgeschlossenen, derzeit laufenden und noch ausstehenden Aktivitäten angezeigt, die zum Aufbau einer Kolonie nötig waren. Gleichzeitig lief in mehreren Videofenstern eine Schleife mit verschiedenen Live-Übertragungen.

Die Aufbaumannschaften waren bereits wach und hatten damit begonnen, Drucker nach Vulkan zu transportieren. Parallel druckten Roamer auf der Planetenoberfläche Wohnmodule aus und fügten sie zusammen, während ein Stück weiter von KMIs kontrollierte Bagger und Walzen den Bauarbeiten immer um eine Nasenlänge vorausblieben und den Boden für neue Häuser bereiteten.

In zwei Tagen würden wir die ersten Zivilisten aufwecken und in ihre neue Heimat bringen. Und von da an würde es im Universum tatsächlich Vulkanier geben.

Roddenberry wäre sicher stolz, wenn er davon wüsste.

Das Abenteuer geht weiter in:

Danksagung

Ich finde es erstaunlich, wie viele Leute an der Entstehung eines Romans beteiligt sind. Es ist beileibe nicht damit getan, dass man die Geschichte aufschreibt. Kritiker, Testleser, Lektoren, Illustratoren, Agenten und Verleger sind dabei ebenso mit im Spiel.

Ich möchte mich bei meinem Agenten Ethan Ellenberg dafür bedanken, dass er mich vertritt, und bei Steve Feldberg von Audible.com, weil er an mein Buch geglaubt hat. Außerdem danke ich meiner Lektorin Betsy Mitchell dafür, mich nicht komplett in der Luft zerrissen zu haben.

Es ist kaum zu glauben, wie viele Menschen frühe Versionen dieses Romans gelesen haben. Besonders hervorheben möchte ich in diesem Zusammenhang die Mitglieder der Ubergroup sowie der Novel Exchange Group bei scribophile.

Vor allem danke ich: Sandra and Ken McLaren, Nicole Hamilton, Sheena Lewis, Patrick Jordan, und meiner Frau Blaihin.